KB140624

환단고기를 찾아서 1:
고조선과 대마도의 진실

환단고기를 찾아서 1:
고조선과 대마도의 진실

ⓒ신용우, 2012

1판 1쇄 인쇄__2012년 06월 20일
1판 1쇄 발행__2012년 06월 29일

지은이__신 용 우
펴낸이__양 정 섭

펴낸곳__작가와비평
　　　등　록__제2010-000013호
　　　주　소__경기도 광명시 소하동 1272번지 우림필유 101-212
　　　블로그__http://wekorea.tistory.com
　　　이메일__wekorea@paran.com

공급처__(주)글로벌콘텐츠출판그룹
　　　대　표__홍정표
　　　기획·마케팅__노경민 배정일
　　　편　집__배소정
　　　편집디자인__김미미
　　　경영지원__안선영
　　　주　소__서울특별시 강동구 길동 349-6 정일빌딩 401호
　　　전　화__02-488-3280
　　　팩　스__02-488-3281
　　　홈페이지__http://www.gcbook.co.kr

값 12,800원
ISBN 978-89-97190-33-1 03810

환단고기를 찾아서 1

고조선과 대마도의 진실

신용우 장편소설

작가와비평

역사는 잠시 감춰질 뿐 지워지지 않는다

일본 규슈 국립박물관에 고조선의 대표적인 유물 중 하나인 비파형 동검이 전시되고 있다.

동검을 해설하는 글귀에 보면 고조선은 언급하지 않은 채, BC 3~2세기경의 것으로 한반도로부터 제작 기법이 전해진 것임을 인정하면서 대마도에서 출토된 유물임을 밝히고 있다.

이는 『환단고기』에 편찬되어 전하는 『단군세기』나 『태백일사/삼환관경본기』에서 밝히는 대로 고조선시대에 일본열도를 평정하였음이 드러나는 일이다. 특히 대마도가 고조선시대부터 우리나라에 귀속된 땅이었음을 자기들 스스로 인정한 것이다.

기록에 의하면, 일제는 바로 이런 역사를 지우기 위해 한일병합을 하자마자 조선역사를 정리한다는 구실로 무려 51종의 역사서 20여만 권을 찬탈해갔다. 자신들도 고조선과 대마도의 사실 관계를 알면서도 어떻게든지 그 연결 고리를 끊어보려는 얄팍한 수작이다. 끊으려 해도 끊을 수 없는 고조선과 대마도의 인연을 어찌 끊으려 하는지 실로 안타깝기만 하다.

한 걸음 더 나아가 그들이 대마도에서 고조선의 유물이 나왔다고 인정하는 것이, 그들이 일제강점기에 찬탈해 간 우리나라의 유물들을 영원히 자신들 소유로 만들기 위한 수작일 수 있다는 불안함이 엄습하기도 한다. 그 유물들은 결코 비파형 동검처럼 실체에서 머물지 않고 우리나라의 유구한 역사를 적어놓은 20여만 권의 역사책을 비롯한 정신유산을 송두리째 앗아보겠다는 속셈일 수 있기에 더욱 불안하고 안타깝기만 하다.

일본 덕을 입은 중국은 손도 대지 않고 코 푼 격으로 동북공정을 완성해 가고 있다. 고구려를 간판으로 내세우고, 대진국 발해와 고조선 역사마저 자신들의 역사로 만들려는 엄청난 흉계를 실행하고 있다.

흐르는 민족의 피를 마치 강줄기 막듯이 막아보려는 어리석음이다. 역사의 연을 인위적으로 끊거나 왜곡하는 것이 어느 한 나라에 국한된 문제가 아니라 인류의 나갈 길을 그릇되게 할 수 있음을 모르는 아주 무서운 발상이다. 역사를 바로 세우고자 하는 이유는 인류의 각기 다른 민족들 각각의 고유한 역사를 바로 알고, 그 역사 속에 포함된 문화와 예술 등 각 민족의 특성을 서로 어우러지게 함으로써 인류가 나아갈 평화의 길에 공존하는 방법을 모색하고자 함이다. 역사를 바로 세우는 것이 인류 평화를 위한 첫 걸음임을 모르는 그들에게 이 책으로 교훈을 주고 싶다.

일본이나 중국이 자기들만의 순간적인 이익을 위해 전 인류에게 죄를 범하는 행위를 즉각 멈추고 인류 앞에 속죄하기를 바라는 마음으로 이 한편의 소설을 쓴다. 아울러 우리가 우리나라의 웅대하고 광활한 역사를 찾으려고 노력하지 않아서, 인류 역사가 왜곡되는 것 역시 인류가 패망의 길로 치닫는 것을 방관하는 것과 다를 바 없음을 되새기고 싶다.

　평화를 위한 일꾼들과 항상 함께 해주시는 하느님께 감사드리며….

　　　　　　　　개천 9209년 여름이 바짝 다가서는 6월 앞에서

　　　　　　　　　　　　　　　신용우

차 례

찾아야 할 책들

우리나라 고대사에 새로운 지평이 열릴 것 같다.

그동안 여러 가지 설로 분분하던 고문헌들이 실제 존재했던 것이고, 그 내용 역시 일부 학자들이 주장한 대로 고조선 이전부터 대진국 발해의 역사 이후까지 다룬 책들이라는 것을 곧 밝힐 예정으로 연구 결과의 마지막을 손질하는 사람이 있다. 같은 강단사학계에 속해 있지만, 강단사학계에서는 이방인 취급까지 받으면서도 그 부분에 새로운 획을 긋고 있는 유병권 박사가 그 장본인이다. 굽힐 줄 모르는 연구를 통해 가끔은 놀랄 만한 주장을 그는 제기하곤 했다. 그의 그런 주장으로 인해 일부 학자들에게는 손가락질을 받는가 하면 일부 학자들에게는 존경을 한몸에 받아왔던 학자다.

유병권 박사를 단독 인터뷰한 결과 유 박사는 경로를 밝히기 곤란하게 입수한 자료 분석이 거의 끝났고, 머지않아 자신이 소유하고 있는 자료와 그 결과를 함께 공개할 것이라고 했다. 이제까지 엄연하게 존재하면서도, 조선왕조 세조실록에 책 제목을 나열한 기록을 제외하고는 이렇다 할 물증이 없어서, 마치 꾸며 낸 이야기 책 취급을 받기까지 했던 역사책이, 일부 뜻있는 학자들의 주장처럼 엄연한 역사서로 등장할 순간이 초읽기에 들어갔다는 것이다.

유 박사의 말에 의하면 이번에 공개되는 자료는 실록에서 언급하고 있는 책들이 모두 존재했으며, 또 어딘가에는 존재할 것임을 밝힐 귀중한 자료라는 것이다. 물론 유 박사가 실록에 언급된 책들을 모두 가지고 있다는 것은 아니지만 적어도 이제까지 위서(僞書) 내지는 꾸며진 책으로 취급 받는 누명을 벗길 수는 있을 것이라고 자신 있게 말했다.

결론을 말하자면 우리나라 고대사가, 세조 때부터 성종 때까지 삼대에 걸쳐서 한 번 수난을 겪고, 일제강점기에 그 자취를 감춤으로써 마치 선사시대처럼 취급 받던 논란을 벗고, 역사시대로 우뚝 설 수 있을 것이다. 그 근원이 되는 기록은 바로 이제까지 우리 곁에 함께 있던 책이라는 것을 알게 될 것이라고 했다.

이 정도 이야기하면 그 책이 무슨 책인지 알 만한 사람은 다 알겠지만 자신이 입으로 책 제목을 먼저 이야기하기보다는 연구 결과와 증거를 먼저 제시함으로써 이제까지 그 책을 위서라는 말로 무참히 짓밟았던 사람들의 입에서 참역사서를 묶은 소중한 책이라는 이야기가 나오게 해주고 싶어서 꾹 참는 것이라고 덧붙였다.

본 기자 역시 유 박사가 이야기하는 책이 무슨 책인지는 알고 있지만, 유 박사의 뜻을 존중해서 여기까지만 쓰기로 한다. 다만 궁금해 하실 독자들을 위해 참고로 세조실록에 기록된 기사를 첨부한다.

『세조실록』 7권, 세조 3년(1457년 정축년/명 천순(天順) 1년) 5월 26일(무자) 3번째 기사

팔도 관찰사에게 고조선비사 등의 문서를 사처에서 간직하지 말 것을 명하다.

팔도 관찰사(八道觀察使)에게 유시(諭示)하기를, "『고조선 비사(古朝鮮秘詞)』·『대변설(大辯說)』·『조대기(朝代記)』·『주남일사기(周南逸士記)』·『지공기(誌公記)』·『표훈삼성밀기(表訓三聖密記)』·『안함노 원동중 삼성기(安含老元董仲三聖記)』·『도증기 지리성모하사량훈(道證記智異聖母河沙良訓)』, 문태산(文泰山)·왕거인(王居人)·설업(薛業) 등 『삼인기록(三人記錄)』, 『수찬기소(修撰企所)』의 1백여 권(卷)과 『동천록(動天錄)』·『마슬록(磨蝨錄)』·『통천록(通天錄)』·『호중록(壺中錄)』·『지화록(地華錄)』·『도선한도참기(道詵漢都讖記)』 등의 문서(文書)는 마땅히 사처(私處)에 간직해서는 안 되니, 만약 간직한 사람이 있으면 진상(進上)하도록 허가하고, 자원(自願)하는 서책(書冊)을 가지고 회사(回賜)할 것이니, 그것을 관청·민간 및 사사(寺社)에 널리 효유(曉諭)하라." 하였다.

─장경애 기자

나는 진료 시작 시간까지 아직 여유가 있기에 커피를 마시면서 어제 신문에 나온 경애의 기사를 다시 한 번 읽었다. 전에도 경애가 쓴 기사라면 빠짐없이 읽고, 그중에서 도움이 될 성싶은 기사는 두세 번 읽기도 하면서 어떤 것은 아예 스크랩을 해서 보관하기도 했지만 이번에는 그 경우가 다르다. 경애가 쓴 기사며 그것이 내게 도움이 될 만한 것인지 아닌지 여부가 중요한 것이 아니라, 기사의 주인공 유병권 박사라는 사람 때문에 거듭 읽고 있다. 어제도 세 번이나 읽었는데 아침에 출근을 하자마자 일부

러 스크랩해서 서랍 속에 넣어두었던 것을 꺼내서 두 번이나 읽었다.

"이 사람이 이렇게나 유명한 사람이었나? 겉보기에는 그렇지 않은 것 같더만. 작업을 하러 다니면서 하는 이야기를 들어보면 뭔가를 아는 사람 같기는 했지만 이런 정도인 줄은 몰랐는데?

그러나 저러나 이 사람이 곧 발표할 것이라는 이 엄청난 사건이 바로 그 책들 때문이라는 말인가? 그게 그리도 중요한 책이었나?"

빈 커피 잔을 내려놓으면서 고개를 갸우뚱하지 않을 수 없었다. 입수 경로를 밝히기가 곤란하다고 하는 것을 보니 나와 함께 했던 작업을 통해 얻은 책들을 뜻하는 것 같기도 했다.

그 책이 무슨 책이기에 『조선왕조실록』까지 들먹이면서 이제까지 천대 받던 책이 역사서로 우뚝 설 것이라고 자신한다는 말인가?

나는 그와 작업을 하러 왔다갔다하면서 그가 내게 했던 이야기들을 떠올리기 시작했다. 그러나 그 순간 들려온 간호사의 목소리가 더 이상 그런 생각을 할 기회를 허락하지 않았다.

1. 시간을 감춘 땅속

"박사님, 전화 받으세요. 경찰이라는데요?"

한성연 간호사가 전화가 왔다고 알려주면서 경찰이라고 붙인 말에 근 반 년이나 지난 일이 생각나며 가슴을 덜컹 주저앉게 만들었다. 그 일이 아니라면 내게는 경찰에서 전화가 올 일이 없다.

'경찰이라니? 그럼 그 일이 잘못되어서? 신문에까지 이렇게 기사로 나오다 보니 모든 것이 밝혀진 것 아닌가?

그렇지만 만일 그 일 때문이라면 경찰이 전화를 할 일이 아니다. 직접 찾아왔거나 아니면 체포 영장을 가지고 들이 닥칠 일이다. 경찰이 왜 전화를 했을까?'

나는 전화를 받지 않을 수는 없다는 것을 잘 알기에 전화기를 집어 들기는 했지만 도저히 불안을 감출 수 없었다.

"태영광입니다."

"아? 태영광 내과의원의 원장님이시죠? 저는 종암경찰서 강력계 박종일 형사입니다.

원장님, 유병권 교수님 아시죠?"

순간 정말 심장이 멎는 것 같았다. 유병권 교수라면 바로 내게 그 일을 의뢰했던 사람이자 지금 저 기사에 사진까지 멋들어지게 곁들여 실린 바로 그 사람이 아닌가?

원래 그런 일에서는 서로의 신분을 노출하지 않는 것이 원칙이라던데 초보인 나에게 스스럼없이 자신의 신분을 밝히는 바람에 나도 내 신분을 밝힐 때부터 무언가 이상했었다. 그뿐인가? 일을 진행하면서도 묻지도 않은 역사이야기를 심심치 않게 해주었다. 나 역시 처음에는 귀 밖으로 듣던 이야기가 어느 순간부터 재미있게 들렸고, 그 덕분에 모르는 것을 새로 알게 된 것이 고맙기조차 했다.

일이 끝나고 나서 나는 속으로는 유 박사를 그만 만나고 싶었다. 서로 더 만나서 인연이 지속되면 좋을 게 하나도 없을 것 같았다. 그러나 누구도 해낼 수 없는 큰일을 해주어 너무 고맙다며 몇 번인가 찾아오는 바람에, 식사를 같이 하면서 어느새 나도 모르게 빠져들어 가고 있는 역사이야기를 들려주기도 했다. 그러다 보니 자연히 친하다는 표현까지는 지나칠지 몰라도 서로를 보면 싫지 않은 사이가 되어 버렸다.

하지만 막상 경찰로부터 전화를 받고 나니 정말 일을 잘못 처리한 것이라는 확신이 들면서 이 부분에서는 어떻게 대답을 해야 하는지 감을 잡을 수 없었다.

아주 짧은 시간이지만 만감이 교차하는 망설임으로 대답을 하지 못하는 내 심정과는 관계없이 박종일 형사가 말을 이었다.

"유 교수님께서 마지막으로 뵌 적이 두어 달 되셨다면서 꼭 뵙고 싶답니다. 지금 서울대 병원으로 와주셨으면 하는데요?"

순간 나는 더 감을 잡을 수 없었다.

'경찰이 갑자기 나에게 왜 서울대 병원으로 오라는 것인가? 그 일 때문이라면 경찰서로 오라고 하든지 아니면 이리로 왔을 텐데. 그렇다고 병원을 개업한 지 몇 년 되지도 않은 젊은 의사에게 서울대 병원에서 경찰을 시켜서 초빙하는 것도 아닐 테고? 아니, 그 이전에 유병권 교수 아느냐고 하더니 이번에는 병원이라니? 유병권 교수가 나를 병원에서 보자고 할 일은 또 무언가?'

혼란하기만 한 내 머리를 박종일의 목소리가 다시 한 번 세차게 두드렸다.

"어젯밤에 유병권 교수님께서 피습을 당하셨습니다. 조금 전에 정신이 드셨는데 태영광 박사님을 찾으십니다. 담당의사 말로는 얼마나 버틸지 모르겠다는데 깨어나자마자 가족들이 앞에 있는데도 불구하고 박사님을 찾으면서 꼭 좀 만나게 해달라고 하셔서요."

"피습이라니요? 아니 어제 신문에 멋들어진 사진까지 나온 양반이 피습이라니요?"

"예. 괴한의 습격으로 칼로 여러 군데를 찔리셨습니다. 다행히 학교 안에서 벌어진 사건이라 일찍 발견되어 목숨은 구하겠다 싶었는데 의사 말로는 그렇지 못하다고 합니다. 장기 계열에 너무 많은 손상을 입어서, 당장은 말로 의사 전달이 가능하지만 생명을 장담할 수 없다는 겁니다. 수술도 당연히 불가능하다는군요. 그런 분이 애타게 찾는데 와주시죠."

"그렇다면 범인은요?"

"아직입니다. 일단은 와주시면 좋겠는데요. 저희야 두 분이 무슨 관계인지는 모르겠지만 혹시 범인을 찾는 데 도움이 될 수도 있지 않을까 하는 기대도 되고요."

박종일의 말을 들으면서 이럴 땐 다행이라는 말이 어울리는 것인지 불행이라는 말이 어울리는 것인지를 가늠할 수 없었다.

경찰이 전화를 한 것이 일전의 그 일 때문이 아니라는 것은 일단 다행이다. 하지만 유병권 교수가 괴한의 피습으로 생명을 장담할 수 없다는데 다행이라는 표현은 절대 어울리지 않는다.

어쨌든 죽어가는 사람이 찾는다는데 나 몰라라 할 수도 없는 일이기에 당장 가겠다고 대답하고 전화를 끊었다.

함께 일하는 후배에게 급히 가볼 곳이 있어서 나가야 하니 수고스럽더라도 혼자 환자들을 진료해주기를 부탁한다는 말을 남기고 병원을 나서면서 택시를 잡았다. 차를 가지고 운전을 해서 가기에는 너무 힘들다. 머릿속이 온통 엉킨 실타래 같은데 공연히 운전을 하다가는 큰 사고라도 칠 것 같았다.

택시에 올라 서울대 병원으로 가자는 말을 하자마자 내 머릿속에서는 몇 달 전 그 일이 마치 녹화된 필름이 돌아가듯이 생생하게 떠오르기 시작했다.

도굴 전문

종래의 수법처럼 마구 파헤치지 않습니다.

최첨단 내시경 공법으로 자신들이 도굴을 당한 사실조차 모르게 처리할 수 있습니다.

연락은 온라인을 통해서만 가능합니다.

추기: 꼭 도굴이 아니더라도 옛 조상의 산소는 물론 너무 깊지 않은 지하에 묻혀 있는 물건을 찾고자 하는 물건이 있으신 분 연락바랍니다.

PC방에서 허무맹랑한 광고를 인터넷에 올린 나는 짜릿한 전율을 느꼈다.

누가 보아도 허무맹랑하다고 할 광고다. 그러나 남들이 어떻게 생각하는가는 내게 중요하지 않다. 비싼 초음파 내시경 기계를 사서 나름대로 개조한 것을 혼자서 테스트하는 수준을 벗어나 무언가 시도를 해볼 수 있는 좋은 기회라는 생각을 지울 수 없었다.

내시경 기계를 개조하면서부터 도굴을 목적으로 한 것은 아니다.

내과의사인 나는 내시경 기계를 이용해서 진료를 하면서 참 좋기도 하지만 신기한 기계라는 생각을 떨칠 수 없었다. 내시경 기계가 신기하다고 생각하면 할수록 혹시 사람의 인체가 아니라 땅속도 들여다볼 수 없을까 하는 호기심이 발동했다. 개조를 해보면 알 수 있지 않을까 하는 생각도 해봤지만, 한두 푼 하는 기계도 아닌데 기계만 버리는 것이 아닌가 하는 생각을 지울 수는 없었다. 그러나 어려서부터 남부럽지 않은 환경에서 자라면서 한 번 마음을 먹으면 해야 하는 성격으로 변해 버린 내가 그 유혹을 떨쳐낼 수 없다는 것을 잘 알기에 행동으로 옮겼다.

기계를 개조한 후 날 잡아서 가까운 야산에 가서 그것을 시험해본 결과 실제 감지가 되는 것이 아닌가? 물론 그 형체를 정확하게 파악할 수 있는 수준은 아니지만 적어도 어떤 물체가 존재한다는 것은 읽혔다. 그리고 그 깊이가 얼마까지인지는 측정하지 못했지만 한 번 파본 경험에 의하면 상당히 깊은 곳까지라고 스스로 결론을 내렸다.

나는 무언가 이 기계의 성능도 시험해볼 겸 정말 필요한 것을 찾아내고 싶었다. 이 기계를 가지고 짜릿한 맛을 느낄 수 있는 무엇인가를 해보고 싶은데 딱히 생각나는 것이 없었다. 그러다가 생각해낸 것이 도굴이다. 도굴이야말로 상당히 매력 있는 작업이라는 생각이 들었다. 혹 들키면 어떻게 하나 하는 아슬아슬한 스릴도 느끼면서 정말로 유물을 발견하기라도 했을 때는 엄청난 성취감과 희열을 느낄 것 같았다.

도굴이 어떻게 생각하면 나쁜 범죄지만 이제껏 숨겨져서 찾지 못했던 유물을 제대로 찾아내서 밀반출 등의 나쁜 유혹을 떨치고 세상에 펴 보일 수만 있다면 의미 있는 일이라는 자기 합리화를 더했다. 도굴이 아니라도 그만한 희열을 느낄 수 있는 다른 것이 있다면 그것을 택했을 것이다.

며칠인가를 고민한 끝에 도굴을 하기로 결정했지만 산소마다 찾아다니며 뒤질 수도 없고 남의 산소를 허락도 없이 파헤쳤다가는 정말 도굴범이 될 것이라는 생각이 들어 인터넷을 이용해서 의뢰인을 모집하는 것이 좋겠다고 결론을 내렸다.

광고를 올리고 나서 PC방을 나서는 순간 조금 전 광고를 올릴 때의 짜릿한 전율은 사라지고 내 입에서는 피식 웃음이 나왔다.

'세상에나? 지금이 어느 세상인데 도굴 의뢰인을 모집한다는 광고를 냈을까?'

보이지 않는 곳에서 내게 조소를 보내고 있을 네티즌들의 웃음소리가 들리는 듯했다.

'차라리 도굴이라는 말을 빼고 정식으로 〈조상의 산소나 지하에 묻힌 물건을 찾아드립니다. 단, 광맥을 발견하거나 그런 것이 아니라 정말 물체를 찾아드리는 겁니다.〉 하는 식의 광고를 냈어야 하는 것이 아닌가?'

혼자 중얼거려 보기도 했지만 그렇게 하는 것은 짜릿한 맛이나 스릴이 있을 것 같지가 않았다. 적어도 도굴이라든가 뭐 그런 드라마틱한 단어가 들어가야 제 맛이 날 것 같다는 생각이 자꾸 앞질러갔다.

도굴을 대행해준다는 광고를 내고 나서 행여 하는 마음에 가끔 PC방에 들려서 확인을 해보았다. 내 PC로 확인할 수도 있는 일이지만 혹 IP 추적이라도 당할 수 있다는 생각에 몇 번인가 PC 방에 일부러 가서 확인했다. 그것도 집이나 병원과는 거리를 두고 찾아다녔다. 하지만 광고를 올린 지 두 달이 넘어가도 의뢰인은 나타나지 않았다.

의뢰인이 나타나지 않으면서 처음에는 의뢰인이 나타날 것이라는 생각에 자못 기대를 했던 스스로에게 웃음이 났다.

'그럼 그렇지? 누가 이 광고를 진짜라고 생각할까?

그런 것을 가지고 혹시 IP 추적당할지도 모른다고 PC방을 전전하며 확인하던 내 꼴이라니? 아마 경찰이나 문화재관리국 아니면 기타 관련기관에서 이 광고를 보았더라면 미친 사람 아니면 어린아이가 장난으로 올린 것이라고 생각했을 텐데. 아니, 어쩌면 무슨 영화나 연극, 드라마 같은 것 광고한다고 생각했을 수는 있겠다. 정말 그런 일을 하겠다고 생각하는 사람은 아마 한 사람도 없었을 거야.'

혼자 생각하면서도 웃음을 참을 수 없었다.

나 스스로가 우스웠다. 도굴을 대행해준다는 묘한 생각을 했던 내가 아직 초등학교 장난꾸러기나 아니면 사춘기에 접어든 호기심 많은 청소년 같아 보였다. 이어서 인체를 내시경하는 기계로 땅속을 들여다보겠다고 그 비싼 것을 개조하느라고 연일 고생을 하던 내 모습이 떠오르자 정말로 웃음이 쏟아져 나왔다.

자리에서 일어나 거울로 가서 거울 속에 비친 내 모습을 보면서 한껏 웃어주었다. 그렇게 웃어주면서도 거울에 비친 내 모습이 부끄럽지도 밉지도 않았다. 내 모습이기는 한데 아직 때 묻지 않은 어린 모습으로 보이면서 차라리 귀엽기조차 했다. 그리고 귀엽게 보이던 내 모습이 자랑스러워지기 시작했다.

이렇게 철없이 굴다보니 이 나이에 아직 장가도 못 갔는지는 모르지만, 새로운 무엇인가에 자꾸 도전을 해볼 수 있는 내 모습이 자랑스럽고 어깨가 으쓱하고 올라가는 기분이 들었다.

실제로 어깨를 으쓱해보기도 하고 턱 밑에 두 손으로 손 꽃받침을 만들어대고는 얼굴을 좌우로 돌리면서 거울을 바라보았다. 그러다가 나도 모르게 거울 안에서 마주친 PC방 주인의 눈초리를 보자 멋쩍어졌다. 상당히 걱정된다는 표정이 역력했다. PC를 켜고는 잠시 무언가 들여다보고, 들어온 지 얼마 되지도 않아 자리에서 일어나 미친 사람처럼 웃어젖히더니 거울을 보면서 어깨를 으쓱거리고, 얼굴에 손 꽃받침을 하고 좌우로 돌리며 거울 속에 비친 자신을 바라보면서 마냥 흡족해하는 내 표정을 그가 거울을 통해서 보고 있었던 것이다.

나는 얼른 밖으로 나왔다. 생면부지의 사람이지만 그의 표정은 내 얼굴이 화끈거릴 정도로 심각했던 것이다.

그 후로 나는 PC방에 가지 않고 그냥 집이나 병원에서 혹시 의뢰인이 있나 확인하곤 했다. 솔직히 말하면 의뢰인을 확인하면서도 의뢰인이 있을 것이라는 생각을 해본 적은 거의 없다. 어느 순간에 의뢰인이 있나 확인을 하는 것이 일과 중 한 부분이 되었을 뿐이다. 기대하지도 않고 궁금하지도 않았지만 확인을 안 하면 무언가 아주 소중한 약속을 어긴 것 같아서 적어도 하루에 한 번은 반드시 확인했다.

그렇게 아무 대답도 없는 확인을 한 지 한 달여 만이다. 그러니까 광고를 올린 지는 근 석 달이 될 무렵이다.

그날 낮에 유난히 환자가 많아서, 미처 나만의 시간을 가질 여유가 없어, 매일 하던 확인 작업을 못 한 날이다. 집에 돌아와서 저녁을 먹고 내 방으로 들어서자 오늘 정말 중요한 일을 하지 않은 것 같은 기분이 들면서 무의미한 확인을 시작했다. 무의미하다는 것을 알면서도, 생활 중의 하나가 되어 반복한다는 생각으로 확인하던 순간 나는 눈을 의심했다.

"광고를 보고 이렇게 글을 올립니다. 혹 장난 글이 아닌가 생각도 해보았지만 질문을 해보는 것이 힘든 일은 아니기에 글을 올리니 성실한 답을 원합니다.

도굴이라기에는 좀 그렇지만 그렇다고 단순히 지하에 매설된 물체를 찾는 것은 아니고 무덤 속에 있는 물건이기는 합니다만, 정말 봉분을 크게 훼손하지 않고 찾아낼 수 있는 것인지요? 그리고 사례비는 얼마나 드려야 하는 건지 알고 싶습니다."

너무나도 답 글을 원하다 보니 있지도 않은 글을 내 상상 속에서 읽어내려 가는지도 모른다는 생각이 들었다. 그러나 분명히 컴퓨터 화면에 있는 글이다. 내 머릿속에 존재하는 글이 아니다.

나는 손으로 눈을 부빈 후 다시 한 번 읽어보았다.

'내 글이 장난 글이 아닌가 하는 생각을 해보았다는 것을 보니 이 사람은 진지하게 쓴 글 같다. 단순히 장난을 할 목적은 아닌 것이 분명한 것 같다. 성실한 답을 원한다고까지 했다. 그렇다면 무덤 속에서 무언가 꺼내야 하기는 하는 사람인데 봉분을 크게 훼손하지 않는 방법을 찾던 사람이다.'

나도 모르게 날아갈 것 같은 기분이 들었다. 3개월여를 하루같이 대답도 없는 대답을 기다리던 헛손질이 그 결과를 낳았다고 생각하자 벌써 봉분 위에 서서 의뢰받은 물건을 개조된 내시경 기계로 찾아내는 내 모습을 그리기 시작했다. 그리고 멋있게 그 물건의 위치를 정확히 짚어내고 봉분의 아주 일부만을 파내고 물건을 꺼내는 나를 보고 있었다.

그러나 좋아하는 것도 일순간이고, 이내 의구심이 들며 좋아할 일만은 아니라는 생각이 다른 한 편을 지배하기 시작했다.

'혹 경찰이 우연히 이 글을 보고 범죄를 사전에 예방하려는 차원에서 이런 식으로 진지하게 물어온 것은 아닐까? 내 대답을 들어보고 나를 찾아내기 위해서 그런 것은 아닐까? 아닌 것 같다. 요즈음에는 내가 병원이나 집에서 답을 확인했으니 나를 찾으려면 그리 어려운 일이 아닐 텐데 굳이 이렇게 진지하게 물어볼 필요가 있었을까?

그렇다면 경찰은 아니라고 하자. 누군지는 모르지만 무덤 속에 있는 물건을 찾는데 도굴은 아니라면? 자신의 부모나 아니면 선조 중 누군가의 무덤 속에서 무얼 꺼내려는 것이라는 말인가? 자신의 조상 무덤에서 무언가 꺼내는데 그것도 신고 없이 하면 도굴이 아닌가?

그도 저도 아니고 내가 하도 어린애 같은 글을 올려놓았다고 생각한 어떤 할 일 없는 사람이 진짜 일을 진행하기라도 할 것처럼 진지하게 나를 떠보는 것은 아닐까? 장난이 아니라는 것을 안다고 하면서 더 심한 장난을 쳐보려고 하는 것은 아닐까?'

이런저런 의구심이 들면서 나는 잠시 망설였지만 원래 자기 편의주의로 발달한 내 사고 방식은 그리 오랫동안 망설이지 못했다.

'경찰이라면 진지하게 대답을 해놓고도 훗날 정말 문제를 삼으려고 하면, 그때까지의 모든 것이 장난이었다고 둘러대면 될 일이다. 아직 내가 벌인 일이 없으니 무료함을 달래기 위해서 장난을 해본 것이라고 한다면 그리 죄가 될 일도 없다.

만일 상대가 내가 장난을 하는 것으로 알고 자신은 더 진지하게 접근해서 장난을 해보려고 한 것이라면 그 역시 장난으로 끝나면 될 일이다. 모든 것이 지금 고민할 문제는 아니다. 지금 고민할 문제는 의뢰인이라는 저 사람이 무엇을 꺼내려고 하는 것이며 그에 따른 사례비는 얼마를 불러야 하는 것인지를 고민할 때다.

기왕 벌어진 일이다. 장난이라는 것으로 결론이 날지라도 내가 반드시 해보고 싶었던 일이 아닌가? 짜릿한 스릴과 성취감까지 느껴보고 싶었던 일이니 진지한 자세로 임할 것이다. 인생을 살아가면서 부딪치는 모든 일이 그렇듯이 내가 문제를 내고 내가 답을 적을 일이 아니지 않은가? 이 일이 장난으로 끝이 날지 아니면 아주 훌륭한 결말을 내는 일이 될지는 두고 볼 일이다. 의뢰인이 누군지 무엇을 원하는지도 모르면서 성급한 답을 내서는 안 될 일이다.'

나는 대충 생각을 정리하고 답 글을 쓰기 시작했다.

"절대 장난 글은 아닙니다. 최첨단 내시경 기계를 개조해서 고안해낸 특수한 공법으로 원하는 물건을 찾아드립니다. 그렇기에 크게 훼손시키지 않고도 찾아낼 수 있는 것입니다.

사례비 문제는 찾고자 하시는 물건이 무엇인지 사전에 언질을 주셔야 그에 따라 책정됩니다. 세상 모든 것이 시간과 노력의 대가이니 당연한 것 아니겠습니까?

한 가지 주지하실 일은 찾고자 하시는 물건의 물질적 가치보다는 의뢰인이나 이 사회가 원하는 절대적인 가치에 따라 사례비는 달라질 수 있습니다. 단순히 물질적 가치를 추구하는 물건이라면 사례비는 그만큼 비싸지고 물질적 가치를 넘어서서 절대적인 가치가 있기에 꼭 찾으려는 물건이라면 그만큼 감소합니다."

내가 이런 일을 하고자 하는 것이 돈을 위해서가 아니라 어떤 가치창조를 위한 것임을 밝히기 위해 생각을 거듭하고 문장 다

듬기를 몇 번인가 반복한 끝에 답 글을 올렸다. 단순히 도굴을 하는 것이 아니라 어떤 성취감을 위한 일을 하는 사람으로 보이고 싶었다. 의적이라는 말은 있지만 의를 위한 도굴꾼, 혹은 가치 창조를 위한 도굴꾼이라는 말이 없는 것이 아쉬웠다. 만일 그런 단어가 있다면 그 단어로 나를 표현해주고 싶었다.

답 글을 올리고 몇 시간이 지나고 나서 잠들기 전까지 계속 확인을 해보았지만 아무런 반응이 없었다. 결국 어떤 대답을 다시 듣는다는 것을 포기하고 잠자리에 들었지만 잠은 오지 않고 상상의 나래 속으로 나를 날려보내기에 바빴다.

'의뢰인만이 아는 국보급 문화재를 찾아달라고 하는 것이라면 사례비는 얼마를 불러야 하나? 금관이나 금불상 같이 실제 물질 자체만을 따져도 그 값이 많이 나가는 것이라면 얼마를 불러야 하나? 고려청자나 그보다 더 오래된 고구려나 신라, 백제 같은 시대의 유물인데 물질적으로도 가치가 있는 것이라면 더 많이 불러야 하는 것 아닐까? 아니지? 그보다는 이제껏 우리나라에서는 발견된 적이 없는 그런 물건인데 물질적인 가치를 병행한다면 그야말로 비싸게 불러야 하는 것 아닐까?

그저 책이나 문서같이 물질적인 가치는 없지만 역사를 밝히는 데 많은 도움이 되는 것이라면, 그것은 사회에 공헌하는 물건이니 적게 부른다고 할까?

내가 돈이 없어서도 아니고, 이런 일을 하는 것도 돈이 목적은 아니지만 너무 싸게 부르면 장난으로 치부하고 말 수도 있는 일이 아닌가? 그러니 적당하게 흥정을 하는 것은 중요하겠지?

만일 고려청자를 기준으로 한다면 얼마를 불러야 하는 거야? 그 가치를 알아야 하는 건데.

아니다. 그보다 더 중요한 것이 있다. 일을 하기 전에 반드시 명기해야지. 찾고자 하는 것이 문화재에 해당하는 것이라면 그것이 국보급이든 아니든 간에 해외로 밀반출되는 것이 아니라는 확언을 받아야 한다. 그런 보장이 없다면 굳이 이 일을 해보고 싶지 않다. 하지만 어떻게 해외로 밀반출되지 않는다는 확답을 받는다는 말인가? 정말 도굴이 되면 그 자체가 불법인데 미리 경찰에 신고할 수도 없는 일이고?'

혼자서 묻고 답하고를 반복하다가 언제 잠이 들었는지 모르게 잠이 들었다.

"오늘은 병원 안 나가니? 언제 잠이 들었기에 아직도 안 일어나?"

엄마가 깨우는 소리에 놀라서 일어나 시계를 보니 8시였다.

"이 애미도 너 깨우는 것 지쳤으니 이제 제발 장가 좀 가라. 장가를 안 가니 잠도 제때 못 자지.

도대체 뭐가 부족해서 나이 서른이 훌쩍 지나도 그 모양이냐? 너 좋다는 경애는 왜 나 몰라라 하고 있는데?

어제도 네 애비랑 경애 아빠는 둘이서 느이들 짝 지워줄 이야기하는 것 같더라. 너도 밖에서는 경애 자주 만난다는 것 같은데 왜 그러냐? 그 아버지 직업은 변호사에 경애도 직업이 기자겠다, 얼굴 예쁘겠다, 몸 튼튼하고 싹싹하겠다. 그 정도면 됐지 뭐가 못마땅하냐?

아침도 안 먹고 나가냐?"

늦게 일어나는 바람에 평소 같으면 며칠에 나누어 들을 이야기를 한 몫에 들으며 집을 나섰다.

병원에 도착하자 엄마의 이야기는 모두 잊은 채, 자리에 앉자마자 컴퓨터를 켜서 회신을 찾았다.

아직 오지 않았다. 어제 늦도록 기다린 것이 아무 의미가 없는 것이었음을 다시 한 번 확인했다.

낮 동안에도 시간이 나는 대로 틈틈이 재확인을 했다. 머릿속에서는 대답이 올 리가 없다고 하면서도 손이 먼저 가는 것을 어쩔 수 없었다. 아니, 머릿속에서 대답이 오기를 강하게 바라는 것을 내 가슴이 거부하고 싶어 했지만 손이 머릿속 판단이 옳다는 것을 확인시켜 주는 것이라는 생각마저 들었다.

환자들을 진료하고 약을 처방하는 의사인 내 본연의 일마저도 그저 무의미하다는 생각으로 하루를 보냈다.

다른 날 같으면 환자 한사람 한사람을 대하는 것이 바로 내가 할, 이 시간에 주어진 최고의 일이라는 생각으로 진료를 했다. 이 나이 먹도록 장가도 안 가고 아직 철부지처럼 살아가고 있지만 의사라는 직업에, 그것도 맨 눈으로는 들여다볼 수도 없는 곳이 아파서 신음하는 이들의 병을 고쳐주는 내과의사라는 직업에 나는 아주 만족해하는 사람이다. 그런 까닭에 평소에는 진료를 할 때 환자의 마음을 읽어 병을 알아내고 치료해주려고 부단히 노력했다.

단순히 의사와 환자라는 관계를 떠나 환자를 가족처럼 대했다. 할머니 환자에게는 농담 섞인 주의도 주고 할아버지 환자에게는 같은 남자로서 절제의 미학도 이야기했다. 중년의 아빠, 엄마에게는 내가 부모 속을 썩인 것을 이야기함으로써, 당신도 자식 때문에 속 썩어서 공연한 병 만들지 말라는 경고도 했다. 처녀 환자에게는 총각으로서, 총각에게는 동병상린의 심정을 넣어 하나가 되는 마음으로 진료를 했다.

그런데 오늘은 영 그럴 기분이 나지를 않는다. 아무리 잊고 싶어도 자꾸만 어제 확인했던 회신의 글이 또렷이 떠오르며 잊히지를 않았다. 그래서 환자를 진료하고 다음 환자를 만나기 전까지 시간을 이용해서 확인하고 또 확인을 했지만 결과는 마찬가지였다.

무의미한 확인을 반복하면서 이제 그만 확인하자고 나 자신을 다졌지만 누가 시키지도 않는데 컴퓨터 앞에만 앉으면 자판은 이미 회답을 검색하고 있었다.

무의미한 확인을 거듭한 지 3일이 지나고 주말이 왔다. 말이 주말이지 도저히 주말의 흥겨운 기분이 들지도 않는데 오후에 그렇게도 기다리던 회신이 왔다. 나는 주말이 이래서 즐거운 것이라는 기분 좋은 주말을 맞았고 그 바람에 유병권 박사를 만나게 된 것이다. 우연이라고 하기에는 너무 이상한 우연으로, 필연이라고 하기에는 너무도 조작된 필연으로 우리의 만남은 시작되었다.

차창 밖을 보며 생각에 잠겼던 나는 벌써 택시가 서울대 병원에 도착한 것을 알고 몸을 움직였다. 특별한 환자를 수용하는 중환자 독실이 어디에 있는지 알면서도 선뜻 걸음이 떨어지지를 않았지만 어차피 가야 할 곳이다. 부딪힐 일이라면 망설이지 말고 부딪히자는 생각으로 중환자 독실을 향했다.

2. 동행

　중환자 독실 앞에 도착한 나는 한 눈에 저들 중 하나가 박종일이라는 생각이 들었다. 얼핏 보아도 일가친척이 아니다. 다부진 몸매에 점퍼 차림을 한 사내들 서넛이 적당한 간격을 유지하고 서서 고개를 약간씩 숙이고 있다. 하지만 저들의 눈은 지금 이 근처를 지나가는 모든 이들의 일거수일투족을 바라보고 있을 것이다.

　순간 나는 이 심각한 상황에서도 내 특유의 장난기가 발동했다. 저들이 나를 알아보나 못 알아보나 시험해보고 싶었다. 특히 박종일이라는 형사가 나를 알아보는지 알고 싶었다. 그래서 바로 누가 박종일이냐고 묻지 않고 일부러 주변을 어슬렁거렸다. 하지만 내가 어슬렁거리며 장난기를 발동할 시간은 길게 허락되지 않았다. 그들 중 다른 사내들과는 다르게 모자를 쓰지도 않고, 고개를 숙이고 서 있지도 않고, 복도에 있는 의자에 말쑥한 재킷 차림으로 앉아 있던 사내가 내게 다가왔다.

　"태영광 박사님이시죠?"

　전화에서 듣던 그 목소리의 사내다. 박종일과 나는 자연스럽게 악수하면서 명함을 교환했다.

"아, 박종일 형사님이시군요?"

"그렇습니다. 만나뵙게 되어서 반갑습니다만 좋은 일로 만났으면 더 좋았을 것을 그랬습니다. 어쨌든 지금은 유 박사님께서 잠이 들어계시니 간호사가 깨어나셨다는 연락을 줄 때까지는 기다리셔야 합니다.

본의는 아니지만 유 박사님께서 언제 깨어나시고 언제 잠드실 줄 몰라서 바쁘신데 공연히 시간을 낭비하게 해드렸습니다. 그렇다고 너무 탓하지는 마십시오. 어차피 범인을 잡기 위해서 하는 일이니까 욕을 하셔도 어쩔 수 없다는 염치없는 말씀을 드릴 수밖에 없습니다.

의사시니까, 이렇게 오시는 것이 환자들을 진료하는 데 지장이 있다는 것을 알지만 생명을 장담할 수 없는 분이 애타게 찾는 데다가 혹 박사님이 오시면 피해자가 어떤 단서를 이야기할 수도 있다는 생각이 들어서 부득불 오시게 했습니다. 범인을 잡겠다는 제 욕심만 차리느라고 박사님께 피해를 끼쳤다는 것은 잘 알지만 이해해주십시오."

"아닙니다. 절대 그런 생각 마십시오. 다른 일도 아니고 살인미수가 될지 아니면 정말 살인사건이 될지도 모르는 중대한 피습사건의 범인을 잡는 것이 어떻게 형사님 개인의 욕심을 채우는 것이라고 생각하겠습니까? 같이 일하는 후배가 있어서 잘 부탁하고 왔으니까 너무 심려 안 하셔도 됩니다. 다만 제가 무슨 도움이 될 것 같지를 않아서 그게 걱정일 뿐입니다. 도움이 되면 좋겠는데….

참, 그러나 저러나 어떤 조그마한 단서라도 나왔습니까? 유 박사님께서 정신이 드셨으니 무슨 이야기라도 하시지 않았나요?"

"아니요? 오리무중이라는 표현이 맞습니다. 박사님도 아시는 것이 없다고 하니 문제가 심각한 거지요.

더 조사를 해봐야 알 일이지만, 저희가 지금까지 조사해본 바로는 박사님께서 원래 바르게 세상을 사신 분이라 원한 살 일도 별로 없으셨습니다. 그렇다고 강도도 아닌 것 같고요. 얼핏 보면 강도 같지만 아닌 것이 거의 확실합니다.

사건이 일어난 시간이 밤이라고는 하지만, 강도라면 대다수가 젊은 학생들이 돌아다니는 대학 캠퍼스에서 그런 일을 저지르지 않았을 겁니다. 범행 장소가 교수연구실에서 나오는 길목인데, 언제 다른 교수나 학생들이 뒤따라나올지도 모르는 상황에서 그렇게 무모한 짓을 하지는 않았을 것이라는 생각입니다. 물론 박사님께서 소지하고 계시던 노트북과 가방을 가져가긴 했지만 오히려 지갑이나 값나가는 반지는 그대로 있습니다. 박사님께서 차고 계신 시계도 아드님이 선물해주신 거라는데 꽤 비싼 것이더군요. 한데 그 시계도 그대로 있었습니다. 가방과 노트북만 가져갔다는 것은 강도는 아니고 강도를 가장한 원한이나 아니면 가방과 노트북 안에 있던 어떤 자료를 탈취할 목적이었던 것 같은데 말씀을 안 하십니다. 전혀 원인을 모르시겠다고 하면서 짐작 가는 일도 없고 오로지 태 박사님을 뵙고 싶다기에 이렇게 모신 것입니다.

혹시 태 박사님께서는 어떤 짐작 가는 일이라도…?"

순간 나는 지난번에 유병권의 의뢰를 받고, 도굴인지 아니면 정말 민족의 유산을 꺼내 세상을 밝히는 것인지 모르겠지만, 찾아주었던 책들이 떠올랐다. 아침에 어제 신문을 다시 한 번 읽으면서 그게 그리도 중요한 것인지 혼자 되뇌이던 일을 떠올렸다. 그렇지만 그 일은 지금 섣부르게 이야기할 상황이 아니다. 내게 질문을 해놓고 나를 뚫어지게 쳐다보는 박종일의 시선을 의식해서 애써 태연한 표정을 지었다.

"아닙니다. 짐작 가는 일이 있을 리가요. 제가 유 박사님과 가깝다면 가까이 지낸 것은 사실이지만 그렇게 오랜 기간을 함께한 분도 아니고 그렇다고 수제자는커녕 제자도 아닌데요. 사실은 저를 찾으시는 이유를 저도 잘 모르겠습니다.

그나저나 유 박사님이 지금 잠이 드셨다고 했는데 그게 진짜 잠이 든 겁니까? 아니면 혼수상태에 빠지신 겁니까?"

"제가 듣기로는 잠도 잠이지만 장기를 심하게 다쳐서 통증이 심하니까 그것을 막기 위한 약기운에 더 무게가 있는 것 같습니다. 다만 정신이 혼미하시거나 그런 건 아닙니다. 깨어나시면 똑바로 말씀을 하시거든요.

제가 넘겨짚는다고 기분 나쁘게 생각 마시고 들어주십시오. 저도 형사생활 십 년이 훌쩍 넘었습니다. 제 경험에 의한 것이라고 하기에는 좀 그렇습니다만 죽음을 목전에 둔 사람이 찾는 사람이라? 그렇다면 분명히 남들이 모르는 무언가를 알고 있는 사람이라는 뜻입니다. 태 박사님께서는 지금 전혀 짐작 가는 것이 없다고 하시지만 그렇지 않을 겁니다. 혹시 알고 계신 것이 있다면 솔직히 말씀해주십시오. 지금 박사님의 표정에 무언가 아는 것이 있다고 나타나고 있습니다.

굳이 말씀을 안 하시겠다면 제 짐작만 가지고 뭐라고 더 다그칠 수는 없습니다만 어떻게든 범인은 잡아야 하지 않겠습니까?"

박종일은 내가 순간적으로 당황해하는 표정을 놓치지 않고 있었다. 내가 무언가를 이야기해주기를 바라고 있다.

박종일의 말에도 일리는 충분하다. 죽음을 목전에 둔 사람이 가족마저 젖혀두고 찾는 사람이라면 그것은 분명히 무언가 사연이 있는 것이 틀림없지만 저들은 나와 유 박사 사이에 얽혀 있는 내막을 전혀 모른다. 다시 한 번 그 책들이 생각났지만 공연히 섣불리 말할 필요가 없다. 그 일을 잘못 발설하면 나는 도굴범으로 철창신세를 지게 될 수도 있다. 만일 내가 그 일을 이야기함으로써 범인을 잡을 수 있다면 철창을 가든지 아니면 다른 벌을 받든지 그건 나중이고 이야기를 하는 것이 옳겠지만 그 일이 유 박사님의 피습과 어떤 연계가 있다는 보장도 없는데 공연히 긁어서 부스럼 만들 까닭이 없다. 나는 박종일의 말꼬리에 말리지 않으려고 말을 돌렸다.

"유 박사님도 당신이 곧 죽음을 맞을 것을 아시나요?"

"예. 알고 계십니다. 당신이 살아계시는 시간이 얼마가 될지는 모르지만 일단 다시 살아난다는 것은 기적을 바라는 것과 마찬가지라는 의사들의 말을 듣고 사모님께서 결정을 하셨습니다. 박사님의 그동안 삶에는 여러 가지 정리하실 일들이 많으니 죽음을 준비하시게 하는 것이 옳다는 것입니다. 그래서 아침에 깨어났을 때 사모님께서 그 말씀을 전해주시자 태 박사님을 만나게 해달라고 청하신 겁니다.

조금 전 잠이 드시기 전에는 유 박사님이 다니시는 성당 신부님께서도 다녀가셨습니다. 죽음을 앞둔 신자에게 마지막으로 베풀어주시는 병자성사를 집행하고 가셨습니다. 죽음이 기정사실로 다가오는 겁니다."

박종일은 내가 말을 돌리는 것을 알면서도 모르는 체 성실하게 답해주면서도 그의 집요함은 한 번 잡은 끈을 놓지 않았다.

"생각해보십시오. 이미 말씀드린 대로 자신이 곧 죽음을 맞을 것이라는 이야기를 듣자 곧바로 태 박사님을 찾았습니다. 그렇다면 다른 사람은 모르는 무엇인가를 박사님은 알고 있다고 누구든지 생각할 겁니다. 더욱이 우리 같은 직업을 가진 자들이야 당연히 그렇게 생각하지 않겠습니까?

물론 제 육감이라고 할 수도 있습니다. 그 육감이 잘못된 것이라고도 할 수 있고요. 그러나 보통 저희 직업을 가진 사람들이 육감으로 찍은 일들은 거의 맞는다고 그러지요. 그 이유는 말이 육감이지 실제는 상대방의 표정이나 행동에서 읽어내는 것이기에 맞아들어 가는 겁니다.

기분 나쁘게 생각하지 마시고 아시는 것이 있으면 협조해주십시오.

제가 장담하건대 행여라도 태 박사님을 의심하거나 해서 드리는 말씀은 절대 아닙니다. 다만 태 박사님께서 이 사건의 열쇠를 쥐고 계실 것이라고 확신하는 제 생각을 지울 수 없다는 것이 솔직한 심정입니다. 어려우시겠지만 모종의 결정을 부탁드립니다."

박종일의 애절함 밴 소리에 나도 모르게 마음이 움직이는 것을 느끼면서 잠시 망설이는데, 병실 문이 열리며 간호사가 유병권이 다시 의식을 회복했다는 전갈을 가지고 나왔다.

"들어가보시지요. 저희가 같이 들어가본들 나가라고 할 것이 빤하니 저희는 여기서 기다리고 있겠습니다."

박종일은 이미 자신들이 수사를 위해 해야 할 방법을 알고 있다. 억지로 이끌어내려고 하다가는 아무것도 얻지 못할 것이라는 것을 훤히 들여다보고 있었다. 굳이 따라서 들어오겠다면 말릴 수 없을 텐데도 그런 무모한 짓을 스스로 포기했다. 이미 그가 말한 대로 내가 마음의 결심을 하고 무언가 말해주기를 기다리고 있다는 것을 보여줬다.

병실 안으로 들어서자 부인인 듯한 여인마저도 나를 마주하며 밖으로 나갔다.

난감했다. 나를 바라보는 유 박사 곁으로 다가서기는 했지만 무슨 말을 어떻게 해야 할지를 몰라 그저 우물쭈물하고 있었다.

그런 태도를 보고 내 마음을 읽었는지 그가 먼저 입을 열었다.

"자네도 내과의사이니 내가 얼마 못 살 거라는 걸 잘 알지 않겠나? 해서 미안하게도 이렇게 오라 한 것이니 이해해주게."

혼수상태를 오가는 환자라고는 믿을 수 없을 정도로 또렷하게 말하며 자신의 병상 베개 밑에서 지갑을 찾아들더니 그 안에서 무언가를 꺼내 내게 내밀었다.

"우선 이것을 받게나."

그가 내미는 것을 받아야 하기는 할 것 같지만 선뜻 내키지 않아서 잠시 망설였다.

"받아들어도 당장 폭발하거나 할 물건은 아니니 일단 받아도 지장은 없을 걸세."

병상에 누워서도 농담을 건네는 여유를 보이면서 내민 물건은 USB 메모리칩이다. 나는 마지못해 받아들었다. 죽어 가는 사람이 건네는 물건으로 위험성이 따르는 것도 아니고 그렇다고 무슨 문제가 있을 것도 아닌데 거절할 수가 없었다.

"그 안에 모든 내용이 다 들어 있으니, 아마 박사의 머리라면 쉽게 이해하고도 남을 것이네."

밑도 끝도 없는 말에 어리둥절해하는 나를 보더니 그는 오히려 이상하다는 투로 말을 이었다.

"지난 번 박사가 내게 찾아준 자료를 말하는 걸세. 그 자료는 물론 그 내용과 그 내용을 연구해서 쓴 결과물이 모두 그 안에 있네."

"그런데 왜 이것을 제게 주십니까?"

"그 일에 있어서는 엄밀히 말하자면 박사와 내가 동업자라고 표현할 수 있지 않겠나?"

동업자라는 말도 어처구니가 없었지만 죽어가면서 자신의 연구 업적을 잘 알지도 못하는 내게 함께 작업을 했었다는 이유 하나만으로 넘겨준다는 것도 이해할 수 없었다.

그는 그런 내 표정에는 아랑곳하지 않는다는 듯이 입가에 미소까지 띠면서 말을 이었다.

"동업자라는 말은 이제 살 시간이 얼마 남지 않았으니 무엇이라도 즐겁게 이야기하는 것이 내게 도움이 될 것 같아서 그저 웃자고 한 말일세.

내가 이 칩을 박사에게 주는 가장 큰 이유는 이미 말했듯이 박사는 영리하니 그 칩을 열어서 내용을 읽는 순간 내가 하고자 하는 일이 무엇인지를 알 수 있을 걸세. 그동안 자의든 아니면 내가 혼자서 떠들어대는 것을 어쩔 수 없이 들었든 간에, 내 이야기를 상당히 많이 들어서 누구보다 쉽게 이해하는 데 도움이 될 거네. 거기다가 한 가지 내 욕심을 덧붙여 말하자면, 내가 이렇게 가고 나면 내가 하고자 하는 일을 끝가지 해결해줄 수 있는 사람이 박사라는 생각이 들어서지."

기가 막혔다. 나를 얼마나 안다고 저렇게 말하는 걸까? 분명히 무언가 꿍꿍이가 있다는 생각 이외에는 내게 허락되는 아무런 생각이 없었다.

"아니 유 박사님 제자들도 많이 있고 또 아드님도 계시다면서요?

이 안에 무슨 내용이 있는지는 제가 모르겠지만 그걸 해야 하는 사람이 왜 하필이면 접니까? 이미 전에도 말씀드린 적이 있지만 저는 이런 것과는 어울리는 사람이 아니에요. 저는 그저 내과의사라는 직업을 갖고 환자들을 진료하면서 자유롭게 세상을 살아가는, 제가 하고 싶은 일이 있으면 반드시 해야 직성이 풀리는 고삐 풀린 망아지처럼 세상을 사는 사람들 중 하나에 불과하다니까요?"

"그러니까 태 박사가 적임자라는 거야. 자신의 직업에 관한 것은 물론 자신이 하고자 하는 일이라면 앞뒤 계산하지 않고 하는 사람, 특히 호기심을 억누르지 못하고 자기 성취감의 만족을 위해서 새로운 것에 끊임없이 도전할 수 있는 사람이니 적임자일 수밖에?"

"그게 도대체 무슨 말씀입니까? 저를 잘 알지도 못하지 않습니까? 거래라는 표현을 쓰기에는 우습지만 어쨌든 그런저런 이유로 몇 번 만나서 의견을 나누고, 함께 일을 하고, 일이 끝나고 고생했다고 하시면서 밥 사준 것 이상으로 저를 아시는 것이 없지 않습니까? 그런데 무얼 믿고 저를 택하신 겁니까?

저 이런 것 하기 싫습니다. 그러니 아드님이든 아니면 제자들 중에서 한 사람 골라서 맡기십시오.

제게는 이런 것 주시지 말고 범인을 잡을 단서나 주세요. 밖에서 경찰을 만나 이야기를 들었는데 박사님께서 일절 말씀을 안하셔서 사건이 오리무중이라고 합니다. 지난 번 제게 일을 부탁하실 때도 그렇고 박사님께서는 무언가 밝힐 수 없는 사연을 가지고 하시는 일이 있는 분인 것 같습니다. 경찰에게는 범인에 대한 단서를 제공하지 않으셨지만 박사님께서는 무언가 알고 계실 것이라는 생각이 제게도 드는군요. 만일 단서는 있지만 경찰에게는 정말 밝힐 수 없어서 말씀을 못하시는 것이라면 제게 은밀하게 말씀을 해주십시오. 제가 선별해서 지켜야 할 비밀은 반드시 지키겠습니다.

도대체 사람보다 더 소중한 것이 무엇이기에 이렇게 사람의 목숨을 노려가면서 일을 저질러야 하는지는 모르겠지만 그런 사고방식을 깨트려줘야 합니다. 제 짧은 생각으로는 박사님의 피습사건이 지난 번 그 일과 연관이 있어서 저를 부르신 것 같거든요?

이 안에 지난번에 수집한 자료들을 연구한 것이 있다지만 나는 박사님이 말씀하시는 역사 쪽에는 문외한이니 이 자료는 도로 가져가시고 범인을 잡을 수 있는 단서를 주세요.

박사님과 오랫동안 아주 친밀하게 지낸 사이는 아니지만 사람의 목숨을 이렇게 우습게 취급하는 놈들을 그냥 놓아둘 수는 없습니다. 사회정의를 위해서라도 그런 놈들은 찾아내서 박살을 내야 합니다. 사람이 그 무엇보다 중요한 존재라는 것을 알려주어야 다시는 이런 일이 안 일어난다고요."

나는 유병권이 내게 건네주었던 칩을 도로 넘겨주면서 범인을 잡을 수 있는 단서를 달라고 했다. 경찰에게 밝힐 수 없는 것이라면 비밀을 지키겠다고 약속했다. 당연히 진심이다. 무슨 단서를 알게 되면 밖에 있는 박종일과 협조해서 유 박사의 명예를 손상시키지 않으면서도 해결할 수 있는 방법이 있을 것 같았다. 그 판단과 노출의 정도는 내가 조절할 수 있다는 생각이다. 더더욱 정말 밝힐 수 없는 것이라면 나 혼자서라도 저들을 찾아서 응징해주고 싶었다. 그 깊이와 정도를 모르지만 일단은 그 사정이라도 들어보고 싶었다.

"거 보게나. 이미 자네는 입으로는 거절을 하면서 마음은 이번 일에 깊게 들어와 있지를 않나?"

유 박사는 내가 도로 내민 칩은 받을 생각도 하지 않고 나를 똑바로 쳐다보면서 말을 이었다.

"이미 자네는 자네 스스로 그 칩 안에 들어 있는 일들을 마무리하겠다고 내게 말을 한 거야. 이번에 내가 피습을 당한 것이 바로 그 칩 안에 들어 있는 내용들을 발표하지 못하게 하려는 음모일세. 혹시 자네도 신문에 난 기사를 보았는지 모르겠지만 거의 마무리 단계에 들어가 있었거든."

순간 나는 뒷머리를 누군가 세게 내려치는 기분을 느꼈다. 나도 모르게 '흑' 하고 한숨을 들이쉬면서 심장이 멎을 것 같았다. 아침에 다시 읽은 어제 신문의 유 박사에 관한 그 기사가 정말 그리도 중대한 일이었다는 말인가? 결국 지난번에 내가 찾아준 그 책들이 유 박사를 죽음으로 몰고 갔다는 말인가? 생각이 여기에 미치자 정말이지 심장이 멎을 것 같은데 그런 내 기분에는 아랑곳하지 않고 유 박사는 말을 이어갔다.

"그들은 내 노트북과 자료가 담긴 가방을 가져가면 모든 것이 해결될 것이라고 믿었겠지. 이미 내 연구실도 뒤져서 그들이 원하는 자료는 다 가져갔을 걸세. 물론 지난번에 자네가 힘들게 찾아준 그 귀중한 책들도 가방 속에 있었으니 모두 가져갔지. 하지만 내가 이렇게 칩으로 옮겨두었을 것이라는 생각은 못했겠지. 아니, 칩으로 옮겨두었을 것이라고 생각했겠지만 이렇게 지갑 깊숙한 곳에 별도의 보관처를 만들어 담아가지고 다니리라고는 생각하지 못한 거야. 그러니까 자료를 보관해서 눈속임을 위해 주머니에 넣어둔 또 하나의 칩은 꺼내가면서 이 지갑의 비밀스런 장소에 있던 이 칩은 가져가지 않은 거지. 내가 이렇게까지 치밀하게 보관을 하리라고는 아마 꿈에도 생각하지 못했을 걸세."

유 박사는 자신의 지갑을 다시 한 번 들어서 자신이 개조한 비밀스런 곳을 내게 보여주면서 말했다. 나는 그의 말대로 이미 내가 이 사건의 깊은 곳에 들어와 있다는 기분이 들었다. 나는 칩을 들고 내밀었던 손을 슬며시 내리면서 칩을 주머니에 넣었다.

그런 내 모습을 보면서 내가 이 일을 하겠다고 승낙한 것으로 결론을 내렸는지 말을 이어갔다.

"전에 우리가 같이 일을 할 때 내가 자네에게 한 이야기 생각나나?"

"이야기가 한두 가지였습니까? 하지만 전부 생각나니 굳이 그 이야기를 다시 하려하지 마시고 이번 피습사건이 어찌된 것인지나 말씀해주세요. 말씀을 들어본 연후에 제가 이 일을 정말 해야 하는 것인지 결정하겠습니다."

"그래? 그 이야기를 다 기억한다니 역사 쪽에 문외한은 아니구먼. 이런 일이 꼭 역사적인 지식을 가지고 하는 일이 아니기도 하지만, 이 정도 일을 수행하는 데 필요한 역사지식 이상을 가지고 있네. 그렇다면 굳이 내 이야기를 듣지 않아도 그 칩 안에 있는 내용만 이해하면 될 일이지만 그 칩 안에 없는 내용은 내가 이야기를 해주어야 할 것 같군. 전에 내가 해준 이야기를 다 기억한다니 그 이야기들과 잘 연계해서 들을 거라고 믿네.

다만 이야기를 하기 전에 부탁할 것이 있다면 자네가 내 죽음을 슬퍼하거나 힘들어할 이유는 없겠지만 아까 자네가 말한 것 같이 사회정의를 위해서라도 응징을 한다는 생각은 버리는 것이 좋을 것일세. 자네 힘으로는 그들을 응징하기는커녕 오히려 자네 몸만 다칠 수 있음이야. 사실 이 일을 자네에게 맡기면서 가장 두려운 것은 자네가 다칠 수 있다는 생각이라네.

전에 내가 자네에게 이야기를 할 때, 자네는 마치 듣기 싫어하는 것처럼 하면서도 열심히 듣더라고. 나는 만일 오늘 같은 날이 오면 자네에게 이 일의 마무리를 부탁하리라고 이미 그때 마음속으로 결정을 했었지. 전부터 여러 사람을 눈여겨봤지만 자네처럼 호기심 많고 용기 있는 사람이 눈에 띄지를 않더라고. 역사를 전공한 사람만이 할 일도 아닌데 말일세. 그저 호기심과 용기, 사명감만 있으면 되는 일인데도 내가 아는 사람 중에는 자네가 아니고는 그 누구도 이 일을 해낼 사람이 없다는 생각이 들어서 이렇게 미안함을 무릅쓰고 자네에게 부탁을 하는 것일세.

하지만 자네가 만일 이 일을 하려다가 무슨 문제가 생길 것이라는 생각이 들면 안 해도 상관없네. 목숨을 버리면서까지 일을 마무리해달라고 강요할 수는 없지 않은가?

막상 내가 일을 당하고 보니 떠오르는 추측이지만 내게 그 주소가 적힌 쪽지를 준 은사님도 피살되신 것이 아닌가 하는 생각이 들어서 하는 말일세."

지금까지와는 다르게 진지하게 말하는 유 박사의 무게 있는 목소리는 내게 두려움을 동반하며 들렸다. 저 이야기는 나도 그처럼 피습을 당할 수도 있다는 말이다. 그래서 내 마음이 안 내킨다면 하지 않아도 된다는 말 아닌가?

"그렇게 말할 거면 뭐 하러 이야기를 꺼냈습니까? 아까 박사님께서는 내가 앞뒤 보지 않고 하고 싶은 일은 덤벼들어서 하는 놈이라 이 일을 맡긴다고 했지 않습니까? 그렇다면 목숨 내놓고라도 할 놈이라 시킨다는 뜻 아니었나요?"

나는 순간적으로 그가 아주 이기적인 생각을 하는 사람이라는 생각이 들어서 퉁명스럽게 말을 내뱉었다. 자기는 이미 내게 이일을 맡기면 무조건 뛰어들 놈이라는 계산을 다해놓고 나를 부른 것이다. 그래놓고는 기껏 한다는 말이 만일의 경우에는 목숨의 위협도 있으니 안 해도 하는 수 없다는 철저한 자기 합리화와 자기 책임 회피의 말을 하는 것이 영 못마땅했다. 하지만 이제 머지않아 죽을 사람이라는 생각을 하자 퉁명스럽게 말을 해놓은 것이 여간 후회가 되지를 않았다. 그래서 목소리를 가다듬고 톤을 낮춰서 다시 말했다.

"하고 안 하고는 제가 결정할 문제이니 그런 걱정은 마시고 이야기하시고 싶은 것이 있으시면 빨리 하세요. 지금 밖에서는 저보다 박사님을 더 보고 싶어 하는 가족들이 기다리고 있으니까요."

"미안하네. 자네가 그렇게 말해도 자네 마음 다 아네. 기껏 끌어들여 놓고 안 해도 좋다고 말하는 내가 밉겠지.

사실은 내가 의식을 회복하자 어떻게든 이 일을 세상에 알리고 싶어서 곧바로 자네를 찾은 것일세. 그런데 막상 자네 얼굴을 보고 이렇게 말을 하면서 머지않아 내가 죽을 것이라는 생각이 들자 자네에게 이 일을 시키는 것이 정말 합당한 것인가 하는 생각이 들어서 그리 말한 것일세. 이해하게나."

유 박사의 얼굴에는 미안한 기색이 역력했다. 그렇지만 꼭 해야 할 말이니 해주어야 한다는 듯이 심호흡을 했다. 심호흡을 한 까닭에 통증이 다시 살아나는지 잠시 얼굴을 찌푸렸다. 의사인 나는 직감적으로 통증이라는 것을 알았다.

"박사님. 괜찮으세요?"

나는 나도 모르게 다가서서 그의 손을 잡으며 물었다.

"괜찮을 리가 있겠나? 잘 알면서? 하지만 시간이 얼마 없으니 해야 할 이야기나 하세."

유 박사는 간간이 통증이 오는지 순간적으로 얼굴을 찌푸리기는 했지만 비교적 차분한 목소리로 말을 이어나갔다. 목소리는 비교적 차분했지만 통증이 오는 것을 참을 수 없어 얼굴을 찌푸리는 그를 보자니 그만하라고 하고 싶어도, 그가 하고자 하는 말을 반드시 들어야 한다는 생각에 멈추게 할 수가 없었다. 그런

내 마음을 알았는지 아니면 자신이 힘이 들어서인지 간결하면서
도 알아듣기 쉽게 말을 끝냈다.

3. 죽음도 기다려준 해야 할 일

유 박사의 말을 다 듣고 초점 없는 눈을 한 채 밖으로 나서자 예상했던 대로 부인과 박종일이 문 바로 앞에서 초조하게 기다리고 있었다.

"박사님께 다시 통증이 오는 것 같습니다. 의사와 간호사를 불러주시고 사모님 들어가보세요. 박사님이 찾으십니다."

병실을 들어설 때와는 확연하게 달라진 내 얼굴이며 말투에 박종일은 무언가 희망을 갖는 것 같았다. 그러나 지금 박종일에게 어떤 이야기를 해줄 수 있는 상황이 아니다. 나는 어떻게 하는 것이 현명한 행동일까 잠시 생각해보기로 하고 복도에 있는 의자에 앉았다.

방금 유 박사로부터 들은 이야기를 정리하기 시작했지만, 정리는커녕 이야기의 꼬투리조차 잡을 수 없는 상황이다. 어디 가서 그가 전해준 USB칩을 보고 나면 혹시 모를까 그가 한 이야기들만 가지고는 마치 한 편의 영화 속에 내가 잠시 출연한 기분 이상은 아무것도 아니다.

그때 누군가 내미는 짙은 커피향이 느껴지는 잔이 보이기에 눈을 들어 바라보니 박종일이었다. 그는 한 손에 들린 커피 잔을 내게 건네고 나머지 한 손에 들린 커피를 한 모금 마시더니 내가 앉아 있는 의자 옆자리에 앉았다.

"점심식사는 하셨는지 모르겠지만 너무 피곤해보이시기에 한 잔 뽑아 왔습니다. 드시지요. 그리고 천천히 생각해보십시오.

제가 보기에는 두 분이 근 30여 분 이상 대화를 나누신 것으로 보아 무언가 말씀이 있었던 것 같은데 괜찮으시다면 제게 말씀해주시면 고맙겠지만 아까도 말씀드렸다시피 굳이 보채지는 않겠습니다. 피해 당사자도 감이 오지를 않는다는데 엄연한 제 3자인 태 박사님께 무언가를 이야기하라고 어떻게 강요할 수 있겠습니까? 다만 경찰이 직업인 저로서는 이런 범죄가 다시는 생기지 않기 위해서라도 범인을 꼭 잡아야 할 거라는 생각이 앞선다는 것만은 말씀드리고 싶군요."

박종일의 말을 들으면서 나는 속으로 수도 없이 외쳤다.

'나도 이야기를 해주고 싶다. 아니 차라리 다 이야기를 해주고 이 주머니 속의 칩마저 네게 주고 이 일을 책임지라고 하고 싶다. 하지만 지금은 그럴 수 없는 상황이다. 내가 도굴범으로 몰려서 철창신세를 지는 그런 일 따위는 이제 걱정도 아니다. 차라리 몇 달 전에 있었던 일을 이야기하고, 그것이 도굴에 해당하는 것으로 범법자가 되어 철창신세를 지는 것이 오히려 지금 터질 것 같은 이 심정보다는 더 홀가분할 것 같다.'

그러나 그 외침은 박종일에게는 물론 나 자신에게도 들리지 않았다. 정말로 그렇게 말하고 훌훌 벗어버리고 싶은 줄 알았는데 내 마음이 그것을 허락하지 않는지, 아니면 유 박사의 말대로 나는 이미 내가 할 일이 무엇인지 알고 있는지 의문이 들 정도였다. 그렇게 외치고 훌훌 벗어버리면 홀가분해질지는 모르지만 본래의 내 모습을 잃어버릴 것만 같았다.

내가 박종일의 말에 아무 대답도 없이, 또 자신의 말을 듣는 건지 아닌지 구분이 안 가게 커피만 홀짝거리며 마시자, 그는 말머리를 돌렸다.

"의사 입장에서 볼 때 유 박사님은 얼마를 더 사실 것 같습니까?"

말머리를 돌리면서까지 내 대답을 듣고 싶어 하는 그를 외면할 수 없어서 억지로 한 마디 했다.

"글쎄요? 제가 진료를 하지 않았으니 상처의 정도를 알 수가 없어서 답을 못 드리겠네요."

귀찮다는 듯이 한 마디 던졌지만 박종일은 그런 나에 대해 기분 나빠하지 않았다. 오히려 원인은 모르지만 지금 내가 얼마나 지쳐 있는지 짐작하겠다는 표정을 지으며 나를 위로했다.

"많이 지치신 모양입니다. 하기야 오랫동안 투병을 하든, 단기간 투병을 하든 간에 목숨이 각을 다투시는 위급한 환자가 있으면 당사자도 당사자지만 주변 분들이 더 힘들어하며 고생하는 것이지요. 많이 보아온 일이라 충분히 이해합니다."

박종일은 자신이 할 말은 다 했다는 듯이 고개를 뒤로 젖히고 커피 잔이 거꾸로 뒤집힌다는 표현이 맞을 정도로 잔을 기울여 남은 커피를 털어 마신 후 말없이 의자에서 일어섰다.

그러나 그가 일어서고 말고는 지금의 내게는 전혀 상관이 없는 일이다. 그가 나에게 무슨 말을 한다고 해도 지금은 귀에 들어오지 않는다. 오직 유 박사가 전해준 말과 칩이 내 머릿속을 꽉 채울 뿐이다.

생각 같아서는 근처 PC방이라도 찾아가서 이 칩을 열어보고 싶다. 하지만 그렇게 섣부르게 취급할 성질의 것도 아니다. 그렇다고 지금 집으로 간다고 일어서기도 멋쩍다. 내가 나와서 유 박사의 통증을 전해주는 바람에 들어갔던 의사와 간호사가 나오지도 않았는데, 돌아가겠다고 인사를 한다면, 박종일은 물론 주변에 같이 서 있는 경찰들도 나를 사람으로 보지 않을 것 같았다. 죽음에 임박한 환자가 의식이 들자마자 찾은 사람이 자신과 대화를 하느라고 다시 통증이 찾아온 환자의 용태도 확인하지 않고 돌아간다면 우리 두 사람의 관계를 확실하게 모르는 저들로서는 당연히 욕할 일이다. 나는 의사와 간호사 둘 중 하나만이라도 나와서 경과가 어떻다는 이야기를 해주기만 기다렸다. 그 이야기만 들으면 곧바로 돌아갈 생각이다.

그러고 보니 아직 점심도 먹지 않았다. 벽시계가 2시를 알리고 있는데 점심도 안 먹었으니 당연히 배가 고파야 하는데 배가 고프다는 생각도 들었던 적이 없고 지금도 전혀 배가 고프다는 생각이 들지를 않는다. 다만 벽시계가 가리키는 시간이 점심도 안먹었다는 생각을 하게 만들어줄 뿐이다. 배가 고프다는 사실을 감지해야 할 머릿속이 복잡하다 보니 미처 생각도 못하고 그 모든 것의 때를 다 놓친 것 같다는 생각마저 들었다.

나 역시 커피 잔을 비우고, 잔을 버리려고 의자에서 일어서는데 의사와 간호사가 나오다가 본의 아니게 문 앞에서 마주쳤다.
"내과의사시라면서요?"
"예, 그렇습니다만?"
"그럼 알겠지요? 이런 상황에서는 언제 어떤 일을 당할지 모른다는 것을 말이요. 그래서 우리 딴에는 환자분께서 가족은 물론 그 외에 다른 일들도 정리를 하시게 미리 말씀을 드린 겁니다. 외람된 말씀이지만 죽음을 준비하시게 조치를 취한 거지요."

"대충 상황은 들어서 알고 있습니다만 제가 진료를 안 한 것이다 보니 뭐라 드릴 말씀은 없습니다. 다만 제가 들은 것이 사실이라면 준비하신 일은 잘하신 일이라 생각합니다. 그렇게 많은 장기가 손상을 일으켰다면 결과야…."

내가 말을 맺지 못하자 나와 유 박사님의 관계를 모르는 담당 의사는 자신이 지레짐작을 해서 말을 이었다.

"환자분께서 깨어나자마자 찾으셨다는 것을 보니 가까운 사이이신가본데 진료 기록과 검사자료들을 보시겠소? 같은 의사로서 보여주고 싶을 뿐만 아니라 혹시 우리들이 미처 생각하지 못한 더 좋은 방법이 있다면 보탬을 줄 수도 있으니까.

나는 잘 모르겠지만 저렇게 경찰들이 많이 와서 병실 앞을 봉쇄하고 지키는 것을 보면 예사 사건은 아닌 것 같기도 하고 어떻게 보면 환자분께서 하실 일이 아직 많이 남아서 지금 돌아가셔서는 안 되는 사항 같기도 해서 되게 부담이 되네요. 물론 어떤 경우이든 환자를 살리기 위해서 최선을 다하는 것이 의사이긴 하지만 이번 경우에는 왠지 꼭 살려야만 될 것 같은데, 절대 그럴 수 없다는 것을 이미 알고 있는 내 자신이 자꾸 무능력해보이기만 합니다. 아무리 인명은 제천이라 하지만 원인을 알았으니 치료를 해야 하는데, 그 치료라는 것이 인간의 한계를 넘어서는 절대 불가하다는 것을 다시 한 번 느끼는 거죠. 그 한계가 정말 인간의 한계인지 아니면 나 자신의 한계인지를 몰라서 이럴 때는 누군가의 힘이라도 빌려보고 싶은 심정이오."

나는 담당의사의 마음을 충분히 이해할 수 있다. 나 역시 그런 경험을 해본 적 있다. 솔직히 연세 드신 분들께는 미안한 말이지만 인간의 신체도 한계가 있다. 따라서 오랜 동안 세포분열을 하면서 지내온 인간의 몸뚱이는 당연히 늙게 마련이고 그 세월만큼이나 퇴화되고 기력을 잃어 스스로 자멸할 수밖에 없는 것이다. 따라서 나이가 들수록 죽음에 가까이 간다는 것은 정한 이치다. 그런데 불의의 사고로 그것도 자신의 의지와는 전혀 상관이 없는 사고로 목숨을 잃게 되는 이들을 보면 안타깝기 그지없다. 특히 원인을 모르는 병으로 죽어갈 때는 아직 그 병의 원인도 모르는 현대의학, 나를 포함한 모든 의학자들이 그동안 과연 무엇을 했는지 안타깝기기만 하다. 하지만 원인을 알면서도 살릴 수 없을 때는 정말이지 내가 왜 이렇게 무능한 것인지 그 까닭을 모르겠다는 생각이 자꾸 든다.

이 부분만 이렇게 하면 환자를 살릴 수 있다는 것을 알면서도 그것을 하지 못하는 것은 결국 자신을 탓할 수밖에 없다. 장기가 파열이 되고 그 장기에서 흘러나오는 온갖 소화효소와 그 밖의 또 다른 불순물들로 인해서 죽어가고 있는 유 박사 역시 그 원인을 다 알면서도 손을 쓸 수가 없으니 안타까운 것은 마찬가지일 것이다. 아니, 담당의사의 말 그대로 자신의 무능을 탓하고 있을 것이다.

같은 의사로서 담당의사의 마음을 짐작할 수 있는 나는 진료 기록과 검사 자료들을 살펴보겠다고 하며 뒤따랐다. 그러나 솔직히 말하자면 그 뒤를 따르는 내 마음은 상황을 보고 그에게 혹시 조언을 할 수 있다면 그리하겠다는 마음도 있었지만, 지금의 이 상황을 피해서 의사인 내 본연의 자세로 돌아가 보고 싶은 심정이었다. 사실 얼굴만 봐도 나보다 훨씬 선배로, 아니 선배라기보다는 차라리 스승 벌 되는, 내가 보기에는 지금 그가 담당하고 있는 유 박사 또래는 되어 보이는, 그 의사에게 내가 조언할 일이 있을 것 같지가 않다. 그러나 이 자리도 피할 겸 누구에게라도 애타는 심정으로 조언이라도 구해보고 싶어 하는 담당의사의 청도 들어줄 겸 지금은 그의 뒤를 따르는 것이 가장 현명한 선택이다.

담당의사와 함께 X-RAY, MRI 등을 비롯한 모든 검사자료들을 보았다. 생각보다 사태가 심각했다. 이렇게 상처를 입고도 그자리에서 즉사하지 않은 것이 더 이상할 정도로 심했다.

"살아 있다는 것이 차라리 기적이라고 할 수 있겠습니다."

자료들을 보면서 나도 모르게 한 마디 하자 담당의사도 공감한다는 표정을 지었다.

"나도 사실 깜짝 놀랐습니다. 마침 어제 늦게까지 수술을 하는 바람에 퇴근길에 응급실로 들어가는 유 박사를 보았죠. 물론 응급실은 제 소관이 아닙니다만 이미 인연을 맺은 환자인지라 죽어가는 그를 보고 그대로 지나칠 수가 없어서 같이 참여를 하게 되었는데 금방이라도 숨을 거둘 것으로 생각했습니다. 그런데 용하게도 고비를 넘기면서 지금까지 살아 있는 겁니다. 마치 꼭 해결해야 할 일이라도 있는 사람처럼 말이지요."

"그럼 선생님께서 유 박사님을 아시는 분입니까?"

"예. 꼭이 친하게 지내는 사이라는 말은 어울리지 않겠지만 이미 인연을 맺은 사이입니다. 각자 전공도 다르고 하는 일이 다르다 보니 그렇게 자주 만나는 것은 아닙니다만 서로의 이름과 저분이 사학을 전공하신 분이라는, 일반적인 것보다는 조금 더 알고 지내는 사이였습니다.

우리 교수들끼리 하는 작은 봉사 모임이 하나 있어요. 서로 바쁘다 보니 자주 만나지도 못하고 큰 봉사도 하지 못하지만 일 년에 두어 번 봉사하느라고 만나는 거지요. 거기서 만나 서로 의견을 나누다 보니 그저 길을 스치면서 만난 사람보다야 조금은 더 잘 알지 않겠습니까?"

나는 차라리 이 의사가 나보다 유 박사를 더 많이 안다고 생각했다. 나는 그에 대해서 아는 것이라고는 이름 석 자와 사학자라는 것, 그리고 교수이며 내게 일을 의뢰했었던 사람이고 함께 일을 했던 정도다. 그리고 어제 아침 신문을 보기 전까지는 나를 엄청나게 실망시키는 일을 맡기고도 마치 커다란 업적이나 이룬 듯이 자만하고 좋아하던 사람이라고 생각했었다. 나는 이 기회에 내가 보았던 유 박사와 저들이 보는 유 박사의 차이를 알고 싶었다.

"유 박사님은 평이 어떤 분이셨습니까?"

"왜요? 나보다 더 잘 알지 않습니까? 굳이 내게 묻지 않아도 잘 알면서….

점잖고 자기 소신이 확실한 분으로 다들 좋아하는 정말 학자 타입이죠. 사람 보는 눈이 어디 차이가 나겠습니까? 물론 한순간이야 잘 보일 수도 있겠고, 또 반대로 잘못 보일 수도 있기는 하겠지요. 하지만 시간이 지나면서 그런 것들은 자연히 해결될 일들이니까요. 한두 번 잘 보이고 잘못 보이고가 문제가 아니라 그 사람의 본성이 어떤가가 더 중요한 것 아니겠습니까? 몇 번인가를 만나다보면 그 본성이 어디 가나요? 아마 박사께서 보신 그 분이나 우리가 본 그분이나 크게 차이가 나지 않을 겁니다.

그건 그렇고 뭐 좋은 생각은 없소이까? 저렇게 상상하지 못할 정도로 질긴 생명력을 보이는 것을 보면 그가 살아야 할 이유가 반드시 있는 것이고, 그런 사람이라면 어떻게든 방법이 있을 것 같은데 속수무책으로 손을 놓고 있자니 여간 마음 아픈 것이 아닙니다."

"좋은 방법이라니요? 저보다 선생님께서 훨씬 경험도 많으시고 또 의술도 훨씬 뛰어나실 텐데 선생님께서 못하시는 일을 제가 어찌할 수 있겠습니까?"

"사람에게는 가끔 의술이나 경험을 앞지르는 것이 있게 마련이요. 그것을 물은 거요."

그렇게 묻는 담당의사는 오죽이나 답답한 심정이면 그리 물었겠나 하는 심정이 이해는 가지만, 정말이지 나는 유 박사님이 죽지 않고 살아 있다는 것이 놀라울 뿐이었다. 지금 드러난 저 정도의 상처만 해도 현장에서 즉사할 확률이 90%는 넘는다. 그런데 드러나지 않은 상처도 있을 수 있다. 그런 상처까지 감안한다면 현장에서 즉사할 확률은 99%를 뛰어넘을 수도 있다는 이야기다. 즉사하지 않은 것이 이상할 정도다.

"글쎄요? 지금 제가 드릴 수 있는 말씀은 아까도 말씀드렸지만 돌아가시지 않고 살아계신 그 자체가 정말 기적입니다. 저로서는 이런 상황이 이해도 안 가는데 무슨 도움을 드릴 수 있겠습니까? 죄송할 따름입니다."

나는 진심으로 미안했다. 그 미안함은 단순히 그에게 도움을 주지 못하는 것 때문만은 아니다. 나도 모르게 그가 한 말들을 곱씹고 있었다.

'저런 상황에서 죽지 않고 살아 있다는 것은 반드시 무언가 꼭 할 일이 있어서 살아야 하는 이유가 있다는 것인데…. 소신이 확실한 학자 타입으로….'

이상하게 이 말들이 내 머릿속을 떠나지 않으면서 정말 미안한 마음이 자꾸 들었다.

나는 머리를 세차게 흔들어서라도 그 말들을 잊어버리고 싶었지만 차마 그 앞에서 그럴 수 없어서 가벼이 좌우로 흔들며 자꾸 곱씹어지는 말들을 털어버리려 했다. 그러나 그럴수록 그 말들은 오히려 더 생생하게 머릿속에 각인되고 있었다. 그런 내 행동이 담당의사에게는 유 박사님이 죽을 수밖에 없다는 현실에 직면한 내가 괴로워하는 것으로 보인 모양이다.

"유 박사님과는 가까이 지냈나봅니다. 오늘 깨어날 때 그 옆에 아들과 부인, 딸과 사위 그리고 아까 그 형사는 물론 나도 함께 있었는데 자기 부인과 아들, 딸을 돌아보고는 곧바로 부인에게 박사를 불러달라고 합디다.

그렇다고 그렇게 괴로워할 것 없습니다. 인생이라는 것이 다 만나면 헤어지고 헤어지면 또 만나는 것 아닙니까? 박사와 유 박사가 어떻게 만난 관계인지는 모르지만 같은 의사로서 이야기하면 이보다 더 억울하고 아깝게 죽은 이들도 많지 않소이까? 너무 괴로워하지 마시오. 박사가 그러고 있으니 담당의사로서 내가 더 무능력한 것 같아서 마음이 아프구려."

"아닙니다. 선생님 마음을 상하게 하려고 그런 것은 절대 아닙니다. 선생님 말씀처럼 이 상황에서 아무것도 할 수 없는 저 자신 때문입니다."

나는 공연히 나 때문에 자책하는 담당의사의 말에 엉겁결에 마음에도 없던 말을 해버렸다. 그런데 막상 그 말을 해놓고 보니 어쩌면 그 말이 정말 내 마음속에 있던 말 같기도 했다. 도대체 내가 나를 모르겠다. 지금 이 현실을 벗어나지 않으면 정상적인 내 모습으로 돌아오기가 힘들 것 같았다. 유 박사가 나를 도굴범으로 고발하여 철창신세를 지는 한이 있더라도 주머니 안에 있는 침을 돌려주어야 한다는 생각이 들었다.

일단은 이 침을 돌려주고 나면 겉으로는 한 가지 속박에서 벗어나는 거지만 실제는 모든 속박을 벗어버리는 것으로 자유로워질 수 있을 것 같았다.

병실 앞에는 박종일과 형사들이 아직도 그대로 있었다. 내가 나타나자 박종일이 다가왔다.

"박사님이 보시기에는 어떻습니까?"

"글쎄요. 담당의사께도 말씀드렸지만 제가 보기에는 지금까지 살아계신 것만 해도 기적이라는 표현이 옳을 것 같습니다. 무슨 이유인지는 모르겠지만, 원한이 맺혀도 깊게 맺힌 사람이 난도질하듯이 칼질을 했고, 더더욱 그 상처도 깊어서 장기들이 모두 손상되었다고 해도 과언이 아닙니다. 정말이지 즉사하지 않고 지금까지 살아계신 것이 기적입니다."

박종일의 표정에서는 낙담이라는 표현이 그대로 묻어나왔다. 나는 그 이유를 알 것 같다. 근본적인 이유는 유 박사가 죽는다는 것에 대한 애석함이다. 부차적으로는 유 박사가 살아난다면 살인 미수사건으로 그칠 일이 살인사건으로 확대된다. 거기다가 대학 교정 한가운데라고 해도 과언이 아닌 교수연구실을 나오는 길에서 피습을 당한 사건이다. 당연히 사회적으로도 커다란 문제가 될 수 있는 소지가 있다. 반드시 해결해야 할 사건이다. 그런데 범인에 대한 단서는 하나도 없고 피해당사자 역시 감이 잡히는 것이 없다고 한다. 보통 난감한 일이 아니다. 내 말을 들은 박종일의 얼굴에 그 모든 것이 수채화처럼 그려지고 있다.

그런 박종일의 표정을 뒤로하면서 나는 병실 문을 열고 들어섰다.

이미 담당의사와 이야기하면서 혼자서 속으로 굳힌 결심대로 USB칩을 돌려주어야 한다. 아까는 내용을 보고 싶었는데 그럴 마음이 싹 가셨다. 난도질 당하다시피한 상처를 보니 상처를 보러 가기 전에 유 박사에게서 들었던 감동적이고 영웅적인 이야기가 아니라 이건 잘못하면 무의미한 죽음을 가져올 수도 있는 일이다. 앞뒤 돌아보지 않고 일에 뛰어드는 나를 높이 평가한 것이 아니라 불나방처럼 불에 뛰어들고도 남을 내 성격을 파악한 유 박사가 나를 이용하는 것이라는 생각까지 들었다. 이 칩을 돌려주지 않으면 유 박사가 죽기 전에 나 자신이 돌아 버릴 것 같았다.

병실 문을 열고 들어서자 언제 왔는지 아들, 딸, 내외처럼 보이는 어른들과 손자손녀로 보이는 어린애들까지 와 있었다. 내가 들어서자 부인이라는 사람이 그들을 데리고 나갈 차비를 하려는 몸짓을 했다. 그 순간 나는 나도 모르게 머릿속으로 생각했던 것과는 전혀 다른 말이 입으로 나오는 것을 다시 한 번 느껴야 했다.

"아닙니다. 특별히 드릴 말씀은 없습니다. 그냥 돌아가기가 뭣해서 인사라도 드리고 가려고 잠시 들른 것입니다."

언제 죽을지도 모르는 가장을 찾아온 그들이 자리를 비키게 할 수 없다는 순간적인 생각에 말은 그렇게 해놓고도, 나는 정말 내가 우스웠다.

'기껏 마음먹고 들어와서 겨우 한다는 말이 이 말이라는 말인가? 정말 내가 이 일을 해야 하는 운명이라도 타고난 것이라는 말인가?'

하지만 그렇게 자신을 돌아보는 시간도 잠시뿐이고 내 입에서는 나도 상상하지 못한 말이 또 튀어나오고 말았다.

"아까 오전에 신부님께서 다녀가셨다는 말씀을 들었습니다. 신자이신가보죠? 세례명은 어떻게 되시는지?"

"예. 애들 아버지 세례명은 아우구스띠노예요. 혹시?"

"예. 저는 바오로입니다. 저도 박사님을 위해서 기도 중에 기억하겠습니다."

"고맙습니다. 바쁘신데 애들 아버지가 찾는 바람에 이렇게 와 주신 것만 해도 고마운데…."

내 말을 들은 부인의 얼굴에는 걱정이 가득했지만, 인사를 하는 중에, 그나마 잠시라도 밝은 표정이 되면서 머리까지 숙여가며 고맙다는 인사를 했다.

나는 속으로 어이가 없었지만 이미 한 번 뱉은 말이니 어쩔 수 없다. 나는 겨우 눈을 뜨고 있는 유 박사님을 바라보며 되도록 그가 안심할 수 있는 목소리로 말했다.

"박사님. 세상 모든 걱정 다 잊으시고 마음 편히 잡수세요. 저도 담당의사와 함께 검사자료를 살펴보았지만 세상에는 항상 의외의 결과도 있는 겁니다. 박사님의 상처가 깊은 것은 사실이지만 아직 살아계시다는 것은 박사님의 정신력이 뛰어나시고 생명력이 강하시다는 증거입니다. 그런 정신력으로 위기만 잘 극복하시면 다시 일어서실 수도 있어요. 굳게 마음잡수시고 정신력으로 이겨내셔야 합니다."

"고맙네. 자네가 그리하라면 그리 해야지. 이겨낼 수 있다면 이겨내려고 노력을 해야지."

내 말을 들은 유 박사는 낮은 목소리로 말했지만 그 말은 이미 힘을 잃고 있었다. 아까 나와 독대를 해서 이야기할 때와 비교하면 힘이 많이 빠져 있었다.

그런 그의 목소리를 들으면서 어쩌면 그가 죽지 않고 살아 있는 이유가, 자신이 하고 싶은 이야기를 내게 해주기 위한 것이라는 생각까지 들었다. 나는 일부러 그런 티를 내지 않으려고 태연한 척 말했다.

"가족분들 계시니까 저는 일단 갔다가 내일 다시 오겠습니다. 내일 봬요."

내 인사에 유 박사는 아무 말도 없이 고개를 끄덕이며 손을 내밀어 내 손을 잡았다. 나는 나도 모르게 눈물이 나올 것 같았다. 애써 참으며 유 박사의 손을 잠시 두 손으로 포개어 잡았다가 풀고는 얼른 몸을 돌려 문을 향했다.

문을 여는데 눈물이 나온다. 희한한 일이다. 그렇게 정이 들었던 사람도 아니고 조금 전만 해도 속으로는 이런 일을 내게 맡겼다고 화까지 났었는데 눈물이 난다.

내 마음은 이미 그가 맡긴 일을 반기고 있는 것일까?

병실 문을 나서서 흐르는 눈물을 팔소매로 한 번 훔치는데 박종일이 내 곁으로 다가왔고 그때 휴대전화가 울렸다.

나는 부랴부랴 눈물을 훔쳐내고는 휴대전화를 받았다.

"에미다. 지금 어디냐?"

"병원이에요. 왜요? 무슨 일이라도 있어요?"

나는 시간도 확인하지 않고 대답하면서 벽에 걸린 시계를 보니 네 시 십 분이다.

"저녁 안 먹고 들어올 거지? 저녁 먹지 말고 들어와. 아버지께서 너랑 같이 저녁 하시려고 일부러 일찍 들어오시겠다고 하시면서 너한테 연락 좀 해보라고 하셨어."

"예. 알았어요. 그렇게 할 게요."

아마 그때 박종일이 다가오지 않았으면 나는 오늘은 약속이 있어서 그러니 엄마가 아버지께 이야기 좀 잘해 달라고 말했을 것이다. 오늘 아버지께서 일찍 들어오신다는 것은 어제 장 변호사님을 만났다고 했으니 보나마나 경애와의 결혼 이야기를 하시려는 것이 틀림없다.

경애나 나나 서로의 장점을 좋아하기도 하고 비록 지금은 같은 동네는 아니지만 어려서 같은 동네에 살면서 자주 봐 왔다. 물론 서로 다른 동네로 이사를 한 이후에도 자주 만나 점심도 먹고 또 저녁에는 술도 한 잔 나누면서 지냈다. 그러면서도 우리 두 사람이 결혼을 하지 않는 이유가 딱히 다른 사람을 마음에 두고 있는 것은 아니다. 그건 경애의 마음도 확실하다. 우리 둘 중 누구라도 손만 뻗으면 서로 결혼으로까지 연결될 수 있는 그런 사이다. 문제는 둘 다 결혼에는 별로 마음이 없다는 거다. 나는 나대로 경애는 경애대로 더 시간이 지나면 결혼을 생각해볼 수 있겠지만 아직은 아니라는 것을 서로 확인할 수 있다. 그건 우리 두 사람이 자주 만나서 하는 이야기 중 하나다. 그러니 어제 장 변호사님을 만나고 오신 아버지와 오늘 자리를 같이하는 저녁이 별로 내킬 리는 없다.

하지만 박종일이 다가오는 순간 차라리 그보다는 아버지를 선택하기로 했다. 그가 무언가 말을 걸어올 것이 뻔하고 그렇다고 딱히 할 말도 없다. 무엇보다 지금 이 자리는 물론 이 일과 연계되는 사람들과 마주하거나 대화를 하는 것이 싫다. 차라리 어디 혼자 떨어져서 유 박사가 전해준 USB칩의 내용을 읽어보고 혼자 판단을 해보고 싶다. 그 결과를 내일 아침 그에게 이야기해주면서 칩을 반납하든가 말든가를 정하는 것이 순서일 것 같았다. 그래서 바삐 자리를 피할 핑계를 만들기 위해 일부러 박종일이 듣게 큰 소리로 전화를 받았는지도 모른다.

"약속이 있으신가 봅니다?"

"예. 우리 엄마신데 오늘 아버지께서 꼭 저녁을 함께 하자고 하셨다고 일찍 들어오라고 하시네요. 특별히 하실 말씀이 있는 것 같습니다."

"아, 그러세요? 저는 혹시 약속이 없으시면 조금 이르기는 하

지만 함께 저녁이라도 할까 해서 여쭤봤습니다. 저도 마찬가지
지만 점심도 못 드셨잖습니까."

"예. 사실 점심도 안 먹었지요. 그런데 머리가 너무 복잡한 나
머지 미처 배고프다는 생각을 할 겨를이 없었는지 배도 안 고프
네요."

내가 이 말을 하는 순간 박종일의 눈이 번쩍 뜨이는 것 같더니
이내 평정을 찾았다. 하지만 무언가 잔뜩 호기심이 이는 표정은
없애지를 못한 채 말을 건넸다.

"혼자만 머리 복잡해하지 말고 나눠서 복잡해합시다?"

박종일의 이 말에 나는 아차 싶었다. 내 스스로 이 사건의 무
언가를 알고 있다는 말을 해놓았다는 생각이 들었다. 그런 내 눈
치를 챘는지 박종일은 빙긋이 웃으며 받아넘긴다.

"우리 둘 다 하도 긴장을 해서 스트레스가 쌓일 것 같아서 그
저 한 번 여유라도 가져보자고 해본 소리입니다. 너무 신경 쓰지
마십시오.

참, 내일 또 오시나요?"

"예. 사셔야 얼마나 사신다고 오지 않겠습니까? 그래봐야 몇
번이나 올지 모르지만요. 내일은 아침 일찍 출근 전이나 점심시
간을 이용해서 잠깐 인사만 하고 가렵니다. 나도 일을 해야 하니
까요."

박종일이 당연히 나를 보고 싶어 할 것이라는 것을 알기에 비
교적 친절하게 답을 해주고 그 자리를 떠났다.

4. '역사'라는 퍼즐 맞추기

병원에 들려 차를 가지고 집에 들어오자 아버지께서는 이미 와 계셨다. 그런데 아버지 혼자가 아니라 장 변호사님이 함께 와 계시는 것이 아닌가? 나는 차라리 박종일을 택할 것을 잘못 짚었다는 생각이 들었지만 이미 들어온 집이다. 다시 나갈 수도 없는 노릇이고, 오늘은 마침 장 변호사님께 여쭤볼 것도 있다.

그러나 인사를 마치자 엄마는 내게 장 변호사님과 대화할 틈도 주지 않았다.

"네 방에 올라가서 닦고 옷 갈아입고 내려와라. 마침 경애도 경애 어머니랑 같이 오고 있다고 하니 오랜만에 두 가족이 함께 저녁을 먹자꾸나. 이게 얼마만인지 모르지만 말이다."

나는 슬그머니 내 본유의 투정기가 솟아올랐다.

"그럼 경식이 내외도 오는 건가요?"

경식이는 나와 동갑을 먹은 경애 오라비다. 당연히 오지 않을 것을 알고 있다. 그런데 엄마가 두 가족이 식사를 같이 하자고 하니까 그냥 딴지를 걸은 거다. 그런 내 성격을 잘 아는 엄마는 또 시작이라고 생각을 했는지 그 물음에는 대꾸도 하지 않고 평소처럼, 비록 아무런 효과가 없을지라도 반격의 일침을 가했다.

"니들마냥 장가 못 가고 시집 못 간 처녀 총각 모이는데, 경식이가 할 일 없어서 온다드냐? 장가가서 떡두꺼비 같은 아들 낳고 토끼 같은 딸 낳아서 지금 한참 재롱보기 바쁜데 어디를 오겠어? 제발 너도 장가가서 경식이 마냥 아들딸 낳아서 품에 끼고 이 집에 오지 않아도 누가 뭐랄 사람 없으니 그리 해보려무나."

엄마는 힘 있는 일격을 날렸지만 그 일격은 이미 내 귀에 들리지 않고 있었다. 닦는다는 핑계를 대고 2층 내 방으로 올라온 나는 이미 유 박사가 전해준 칩을 PC에 꽂고 있었다.

"이, 이게 무슨 소리야?"

화면에 펼쳐지는 칩 속에 담긴 내용의 첫 페이지를 보면서 나는 너무 놀라 소리를 지르듯이 말을 내뱉었다.

우리는 왜 잃어버린 역사의 끈을 찾아서 풀어야 하는가?

역사는 과거를 거울삼아 미래를 설계하기 위한 가장 소중한 자료다. 자랑스러운 역사라면 계승 발전해야 할 것이요, 부끄러운 역사라면 그것을 거울삼아 앞날에 다시는 그런 부끄러운 짓을 저지르지 않기 위해 역사를 배우고 연구해야 하는 것이다.

내가 사학자라는 멍에를 쓴 지 이미 오랜데 논문이 아니라 이런 형식으로 발표한다는 것이 아쉽다. 굳이 변명을 하자면 이 귀한 자료를 내게 남기고 떠나신 스승님, 조인범 박사의 뜻을 받들어 이런 형식을 빌릴 수밖에 없다는 것을 밝히는 바이다. 내가 이 글을 논문으로 작성해서 밝힌다면 작금의 사학 풍토에서는 자칫 쓰레기통의 빈 공간을 채워주는 역할이 전부일 수도 있다. 이렇게 써서라도 많은 이들에게 읽혀지고 알려진다면 소명을 다한 것이라는 생각이다.

왜 우리는 온갖 외세의 침략에 휘둘리다가 종국에는 일본에 송두리째 침략당할 수밖에 없었는가?

그것은 바로 역사를 잘못 인식한 까닭이다. 잘못 인식된 역사를 배웠기에 후손에게 잘못 전달해줄 수밖에 없었고, 그 잘못된 역사로 나라의 미래를 설계하다 보니 반복되는 굴욕의 역사를 맞은 것이다.

우리 역사를 전함에 가장 큰 실수는 무엇인가?

두 말할 나위도 없이 고조선 역사의 실종이다. 우리나라 사람들에게 우리나라 역사의 시작을 꼽으라고 하면 대부분 많은 이들이 고조선을 꼽는다. 그러나 그들이 꼽는 고조선의 역사는 역사시대로서의 고조선이 아니다. 곰과 호랑이 신화에서 시작되는 개국 설화쯤의 역사일 뿐이다. 아니, 엄밀히 말하자면 역사가 아니라 전설처럼 여기는 이야기로서의 단군조선을 꼽고 있다.

정녕 고조선은 마치 설화 속의 이야기처럼 꼽히는 개국신화가 맞는 것인가?

당연히 아니다.

개국 신화를 논하자고 한다면 그 이전에도 우리 역사의 실체가 있었으니 그것을 논해야 할 일이다. 주지하건대 우리나라의 역사는 이미 환국시대에 개국 신화가 등장하였고 신시배달국시대에 그 뿌리를 내린 유서 깊은 역사다. 고조선 역사는 우리 역사의 시작이 아니라 흐르고 있던 우리나라 역사 중간에 자리 잡은 역사 중 하나일 뿐이다.

우리는 흔히 역사를 문자로 기록된 역사시대와 분명히 그 존재는 확실하지만 기록되지 못한 선사시대로 구분 짓는다. 또 선사시대 이전의 전설처럼 설화로 전해지는 시대도 존재한다.

인류가 걸어온 길 모두가 역사인데 그것을 굳이 선사시대와 역사시대로 구분할 필요가 있느냐고 하는 학자들의 의견 역시 맞는 말이기는 하다. 어쩌면 우리 현대인들이 미처 발견하지 못하거나 아니면 세월이 지나면서 소실된 역사를 가지고 기록이 없다는 이유 하나만으로 선사시대로 치부해 버릴 수도 있는 일이다. 또 현존하는 찬란한 문화는 발견되었는데 다만 그 기록을 발견하지 못했다고 선사시대로 접어둘 것인가 하는 문제도 충분히 논쟁거리가 된다.

많은 사람들이 기록된 역사시대와 미처 기록되지 못한 선사시대로 구분하고 있기에 그 기준에 따라서 이야기를 해도 고조선은 엄연한 역사시대다. 이미 고조선시대에는 문자가 있었기에 역사들이 기록되어 후대에 전해졌고, 그것은 시대를 지나면서 그 시대의 언어로 다시 적히면서 전해져 왔다.

그런데도 불구하고 우리는 그렇게도 자랑스러운 우리 역사를 스스로 짓밟고 말았다.

고조선의 뒤를 이은 부여와 고구려를 거치고 대진국 발해의 문화 속에서 찬란하게 빛나고 전해져 오던 우리 역사의 꽃이 갑자기 져버리고만 것이다.

존재했던 역사가 어느 한 사람이나 집단에 의해서 영원히 가려질 수는 없는 일이다. 앞 세대를 무너뜨리고 새로운 시대를 열어 집권하는 이들은 승자의 역사를 만들기 위해 그 존재를 지우고 싶어 한다고 해도 백성들의 가슴 깊이 녹아 흐르는 선조들의 맥이 녹아 있는 피의 강을 막을 수는 없다. 앞선 시대에 영광을 누리던 가문을 뒷시대의 영웅들이 없애고 싶어도 몇몇의 사람들은 없앨 수 있을지 모르지만 흐르는 역사를 단절시킬 수 없다.

백성들 스스로 지키고자 하는 역사는 그들이 자발적으로 기록하고 그 기록들은 품에서 품으로 전해져 내려오게 마련이다.

그러나 품으로 전해져 내려오던 우리 역사를 단칼에 도려내는 아픔을 맞았으니 일제강점기가 바로 그것이다. 일제강점기야말로 이 땅에 존재하는 역사를 송두리째 불살라 버린 시기다. 하지만 이 민족이 그리 녹녹한 민족이던가? 그들이 칼로 도려내려 해도 품속에 고이 간직한 역사는 도려내지지 못하고 오히려 백성들의 품 안 더 깊숙이 숨어들어 조국 광복과 함께 그 빛을 발해야 했다. 당연히 그것들이 세상의 빛을 보고도 남아야 했다. 그러나 조국이 광복을 이루었음에도 불구하고 일본인들이 만들어낸 고리의 열쇠를 풀지 않음은 또 왜인가? 어찌된 일인지 가슴을 풀어헤치고 꺼낸 우리의 역사는 빛을 발하기는커녕 오히려 날조된 것으로 취급을 받고 지금까지도 그 존재가치를 인정받지 못한다.

그 결과가 무엇인가?

작금의 우리를 한 번 돌아보자.

일본은 끊임없이 독도를 자기네 영토라 우기고 중국은 동북공정이라는 묘한 논리를 날조해서 고구려 역사를 자기네 역사라고 우기는가 싶더니 결국에는 이어도를 자기네 영해에 집어넣어야 한다고 주장하고 나섰다. 황당하고 어처구니없는 일이다. 하지만 그들은 그런 일을 꾸미기 위해 부단히 노력했다. 그 노력이 역사를 왜곡하는 짓으로 칭찬할 일은 절대 아니지만 적어도 우리에게 주는 교훈은 있다.

먼저 일본을 보자. 그들은 자기네 나라에는 있지도 않은 구석기시대를 조작하기 위해서 대학 교수가 구석기 유물을 땅에 묻고 나중에 파헤쳐서 마치 유물을 발굴한 것처럼 조작까지 했다. 중국은 어떤가? 우리 고조선 역사가 자신들의 역사를 앞질러가는 것을 알자 하·상·주 3대라는 선사시대를 역사시대로 둔갑하여 그 흥망의 연대마저 매겨놓고 있다. 또 삼황오제시대처럼 전설로만 전해오는 시기마저도 역사시대로 접안하기 위해서 지금 부단히 노력 중이다.

내가 한 말을 오해하지 말기 바란다. 나는 우리도 그렇게 조작이라도 해서 우리 역사가 그들보다 우월하다고 왜곡하자는 것이 아니다. 우리 역사는 있는 그대로만 받아들여도 그들보다 훨씬 앞서고 우월하다. 아니, 지금까지는 인접한 다른 나라 역사로 알려진 것들이 우리 역사라는 것을 밝힐 수 있는 충분한 근거들이 있다.

중국과 일본이 역사를 왜곡해서 우리 영토인 요동과 대마도를 깔고 앉아서 이제는 이어도와 독도를 입에 올리며 생떼를 쓰는 것이 불한당 같은 짓이라고 탓만 할 일이 아니다. 우리는 그동안 무엇을 했나 반성을 해야 할 일이다. 우리에게는 이미 전해져 내려오는 귀한 역사자료들이 있음에도 불구하고 그것들을 지키고 발전시키지 못한 커다란 잘못이 있음을 지금이라도 인지해야 한다.

일본이 독도를 마치 자기네 영토인양 돌려달라고 가끔 우스갯소리하듯이 헛소리를 하는 가장 큰 이유가 무엇일까? 왜놈이라는 글자가 말해주듯이 얄팍한 수 쓰기에 능수능란한 그들의 꾀에 넘어가면 절대 안될 것이다. 그들이 독도를 자기네 땅이라고 우기는 이유 중 하나가 역대 정권이 반복해서 저지른 실수인 한일어업협정이라는 씻을 수 없는 과오에서 기인하는 측면도 있지만 그 본질적인 이유는 다른 곳에 있다.

그들의 가장 큰 목적은 바로 대마도다.

자신들이 우리 땅임에 분명한 독도를 내놓으라고 생억지를 씀으로써 우리 땅인 대마도를 우리가 달라고 할 때를 대비하는 것이다. 제 놈들은 미리 똥싸놓고 우리에게는 방귀조차 뀌지 못하게 하려는 아주 더럽고도 악랄한 수법이다.

이제 그 더럽고 악랄한 수법의 베일을 하나씩 벗겨야 한다.

중국이 이어도까지 문제화시켜서 들고 나오는 이유는 무엇인가?

그들 역시 일본이나 마찬가지 경우다. 그들이 점유하고 있는 요동이 고조선의 후예인 우리 땅이라는 것을 그들도 알기에 우리 정신을 엉뚱한 곳으로 돌리려는 속셈이라는 것을 하루 빨리 알아야 한다. 그리고 그들이 동북공정을 완성하기 위해 고구려 역사를 자기네 역사로 편입하는 것을 넘어서서 고조선 역사가 자신들의 역사라고 주장할 근거를 조작하고 있다는 사실도 빨리 알아야 한다. 단순히 아는 것에서 그칠 것이 아니라 전해져 내려오는 우리 역사서들을 하루빨리 역사서로 인정하고 더 연구 검토해야 한다. 전해오는 우리 역사서만 확실하게 연구할 수 있다면 우리 역사를 그들에게 빼앗기기는커녕, 역으로 이제껏 중국이 자신들의 역사라고 주장했던 역사들의 상당부분이 우리 역사라는 것을 증명할 수 있다.

사실 우리 역사의 맥이 끊어진 곳은 바로 우리가 흔히 발해라고 일컫는 대진국의 역사를 잃어버린 데에서 비롯되었다. 그런 의미에서 보자면 대진국의 역사야말로 고조선 역사만큼이나 중요한 역사라고 할 수 있을 것이다. 아니 어쩌면 그 이상 중요하다고 해도 과언이 아니다. 대진국 역사를 잃어버림으로써 요동을 잃어버린 것이나 진배없기 때문이다.

우리가 고구려의 역사는 논하면서 대진국의 역사를 논하지 않는 이유는 무엇인가? 그것은 대진국의 역사를 우리 역사 속에서 지움으로써 반쪽짜리 조국을 만들려 한 일본인들의 술책에 놀아난 것이다. 그 결과 대진국의 역사가 요동을 차지하고 신라가 남쪽을 차지했던 남북국시대를 이룸으로써 광활한 우리 민족의 기상을 드러냈음에도 통일신라시대라는 묘한 시대를 만들어서, 지금은 요동을 모조리 잃어버리고 공공연히 압록강을 국경이라 하는 것이 현실이다. 우리 스스로 이렇게 우리 역사를 자리매김하니 좋다고 할 것은 중국이다. 그들은 말도 안 되는 소리로 요동의 역사를 자기네 역사로 만드는 동북공정이라는 희한한 놀이를 하고 있는 것이다.

결국 대진국의 역사를 잃어버림으로써 요동을 전부 잃어버린 것이다. 그 바람에 우리는 진정한 우리의 조상들인 고조선이 차지했던 영토와 문화는 물론 그 역사마저 잃어버리고 있다. 마치 고조선이 반도 내에만 있던 작은 나라처럼 오인하는가 하면 고조선의 수도 왕검성이 지금의 평양이라는 말을 서슴없이 하고 있다. 또 나아가서는 반도 내에 존재하지도 않았던 한사군이라는 묘한 실체를 만들어내기에도 서슴지 않았다.

그뿐만이 아니다. 대진국의 역사를 잃어버림으로써 대마도도 잃어버린 것이다. 이미 고조선시대부터 우리는 왜의 본거지를 정벌했을 뿐만 아니라 마한(馬韓)은 왜를 정벌하고 대마도에 군을 주둔시켜 왜가 바다를 넘는 야욕을 버리게 하기 위하여 마한을 바라본다는 이름의 대마도(對馬島)라고 이름 지은 섬이다. 또 고구려가 왜의 본거지를 점령했듯이, 대진국 역시 왜의 본거지를 공격하고 대마도에 병력을 주둔하면서 끊임없이 왜를 지배해 왔다. 그러나 그런 역사들이 대부분 사라져 버리고 지금은 전해지지 않는다. 우리는 역사를 잃어버림으로써 그 모든 것들을 송두리째 잃어버리고 만 것이다.

우리가 우리 역사를 찾지 못하고 있는 사이에 우리와 영토문제가 직결되는 일본과 중국은 역사를 조작해 가면서 우리의 모든 것을 앗아가려 하고 있다.

그러나 우매한 그들은 한 가지만 알고 두 가지는 모르는 우를 범하고 있다. 그들은 역사라는 의미조차 제대로 깨우치지 못하고 있다. 그들은 역사를 조작해서 영토를 차지하는 것에 모든 것을 걸었다. 역사라는 것이 과거의 기록이 아니라 앞날을 설계하고 앞날을 비추는 잣대라는 것은 모른다. 역사는 단순히 과거의 기록이 아니라 그 영토 안에 살고 있는 백성들의 문화와 예술, 종교는 물론 언어까지를 포함한다는 아주 커다란 사실을 잊고 있는 것이다. 역사를 조작해서 영토를 차지한다고 그 영토 안에 살아 있는 문화는 결코 사라지지 않는다. 굳이 총칼을 앞세워 언어를 짓밟고 종교를 탄압하고 전통문화를 말살하려 해도 구석구석 잡초처럼 들고 일어나기 마련이다.

그 좋은 예가 바로 '아리랑'이 아닌가? 중국이 요동 땅에서 '아리랑'을 없애려고 노력했으나 사라지지 않자, 없애는 것을 포기하고 2011년 6월 21일 '아리랑'을 자기들의 무형문화재로 지정하지 않았는가? 우리의 '아리랑'을 자신들의 문화로 자리 매겨서 요동을 영원히 자기네 영토화하려는 얄팍한 수단이다. 결국 우리가 역사를 빼앗김에 영토를 잃고 잃어버린 영토 안에 살아 있는 우리민족의 문화까지 빼앗긴 꼴이 되고 만 것이다.

이렇게 일본과 중국이 우리나라를 가운데 두고 서로 자신들의 잇속을 차리며 우리나라를 나눠 먹기식으로 침략해 들어오고 있는 동안 우리는 무엇을 했는가? 겉으로 일본과 중국이 아무런 협약도 맺지 않았다고 안심하고 있는 것인가?

지금은 일본과 중국 사이가 밀착된 관계가 아니라지만 우리는 이미 대한제국 말기에 뼈저린 경험을 하지 않았는가? 서로 이익만 된다면 동맹도 적도 없이 헤어지고 손잡는 것이 국제관계라는 것을 잘 알고 있지 않는가? 우리나라를 사이에 두고 중국과 일본이 서로 요동과 대마도, 이어도와 독도를 위해서라면 무슨 짓을 할지 모른다는 것을 우리는 잘 알지 않는가? 이대로 앉아서 당할 수만 없지 않은가?

아직 늦지 않았다. 아직 우리 문화와 언어가 살아 숨 쉴 때 역사를 바로잡아 우리 영토를 수복해야 한다. 내가 이 글을 쓰는 이유가 바로 그것이다.

이 글에서는 비록 사진으로 밝히지만 이 글을 발표하는 순간 필사본을 함께 공개하면 이제까지 역사서 취급을 받지 못하던 『환단고기(桓檀古記)』가 정말로 우리 역사서들을 묶어놓은 책이라는 것이 밝혀질 것이다. 『환단고기』를 구성하고 있는 『단군세기(檀君世紀)』나 『태백일사(太白逸史)』는 물론이요, 그 책들에 생생한 역사를 기록하기 위해 인용한 『조대기(朝代記)』나 『진역유기(震域留記)』를 비롯한 모든 역사책들이 실제 존재한다는 것이 밝혀진다는 것이다. 물론 『환단고기』에 실린 역사서들에 고서를 인용하면서 언급했던 책들이 전부 있는 것이 아니니 믿을 수 없다고 우길 사람이 또 나올 수도 있다. 그러나 『세조실록』 7권 세조 3년(1457) 5월 26일(무자) 3번째 기사에 적혀 있는 수거 대상이 된 책들 중 하나의 필사본인 이 책과 함께 공개할 또 다른 책을 읽어본다면 적어도 많은 이들이 공감하고 함께 해주리라 믿는다. 그 책에는 필사하는 도중 일인들에게 압수당한 책의 목록은 물론 그 원본들이 어디로 갔는지를 암시해주는 글이 실려 있다. 그 책들이 간 곳은 바로 …….

지난번에 나와 같이 일을 해서 얻은 자료들을 공개하고 해설을 곁들인 본문을 쓰기 전에 적어놓은 해제의 거의 끝부분까지 읽으면서 정말 읽지 말아야 할 것을 읽은 것 같은 생각까지 들었다. 병실에서 유 박사에게 들은 이야기가 있는 터라 뒷부분은 도저히 겁이 나서 더 이상 읽을 수가 없었다. 무언가 궁금한 것이 있으면 참지 못하고 그것을 밝히기 전까지는 새로운 것에 대한 도전을 두려워하지 않는 내 성격이지만 이번 일만은 망설이지 않을 수 없다.

'이것은 절대 내 영역이 아니다. 내과의사로 내시경을 하다가 지표면에서 지하를 읽어볼 수 있는 내시경 기계 하나 만들고 우연이라고 하기에는 너무 이상한 연으로 유 박사님을 만나서 돈도 받지 않고 무덤 속에서 유물인가 뭔가 하는 책 몇 권 꺼내주고 나라의 앞날을 밝혔다나? 조국의 미래를 설계했다나? 하는 칭찬 몇 마디 듣다가 칼에 맞아 죽기 직전이라는 말 듣고 병원으로 찾아간 것이 죄라면 죄다. 그런데 그런 나에게 왜 이런 짐을 지어주려는 것인가?

내가 꺼낸 것이 값나가는 금관이나 금불상 같은 것도 아니고 그렇다고 그 흔한 청자나 백자도 아니다. 기껏해야 구한말에 쓴 봉분에서 책 몇 권 꺼내주고 밥 몇 번 같이 먹은 그것이 전부 아니던가?'

여기까지 생각이 미치자 나는 정말 억울하기 그지없다는 생각이 들었다. 그러나 낮에 유 박사의 병실에서 그가 고통을 참아가며 한 이야기가 억울하다는 생각 뒤로 엉키면서 들려오자 정말이지 나에게 닥친 이 난국을 어찌 풀어야 할지 그 시작의 마디를 잡을 수 없었다.

"다 닦았으면 내려오너라. 경애도 왔다."

그 순간 들려온 엄마의 목소리가 근자에 들어서 이렇게 반갑게 들린 적이 없다. 아침에는 아침대로 저녁이면 저녁대로 일부러 파출부도 안 써 가면서 언제 며느리가 해주는 밥을 먹을 수 있느냐는 둥, 죽기 전에 손자 하나 안아볼 수는 있겠냐는 둥, 내게 자극을 주기 위해 고군분투하시는 엄마의 투정 아닌 투정을 듣기 싫어서 부르는 소리만 나도 신경이 곤두섰었다. 그런데 지금 나를 불러주는 엄마의 목소리는 마치 어릴 적 학교를 마치고 집에 돌아온 후에 다정히 불러서 먹을 것을 챙겨주시던 그 목소리보다 더 반가웠다.

나는 얼른 USB칩을 뽑아 재킷 주머니에 넣고 재킷을 벗은 후 넥타이만 풀은 채로 아래층으로 내려갔다.

경애는 물론 경애 어머니도 함께 와계셨다. 인사를 마친 후 마치 양가 상견례라도 하는 분위기로 자리를 잡고 앉자 나와 경애는 서로 마주보며 애써 웃음을 참았다. 경애도 나와 같은 생각을 하면서 웃음을 참고 있는 것이 확실하다. 두 집이 서로 친하게 지내는 터라 만나는 분위기는 어색하지 않지만 우스운 꼴을 하고 있는 것은 사실이다.

'요즈음 아무리 시집 장가가는 것이 늦었다고 하지만 반 강제로 이런 자리를 만드는 집이 어디 있다는 말인가?'

이런 자리에서 나서는 분은 바로 우리 아버지다. 그 이유야 장소가 우리 집이라는 이유도 있겠지만 그보다는 아들을 가진 집안이라는 우월감이 더 작용을 했을 것이다. 그게 아버지의 가장 존귀한 프라이버시다.

나는 가끔 그런 아버지가 세대에 뒤쳐졌다고 생각하면서도 충분히 그럴 수 있다고 이해하고 싶었다. 그것은 단순히 내가 남자라는 이유만이 아니다. 아버지가 자라난 시대를 돌아보자. 그분은 그런 분위기에서 자랐고 또 그렇게 교육을 받았다. 여자들은 제대로 학교에도 다닐 수 없었던 그런 시대에 교육을 받은 분이다. 당연히 남성우월주위에 사로잡힐 수밖에 없는 사고방식을 갖고도 남는 시대에 자란 아버지가 남성우월주위에서 벗어나지 못하는 것을 아버지 잘못으로만 돌릴 수는 없는 일이라고 합당화시켜 주고 싶었다. 게다가 우리 집에는 가까운 친척이 없다. 무녀독남이었던 할아버지께서 일찍이 고향을 떠나신 이후로 아버지마저 무녀독남으로 태어나다 보니 가까운 친척이 있을 리가 없었다. 그러니 할머니의 지나친 보호 아래 얼마나 자기 자신밖에 모르고 자랐을까? 하기야 무녀독남이기는 나도 마찬가지다. 아마 나 역시 그런 까닭에 하고 싶은 일이나 호기심이 생기는 일이면 참지 못하고 끝까지 가봐야 직성이 풀리나보다. 그리고 내게도 나도 모르는 사이에 남성우월주의가 자리하고 있다는 것을 가끔 스스로 느끼곤 한다.

어쨌든 아주 최악으로 평하자면 일종의 정신병이라고도 표현할 수 있는 남성우월주의를 고집하는 아버지지만 그 역시 피해자의 한 사람이라고 생각한다. 세대가 낳은 피해자, 환경과 교육이 낳은, 어쩌면 가장 절대 절명의 피해자일 수도 있다.

그런 내 생각을 증명이라도 하듯이 아버지께서 첫 수저를 뜨시고 나더니 입을 여셨다.

"오늘은 느이 둘 혼사 문제를 양가가 매듭을 지어야 할 것 같다. 내 자식도 나이가 이제 서른여덟이고 머지않아 해가 바뀌면 마흔을 바라본다. 우스갯소리 같지만 옛날 같으면 손자를 볼 나이다. 또 경애도 서른 줄에 들어선 지가 벌써 4년이나 지났다. 해가 바뀌면 서른 중턱에 다다르는 거다. 그러니 더 이상 부모 된 도리로 가만히 보고 있을 수만은 없는 일이다.

천천히 식사들 하면서 해는 넘기지 않는 방향으로 얘기를 해보자."

나는 당연히 나올 이야기인 것을 알기에 아버지가 첫 술을 뜨시기가 무섭게 숟가락을 집어들었다. 그리고 이야기를 들으면서도 부지런히 숟가락을 움직였다. 그렇지 않아도 점심도 굶은 터인데 빤한 이야기를 들으면서 숟가락을 게으르게 움직일 이유가 없다.

그때 장 변호사님이 아버지의 말에 첨언을 했다.

"방금 이 친구가 말했듯이 오늘은 결판을 보자꾸나. 정히 너희 둘이서 합치지 못할 것이라면 그 이유나 알아보자꾸나. 예를 들면 각자 다른 사람이 있다든가, 아니면 두 사람이 정말 마음이 안 맞아서 못 살 거라든가? 뭐 그런 이유가 있다면 굳이 두 사람을 합쳐주려고 노력하지 않겠다. 하지만 그도 저도 아니고 그저 결혼을 안 하겠다는 것이라면 오늘은 절대 용납 못한다. 마침 양가 부모는 물론 당사자들도 함께 있으니 아예 날을 잡자꾸나."

결국 어제 두 분이 만났다더니 이런 시나리오를 작성한 것이다. 나는 고개를 들어 경애를 바라보았다. 경애 역시 사태의 심각성을 눈치 챘는지 무언가 궁리를 하는 눈빛으로 나를 바라보았다. 그리고 그 눈빛에는 마치 20~30년 전에나 있을 일이 지금 우리 앞에 벌어지고 있는 것에 대해 이해할 수 없다는 표정을 함께 담고 있었다. 지금이 어느 시대인데 자식이 결혼을 안 한다고 부모가 직접 나서서 이렇게 법석을 떠는지 이해할 수 없다는 표정이다.

그 마음은 나 역시 마찬가지다. 그러나 나는 한 편으로는 그분들의 마음을 이해할 것 같기도 했다. 경애야 그 오빠 경식이도 있고 경식이가 적령기에 결혼을 해주어 아들딸 낳고 잘 살고 있고 경애 집안은 손이 귀한 집안이 아니다. 그러나 우리 집에서 본다면 무려 삼대가 무녀독남으로 손이 몹시 귀한 집안이다. 손을 잇는 맥을 중요시하는 아버지 입장에서의 내 결혼은 어쩌면 적당한 부와 명예를 손 안에 넣고 난 후인 지금으로서는 아버지 최대의 과업일 수 있다. 그런데 한해 두해 미루기만 하다가 이제 마흔을 앞에 두는 나이가 되었으니 당연히 전면에 나서서라도 나를 장가보내고 싶으실 거다. 아버지 말을 빌리자면 대가 끊기면 죽어서도 조상님 뵐 면목이 없어진다는 거다.

그렇다고 지금 이 시점에서 아버지 입장을 생각할 기분도 아니고, 이 자리에서 무슨 결정을 어떻게 할 상황은 아니다. 어떻게든 지금 두 분의 주도로 가는 분위기를 역전시켜야 한다는 경애의 저 눈빛에 대해서는 전적으로 동의하는 바다.

바로 그때.

고맙게도 내 휴대폰이 울려주는 것 아닌가?

얼른 들어서 보니 모르는 번호다. 하지만 지금 와준 전화가 얼마나 고마운 일인가?

"예. 태영광입니다."

"박사님. 저, 박종일입니다."

"아, 박 형사님. 웬일이십니까?"

낮에 명함을 주고받은 박종일의 전화번호이기에 아직 입력이 안 된 것이다. 나는 박종일의 목소리를 듣는 순간 불길한 예감이 스치는 것을 떨쳐버리려고 일부러 목소리를 높였다. 그런데 하필 형사라는 이야기가 나오자 갑자기 좌중에 싸늘한 기운이 돌면서 일제히 내 입만 주시했다.

"저, 다름이 아니라 유병권 박사님께서 돌아가셨습니다."

불길하던 예감은 바로 현실로 이어졌다.

"언제요? 얼마나 되셨지요?"

"조금 전에 임종을 하셨습니다. 임종을 하시면서도 박사님을 찾으셨습니다. 그리고 자신을 절대 부검하지 말아달라는 유언까지 남기셨습니다. 그러니 부검을 할 수도 없고 수사가 정말 난감합니다.

참, 지금 제가 무슨 이야기를 하는지 모르겠네요. 그놈의 직업이 무언지? 일단 영정은 이곳 병원에 그대로 모시기로 했습니다. 꼭 알고 계셔야 할 것 같아서 전화드린 겁니다."

갑자기 싸늘해진 분위기 덕분에 내 전화에서 흘러나오는 소리를 좌중이 다 함께 들을 수 있었다.

"누가 돌아가셨다는 거냐?"

"아, 예. 제 은사님이요."

지금까지 기세등등하게 결혼 이야기를 하시던 아버지의 물음에 나는 선뜻 대답할 말이 없어서 엉겁결에 은사님이라고 대답했다.

오늘은 이상하게 미처 준비하지 않은 답이 입에서 튀어나간다.

'하필 은사라니? 그렇지 않아도 자신의 일을 내게 넘긴 것 같아서 그 수에 넘어가지 않겠노라고, 기껏 위층 내 방에서 단단히 각오를 했는데 은사라니?'

그런데 이상한 것은 나 자신의 실언을 탓하는 내가 그분을 은사라고 부른 것이 결코 기분 나쁘지 않다는 사실이었다. 기분이 나쁘기는커녕 오히려 잘했다는 생각마저 들었다.

"은사가 돌아가셨다니 안 되긴 안 됐지만 만일 오늘 가더라도 하던 이야기는 마저 하고 가려무나."

아버지의 명이 내렸다. 하지만 이 순간에 그냥 아버지의 뜻대로 끌려가면 정말 오늘 결혼일자를 정해야 한다. 만일 그렇지 않으면 두 사람이 결혼을 안 할 것이라고 선포를 해야 한다. 그것도 그냥 안 하겠다고 하면 안 된다. 저 사람이 아니라 이런 저런 사람과 결혼을 할 것이라고 구체적인 신상명세를 밝혀야 한다. 그도 저도 아니라면 오늘 이 자리가 끝이 나지 않을 수도 있다.

삼십 년을 넘게 살아온 내 아버지다. 누구보다 내가 더 잘 안다.

"하지만 아버지. 제 전화 수신음이 원래 큰 까닭에 조금 전 전화에서 흘러나오는 소리 다 들으셨잖아요. 돌아가시기 직전에도 저를 찾으셨다고. 그러니 오늘은 제가 빨리 가보는 것이 도리가 아닐까 하는데요?"

"그런데 왜 형사에게서 전화가 와?"

"아, 그 형사요? 그 형사도 그분 제자거든요."

오늘은 정말 입에서 말이 제멋대로 술술 기어 나온다. 어느새 박종일마저 유 박사의 제자로 만들어 버리고 말았다.

"그럼 그 형사는 그분 임종을 본 게로구나."

"그렇지요. 저도 아까는 박 형사랑 같이 병원에 있었는데 엄마가 아버지께서 같이 저녁을 하자고 하신다고 일찍 들어오라고 해서 얼른 들어오느라고 임종을 못 본 거구요."

"그분 성함이 유 뭐라 했는데?"

"예. 유병권 박사님이요?"

그때 경애가 깜작 놀란 토끼눈을 해 가면서 끼어들었다.

"유병권 박사님이시라면 우리나라 고조선에서 대진국까지 고대사를 연구하시는?, 아니 이렇게 말하면 잘들 못 알아들으실 수도 있지만 발해라고 하면 다 아는, 고조선에서 대진국까지의 고대사에서의 1인자 그분 말씀이세요?"

"맞아. 그분. 경애 네가 어제 아침 신문에 인터뷰 기사를 내신 바로 그분."

"아니, 오빠가 그분 제자세요? 그분은 오빠 다니던 대학 교수님이 아닌데?

그리고 제가 엊그제 인터뷰 취재 가서 만났었을 때도 아주 건강하셨는데 그분이 돌아가셨다고요? 아니, 어떻게 그런 일이…?

잠깐, 그분이 임종하시기 전에 오빠를 찾았다면 오빠를 엄청 아끼셨다는 이야기인데 오빠는 사학자가 아니라 의사잖아요. 아깝다. 그분이 임종 전에 찾을 정도로 수제자였다면 차라리 사학자를 하는 게 더 나았을 텐데….”

경애의 마지막 그 말은 사실이 아님에도 불구하고 내 어깨를 으쓱하게 할 정도의 말이었다. 하지만 지금 그런 것에 도취될 분위기가 아니다. 이 여세를 살리는 것이 중요하다.

“응, 맞아. 우리학교 교수님은 아니고, 우리학교에 출강을 하시는 바람에 강의를 들은 교수님이셔. 역사는 내 전공은 아니잖아. 교양과목으로 들었던 거야. 그리고 엊그제 인터뷰할 때 건강하셨다는 것도 맞아. 어젯밤에 갑자기 입원하신 거니까?”

“지병이 있으셨나요? 어쨌든 이건 거의 특종에 해당하는 뉴스예요. 아니, 그분이 돌아가셨다면 특종이라는 표현이 맞을 거예요. 우리나라 민족사관의 국통을 이어오신 분이니까요.

사실 그분이 우리나라 고대사를 이제까지의 시각과 다르게 면밀히 연구해 오신 것이 가장 큰 성과라고 할 수도 있지만 그분은 항상 고조선에서 대진국사까지의 역사를 우리는 송두리째 잃어버렸다고 하셨어요. 그분의 지론에 의하면 우리나라 고대사는 살아 있는 역사임에도 불구하고 우리들 자신이 스스로 그 역사를 죽이고 있다고 하셨지요. 그리고 그 잃어버린 역사를 찾기 위해서는 반드시 대진국사를 먼저 찾아야 한다고 하셨어요. 대진국사가 우리 국통임을 증거로 할 때 고구려사는 물론 고조선사도 찾아올 수 있다는 거예요. 대진국사에서 우리나라 북방, 특히 요동의 역사가 단절됐다고 하면서 대진국사를 찾은 후 역으로 추적해 올라가서 고조선과 그 이전의 역사까지를 찾아 요동을 수복해야 한다는 거지요.

지금 우리가 알고 있는 우리나라 고대사는 상당히 왜곡되어 있을 뿐만 아니라 그 영역을 엄청나게 축소한 것이라고 항상 말씀하시면서 언젠가는 그 실증을 반드시 찾을 수 있을 거라고 확신하시던 분이에요.

그러다가 얼마 전에 그 실증을 손에 넣으셨다고 하시기에 가서 인터뷰를 했던 건데. 그런 분이 돌아가셨다면 이건 분명히 이 나라의 큰 별 하나가 진 거예요.

그동안 식민사학자들은 물론 친일 후손들과 목숨을 걸고 수도 없이 투쟁을 하신 조인범 박사님의 적손이라고 불리는 분 아닙니까? 이러고 있을 때가 아녜요. 영안실이 어디지요?"

경애가 한층 고무된 표정으로 좌중에 누가 있는지도 상관하지 않고 유병권 박사의 역사관을 피력한 후 영안실을 묻는 모습을 보며 나는 한 편으로 고마웠다. 잘하면 여세를 몰아 이 분위기를 벗어날 수 있는 계기가 될 것 같았다. 아니, 단순히 분위기를 벗어나는 정도가 아니라 유 박사의 영정 앞으로 갈 수 있을 것 같았다. 조금 전까지만 해도 내가 할 일이 아니라고 생각하는 일을 남기고 간 유 박사라고 생각했는데 막상 임종했다는 소리를 듣고 나자 그가 있는 곳으로 가고 싶었다.

이 자리를 벗어나기 위한 단순한 생각이 아니다. 경애의 말을 듣고 보니 그분에 대해 제대로 알지도 못하면서, 그런 분인지도 모르고 순간적이나마 스승이라고 대답했던 내가 부끄럽고 그분의 명성에 먹칠을 한 것 같았다. 그것은 단순히 그분이 우리나라 고대사 연구의 1인자라는 명성을 들었기 때문만은 아니다. 정확한 이유는 모르겠지만 한 가지 확실한 것은 경애가 짤막하게 피력한 그분의 역사관이 이제껏 유 박사 스스로 내게 들려줬던 역사 이야기들의 마지막 퍼즐을 맞춰주었다는 것이다. 이제껏 그분의 이야기를 들으면서도 가끔은 옛날이야기 듣는 기분으로, 또 어떤 때는 정말 호기심에 가득차서 듣기는 했지만 정리가 되지를 않았었는데 경애가 짧게 피력한 그분의 역사관이 그 모든 것을 일직선상에 놓고 내 몸속으로 파고들어 오는 기분이 들었다. 아침에 경애가 어제 신문에 써놓은 기사를 다시 읽어보면서도 맞춰지지 않던 퍼즐이 질서 정연하게 맞아들면서 병실에서 내게 했던 그분의 말들이 모두 정리되는 기분이다.

사학계에서 이방인처럼 취급을 받으면서도 잘못된 이 나라 역사를 바로잡기 위해 고군분투하시던 모습의 아주 작은 부분을 내가 옆에서 함께 했었다는 생각이 들면서, 비록 부족하나마 그분의 뜻을 정리하고 이해할 수 있다는 생각이 들었다.

하지만 지금은 나를 정리하게 하는 그런 기분을 드러낼 자리가 아니다. 나는 좌중 모두가 나와 경애를 주시한다는 것을 알면서도 일부러 경애를 향해서 눈을 끔뻑였다. 그러자 경애도 지금 분위기가 분위기임을 새삼 깨달았다는 듯이 순간적으로 분위기를 낮추며 고개를 숙였다.

우리가 분위기를 낮추자 의외로 부모님들의 반응이 달라졌다. 하지만 이번에 먼저 입을 여신 분은 장 변호사님이다.

"그렇게 아끼던 제자라면 가보는 것이 도리가 아니겠니? 임종 직전에 찾을 정도라면, 오늘 하던 이야기는 이삼일 후에 다시 해도 늦지 않으니, 어서 가 보는 게 나을 것 같다.

말을 들어보니 경애도 취재하러 같이 가야 하는 것 같은데 그렇다면 두 사람이 같이 가면서 얼마든지 이야기할 수도 있는 문제니 그만 일어서들 보거라. 이미 부모들의 뜻은 잘 알았을 터이니 그곳에 가면서 두 사람이 뜻을 잘 모아보아라. 내가 섣부르게 하는 말인지는 모르겠지만 영광이 은사님께서 영광이를 아끼신 나머지 돌아가시면서까지 두 사람이 그런 자리를 마련할 수 있도록 다리를 놓아주신 것이나 아닌지 모르겠다."

경애가 특종감 취재를 가야 한다고 해서 그런지 아니면 나를 생각해서 그런 것인지는 모르지만 고맙기 이를 데 없는 말이다. 경애 아버지가 그렇게 말하자 우리 아버지도 덩달아 어서 가보라고 독촉을 하셨다. 그런데 그 말을 듣는 내가 변한 것을 스스로 느낄 수 있었다. 조금 전에만 해도 이 자리를 피하는 것이 급선무였는데 지금은 이 자리를 피하는 것이 문제가 아니라 비록 돌아가셨다지만 유 박사님을 뵈러 가야 하는 것이 당연한 일이라는 생각이 들면서 자리에서 일어날 수 있도록 허락해주신 부모님들께 고맙기 그지없었다.

5. 유해는 요동벌판과 대한해협에

경애는 집을 나오면서 내가 오늘 다시 돌아온다는 보장도 없고, 설령 돌아오더라도 피곤할 테니 굳이 차를 가지고 갈 것이 아니라 자기 차로 함께 가자고 했다. 나는 엉겁결에 그리하자고 대답하면서 문득 머리를 스치는 섬광을 느꼈다.

'경애 말에 의하면 그분은 우리나라에서 알아주는 사학자다. 아니 단순히 알아주는 분이 아니라 고대사 부분에서는 1인자라고 했다. 그렇게 유명한 국보급 존재라고 해도 과언이 아닌 분이 어제 피습을 당했는데 오늘 신문은커녕 인터넷 뉴스에도 오르지 않았다. 며칠 전에 그분을 인터뷰까지 했다는 경애도 전혀 그분의 피습을 모르고 있지 않은가? 그뿐만 아니라 낮 동안 자신이 그곳에 있었지만 기자라고는 한 사람도 보이지 않았다.

그렇다면 혹시 그분의 피습을 일부러 숨긴 것은 아닐까? 그러고 보니 아까 병실 앞에도 형사들이 필요 이상으로 많았다. 물론 살인을 자행한 자가 자신이 실패한 것을 인식하고 재범행을 시행할 것을 우려하는 경호일 수도 있지만 단순히 그것만은 아니라는 생각도 들었다. 중환자실을 독실로 썼고 경호 형사들이 필요 이상으로 많은 것은 언론의 접근을 막으려는 것일 수도 있다. 게다가 자신이 낮에 독대해서 들은 이야기를 첨언한다면 이것은 틀림없는 언론 통제다.'

나는 아차 싶었다. 그렇다면 이 일을 어떻게 처리해야 한다는 말인가? 정말 언론에 통제를 하려고 한 것이라면 특종을 취재하겠다고 따라나선 경애 문제를 어떻게 처리해야 한다는 말인가? 다행이라면 다행인 것은 아직 경애가 신문사에 어떤 연락도 취하지 않았다. 특종이 분명하다고 하면서도 내심 더 정확한 취재를 해서 그 원고를 직접 송고함으로써 가치를 높이고 싶은 것일 수도 있다. 하지만 그것은 지금 나에게는 중요하지 않다. 다만 이 일을 어떻게 경애에게 이야기하고 양해를 구해야 하는 것인가가 더 급한 문제다.

나는 일단 정말 내가 생각한 것이 맞는지를 알고 싶어서 경애에게 차를 빼가지고 오라는 핑계를 대고 그 순간을 이용해서 박종일에게 전화를 걸었다.

"박 형사님. 급하고 신속하게 할 일이라 짧게 묻습니다. 솔직하게 대답해주십시오. 지금 이 사건 언론 통제하는 것 맞지요?"

전화를 받자마자 다짜고짜로 묻는 내 질문에 박종일은 당황했는지 순간 대답을 못하더니 이내 짧게 답했다.

"예. 맞습니다. 그렇더라도 어차피 돌아가신 사실이야 밝혀지겠지요. 하지만 오늘은 절대 밝히지 않을 겁니다. 물론 사망 소식도 유족의 이름으로 밝히지 경찰이 개입된 사실은 밝히지 않을 겁니다. 더더욱 피습이라는 것은, 한 동안은⋯."

"그럼 왜 낮에 내게 그런 이야기를 안 하셨어요. 지금 기자랑 같이 가야 하는데?"

"기자라니요? 무슨 말씀하세요? 어쨌든 돌아가신 것 이상은 절대 안 됩니다. 그것도 갑자기 심장 발작을 일으켜 입원했다가 상태가 악화되어 심장마비로 돌아가신 것으로 해야 합니다. 그게 그분의 유지예요."

"알았어요. 나도 지킬 테니 박 형사님도 그쪽 잘 단속하세요. 기자가 차 가지고 오니 그만 끊어요."

내가 전화를 끊으면서 차에 오르자 경애는 신이 난 목소리로 말했다.

"오빠. 이런 것을 고사성어로 뭐라고 해야 좋을까? 곤란한 자리도 피하고 특종도 잡고."

하지만 경애의 그 말에 대답할 기분이 아니다. 만일 조금 전 같았으면 나 역시 덩달아서 좋아라고 떠들어댔을 수도 있다. 하지만 이미 그런 마음은 사라진 지 오래다. 비록 십여 분밖에 되지 않았지만 유 박사님에 대해 흩어져 있던 내 생각의 퍼즐을 경애가 맞춰준 덕분에 마음이 바뀌어 그분의 명예와 학덕은 물론 생각까지를 지켜주고 싶었다. 그것이 역사에 대해서는 문외한이라는 핑계로 그분의 깊은 뜻은 헤아리지도 않고 투덜거리기만 했던 내가, 그분은 물론 역사 앞에서 속죄할 수 있는 유일한 길인 것 같았다. 지금의 내게는 단지 경애와 함께 영안실로 향하고 있는 이 위기를 어떻게 넘기느냐가 더 중요할 뿐이다.

지금으로서 나는 경애의 마음을 읽을 수가 없다. 일단은 경애의 기분을 이해하는 척하면서 그 의도를 알아볼 필요가 있다.

"사람이 죽었는데, 아무리 너와는 상관없는 사람이라지만 그래도 한 생명이 사라졌는데 그렇게 쉽게 말하면 되겠어? 게다가 네 말에 의하면 거의 국보급에 해당하시는 분인데?"

"하긴 그렇다. 정말 이 나라의 큰 별 하나가 떨어진 셈인데 나 하나 생각하고 이렇게 명랑한 목소리로 까불면 안 되지? 그치?"

"글쎄? 그분이 얼마나 큰 별인지 나는 잘 모르지만 일단은 인간적인 면에서, 다음은 우리나라 사학계는 물론 나라 전반적인 면에서도 안 된 일이라는 생각이 들기는 해."

"아니? 내가 그분이 돌아가신 것과 상관없이 내 생각만 하고 말할 때는 탓하더니 오빠는 왜 그런 식으로 말을 하는 거야? 돌아가시기 직전에도 오빠를 찾았다면서? 그렇다면 오빠를 그만큼 아꼈다는 이야기잖아? 그런데 마치 길거리에서 마주쳤다가 헤어진 사람처럼 이야기를 해? 나라면 그렇게 훌륭하신 분이 나를 얼마나 아껴주신 줄 아느냐고 광고라도 하고 다니겠다."

"광고? 글쎄다.

나와는 서로 생각이나 처한 환경의 차이가 있을 테니까 그리 말할 수도 있겠지. 하지만 나라면, 정말 내가 아끼는 사람이라면 짐을 지워주지는 않는다. 차라리 안 아끼고 짐을 안 지워주는 것이 더 나을 수도 있지."

"짐? 짐이라니 무슨 짐?"

"너한테도 말할 수 없는 짐이라면 얼마나 무거운 짐이겠니? 솔직히 너한테는 털어놓고 싶지만 네 직업이 기자 아니냐? 그것도 그 분야가 네 담당이라며?

단순히 그분이 돌아가신 일을 기사화시키는 거야 무슨 상관이 있겠냐만 만일 내가 그분에게서 받은 짐을 기사화시키는 날에는 돌아가신 그분에게도 누가 되고 나 역시 아주 안 좋은 상황으로 치달을 수 있을 뿐만 아니라 어쩌면 당장은 나라에도 득보다는 손해가 올지도 모르는 일인데 어찌 말을 할 수 있겠니?"

"가만, 지금 오빠 뭐라고 했어? 오빠가 짐을 졌다?

오빠는 사학과 출신도 아니고 그렇다고 지금 역사를 공부하는 사람도 아니고…?

그러고 보니 정말 이상하다?

아까는 미처 생각할 겨를도 없었고 또 그 자리를 피하고 싶은 맘에 오빠가 하는 말에 토를 달지 않았지만 어떻게 오빠가 그분 제자가 돼? 오빠 졸업한 학교에도 사학과가 있고 그곳에도 내로라하는 쟁쟁한 교수들이 수두룩한데 그분을 초빙해서 교양과목으로 국사 강의를 하시게 했다? 과연 그 말이 진실일까?

그리고 설령 오빠가 교양과목으로 국사를 그분 강의로 들었다고 하자. 아무리 교양과목에서 우수했다고 하지만 그저 한 학기 듣고 의사가 된 옛날 제자를 죽기 직전에 찾는다?

이건 아니다? 정말 진실이 뭐야? 애기해줘.

정말 오빠가 곤란해지고 나라에 손해가 된다면 내가 기사 안 쓸게. 다만 그분께서 돌아가셨다는 것만 기사화하고 말게."

"네 말대로 그분이 정말 그렇게 커다란 존재라면 그분의 사망만 기사화해도 아마 특종일 거다. 어떤 신문이나 방송도 이 사실을 내일 아침까지는 보도하지 못할 테니까."

"정말 무언가 있기는 있어. 그러고 보니 아까 오빠가 오빠 집에서 전화 받을 때 흘러나오는 소리에 부검 어쩌고 했던 것 같아. 그때는 그냥 흘려들었는데 지금 생각하니 그래."

"그거야 갑자기 심장마비로 돌아가셨으니까 그렇지."

"그건 나에게 심장마비로 돌아가셨다고 기사를 써달라는 이야기로 들리는데? 아니, 심장마비로 돌아가신 분이 임종 전에 어떻게 오빠를 찾아?"

"전문용어를 쓰지 않고 쉽게 설명하자면, 이건 원칙은 아니지만 너 알아듣기 쉽게 설명하는 거야. 원래 심장이 약한 사람이 일종의 심장 발작을 일으켜서 입원을 한다고 그냥 그 자리에서 죽는 것은 아니거든. 그러니까 응급 치료를 받고 순간적으로 안정이 되었다가 다시 발작을 일으켜서 죽을 수도 있다는 이야기지."

"좋아. 그 부분의 죽음에 관해서는 내과의사인 오빠의 견해를 존중해서 그렇게 쓴다고 치자. 오빠와 국익에 도움도 되고 내과의사의 자문도 받았으니까.

하지만 기자가 아닌 인간 장경애는 어떻게 설득을 시킬 건데?"

"장경애를 설득시킨다? 과연 30년을 넘게, 태어나자마자부터 함께 웃고 울고 하면서, 드디어는 오늘 우리 집에서 그 서먹서먹한 분위기를 무사히 탈출해서 이렇게 함께 하는 장경애를 설득시킨다?

굳이 그럴 필요가 있을까? 차라리 장경애가 '의문투성이의 죽음'이라는 기사를 쓰게 하는 것이 더 낫겠다는 생각이 드는데? 그러면 나도 굳이 변명을 위한 거짓말 안 해도 되고."

"오빠!"

순간 경애는 이제까지 내가 들어본 중에서 가장 큰 목소리로 나를 불렀다.

"도대체 어디까지가 사실이고 어디까지가 거짓인데?

왜 오빠마저 나를 힘들게 하려고 그래?

정말 오빠가 우리나라에서 기자 한다는 게 얼마나 힘든지 몰라서 그래? 해바라기 아니면 분꽃이 되어야 그나마 목숨을 부지한다는 것 정말 몰라? 행여 장미나 코스모스 아니지, 가장 흔한 들꽃이라도 되려고 했다가는 그 다음날 바로 집에서 자원봉사하는 신세가 된다는 거 정말 몰라서 그러는 거야?"

경애의 말을 듣는 순간 나는 어차피 알 일이라는 생각이 들었다. 아니, 오히려 내가 경애의 도움을 요청해야 한다는 생각이 들었다.

"좋다. 기왕 나온 이야기니 마무리를 짓자.

사실 나는 오늘 우리 집에서 네 이야기를 듣기 전까지는 솔직히 말해서 유병권 박사님의 이야기가 전혀 정리가 되지를 않았다. 내 머리 안에 가득 풀어헤쳐진 퍼즐조각들처럼 온통 바닥에 깔려 군데군데 빈 채로 연결되지를 않았지.

처음 그분을 만날 때부터 장난기 어린 내 호기심의 발동으로 그런 이유도 있지만 그분과 함께 일을 하면서 그분이 해주는 이야기들을 들으면서도 그 이야기들이 그분의 아집이나 혹은 자기 분야에 대한 집착에서 오는 허구일 수 있다는 생각을 한 자락 깔고 들었던 이유도 있겠지. 도대체 실감이 나지 않는 이야기들도 있었고 또 현실을 사는데 그렇게 중요한 이야기가 아닌 것 같은 이야기들도 있었던 게 사실이거든.

그런데 비록 잠깐이지만 네가 그분에 관한 이야기를 하는 것을 듣는 순간 내가 그분에게 들었던 이야기들은 물론 그분의 삶이나 생각들이 마치 하나의 줄에 꿰어 엮듯이 일제히 정렬되면서 머리 가득 풀어헤쳐졌던 퍼즐들이 빈틈없이 맞아들어간 것처럼 일목요연하게 정리가 되었어. 어제 네가 신문에 써놓은 기사를 읽으면서도 전혀 느끼지 못한 감정들이지. 그분이 그 분야에서 일인자고 어쩌고 하는 이야기보다는 그분이 같은 세계에서 이방인 취급을 당하면서까지 자신의 주장에 매달릴 수밖에 없었던 이유들이 먼저 정리가 되자 나머지는 저절로 정리가 된 거겠지. 물론 그렇게 정리가 되는 데에는 그분이 낮에 병실에서 내게 들려준 이야기 덕도 있었고 또 너를 만나기 직전에 읽은 그분의 글 덕분이기도 했겠지만 어쨌든 이제는 모든 것이 정리가 되었고 그래서 네 앞에서 이야기할 수 있는 거야.

유병권 박사님은 그냥 심장마비로 돌아가신 것은 아니다. 하지만 그 죽음의 명암을 기사화해서 밝히는 것은 정말 심각하게 생각해봐야 할 일이야. 나도 우연히 그분과 인연을 맺는 바람에 이 사건에 휘말리게 되었기에 어떻게 하는 것이 국익에 도움이 될지도 모르고, 아니 당장 어떻게 해야 내 목숨을 부지할 수 있을지도 모르지만, 좌우지간에 그분이 낮에 병실에서 내게 하신 말씀이 헛말은 아니었다는 것은 확실해. 조금 전에도 말했다시피 너를 만나기 바로 몇 십 분 전만 해도 그분이 내게 무슨 이야기를 하는 것인지 정리가 안 됐었던 까닭에 하필이면 그런 말을 내게 해준 그분을 원망했다는 표현이 옳을 거야. 이미 네가 짚었듯이 솔직히 나는 그분 강의를 들은 적도 없고 그분의 제자도 아니야."

나는 여기서 잠깐 말을 멈췄다. 막상 그분의 제자가 아니라고 말을 해놓자 가슴이 텅 빈 것 같이 허무했다. 단순하게 허무한 것이 아니라 정말 그분의 제자인데 남들이 인정을 안 해줘서 억울함을 참지 못하는 그런 허무함이었다.

"아니지. 가장 짧은 시간에 축약된 모든 강의를 듣고 그 연구 업적을 물려받은 제자라고 할 수도 있으니 제자는 제자지.

어쨌든 간에 졸지에 그분을 만나고 그분을 도와서 일을 한 것이 인연이 되어 내 어깨에 내려진 짐을 나 혼자 지고 가기에는 너무 힘드니 모든 것을 털어놓을게. 다만 너 하나에게가 아니라 이 사건을 수사하는 경찰이 있는데 그 사람이 정말 믿을 만하다면 그와 너 둘에게 내장 속에 들어 있는 것까지 다 털어놓을게. 그가 믿을 만하지 못하다는 판단이 들면 너 하나에게만 털어놓겠지. 그때와 장소는 내게 맡겨주려무나. 일단은 그 경찰이 믿을 만한지부터 알아봐야 하니까.

하기야 그 경찰을 믿고 못 믿고를 따질 필요가 없기는 해. 막

말로 오히려 자기들이 내게 보안을 부탁해야 하는 처지니까. 대한민국의 심장 서울 한가운데 있는 일류 대학에서, 그것도 비록 밤이라고는 하지만 버젓이 학생들과 교수들이 오가는 시간에 교정 한가운데라고 해야 할 교수연구실을 나오던 국보급 역사학자가 테러를 당했다? 칼로 온몸을 찔려 즉사하지 않은 것만도 다행으로 알아야 할 정도로 말이야. 이건 말도 안 되는 소리지. 그런데 그들이 그런 사실을 아는 나를 배신할 이유야 없겠지? 오히려 내게 입 다물어달라고 부탁할 처지니까. 하지만 그런 저런 이유 따질 것 없이 이 사건을 해결해야 하니까 그들을 믿고 시작하는 수밖에.

사람이 사는 세상이 왜 아름다운지 아니?

의외로 자신의 모든 것을 걸고라도 신의를 지키는 사람이 그렇지 않은 사람보다 더 많이 살고 있는 까닭이란다. 나는 실제로 그런 사람들을 자주 만났고 제발 이번에도 그런 사람을 만나기를 바라는 마음뿐이야."

나 자신도 무슨 이야기를 하는지 모르게 두서도 없이 내뱉던 이야기가 점점 감상적으로 흘러서인지, 아니면 나도 모르는 사이에 넋두리가 되어 버려서인지 경애는 아무 말 없이 듣고만 있었다.

차가 속도를 줄이기에 차창 밖을 내다보니 차는 어느새 병원 영안실 주차장으로 들어서고 있었다. 주차장에 도착하자 경애는 자신은 주차를 하고 들어갈 테니 나 먼저 들어가라고 했다.

아직 영정도 제대로 모셔지지 않은 영안실에 들어섰다.

장례 준비를 하는 사람들은 평소 유 박사가 다니던 성당에서 나온 연령회 사람들이다. 성당의 신자가 죽으면 장례를 치르는 일체의 의식을 봉사해주는 단체 사람들이다. 그들이 영정을 모실 곳을 준비하는 중이라 아직 조문은 할 수 없다.

유족은 아직 이곳으로 안 왔는지 한 사람도 보이지 않았다. 박종일이 저쪽에 있다가 나를 보더니 다가왔다.

"아, 오셨군요. 태 박사님이 댁으로 향하시고 얼마 지나지 않아서 갑자기 상태가 안 좋아지더니 끝내…."

"혹시 남기신 말씀 같은 것은 없고요?"

"예. 특별한 말씀은 없으셨고 다만 태 박사님을 찾았습니다. 그리고 사후에 부검을 절대 하지 말아줄 것과 화장 후에는 반드시 재를 단 한 주먹만이라도 요동벌판이나 대한해협에 뿌려달라는 유언을 남기신 후 사모님에게 태영광이 정말 영광을 줄 거라고 농담처럼 말씀하시고는 숨을 거두셨습니다."

나는 박종일이 한 말 중에 가슴을 저미듯이 파고드는 말을 되씹어보았다.

"요동벌판이나 대한해협이요?"

"그렇습니다. 처음에는 당신의 유해를 요동벌판과 대한해협에 나누어서 뿌려달라고 하시더니 그것이 정 힘들다면 단 한 주먹만이라도 좋으니 요동벌판이나 대한해협에 꼭 뿌려달라고 하셨습니다."

그렇게 말을 하던 박종일의 눈이 내 뒤로 향하며 당황하는 기색이 역력했다. 주차를 마치고 들어와서 내 뒤에 서 있는 경애를 본 것이다.

"아니? 장 기자님이 여기는 어떻게?"

박종일은 상당히 당황했다. 하지만 나를 보고 다시 경애를 보더니 조금은 안심이 되는 눈치였다.

"아까 태 박사님께서 기자와 함께 오신다더니 장 기자님이셨군요? 저는 혹시 다른 신문사도 몰려올까 봐 걱정을 했습니다."

박종일의 말을 그냥 두고 갈 경애가 아니다.

"걱정이요? 왜요? 기자들이 오면 안 되는 일이라도 있나요?"

"아, 아닙니다. 아직 공식적으로 아무 발표도 안 했는데 어떻게 알았나 해서 그런 거지, 뭐 다른 뜻은 없습니다."

"내가 아는 내과의사 한 분의 말씀에 의하면 유 박사님께서는 심장이 발작을 일으켜서 입원을 했다가 안정되는 듯싶더니 다시 급 발작으로 인해서 그만 숨을 거두셨다고 하던데 맞나요?"

"예. 그렇습니다. 그동안 여러 가지 연구와 학문에 몰두하시다가 과로로 인해서 심장에 무리가 가해지고 그로 인해서 심장 발작을 일으키신 것 같습니다. 직접적인 사인은 말하자면 심장마비라고 할 수 있는데 내일 유족들이 공식적으로 발표를 할 겁니다."

"내일 공식적인 발표를 한다?

왜죠? 지금 시간이 그리 늦은 시간도 아닌데?

게다가 부검도 하지 않기로 했다고 들었는데요?"

"글쎄요? 그거야 군이 이유를 말하자면 유족들의 뜻이 그러하다고 해야 하겠지요. 저희 역시 심장마비로 돌아가신 분을 군이 오늘밤에 호들갑을 떨어가며 사망 소식을 발표할 필요도 없을 뿐만 아니라 본인은 물론 가족이 원하지 않는데 군이 부검을 할 필요도 없다고 생각해서 동의를 해드렸을 뿐입니다."

"동의를 해드리다니요? 대한민국에서 언제부터 심장마비로 죽는 사람들의 사망 발표를 경찰에서 동의를 받아야 했지요?"

"글쎄요? 박사님께서 사회적으로 저명하신 분이다 보니 어제 입원하신 후 유족들이 저희들에게 연락을 취하신 관계로 저희들이 관여를 하게 된 것입니다. 다른 뜻은 전혀 없습니다."

"그래요? 그래서 박 경정님께서 이렇게 친히 나오셨다? 참, 이

건 개인적인 질문입니다만, 어떤 내과의사의 말씀에 의하면 박
경정님도 유 박사님의 제자라면서요?"

나는 얼른 박종일을 바라보면서 눈을 끔벅였다.

"제자라는 것이 꼭 학교에서 배우거나 개인적인 사사를 받아
야 되는 것이라면 엄밀히 저는 아니지요. 하지만 그분의 학문에
서 무언가를 배우고 또 그분의 학문이나 학식을 사모하여 따르
는 것까지 제자라고 할 수 있다면 저는 엄연히 그분의 자랑스러
운 제자입니다."

"알겠습니다. 어쨌든 이번 유병권 박사님께서는 심장마비로
돌아가셨고 따라서 그 사망을 밝히는 주체는 유족이다? 그동안
여러 가지 과로로 인하여 돌아가신 분이라, 부검하지 않겠다는
유족들의 뜻을 받아들여 부검도 하지 않고, 대한민국의 국보급
학자의 죽음을 심장마비로 덮어 버린다?"

"덮어 버리는 것이 아니라 그렇다는 사실을 전달할 뿐입니다."

"좋습니다. 유병권 박사님은 심장마비로 돌아가셨습니다. 발
작을 일으켰다가 안정을 찾더니 다시 더 심한 발작으로 인해서
말이지요."

"예. 간단하게 정리를 하자면 그런 거지요."

"좋아요. 약속하시건대 다른 이유의 사인은 앞으로 절대 안 나
오는 겁니다?"

"물론입니다. 이미 그렇게 사망 진단서도 나와 있습니다. 단순
한 과로사를 가지고 오늘밤에 수선을 피우지 않기 위해서 내일
공식 발표를 하자는 것뿐입니다."

"그리고 한 가지만 더. 조금 전에 유 박사님께서 유해를 요동
벌판이나 대한해협에 단 한 줌이라도 뿌려주기를 원하셨다는 소
리를 들은 것 같은데 사실인가요?"

경애는 자신이 들은 이야기를 재차 물었다. 그녀가 묻는 물음이 내 귀에는 그 이야기를 기사에 내도 좋으냐는 물음처럼 보였다. 아니나 다를까? 박종일은 금방 자신이 한 말을 아주 태연하게 뒤집고 있었다.

"글쎄요? 저는 처음 듣는 소리입니다. 제가 알기로는 그런 소리는 없었던 것으로 알고 있습니다만…. 유족들은 이미 화장을 한 후 모실 곳을 안성에 있는 천주교 납골당으로 정한 것으로 알고 있는데 요동벌판이나 대한해협이라니 그럴 이유가 있기는 한 겁니까?"

내가 아무 말도 하지 않는 가운데 두 사람이 알아서 사망 원인과 시신을 모시는 곳을 정리하고 있었다. 이제 조금 후에는 장경애가 처음으로 취재한 이 기사는 속보라는 타이틀을 달고 인터넷 뉴스에 실리고 내일 아침이면 신문에도 실린다. 그리고 미처 취재원을 확보하지 못한 다른 신문이나 인터넷 뉴스 역시 이 기사를 인용할 것이다. 이미 유 박사의 사인은 심장마비로 굳어지고 있었다.

나는 두 사람이 기사를 만들어가는 모습을 보면서 기가 찼다. 빤한 것을 서로 묻고 대답함으로써 입을 맞추고 있다. 경애가 대화를 통해서 만들어준 보도자료가 지금부터는 정설이 될 것이다.

'어쩌면 저렇게 손발이 탁탁 맞는 것일까? 내일이면 온 국민이 유병권 박사의 사인을 심장마비라고 굳게 믿을 것이다. 그리고 아쉬운 학자 한 사람 잃게 된 것을 아쉬워하다가 또 며칠이 지나면 모두 잊어버리고 말겠지. 그러면서 역사는 묻혀가는 거지.'

두 사람이 대화하는 것을 지켜보면서 혼자 생각을 하고 있던 나는 '그러면서 역사는 묻혀가는 것'이라는 생각을 하고 있는 내 자신에게 깜짝 놀랐다. 내가 언제부터 역사 운운하는 생각을 했더란 말인가? 정말이지 거짓말 조금만 보태면 태어나서 처음 해보는 생각 같다. 나는 그런 종류의 사고는 한 번도 해본 적이 없는 사람이다. 그런데 하루 만에 변해 있는 나를 보는 것 같아 무섭기조차 했다. 정말 유 박사의 말대로 이미 나는 그의 제자가 되어 그가 전해준 일들을 완수한다고 마음을 먹고 있다는 말인가? 하지만 그보다 더 무섭게 나를 엄습해 오는 것은 정말 유병권 박사의 죽음이 이대로 묻힐지도 모른다는 생각이었다. 이어서 절대 그래서는 안 된다는 생각이 자꾸만 나를 엄습해 오고 있었다.

"좋습니다. 이제 대충 정리가 된 것 같네요. 사실 여러 가지 의문은 많이 있지만 제가 개인적으로 좋아하고 또 존경하는 내과의사께서도 유 박사님의 사인이 심장마비라고 증언을 해주셨으니 확실하겠죠. 거기다가 경찰청에서 항상 제게 협조를 해주시던 박 경정님께서도 친히 이렇게 나와서 사인을 증언해주셨으니 더 말할 것은 없겠지요.

알겠습니다. 저는 잠시 나가서 기사를 송고하고 오겠습니다. 차에 가서 잠시 작업을 해야 하거든요.

참, 이것 역시 제 개인적인 이야기인데 그 내과의사께서도 유 박사님 제자라고 하더라구요? 박 경정님과 같은 분의 제자이니 두 분이 잘 어울릴 것 같다는 생각이 드네요."

나는 경애가 마지막으로 하는 말은 나 들으라고 하는 말이라는 것을 알 수 있다. 박종일과 내가 잘 어울릴 것 같다는 의미는 이곳에 오는 동안 내가 경찰이 믿을 만한지 알아보고 싶다는 말에 대한 대답이다. 잘 어울린다는 그 말이 믿어도 좋은 사람이라는 뜻이다. 두 사람의 대화를 통해서 느낄 수 있는 것은 두 사람이 이미 오래 전부터 알고 있었던 사람이라는 것인데, 경애가 믿어도 좋다는 사인까지 보낼 정도라면 정말 믿어도 좋은 사람임에 틀림이 없다. 그렇다면 이미 경애에게 해놓은 이야기도 있으니 더 미룰 까닭이 없다. 경애가 차에 가겠다면서 나서기에 나도 따라 나섰더니 박종일도 함께 영안실을 나섰다.

잘된 일이다. 이 기회에 경애가 작업을 하는 동안 우선 박종일과 기본적인 이야기를 나누고 경애 송고가 끝나고 나면 모든 것을 털어 버릴 것이다. 그리고 USB칩을 함께 보면서 앞으로의 대책도 논의할 것이다. 나 혼자 지고 가기에는 너무 무거운 짐이니 나눠져야겠다.

밖으로 나오자 경애는 차로 향하고, 나와 박종일은 영안실 입구에서 조금 떨어진 곳에 있는 벤치에 앉았다.

"나도 하나 주십시오. 원래 담배를 피우지는 않지만 오늘은 한번 피워보고 싶네요."

내가 담배를 꺼내 입에 물고 불을 붙이자 박종일이 자기도 하나 달라고 하기에 한 개비를 건네주고 불까지 댕겨주었다. 박종일은 담배 한 모금을 빨더니 넘기지도 않고 그대로 뱉었다. 그의 말대로 담배를 피울 줄 모르는 것 같았다. 그렇게 두 번인가 담배를 더 빨고는 도저히 안 되겠는지 일어나서 벤치 옆에 마련되어 있는 재떨이에 담배를 끄더니 다시 앉으며 입을 열었다.

"장 기자와는 잘 아시는 사이신가보죠?"

"예. 어릴 때는 옆집 살았어요. 지금은 각자 다른 곳으로 이사를 했지만 원래 저희 아버지와 장 기자 아버님이 이십여 년을 옆집에 살면서 동갑내기라는 이유로 친하게 지내신 덕분에 지금도 두 가족이 아주 친하게 지냅니다. 더욱이 장 기자 오빠가 저랑 동갑이라 둘이도 친하고요."

"아, 그러시군요? 그런데 함께 오시면서 많은 이야기를 하셨나 봐요? 장 기자 보통내기가 아니라서 자신이 의문을 갖는 이번 일 같으면 저렇게 순순히 물러날 사람이 아닌데?

전에 사회부에 있으면서 경찰청 출입할 때 제가 진담 꽤나 흘렸지요."

"그래요? 하지만 오늘은 그렇게 하고 싶지 않았나보죠. 장 기자 말로는 돌아가신 유 박사님께서 우리나라 사학계에서는 아주 대단하신 분이라고 합디다. 특히 대진국이라는 발해사는 물론 고조선사까지 고대사에 관한 한은 우리나라 최고의 권위자라고 하던데요?"

"그럼, 태 박사님은 그런 사실도 모르고 계셨던 겁니까?"

"당연히 모르고 있었죠. 전혀 모르다가 어제 오늘 뭐 좀 알 것 같으니까 갑자기 그분께서 이런 일을 당하신 겁니다. 정말이지 나는 우연히 그것도 아주 우연히 그분을 알게 된 것밖에는 관련이 없어요. 한데 어쩌다가 이렇게 깊이 관여를 하게 된 건지는 나도 모릅니다."

"글쎄요. 태 박사님 스스로 답답하시고 힘드신 것 같은데 아무것도 해드릴 수가 없으니 저도 안타깝네요. 태 박사님이 무슨 일에 어떻게 깊이 관여가 되셨는지를 알아야 도움을 드리든 말든 할 텐데, 저는 지금 그것조차도 모르고 있으니 더 답답하고요."

"아셔도 큰 도움은 안 될 겁니다. 여북해야 유 박사님께서 입을 다문 채 돌아가셨겠습니까?"

"입을 다문 채 돌아가셨다? 그럼 유 박사님은 무언가를 알고 계셨다는 말씀 아닙니까?"

"예. 확실히 알고 계셨지요. 하지만 자신이 그것을 이야기해도 아무 소용이 없고 오히려 일만 더 커진다고 생각하신 나머지 말

없이 돌아가신 겁니다. 그 이야기는 조금 후에 장 기자 오면 제가 같이 해드리겠습니다."

"얘기를 해주신다고요? 정말 큰 결심해주셨습니다. 사실 끝까지 말씀을 안 할 것 같아서 얼마나 걱정을 했는지 모릅니다. 한데 장 기자님이 들으면 곧바로 기사화될 수도 있지 않을까요?"

"만일 장 기자가 기사를 쓸 것이었다면 오늘 그분의 죽음을 단순한 심장마비로 썼겠습니까? 지금 송고를 하고 있을 겁니다. 아시다시피 그녀는 어느 정도 감은 잡고 있을 겁니다. 이번 일이 단순한 심장마비가 아니라는 것을. 하지만 그냥 심장마비로 가잖습니까? 사람이 하는 일이다 보니 다 방법이 있는 겁니다."

"그 말씀은 마치 태 박사님께서 장 기자님에게 전후 사정을 말해주기로 하고 오늘 사인은 단순한 심장마비로 처리할 것을 주문하셨다는 말씀처럼 들립니다만?"

"맞아요. 그랬습니다. 사실 저는 단순하게 유 박사님이 사학과 교수인 것은 알았지만 그렇게 훌륭하시고 독보적인 연구 실적을 가진 분인지 몰랐습니다. 유명하고 유명하지 않고는 차치하고라도 자신이 추구하는 가치를 위해서 한평생을 바친 분이라는 것을 오늘 장 기자 이야기를 듣고 알았습니다. 그래서 제가 부탁을 했죠. 전후 사정을 반드시 이야기해주는 조건으로 이번 사인은 그냥 심장마비로 가는 걸로 말입니다. 아까 박 형사님, 아니죠. 이제 정확하게 알았으니 정확하게 불러드려야겠네요. 박 경정님께서 전화하실 때 사실은 장 기자 부모님과 장 기자 모두 저희 집에서 함께 식사를 하던 중이었거든요. 그래서 모두 이 사실을 알게 되었고 장 기자도 동행을 하게 된 것입니다."

"그렇군요. 저는 그런 줄도 모르고 웬 기자인가 걱정을 했습니다. 사실 오늘 저녁에 오시지 않는다고 했으면 전화로라도 혹시 누가 물어보더라도 사인을 심장마비로 해달라고 부탁을 드리려던 참이었습니다."

"저를 잘 모르시면서 어떻게 그런 부탁을 쉽게 하시나요? 혹시 제가 진실을 밝힌답시고 떠벌이면 어쩌시려고."

"죄송합니다. 사실 오늘 아침 유 박사님께서 깨어나신 후 태 박사님을 찾기에 저희가 뒷조사를 시작해서 다 알아보았습니다.

〈아직 미혼이기는 하지만 비교적 환자들이 많이 찾는 내과 원장. 부유한 집안 출신으로 우리나라에서 알짜 기업으로 소문난 집 외아들. 단순한 부잣집 아들이 아니라 공부도 잘하고 아주 똑똑하고 언변도 뛰어난 수재. 어려서부터 부족한 것 모르고 자랐듯이 하고 싶은 일은 무엇이든 해야 직성이 풀리는 사람. 솔직 담백하고 자신이 믿으면 끝까지 믿는 사람. 준법정신이 강하고 절대 법이 없어도 살 수 있는 사람. 의리라면 무엇보다 우선시하며, 자신이 한 약속은 설령 손해를 보게 되어도 자신의 판단 잘못으로 약속한 것이니 지켜야 한다고 하면서 반드시 지키는 사람. 유일한 험이라면 호기심이 너무 많다 보니 가끔 의사 본연의 의무를 잠시 잃고 자신이 가진 호기심을 해결하는 데 시간을 투자하기도 하는 사람.〉

이 정도면 얼마든지 믿어도 좋을 텐데, 오늘 오전에 태 박사님께서 유 박사님을 무려 30여 분 이상 만나고 나와서도 내게 아무런 말씀도 안 했지요. 제가 집요하게 듣고 싶어 하는 것을 알면서도 적당히 자리를 피하셨어요. 그것은 자신의 입이 얼마나 무겁고 약속된 비밀을 반드시 지켜준다는 것을 제게 보여주신 겁니다.

솔직히 저는 박사님과 유 박사님께서 어떻게 알게 되셨고 또 얼마나 친근한 사이인지 전혀 모릅니다. 두 분의 관계는 아직 조사하지 못했어요. 하지만 박사님이 오늘 낮에 제게 보여주신 행동을 보면 제가 부탁을 안 해도 유 박사님을 위해서 모든 것을 비밀에 부칠 것 같았습니다. 전화만 해도 반드시 비밀은 유지될 것으로 믿고 있는데 마침 오신다고 하면서, 기자와 같이 온다고 미리 전화까지 했습니다.

그것은 유 박사님을 위해 모든 것을 완벽하게 처리하겠다는 의지를 가지고 계신다는 뜻 아니겠습니까?"

"그래요? 자세히도 알았네요.

하지만 내가 이렇게 모든 것을 이야기한다고 했으니 지금까지 조사한 것들은 모두 허사가 아니겠습니까?"

"아닙니다. 저는 그렇게 생각하지 않습니다. 그 반대일 수도 있다는 생각입니다. 아마 저나 장 기자에게 이야기하시려는 것은 단순히 비밀에 부치는 것보다 더 큰 것을 얻을 수 있으니 그리 하는 것 아니겠습니까?"

"글쎄요? 나 자신도 모르겠소이다. 내가 모든 것을 털어놓으려는 의도가 정말 무엇인지를. 단, 두 가지 중 하나라는 것은 확실합니다.

첫째는 내가 진 짐이 너무 무거워서 적임자를 찾아 벗어 넘겨주고 싶은 생각. 둘째는 정말 이 일이 내가 해야 할 일이라면 두 사람의 힘을 빌려서 이루고 싶은 생각. 하지만 그 둘 중 정말로 내가 가야 할 길이 어떤 길인지는 나도 판단이 서지를 않습니다. 마치 프로스트가 쓴 『두 갈래 길』처럼 말입니다."

나는 다시 담배 한 대를 피워 물었고 박 경정은 아무 말 없이 하늘을 올려다보았다.

"오빠? 오래 기다렸어?"

내가 담배를 피우는 동안 하늘을 올려다보며 무언가 깊은 생각에 잠겨 있던 박 경정과 나는 경애의 경쾌한 부름에 눈을 돌렸다.

"아니? 기다리기는? 그냥 둘이서 이런 저런 이야기하면서 기다렸지."

"그런데 이상하게 분위기가 무거운 것 같아."

"그럼 초상집에 와서 축제 분위기라도 일으킬까? 자, 그러지 말고 어디 커피숍이나 아니면 적당한 곳으로 가서 이야기 좀 하자."

경애는 내가 무엇을 이야기하려는지 알고 있다. 물론 이미 내 이야기를 들은 박 경정 역시 내가 하려는 이야기의 내용은 모르지만 그 목적을 안다.

"그래? 좋아. 하지만 멀리 갈 것 없잖아. 지금 이 시간이면 가장 좋은 곳은 바로 여기야. 주변에 아무도 없고 또 날씨도 적당하게 쌀쌀해서 모기도 없고.

그리고 이렇게 내가 커피도 준비해 왔고."

경애는 그 사이에 어디에서 사 왔는지 테이크아웃용으로 포장된 커피를 세 잔 준비해 왔다.

나와 박 경정은 한 잔씩을 받으면서 경애의 판단이 역시 기자답다고 생각했다. 지금 이 시간이라면 어디를 가던 주변에 듣는 귀가 있다. 하지만 지금 이곳이라면 듣는 귀는 신경 쓰지 않아도 된다. 경애는 기자라는 직업에서 얻은 경험으로 내가 이야기하기 편한 분위기를 만들고 있었다.

나는 커피를 한 모금 마시면서 입을 열었다.

"막상 이야기를 하려니까 우습다는 생각이 들기도 한다. 공연히 내 호기심에서 출발된 아주 우스운 일이 계기가 되어서 여기까지 왔으니 말이야.

사실 아까 유 박사님이 돌아가셨다는 전화를 받기 전까지만 해도 내일이라도 유 박사님에게서 받은 이 칩을 돌려드리고 나는 이런 일과는 무관한 사람이라고 하고 싶었어. 내게 지워진 이 짐을 벗어서 돌려드리고 싶었던 거지.

하지만 유 박사님이 돌아가셨다는 소리를 듣는 순간 이상한 감정이 드는 거야. 내가 오후에 집으로 돌아가기 전에 병실에 들어가서 편하게 마음먹고 쉬라고 한 인사를 그분은 내가 이 일을 맡아서 처리하겠다는 이야기로 들으신 것 같아. 내가 그분이 입은 상처를 보았을 때 그분이 나를 만날 때까지 살아 있다는 것이 기적처럼 여겨졌는데 그 인사를 하고 얼마 후에 돌아가신 거잖아. 결국 그분은 누군가에게 자신이 넘겨주어야 할 일이 있기에 현장에서 즉사를 하지 않으시고 끈질기게 목숨을 유지해 오셨는데 내 인사가 그분과의 약속이라고 믿고 안심한 채 세상을 떠나신 거라는 생각이 드는 거야. 자신이 살아야 하는 이유를 완수하기 전에는 비록 고통스럽고 힘들지라도 목숨의 끈을 잡고 있었는데 완수했다고 생각하자 목숨의 끈을 놓아버린 거지.

물론 내 진의는 그게 아니었다고 할 수도 있지만 나도 모르는 사이에 그분과 약속을 한 것이 되어 버린 거지. 그리고 설령 내가 원한 것은 아니라지만 약속을 한 것이 되었다면 약속은 지켜야 한다는 묘한 생각이 들었어. 살아 있는 사람과 약속을 해도 지켜야 하는 것이 사람의 도리인데 돌아가신 분과의 약속이니 당연히 지켜야 하는 것 같아. 더더욱 이 약속은 그분이 이 세상에 살아 계실 때 마지막으로 한 약속이잖아. 생의 마지막 약속은 지켜드리는 것이 도리일 것 같아.

그래서 두 사람에게 이야기하는 방법을 택한 거야. 박 경정님에게 이야기했듯이 내가 이 일의 적임자가 아니라면 새로운 적임자나 혹은 단체나 국가기관을 찾는 데 도움을 받든가, 벗어 버릴 수 없는 짐이라면 두 사람의 도움을 받아서 내가 직접 해결을 하든가 해야겠지. 둘 중 어느 것이 되어도 유 박사님의 생애 마지막 약속은 지켜드리는 거니까."

"오빠 이야기 들으니까 이 일이 생각보다 아주 깊은 곳에 큰 사건을 내재한 것 같은데 도대체 무슨 일이야. 궁금해 죽겠어?"

말은 경애가 했지만 사실 박 경정도 궁금해 못 참겠다는 표정이 얼굴 가득했다.

"그렇겠지. 당연히 궁금할 거야. 사실 이야기해야 하는 나도 정말 납득이 안 가는 부분이 한두 군데가 아니고, 더더욱 아직 이 칩의 내용을 정확히 끝까지 보지도 못했어. 다만 한 가지 확실한 것은 이 칩에 든 내용 때문에 유 박사님이 돌아가신 것이고 이 칩 안에 들어 있는 내용을 누군가는 세상에 알려야 한다는 거야. 그렇다고 섣부르게 기사로 쓰거나 할 성격의 것도 아닌 것 같아."

"그럼 먼저 그 칩 안의 내용을 봐야 하는 거 아니야?"

"그렇지는 않아. 우선 유 박사님이 돌아가신 배경을 알아야 이 칩의 내용도 이해할 수 있어. 그리고 이 칩 안의 내용은 역사 이야기일 뿐이야."

"도대체 뭐가 그리 복잡한 거야. 좋아. 일단 오빠가 아는 것을 전부 이야기해 봐. 그게 순서일 것 같아."

"좋아. 지금 네 말대로 먼저 내가 아는 것을 전부 이야기하는 것이 맞는 순서야. 하지만 아무리 우리 셋이라고 하지만 한 가지는 약속해야 돼. 이 자리에서 들은 이야기를 기사화하거나 수사의 목적으로 쓰지 않는다는 것. 물론 약속을 하고 어기면 그만이겠지만 그렇게 가벼이 생각할 사람들은 아니기에 믿고 하는 말이기도 하지만 그보다 중요한 것은 적어도 그런 약속이라도 한 후에 이야기하는 것이 유 박사님에 대한 최소한의 예의를 지키는 것이라는 생각이 들어서."

경애는 물론 박 경정에게도 약속을 받아야겠다는 생각으로 말했다.

"좋아. 오빠가 이야기한 것을 들어보고 결정을 할 일이기는 하지만 지금까지 오빠가 이야기한 것을 종합해보면 단순히 기사화하거나 그럴 일이 아닌 것 같아. 약속할게.

단, 오빠가 하는 이야기가 객관적으로 볼 때는 전혀 신중한 것이 아닌데 그저 오빠 혼자서 신중하게 생각하는 거라면 그건 재고의 여지가 있겠지. 하지만 그 경우에도 반드시 오빠 허락을 받은 후 기사를 써도 쓸게. 물론 오빠가 사리분별이 없는 사람이 아니니까 별 볼 일 없는 일을 중요하게 생각하지는 않았겠지만."

"좋습니다. 나 역시 동의합니다. 이 자리에서 알게 된 일들을 수사와 연결 짓거나 아니면 그걸 근거로 다른 목적의 수사를 하지는 않겠습니다. 설령 태 박사님의 말씀 중에 박사님은 못 느끼셨지만 제가 보기에는 이번 유 박사님 사건과 관계된 결정적인 단서가 나온다 하더라도 그 역시 태 박사님과 상의를 한 후에 사용하도록 하겠습니다. 물론 그것을 태 박사님이 이야기한 것이라는 사실을 밝히지 않는 것을 전제로 말입니다."

경애가 먼저 대답을 하자 박 경정도 동의했다. 비록 그들의 동의가 단서를 달았지만 사실 그게 더 믿음이 가는 동의다. 무조건 이야기를 들을 욕심으로 동의해놓고 내가 언제 그런 약속을 했느냐고 무책임하게 나오는 게 아니라 용납할 수 없는 부분을 미리 짚어놓는다는 것은 약속을 지킬 의지가 있다는 것이다. 나는 마음이 놓였다. 그리고 그들의 동의가 최소한의 예의를 지키고 싶어 하는 내 마음을 유 박사님에게도 전달되게 했을 거라는 생각이 들었다.

"두 사람이 그렇게 동의해주니 한결 마음이 놓입니다. 하지만 분명한 것은 내 이야기 중에 유 박사님의 죽음에 대한 비밀도 있고 또 흥미진진한 기삿거리도 있다는 겁니다. 한데 그 모든 것이 밖으로 노출을 시켜서는 국가의 이익은 물론 유 박사님이나 이 이야기를 하는 나에게 전혀 도움이 되지를 못합니다. 아니 오히려 손해가 되지요. 물론 들어보고 판단할 일이지만 이 일은 알리는 것이 중요한 것이 아니라 이루는 것이 중요합니다."

나는 그렇게 말하면서 이야기 끝에 '알리는 것이 중요한 것이 아니라 이루는 것이 중요하다'고 말하고 있는 내가, 그 일을 이루기 위해 한가운데 들어 서 있는 스스로를 보는 것 같았다. 이미 이 일은 내가 해야 할 일이라고 판단하고 그 안으로 들어가고 있다는 생각이 들었다.

유 박사님이 죽기 전에 이 칩을 내게 준 이유가 이것을 세상에 알려 누군가가 결론을 낼 수 있게 하는 전달자 역할을 해달라는 것인지, 아니면 내가 주체가 되어 일을 마무리해 달라는 것인지에 대한 판단을 하려고 이야기를 시작하면서 나는 이미 '이 일을 알리는 것이 중요한 것이 아니라 이루는 것이 중요하다'고 생각했다.

정말이지 나도 모르는 사이에 내가 나를 아주 깊은 곳까지 끌고 들어왔는가 보다.

6. 끝나지 않은 일본의 역사왜곡

"환자를 진료하던 중이었어. 환자의 배 위에서 초음파 내시경으로 검사를 하면서 환자의 뱃속을 들여다보고 진단하는 기계와 기술을 잘 응용하면 땅속도 들여다볼 수 있다는 묘한 생각을 했지. 물론 땅속에 녹아 있는 광물질들의 맥까지는 아니더라도 적어도 무슨 물체는 찾을 수 있지 않을까? 그리고 그것을 더 발전시킨다면 광물의 맥, 예를 들면 지표면에서 금광 같은 것을 발견하는 방법이 되지 않을까 하는 묘한 생각을 했지. 경애 너는 알지만 한 번 그런 호기심이 들면 못 참는 내 성격 아니니?

그래서 부랴부랴 최첨단 내시경 기계를 사들이고 그걸 개조해서 희한한 것을 하나 만들어냈지. 지표면에서 지하에 있는 것을 찾아내는 기계를. 그리고는 그것을 시험해보기 위해서 도굴을 해주겠다는 광고를 냈어. 아주 웃기는 이야기지."

나는 내가 인터넷에 도굴 전문이라는 광고를 낸 것과 그에 대한 답을 기다리던 이야기를 해주었다.

"그런데 하필 그때 답신이 온 사람이 바로 유 박사님이었던 거야."

나는 커피를 한 모금 마신 후 이야기를 이어나갔다.

광고를 올려놓고 그 답신을 볼 때 법망을 피한답시고 PC방을 전전한 이야기, 무려 석 달 만에 회신이 왔고, 그 회신이 얼마나 반가웠는지, 그리고 그 회신을 받고 답장을 준 후 또 답신을 기다렸으나 아무런 대답 없이 3일이 지나고 주말을 맞은 이야기까지 하자 경애는 물론 박 경정도 도저히 웃음을 참을 수 없는지 소리 내어 웃었다.

"오빠 정말 어린애 같다. 하기야 그래서 내가 오빠를 좋아하지만."

박 경정도 말은 안 했지만 경애처럼 나를 어린애 같다고 생각할 것이다. 하지만 나는 이미 내가 그렇다는 것을 잘 알고 있기에 두 사람의 생각에는 전혀 개의치 않고 말을 이어나갔다.

주말에 온 회신은 내 눈을 의심하게 하는 거였다.

보통 이렇게 거의 불법적이라고 해도 과언이 아닌 일들이 오가는 거래에는 자신의 신분을 노출하지 않는 것이라고 들었는데 회신을 보낸 사람은 그렇지 않았다. 오히려 자신을 떳떳이 밝혔다.

'나는 유병권이라는 사학자입니다. 물론 대학 교수이기도 하지요. 나에 대해서 알고 싶으시다면 인터넷에서 내 이름을 검색하시면 적어도 내 껍데기는 알 수 있을 겁니다.

귀하의 글을 보니 장난은 아니라는 생각이 들어서 이렇게 답신을 보냅니다. 괜찮으시다면 한 번 만나서 이야기를 해도 좋을 것 같습니다. 어차피 불법이라면 불법이지만 굳이 불법이 아닐 수도 있는 일이니 만나도 큰 지장은 없을 겁니다.'

글을 읽자마자 나는 이것이 어쩌면 또 다른 미끼가 될 수도 있다는 의구심에 유병권을 검색해보았다. 사진도 크게 실린 것이 뉴스에도 종종 나오는 사람이고 꽤 잘나가는 역사학자 같았다.

이런 사람이라면 굳이 못 만날 이유도 없다는 생각이 들었다. 만일 그가 하고자 하는 일이 범법으로 걸러드는 일이라면 나보다는 교수 자신이 더 꺼릴 것 아닌가? 문제가 되어도 개인병원 의사인 나에게는 크게 문제가 될 것이 없다. 더더욱 아직 내가 한 건도 하지 않았고 다만 광고를 했을 뿐이니 그저 장난을 쳤던 것으로 몰아가기도 쉽다.

'박사님에 대해 알아보았습니다. 정말 사학자 맞으시더군요. 사학자이시니 찾고자 하는 물건이 대충 무엇인지 짐작이 가기는 갑니다만 일단 만나자고 하시니 만날 용의는 있습니다. 시간과 장소를 주시면 제가 그리로 가지요. 저는 이미 박사님 얼굴을 알고 있으니 박사님께서 원하시는 장소가 있으면 그리로 가서 만나 뵙겠습니다.'

다음날 오후.

유병권 박사가 지정한 장소인 대학로 마로니에 공원으로 나갔다. 5월 초순의 마로니에 공원은 싱그럽기만 했다. 우리가 만나기로 한 작은 공연장에서는 이름 모를 가수가 공연을 하고 있었다.

유병권 박사를 찾는 일은 어렵지 않았다. 무명 가수의 공연을 보는 관객은 그렇게 많지 않았고 두어 바퀴 시선을 돌리자 그의 얼굴이 곧바로 눈에 들어왔다. 내가 자신을 찾기 편하게 하려는 의도였는지 인터넷 인물소개란에 올라 있는 사진과 똑같은 상의를 입은 덕분에 더 찾기가 쉬웠다.

나는 유 박사 근처에 아무도 없는 것을 확인하고 그 바로 옆자리에 슬그머니 앉았다.

"유병권 박사님이시죠? 오늘 만나기로 한 사람입니다."

내가 앞을 보면서 이야기하자 그도 나를 바라볼 생각은 하지 않고 입만 열어 대답했다.

"아, 그러십니까? 혹시 이 공연을 같이 보러 오신 일행이 없으시다면 일어나서 자리를 옮기실까요?"

말을 마치면서 일어서는 그를 따라 나도 함께 일어섰다. 그리고 잠시 걸어서 자리를 옮긴 곳은 같은 마로니에 공원이기는 하지만 사람이 뜸한 곳의 벤치였다.

"이렇게 나와주셔서 고맙습니다. 제가 유병권입니다."

"태영광입니다."

"영광일 것까지는 없습니다. 그저 평범한 사학자가 일을 부탁하러 만나는 건데 영광이라고 하시면 오히려 제가 쑥스럽습니다."

유 박사가 손을 내밀어 악수를 청하는 바람에 나는 나도 모르게 엉겁결에 그의 손을 마주잡고 악수를 하며 내 이름을 발설하고 말았다. 그래서 아차 하고 있는데 유 박사는 그게 내 이름이라고 생각하지 않고 다르게 들은 것 같았다. 내가 '태영광입니다.'라고 한 것을 '예, 영광입니다.'라고 하면서 자신을 만나서 영광이라고 하는 것으로 잘못 듣고 영광은 무슨 영광이냐고 한 것 같다. 내심 안도의 한숨이 놓였다. 내가 그런 생각을 하는 것과 상관없이 그는 오로지 일에만 관심이 있었다.

"무슨 방법으로 숨겨진 물건을 꺼내 오시기에 그리도 자신만만하십니까?"

"글쎄요. 자신만만하다기보다는 이제까지의 방법과는 좀 다른 방법이라는 겁니다. 혹시 초음파 내시경이라는 것 아시는지요?"

유 박사는 당연하다는 듯이 고개를 끄덕였다.

"물론 아시겠지만 혹시 해서 여쭌 겁니다. 바로 그것을 이용하는 겁니다. 초음파로 뱃속의 아기가 노는 모습을 본다든가, 실제 내시경을 위한 기계를 뱃속에 투입해서 환부를 일일이 들여다보거나, 아니면 건강진단을 하는 그런 기술을 응용한 겁니다. 지표에서 일단 초음파를 통해서 진단을 해보고 일단 물체가 확인이 되면, 내시경을 투입해서 원하는 물건인가 정확하게 확인을 한 후 그 물건이 있는 부분과 가장 가까운 쪽으로 봉분 아랫부분 일부만 판 후 물건을 꺼내는 겁니다. 물론 물건이 크다면 꺼내기 위해서 봉분을 많이 훼손할 수도 있습니다. 하지만 적어도 물건의 실체를 확인하기 위해서 봉분을 훼손하는 일은 없다는 거지요. 종전에는 어땠는지 모르지만 아마도 물건의 실체를 파악하는 과정에서부터 봉분을 훼손시키지 않았겠습니까?"

"이런 일 처음이시지? 젊은 양반."

유 박사는 내가 전에는 어땠는지 모른다는 말을 듣자마자 이런 일을 처음 하는 것을 눈치 챈 모양이다. 나는 숨길 까닭이 없다는 생각이 들었다.

"예. 이런 일은 사실 처음입니다. 하지만 제가 테스트는 해보았습니다."

"시험을 해보니까 확신이 서서 한 번 실전을 해보고 싶다 이 말씀이군요? 좋습니다. 그 기계를 한 번 볼 수 있습니까?"

"기계를 보시다니요? 일을 시작하시면 당연히 볼 수 있는데 왜 미리 보시려고 하시죠?"

"그런 기계가 정말 있어야 계약금이라도 지불하고 일을 시작할 것 아니오?"

"좋습니다. 계약금도 좋고 일도 좋지만 찾으려는 물건이 무언지 먼저 말씀을 해주시지요?

이미 인터넷에서 말씀드린 대로 찾으시려는 물건이 무엇이며 그 가치가 얼마만한 것인가? 또 사회적 가치가 얼마나 귀한 것인지에 따라서 대금이 변한다고 하지 않았습니까? 대금이 맞아야 일도 할 테니까요."

"그래요? 내가 잘못 본 건지는 모르지만 젊은 양반은 대금은 그리 중요하지 않은 것 같은데요? 대금이 얼마로 결정되느냐가 중요한 것이 아니라 첫째는 젊은이가 처음 시도해보는 일이 과연 성공할 수 있을까 하는 것에 대한 기대와, 둘째는 무슨 일을 하는 것이며 그 일을 함으로써 얼마나 성취감을 얻을 수 있는 일인가가 더 중요한 것 아니오?"

순간 나는 속내를 들킨 것 같아서 움찔했다. 어쩌면 저렇게 족집게 점쟁이가 집어내듯이 집어낼 수 있을까? 그는 내 머릿속을 들여다보고 있는 것 같았다.

"왜? 내 말이 틀리기라도 합니까?"

나는 부인하기 싫었다. 하지만 도대체 교수라는 양반이 무슨 점쟁이 같다는 생각에 내 특유의 장난기가 발동했다.

"정말 역사학과 교수 맞으십니까? 혹시 비슷하게 생긴 점성학에 종사하시는 분 아니세요?"

"점성학이라? 하하 그럴 수도 있겠네. 역사를 좇아다니다 보면 점성학을 배울 수도 있겠지? 하지만 이건 점술이 아니라 오랜 경험에서 나온 통계라고나 할까? 내가 이름을 몰라서 젊은 양반이라고 불렀으니 계속 그렇게 불러야겠소."

순간 나는 웃음이 터지려는 것을 참았다. 오랜 경험으로 남의 머릿속 생각까지 맞히는 양반이 비록 실수로나마 가르쳐준 이름을 못 알아듣는담? 나는 여기에서 내 이름을 다시 말해줄까 하는 생각을 했지만 유 박사는 내가 입을 열 틈도 주지 않고 말을 이어갔다.

"젊은 양반이 내게 말하는 태도나 말할 때의 얼굴빛과 표정을 보면서 한 이야기일 뿐이요. 내게 이야기하는 젊은이의 얼굴에는 자기 성취감을 확인하고 싶어 하는 단호한 의지가 나타나고 있었거든. 그런 의지의 표현을 하는 사람은 실제 돈에는 크게 연연하지 않아요. 게다가 젊은이의 얼굴에는 절대 가난한 티가 나지를 않아요. 실제 돈이 많은지 적은지까지는 내가 알 수도 없고 알 바도 아니요. 하지만 적어도 젊은이는 마음은 풍요롭다는 것이 얼굴에 나타나 있어요. 마음이 풍요한 자는 절대 돈 같은 것에는 연연하지 않으니까요. 자신이 하고 싶은 일을 해보는 것이 더 중요하다고 생각하지요."

유 박사는 구구절절 내가 듣고 반할 만한 이야기만 하고 있었다.

내 장난기가 발동해서 점술가 아니냐고 비꼬아댄 것을 알 텐데 전혀 기분 나쁜 그런 표정은 아니었다. 다만 자기가 나를 보고 느낀 이야기를 솔직하게 할 뿐이다. 그렇다면 저런 양반은 일단 믿어 봐도 되는 것 아닐까? 그렇지 않아도 사람을 잘 믿는 내 성격이다. 일단 '믿어도 되는 것 아닐까'라는 생각을 했다는 것은 이미 믿는다는 이야기와 다를 바 없다.

일단 믿기로 했으면 시간 낭비할 필요가 없다.

"좋습니다. 굳이 대금 문제가 아니더라도 무엇을 찾는 것인지는 알고 싶은데요?"

"그야 당연하다고 할 수 있겠지요. 좋소이다. 우리 문화유산, 그것도 아주 값진 문화유산이요. 이 정도만 알면 되겠소?"

"좀 더 구체적으로 알 수 있으면 좋지요. 부피라든가 혹은 그 물질적인 값어치 같은 것들도 알면 좋고요. 굳이 돈을 따져서 그러는 것은 아니라는 것을 이미 아신다니까 드리는 말씀입니다만 교수님이야 역사학자시니까 역사적 가치가 있으면 그냥 가치가 있는 것으로 여겨지시지만 저는 그래도 물질적 가치가 있는 것이라야 더 뿌듯하지 않겠습니까?"

"그럴 수 있지요. 하지만 부피는 그리 크지 않을 것이오. 책 몇 권 정도? 그리고 가치를 물어보셨는데 가치는 큰 것이라는 말 이외에는 나도 더 아는 것이 없소이다."

순간 나는 책 몇 권 정도라는 말에 은근한 실망감이 들었다. 일을 의뢰하고 싶다는 답을 듣고 우려했던 것 중 하나가 가치가 크다고는 하지만 세상이 볼 때는 별 볼 일 없어 보이는 책이나 찾아내는 일이었는데 그게 현실이 되는 것 같았다.

"그럼 교수님도 그게 무언지 아직 못 보셨습니까?"

"당연히 못 봤지요. 봤으면 그걸 왜 땅속에서 찾으려 하겠소?"

맞는 말이다. 아직 보지 못했으니 찾으려고 하는 것이지 이미 보았다면 잘 간직하거나 아니면 어디 박물관에 있겠지.

"그럼, 책 몇 권 정도라는 말씀은 무슨 말씀이세요?"

"내 짐작이 그렇다는 것뿐이지 그렇다는 보장은 없소. 단순한 내 바람일지도 모르지."

이야기를 하다 보니 유 박사도 찾으려는 물건의 실체를 잘 모르고 있다. 부피는 물론 그 외 어떤 것에 관해서도 내게 제대로 이야기하는 것이 없다. 물론 일부러 숨기느라고 그렇게 말할 수도 있다. 하지만 이미 자기가 나를 모두 읽고 나를 신뢰하는 입장에서 그렇게 말할 것 같지는 않았다. 거기다가 나도 환자들을 많이 상대해봐서 표정만 봐도 대충 알 수 있는데 지금 유 박사는 나를 속이고자 하는 마음은 전혀 없다. 그런데 하필이면 나는 제일 기피하는 책이 나오기를 바란담?

이럴 때 그냥 지나칠 내 성격이 아니다. 아까 내가 당한 것이라면 조금 표현이 이상하지만, 좌우간에 아까 유 박사가 내 마음을 읽은 것에 대해 당신만 내 마음을 읽는 것이 아니라, 나도 당신을 읽고 있다는 것을 보여주어야 직성이 풀릴 것 같았다.

"박사님도 지금 그 물건의 실체를 잘 모르시죠?"

"젊은이도 점성술했나? 나는 혹시 내과의사나 의료기 계통에서 종사하는 직업을 가진 사람이 아닐까 했는데?"

순간 우리 두 사람은 누가 먼저라고 할 것도 없이 깔깔대고 웃었다. 유 박사는 내가 자기에게 내 마음을 읽혔을 때 썼던 말을 그대로 씀으로써 대답을 대신했다.

이 정도가 되면 굳이 나 자신을 숨길 필요가 없다는 생각이 들었다.

"맞습니다. 제 직업은 내과의사고요, 이름은 이미 말씀드렸는데 박사님께서 공연히 자기 영웅주의에 빠져서 못 들으셨죠."

"자기 영웅주의라니? 공주병 왕자병 심지어 황제병까지 들었지만 그런 말은 처음이오만?"

"순간적이든 아니면 지속적이든 자기가 아주 뛰어난 사람이라는 착각에 빠지는 거죠. 그 생각이 자신을 지배하는 동안 남들이 하는 이야기를 잘못 들을 수 있다는 겁니다. 물론 순간적이셨겠지만 아까 박사님께서 악수를 청하실 때 제 이름을 이야기했거든요. 그런데 그걸 못 알아들으신 겁니다. 사실 저는 얼떨결에 제 이름을 말해놓고는 벌써 자신을 노출하면 안 되는데 큰 실수를 하였다고 혼자서 걱정을 하는데 다행이라는 생각이 들더라고요."

내 말을 듣고 유 박사는 무언가 한참을 생각하더니 비로소 생각이 났다는 듯이 나를 쳐다보았다. 그러나 그의 입에서 나온 소리는 아주 의외였다.

"영웅주의에 사로잡혀서 들은 소리라 그런지 영 생각이 나지를 않네."

나는 터져나오는 웃음을 참을 수가 없었다. 의외로 어린애 같은 표정으로 나를 바라보면서 마치 도움을 간절히 구한다는 그의 표정이 배를 잡고 웃게 했다. 그리고 웃음 한 편으로는 저 양반을 정말 믿어도 좋다는 확신이 들어차고 있었다.

"그러니까 자네의 이름이 태영광이라고 하는 것을 내가 나를 만난 것이 영광이라는 소리로 잘못 알아들었다는 이야기구먼. 정말 자네 말대로 순간적이나마 영웅주의에 빠졌던 게로구먼.

좋아. 내가 영웅주의에 빠졌었다 치자고. 아니 실제 그럴 수도 있네. 항상 새로운 것을 발견할 때마다 영웅처럼 존재하고 싶었으니까. 그러고 보니 자네와는 일맥상통하는 점도 있을 것 같네. 자네도 마음 한 구석에는 일종의 영웅주의 같은 심정이 내재하고 있지 않나? 일을 하고 얻을 수 있는 자기 성취감에 도취되는 그런 건설적인 영웅주의 말일세.

자, 그건 그 정도로 하고 이제 서로가 알 만큼 알았으니 일을 이야기함세. 자네만 동의를 해준다면 그게 나을 성싶은데 어떤가? 나도 자네를 처음 만났지만 믿어도 좋은 사람이라는 확신이 서니 탁 까놓고 이야기하겠네."

유 박사의 말에 일리가 있다는 생각을 하면서 나를 돌아보려는데 그럴 시간도 주지 않고 그는 말을 이어갔다.

3년 전.
유병권이 가장 존경하는 사학자이자 스승인 조인범 박사가 갑자기 세상을 떠났다는 보도가 있었다. 하지만 이미 팔순을 바라보는 노인의 죽음에 세상은 엉뚱한 곳을 주목하고 있었다. 그가 남긴 업적을 중요하게 조명하지 않고 다만 그의 정절을 높이 평가해줄 뿐이었다.

그의 삶은 가난한 행복이었다.

그는 단재 신채호의 뜻을 이어받아 민족 사학을 줄곧 주창하며 강단을 지배하던 식민 사학에 맞서서 굽히지 않는 기개로 가난하고 힘든 젊은 시절을 보냈다. 중년에 들어서야 겨우 대학 강단에 섰으나 그것이 결코 그에게 평탄한 길을 안겨주지는 못했다. 군사 독재 시절에 민족 사학을 앞세우며 우리 역사를 바로세우기 위해 사학계는 물론 사회 전반에 걸쳐 일제 잔재를 청산해야 한다고 주장했다. 게다가 요동에 자리했던 고구려와 대진국 발해의 역사를 재조명하고 대마도와 독도 문제를 매듭짓기 위해 북한과 학술교류를 해야 한다고 목소리를 높였다.

역사를 돌아보면, 열리지 않고 닫힌 채 군주와 사대부들이 백성을 무시하고 잘 되는 경우가 한 번도 없었다는 말도 서슴없이 했다. 우리가 역사를 공부하는 이유가 바로 그런 잘못된 점을 되풀이하지 않기 위한 것이라고 역설했다. 그 시절의 정부가 보기 싫은 일만 골라서 하던 꼴이 된 그는 어렵게 선 강단에서조차 해임되었다. 그러나 그 해임은 해임에서 끝나지 않았다. 북한과의 학술교류를 주장하던 그는 결국, 누가 보아도 그의 학설 때문이라는 것을 알지만, 북한과 학술교류를 주장하는 것을, 북한을 찬양 고무하는 것으로 옭아맨 손에 이끌려 투옥의 힘든 길을 가야 했다.

여생을 힘들게 보내면서도 그는 늘 자신의 삶이 행복한 날들이라고 말했다. 그는 제자들과 지인들이 보태주는 생활비로 연명을 하면서도 이렇게나마 자신이 세간의 주목을 받는 것이 아직은 이 나라에 사학이라는 학문이 존재할 가능성을 열어주는 것이라고 말하곤 했다.

그는 팔순의 나이이기에 심장마비로 세상을 떠났다. 하지만 그의 사인은 심장마비가 아니라 이 사회가 그를 마비시킨 것이라는 표현이 옳을 것이다.

신문들은 자기들이 쓰기 좋고 독자들의 입맛에 맞는 좋은 말은 다 골라서 썼다. 정작 그가 원하던 그의 이야기는 한 줄도 쓰지 않았다. 그가 민족사관을 가지고 그렇게 어려운 길을 걸으면서 역사를 연구했다면 그 연구의 결과가 무엇이며 우리가 이어받아야 할 것이 무엇인가는 일절 언급하지 않았다. 그가 걸어온 길이 가시밭길이었지만 그래도 굽히지 않고 살아왔다는 인간 승리를 썼을 뿐이지 그가 보여준 학문의 세계를 보여줌으로써 학문에서, 역사 바로 세우기에서 승리한 그의 기사는 찾아볼 수 없었다. 그가 살아온 시대가 암울하고 자유롭지 못하던 시대라는 점을 이용해서 그를 사학자가 아니라 민주와 통일을 외친 투사로 만들려고 작정한 기사 같았다. 도대체 독자들의 감성을 자극하기 위한 기사인지, 자신을 외면한 이 나라의 역사를 올바로 정립하기 위해서 고독하고 쓸쓸하게 업적을 이루고 죽어간 학자를 기리기 위한 기사인지 알 수가 없었다. 뿐만 아니라 직접적인 그의 죽음에는 조금도 관심을 기울이지 않았다. 다만 팔순을 앞에 둔 한 사학자의 죽음을 당연한 것으로 보도할 뿐이었지 그가 죽은 진짜 이유는 세상 모두가 알고 싶어 하지 않았다.

유병권이 조인범의 죽음을 전해 들은 것은 그가 죽은 날 밤 늦은 시각이다.
휴대폰이 울리는 바람에 늦은 시간 잠을 깼다.
"저, 유병권 박사시죠?"

"예 그렇습니다만?"

"밤늦은 시간에 미안합니다. 저는 조인범 박사의 안사람입니다."

아내와 침대에서 잠이 들어 있던 유병권은 자신도 모르게 벌떡 일어났다. 그리고 스쳐가는 불안을 감추며 애써 태연하게 물었다.

"아니? 사모님. 이 시간에…?"

그러자 조인범의 부인은 말을 잇지 못하고 울음을 터트렸다.

"사모님, 무슨 일이신데요? 지금 어디십니까?"

하지만 울음소리만 날 뿐 말을 못하더니 잠시 시간이 흐른 뒤에 겨우 말을 이었다.

"그이가…, 집인데…."

유병권은 자신이 지금 해야 할 행동을 알 수 있었다.

"알겠습니다. 사모님. 제가 곧 댁으로 가겠습니다. 일단 진정하시고 조금만 기다리세요."

유병권이 전화를 받는 통에 이미 잠이 깨어 일어나 앉았던 아내도 사태를 짐작한 듯이 방 안의 불을 켜고 유병권의 옷을 준비하고 있었다.

"같이 갈까요?"

유병권의 아내도 조인범 박사 내외를 잘 알고 지내는 터라 같이 가면 무슨 도움이 되지 않을까 하고 물었다.

"아니요. 일단은 전후 사정을 모르니 내가 먼저 가서 연락을 하리다. 정히 급한 일이면 더 늦게라도 연락을 할 테니 당신은 그때 알아서 하도록 하오."

유병권은 대충 아내가 챙겨주는 옷을 입고 성급히 집을 나와 택시에 올랐다.

유병권이 사는 송파에서 조인범이 살고 있는 광진까지는 그리 먼 거리가 아니다. 밤늦은 길을 달리는 택시는 십여 분만에 도착했다. 불안한 마음을 억누르며 조인범의 집 벨을 누르고 들어서는 순간 유병권은 올 것이 왔다는 생각이 들었다.

집은 불이 환하게 켜져 있고 아직 아무도 도착하지 않은 것 같지만 이미 조인범이 어떻게 되었는지는 집안에 흐르는 공기가 대답해주고 있었다.

"아니? 어찌된 일입니까?"

"글쎄 나도 뭐가 뭔지 모르겠어요. 갑자기 벌어진 일이라."

"박사님은요?"

조인범의 아내는 아무 말도 못하고 안방을 가리켰다.

방 두 개의 작은 빌라다. 거실도 좁고 전 같으면 안방까지 한 걸음에 갈 거린데 오늘따라 왜 이리 먼지 유병권은 자기가 한참을 걸어서 안방에 도착한 것 같았다. 그리고 그의 눈에 들어온 것은 이미 숨을 거둔 조인범의 창백한 모습이었다.

"도대체…?"

유병권은 말을 맺지 못하고 울음을 터트렸다.

이제 어떻게 해야 할지를 자신도 모르겠다. 그저 울음이 나올 뿐이다.

유병권이 터져 나오는 울음을 참지 못하고 소리 내어 울자 조인범의 아내도 그제야 마음 놓고 울 수 있다고 생각했는지 함께 울음을 터트렸다. 하지만 그 울음은 오래 가지 못했다. 울고 있는 유병권을 달랜 것은 오히려 조인범의 아내였다.

"유 박사님 심정은 이해를 하겠는데 그 전에 돌아가신 양반이 전하라는 것이 있으니 이것부터 챙겨요."

조인범의 아내가 흐르는 눈물을 한 손으로 훔쳐내면서 나머지 한 손으로 주머니에서 쪽지 하나를 꺼내 전해주었다.

〈경상북도 칠곡군 산 321번지, 책〉

유병권은 그 와중에도 도대체 이게 무언지 궁금했다. 앞뒤 설명도 없이 달랑 적힌 주소와 책이라는 글자.

"이게 뭡니까?"

"글쎄, 그건 나도 모릅니다. 다만 유 박사님에게 꼭 전해야 한다는 그 어른의 마지막 유언입니다."

유병권은 정말 이해할 수가 없었다. 도대체 왜, 또 어떻게 죽었기에 이 쪽지를 유언으로 남기고 간다는 말인가?

유병권이 도대체 어떻게 돌아가셨는지 질문을 하려고 하는데 유일한 혈육인 딸이 사위와 손자손녀를 앞세우고 들어왔다.

그들은 들어오자마자 딸은 자기 어머니를 부둥켜안고 울음을 터뜨렸고 손자손녀와 사위도 울음을 터뜨렸다.

항상 세상을 긍정적으로 바라보면서 인자하기만 했던 할아버지. 비록 어려운 생활을 할지언정 딸이나 사위 앞에서는 결코 티를 내지 않으시던 아버지. 자신의 생활이 궁핍한 것을 아는 자들이 이제까지 잘못 생각했었다는 한 마디만 밝히고 학설을 조금만 수정한다면 모든 것을 덮고 강단을 약속하겠다는 심한 유혹도 했었다. 심지어는 투옥되기 전에, 다시는 요동을 되찾기 위해서 북한과 학술교류를 해야 한다는 주장을 하지 말고 대마도에 관해서 언급한 논문이 잘못되었다고 한 마디만 하면 투옥을 시키지 않겠다고 했을 때에도 그들의 협박과 회유에 굴하지 않았다. 오히려 자신의 학문이 조금이라도 옆길로 샐까 두려워하며 진정한 학자의 길이 무엇인지를 스스로 보여주시던 그분이다.

그런 분이 누워계시기에는 너무 좁고 누추한 곳이다. 하지만 지금 이게 현실이다.

아마도 그 모든 것을 속속들이 아는 딸과 사위는 지금 그 한을 눈물로 쏟아 붓고 있는지도 모를 일이다. 아니, 어쩌면 그 반대일 수도 있다. 비록 이렇게 좁고 누추한 곳에 마지막으로 누울지언정 살아생전 그 누구에게도 부끄럽지 않은 학자의 삶을 사셨던 자랑스러운 아버지가 생을 마감한 것이 너무나도 안타까워서 눈물을 쏟아 부을 수도 있다. 조금이라도 더 살아서 아직 못다 이룬 학문의 꽃을 마저 피우고 돌아가시기를 간절히 바랐는데 의외로 빠르게, 그것도 갑자기 죽음을 맞으신 것이 분하고 원통해서 저렇게 통곡을 하는지도 모를 일이다.

억울한 심정인지 아니면 아쉬운 심정인지를 토한 딸이 엄마에게 눈물가득 섞인 소리로 물었다.

"도대체 왜 이렇게 갑자기 돌아가신 거래요?"

"글쎄 말이다. 저녁에 약속이 있다고 나가셨다가 들어오시더니 주무실 무렵 가슴이 심하게 뛰는 것 같고 답답하다고 하시면서 누우신다고 하기에 그러라고 했지. 그랬더니 한 시간이나 지났을까? 갑자기 일어나시더니 가슴이 터질 것 같아 숨을 제대로 못 쉬겠다고 하면서 진땀을 흘리시더라. 그래서 병원으로 가자고 했더니 병원에 갈 필요까지야 있겠냐고 하시면서 한 십여 분 앉아 계시다가 쓰러지셨어. 아차 싶어서 급히 병원으로라도 옮기려고 정신을 차리라고 흔들었는데 이미 숨을 거두셨더구나. 아주 짧은 시간이란다."

"특별한 말씀은 없으셨고요?"

"뭐 특별히 한 말씀이 있었겠냐만 당신이 돌아가실 줄 알기나 했니? 다만 내일이라도 저기 계신 유 박사 불러서 당신이 쓰던 학술논문과 연구자료 주고 마무리나 잘 짓게 해야겠다는 말씀밖에는 더 이상 없으셨지."

사모님이 하시는 말씀을 들을 귀가 있다. 분명히 스승님은 십여 분이라는 그 시간 동안 내게 전해줄 쪽지를 전해주시면서 당신의 유고를 마무리해줄 것을 부탁하셨을 거다. 사모님은 아무에게도 말하지 말라는 스승님과의 약속을 지키고 있는 중이다.

"도대체 누구랑 약속이셨대요?"

"모르지? 언제 네 아빠가 밖에서 돌아가는 일 시시콜콜하게 집에서 이야기하던? 다만 무슨 학술단체인데 잘하면 큰 강의 몇 번 할 것 같다면서 시내에서 저녁 드시고 올 거라는 말씀 이외에는 별 말씀 없으셨지."

한참을 울던 사위가 두 모녀의 이야기를 들으니 자신의 장인이 돌아가신 것이 실감이 나는지 눈물을 거두면서 유병권 옆으로 왔다.

"이제 어떻게 해야 하지요?"

"글쎄, 나도 잘 모르겠지만 일단 경찰에 연락하고 병원에 연락해서 영안실로 모셔야 하지 않을까?"

"경찰에는 왜요?"

"돌아가셨으니까. 병원에서 돌아가셨다면 그냥 의사가 진단서를 떼 주겠지만 집에서 돌아가신 거니까 연락을 해야 하는 것 아닌가?"

"그래요? 그럼 제가 전화를 할 게요."

"아니야. 자네는 아무래도 나보다 더 정신이 없을 거니 장모님 잘 위로해드리게. 내가 알아봄세. 내가 다니는 천주교 신자 같으면 성당 연령회에 연락하면 다 알아서 해주지만 이런 경우는 나도 처음이라서 말일세."

나와 사위는 걱정을 했는데 의외로 한 사람의 죽음이 그리 큰 일이 아니었다. 경찰에 연락해서 팔순 노인이라고 했더니 의사 사망진단서를 떼면 별 지장이 없을 것이란다.

다행히 사위가 아는 친구가 근처 병원에 근무를 하는 덕분에 그곳 영안실로 모시기로 했다. 그리고 그곳에 가서 의사에게 돌아가신 경위를 이야기했다. 그러자 여기서도 한 사람의 죽음이 그렇게 큰 몫을 차지하는 것이 아님을 다시 한 번 실감케 했다.

"사인이 정 궁금하시거나 아니면 의심이 나는 사항이 있어서 부검을 원하시면 경찰에 연락한 후 부검을 해드리겠습니다. 하지만 연세를 감안하면서 말씀을 들어보니 평소보다 무리를 하신 것이 심장마비를 일으킨 것 같군요. 원하신다면 심장마비로 사망 진단서를 발급해드리겠습니다."

그 소리를 듣는 내가 허무했다.

이제껏 팔십 평생을 이 나라 역사를 바로 세우겠다고 자신의 모든 영예와 부를 팽개친 채 혼자서 외롭게 길을 걸으신 한 고결한 스승의 죽음이 저들에게는 아무런 일도 아니다. 설령 그렇게 훌륭한 모습의 내 스승이 아니더라도 한 사람의 죽음이 나이가 팔십이 다 되었다는 이유 하나만으로 당연한 것으로 받아들여지고 있다. 아까 경찰도 그렇고 지금 의사도 나이 팔십을 먹어 죽을 때가 되어 죽은 것이니 그리 중요한 일이 아니라는 투처럼 들렸다.

"부검은 무슨? 한 번 돌아가신 것도 억울한데 두 번 돌아가시게 할 수는 없습니다. 그냥 처리해주십시오."

사모님이 말씀하시자 딸도 동의를 했다.

조인범 박사의 장례는 그렇게 마무리되어 가고 있었다.

이 시점에서 유병권이 할 일이라고는 그저 조인범의 장례를
잘 마무리하게 돕고 혹시 비용이 부족하다면 보태주는 일 이외
에는 없을 것 같았다.

7. 경상북도 칠곡군 산 321번지

"그게 이 일이랑 무슨 상관입니까?"

유병권 박사가 조인범 박사의 이야기를 아주 진지하고 슬프게 하기에 중간에서 말도 못 끊고 듣고 있던 나는 반문하지 않을 수 없었다.

"상관이 있으니 이야기한 걸세. 바로 〈경상북도 칠곡군 산 321번지〉에 있는 물건을 찾아주어야 하는 거라는 말일세."

"그게 뭔데요? 박사님도 쪽지를 받아든 것 이상으로는 아무런 정보도 없다면서요?"

"물론 없지. 다만 그 쪽지 주소 끝에 적힌 책이라는 글자 이외에는…. 책이라는 그 글자가 무슨 의미가 있다는 보장도 없고…. 내가 그곳에 가 봤지만 어떤 짐작도 할 수가 없더라고."

"그래도 가보기는 하셨군요. 그렇다면 대충 감이라도 잡으실 것 아닙니까?"

"감? 잡기야 잡았지. 어느 가문의 선산인데 무려 100여 기(基)의 봉분이 있더군. 분명 그 봉분들 중 하나의 봉분 안에 찾고자 하는 물건이 있다는 뜻이네."

"100기요? 그걸 언제 다…?"

"그러니까 이렇게 자네에게 의뢰를 하는 것 아닌가? 자네 광고에 의하면 아주 자신 있게 최신 공법이라고 되어 있더구먼. 그 광고를 보고, 되겠다 싶어서 자네의 기술력을 사자는 것 아니겠나? 만일 이 지번이 한 40~50평 되는 크기라면 까짓것 내가 파 보고 말지."

"하지만 그 100여 기의 봉분을 다 검사하려면 그만도 몇 날이 걸릴지 모를 텐데…? 그리고 영화 같은데서 보면 이렇게 유적 발굴하는 것은 고고학자들이 하던데 박사님은 사학자라면서요?"

"그래. 자네 말이 맞아. 원래 사학자는 역사의 흐름을 연구하고 그 실증적인 유물은 고고학자가 발굴하는 것이 맞겠지. 하지만 지금 우리나라 현실은…. 아닐세. 우리나라 현실까지 들먹일 필요도 없이 이 일은 내가 개인적으로 받은 일이 아닌가? 그러니 내가 해결을 해야 할 일이야."

"참, 이러지도 저러지도 못하겠네. 아니 봉분이 100여 기나 된다면 도대체 나보고 며칠 동안 거기 매달리라는 겁니까? 제 직업이 의사라고 말했잖아요. 그런데 찾는 물건이 무엇인지도 모르면서 거기에 매달려요? 그랬다가 아무것도 안 나오면 공연히 시간만 낭비하는 거잖습니까?"

"글쎄, 지금은 이거다 하고 말은 못하지만 나오기는 분명히 무언가 나올 걸세."

"그 나오는 것이 무엇인지도 모르면서 헛고생이 될지도 모르는 무모한 투자를 하자고요? 그 투자된 시간과 돈은 무엇으로 환산을 하실 건데요?"

"그거야…?"

그는 내가 투자된 돈과 시간을 이야기한 것이 부담스러웠는지 말을 잇지 못하다가 작은 소리로 겨우 한 마디 했다.

"자네가 못하겠다면 하는 수는 없네만….."

그는 자못 실망하는 눈빛을 지며 고개를 숙여 땅바닥을 보면서 심심하거나 멋쩍을 때 발로 그림인지 낙서인지 모르는 것을 그리는, 아주 일반적인 행동을 하고 있었다. 정말 많이 실망한 것 같았다. 더욱이 그가 가진 돈이 그렇게 많지 않다는 것은 지금까지 그와 나눈 대화의 내용으로 짐작을 해도 감이 잡히는 일이다. 그런데 의사라는 직업을 앞세우면서 투자되는 돈과 시간의 보상을 이야기했으니 더 난감했음에 틀림이 없다. 그 모습을 보자 나는 공연한 이야기를 한 것 같아서 미안한 마음도 들었지만 그보다는 내 호기심이 더 앞서갔다. 만일 그곳에 정말 아주 값진 문화유산이라도 있다면 나는 그 일을 안 한 것을 엄청나게 후회하게 될 것 같았다. 생각이 여기에 미치자, 저 양반이 정말 내가 안 하는 것으로 알면 어떻게 하나 하는 생각까지 들면서 기왕 할 거라면 빨리 하자고 이야기하기로 했다.

"누가 못한다고 했어요? 다만 그렇다는 거지."

내가 볼멘소리나마 하겠다는 의지를 밝히자 그는 언제 시무룩했냐는 듯이 얼굴을 들며, 마치 어린애 같이 하얗게 웃으면서 기쁨의 표정이 역력했다.

"고맙네. 일단은 고맙다는 말부터 해야겠네. 사실 나도 무엇을 어떻게 찾아야 하는 건지도 모르는 상황에 무려 봉분이 100여 기나 있어서 난감하기가 이를 데 없었는데, 정말 고맙네."

유 박사가 거듭 고맙다고 하는데 정말 저 분은 이 일을 꼭 해야 하는 분이라는 생각이 들다가는 이내 그게 내 일이라는 생각으로 바뀌는 묘한 기분을 느꼈다. 마음은 그러면서도 기왕 볼멘소리를 낸 바에 다시 한 번 볼멘소리를 냈다.

"그럼 언제부터 하실 거예요? 나도 준비를 해야 되지 않겠어요?"

"그거야 자네와 협의를 해야지. 내 마음대로 할 일이 아니지 않는가?"

내가 퉁명스럽게 물었지만 그는 그저 일을 한다는 것이 기뻤는지 전혀 개의치 않고 싱글벙글하며 대답하면서 말을 이었다.

"그리고 너무 걱정 말게. 비록 봉분이 100여 기라고 하지만 누가 아나? 첫 봉분에서 원하는 것이 나올지? 아니면 중간 이전에 나올 수도 있는 거고. 다 하느님 뜻일세."

나는 정말 어린애 같다는 생각에 웃음이 나오는 것을 억지로 참았다. 금방 시무룩해 있던 사람이 해보겠다는 말 한 마디에 신이 나서 운 어쩌고 하면서 하느님 뜻이라는 말까지 한다. 순수하게 학문만 한 사람이라 천진난만한 건지 아니면 성격이 낙천적인지가 궁금하기조차 했다.

"하느님 뜻이라는 말로 사람 현혹하지 마세요. 지금 찾는 것이 무엇인지, 정말 있기나 한 건지도 모르면서 무슨 하느님 뜻…?"

"자네도 하느님이라고 발음하는 걸 보니 가톨릭 신자구먼. 맞아. 우리는 이렇게 여러 방면에서 뜻이 통하고 있다니까?"

나는 기왕 퉁명스럽게 굴던 참이라 잔뜩 부은 어투로 말을 했지만 그는 연신 웃음을 잃지 않으면서 나와 자신이 만난 것을 필연이라고 몰기 시작했다. 이 정도면 내가 지는 일이다. 어차피 할 일인데 공연히 상대 비위 긁지 말고 서로 기분 좋게 하자고 생각을 바꾸고 말투도 평상을 되찾았다.

"그래 일은 언제 시작하실 건데요?"

"글쎄, 내 욕심 같아서는 6월 초쯤 장마가 시작되기 전에 하는 것이 어떨까 하는데? 지금이 5월 초순이라지만 사전 준비를 하려면 시간이 좀 필요할 것이고, 그렇다고 6월 중순이 넘으면 장마 위험이 있으니, 5월 말에서 6월 초에 주말을 끼고 시작하면 어떨까 하네만?"

"좋습니다. 기왕 시작할 거면 그렇게 해요."

주말을 끼고 일을 시작하기로 하고 달력을 보니 5월 30일이 토요일이었다. 그렇다면 29일 저녁에 출발하는 것을 원칙으로 정한 후 그 다음날 만나기로 하고 그날을 마무리했다.

다음날.

어차피 장비에 관한 문제로 만나는 관계로 유 박사가 우리 병원으로 왔다. 내가 개조했다는 장비를 시험해본 그는 너무 만족해했다.

"다행이라면 다행인 것이 두 사람만 있으면 일단은 일이 되니 다행이네그려. 공연히 이럴 때 많은 사람이 소요되면 비밀이 새 나갈 수도 있거든."

"나올지 안 나올지도 모르는 유물을 찾는데 비밀이 뭐가 그리 중요하다고요? 하기야 이것도 엄밀히 말하면 도굴이니 비밀을 지키기는 지켜야겠네요."

"도굴은 사리사욕을 채우는 것이고 이번 일은 자네와 내 욕심을 채우자는 것이 아니니 그리 자책하지는 말게나. 만일 그곳에 무엇이 있는지만 확실하다면 대대적으로 국가의 지원을 업고 할 일이지만 그렇지 못해서 은밀히 우리 둘이 나라를 대신해서 일을 하는 것이라고 생각을 하세나."

"좋습니다. 아무리 내가 입 아프게 이야기해도 교수님의 그 억지논리를 무슨 수로 대항할 수 있겠습니까? 노트북이나 잘 챙겨서 뒤따라다니면서 뚫어지게 들여다보십시오. 어차피 유물인가 뭔가 하는 것은 노트북 화면에 나타나는 것이고 나는 그저 앞에서 장비를 잘 조정하는 역할만 하는 것이니 찾고 못 찾고는 다 교수님 몫이니까요. 공연히 나타난 유물을 놓치지 마시고 잘 관찰하시라고요."

"알았네. 그런데 이게 미치지 못하는 깊이에 유물이 있다면 낭패이기는 하지만 이게 무려 3m 깊이 이상을 찾아내니 내 생각으로는 충분할 것 같구먼."

그날 시험 테스트를 하면서 노트북 화면을 들여다보며 기뻐하던 유 박사의 모습은 정말이지 어린아이 같았다.

그리고 다음 만남은 우리가 묵을 장소를 예약하기 위한 사전 답사였다.

표기된 주소와 가장 가까운 곳의 여관을 예약하기 위한 목적도 있었지만 그 장소를 미리 보아두기 위한 목적도 있었다. 그리고 유 박사가 알아내지 못한 그 지역에 관한 정보라도 입수해보고 싶었다. 내가 말로는 틱틱거렸지만 기왕 하는 일이라면 무언가 반드시 찾아야 한다는 생각이다. 적어도 이 방면에서는 내 첫 사업 아닌가?

유 박사가 받아든 쪽지에 적힌 주소는 그의 말대로 근처에 민가라고는 전혀 없는 산골짜기였다. 하지만 그에게서 말로 전해 듣고 상상한 것보다는 와보기를 잘했다는 생각이 들었다. 민가에서 멀 뿐이지 차로 십여 분을 내려오면 그나마 서너 채 민가도 있고 거기서 5분여를 더 나오면 마치 휴게소처럼 갖춰놓고 식당과 민박을 겸하는 집이 있었다.

차에서 목적지를 바라보고 곧바로 차를 돌려 내려오면서 주변을 살펴본 나는 민박을 겸하는 식당 앞에 차를 세웠다.

"들어가서 점심을 먹고 가지요? 새벽에 출발하는 바람에 아침도 못 먹은 것도 그렇고 혹시 이곳에서 무슨 정보라도 얻을 것이 있을지도 모르잖아요?"

"나는 차에서 내리지도 않고 둘러보고 말기에 또 무슨 심통이 났나 했더니 다 이유가 있었구먼?"

"자꾸 그곳에 얼쩡대서 좋을 게 무엇이 있겠어요? 어차피 다음 주말에는 사람들 눈에 띌지도 모르는데. 우선 이곳에서 그쪽으로 오가는 사람들 통행량이나 기타 그곳 사정을 들어볼 수도 있지 않겠어요? 만일 우리가 계획한 날이 그곳에 관계되는 사람들과 겹치는 날이라도 된다면 큰 낭패를 볼 수 있지 않겠어요?"

"그래? 그건 자네 말이 옳은 것 같군. 하지만 이 집에도 별 볼일 없을 거야. 지난번에 내가 이곳 지형을 보러 왔을 때 물어봤더니 그것에 대해서 별로 아는 것이 없던데? 다만 그곳의 사람들 왕래 같은 것은 지난번에는 물어보지 않았으니 그쪽에는 도움이 되겠구먼."

'그럼 그렇겠지? 지난번에 왔다가 아무런 정보도 얻지 않고 그냥 갔을 리는 없겠지?'

유 박사의 이야기를 들으면서 그가 그냥 지나치지 않았을 것이라고 생각했던 내 추측이 맞자 역시 이쪽 방면의 일을 하시는 분답다고 믿음이 가면서도 한편으로는 아무런 말도 하지 않은 그가 은근히 얄미워 빈정거리기라도 해야겠다는 생각이 들었다.

"그럼 왜 진작 말씀 안 하셨어요? 별로 아는 것이 없더라고?"

"이야기할 기회가 없지 않았나? 그리고 그것 이상으로도 내가 미처 생각해내지 못한 추가 정보가 필요하니 어차피 들려야 될 일이 아닌가?"

"알았습니다. 박사님한테 말꼬투리를 잡으려고 한 내가 잘못이지요."

나는 그렇게 말을 하면서도 기분은 유쾌했다.

식당에 들어서자 아직 점심을 먹기에는 이른 시간이라 그런지 아니면 원래 이렇게 손님이 뜸한 것인지는 모르겠지만 손님은 없고 환갑이 넘어 보이는 부부가 홀 한 귀퉁이에 앉아 TV를 보고 있다가 반갑게 맞았다.

"어서 오십시오."

TV를 보다가 부인으로 보이는 여자는 주방으로 들어가고 남자가 반갑게 손님을 맞는 태도로 보아 손님이 뜸한 것 같았다. 우리는 중앙의 한 자리를 차지하고 앉았다. 식당에서는 항상 그렇듯이 물 컵에 물을 따라가지고 와서 테이블에 내려놓는 것은 바로, 주문을 하라는 신호다.

"지금 이 고장에서 맛있는 것이 무얼까요?"

나는 은근히 이 지방 사람이 아니라는 것을 내비쳤다.

"글쎄요? 손님 입맛에 따라 다르시겠지만 국물이 있는 것을 원하시면 버섯전골이 괜찮으실 것 같습니다. 비록 자연산은 아니지만 산에서 양식한 근방의 것으로 조리를 하니까 맛이 좋을 겁니다."

메뉴를 보며 묻던 내 눈에 들어온 것이 그래도 버섯전골이 값이 나가는 메뉴다. 얼른 버섯전골과 소주한 병 그리고 공깃밥 두 개를 시켰다. 사실 소주는 마실 것이 아니면서도 시킨 이유는 주인에게 필요한 정보를 듣기 위해서인데, 최소한의 매상은 올려주는 것이 방법 중 하나지만 그보다는 일단 낮술을 시키면 상대방의 경직된 경계심을 풀 수 있다는 생각에서다. 게다가 만일 운이 좋아서 주인이 허락을 한다면 주인에게 한 잔 권하면 훨씬 많은 정보를 얻을 수도 있다.

주인은 기분 좋게 주방의 아내인 듯한 여인에게 주문을 하고 밑반찬을 담은 쟁반을 가지고 와서 놓기 시작했다.

"부부가 운영하시나 봐요?"

"예, 그렇습니다. 이제 자식들 다 커 나가고 두 늙은이가 뭐 특별히 할 게 있어야지요. 그래서 가진 집을 밑천으로 이렇게 민박하고 식당을 한답니다."

"그래도 손님이 많은가 봐요?"

"뭐, 글쎄 한여름부터 가을까지는 식사는 물론 숙박 손님도 꽤 되고 겨울에도 조금은 있지요. 하지만 봄부터 7월까지는 그저 하루에 두세 번 들리시는 분들이 전부예요. 그것도 어쩌다가 숙박을 하시지 거의 식사 손님이에요."

"그래요? 저 위에서 오시는 손님들이 많으신가 보죠?"

"아니요. 그 위로는 인적이 별로 없어요. 차라리 이 옆으로 왕래가 많지요.

그 위는 산세가 좋기는 하지만 그저 그렇고 이 옆으로 가면 풍광이 그만이지요. 여름에도 이 옆으로 가면 물 맑은 개울을 병풍 두르듯이 두른 절벽과 그 아래 펼쳐지는 모래사장이 일품이라 피서객이 많이 오죠. 예서 차로 5분은 좀 넘어 걸릴 테지만 좌우간 가까워요. 또 그 절벽 단풍이 얼마나 아름다운데요. 그래서 아는 사람들은 가을에도 많이 찾는 곳이랍니다."

그때 음식이 준비되었다는 주방의 신호를 받고 주인이 갔다 오더니 아까 하던 말을 이어서 했다.

"말씀하신 대로 저 위에도 가을에 단풍 하나 보자면 그저 괜찮지만 풍광이 아니잖아요. 또 여름에는 물이 없고. 그러니 그 위로 올라가기보다는 저 옆으로 가지요.

누가 우리 집에 와서 물어도 나도 저 옆을 추천하니까요."

주인은 우리가 작업을 할 곳과는 직각에 가깝고, 서울에서 오던 방향에서는 직진을 하는 길을 턱으로 가르쳤다.

"아, 그러시구나. 그럼 오늘도 손님 별로 없을 것 아닙니까? 저희도 초행인데 앉아서 같이 한 잔 하시지요."

내가 의자까지 뽑아가며 권하자 주인은 싫지 않은 표정으로 앉았다.

"저희가 초행이라 저 위까지 갔었는데 그곳은 산세가 좋던데요?"

"산세야 좋지요. 그리고 그 산세에 당장 눈에 보이지는 않으나 멀리 물이 흐르니 얼마나 명당입니까? 산소자리 구하려면 그보다 좋은 곳은 없을 겁니다."

"그렇지요? 그렇지 않아도 얼핏 보니까 한 백여 기 되는 산소가 있는 곳이 있던데…?"

"아, 거기요? 그렇지 않아도 한 일 년쯤 전에 점잖은 분이 한 번 묻기에 그 뒤에 나도 관심을 가지고 알아 봤지요. 그랬더니 태씨 성을 가진 집안의 선산이라고 합디다. 그 말을 듣고 역시 명당이라는 것을 다시 한 번 느꼈지요."

우리는 그 점잖은 사람이 바로 유 박사라는 것을 대번에 알 수 있었지만 모른 체했다.

"태씨 성씨를 가진 사람이 우리나라에 그리 많지 않다고 합디다. 그런데 그 선산 가꿔놓은 것 보십시오. 분명 그 후손들이 잘 되었으니 그리 잘 가꾼 것 아니겠습니까? 막말로 나 먹고 살기 힘들면 그리 가꾸겠어요? 있던 선산도 팔아먹고 싸우고 난리 치는 세상인데.

그 산의 후손들은 일 년에 봄, 가을로 두 번은 꼭 모인답디다.

와서 벌초는 물론 시제를 정확히 지낸데요. 그곳에 산소를 쓸 곳이 없어서 더 이상 산소를 쓰지 않고 후손에 따라 다른 산을 구입해서 나눠 쓰기 시작한 것이 해방 전후해서라니까 적어도 50년은 족히 되었다는데 아직도 그렇게 잘 가꾸는 것을 보면 된 집안임은 물론 잘 나가는 집안 아니겠소? 하기야 그렇게 조상을 잘 모시니 후손들이 잘 풀릴 수밖에요.

게다가 역사적으로도 자신들이 대조영이나 하는 분의 후손이라고 자부심이 대단해요. 작년 가을하고 올 봄에 술을 좀 드시고 갈 길이 멀어 피곤한 몸을 쉬었다 간다면서 우리 집에서 몇 분이 묵고 다음날 일찍 떠났는데 그분들 술 마시며 하는 소리를 들었더니 그 자부심이 말도 못해요. 우리나라 역사가 어떻고 하는데 나야 잘 모르는 이야기지만 좌우간 흥미진진합디다. 지금 중국이 차지하고 있는 만주라고 불리는 요동이 우리땅이요, 그곳의 문화가 몽땅 우리 것이라고 하면서 자신들이 조상에게 큰 죄를 짓고 있는 것이라나? 좌우간 대단했어요.

참, 내가 공연히 푼수 떨고 있었네. 혹시 산소자리 찾으시면 말씀하세요. 내가 한 번 알아볼 테니. 그 주변이 땅 값도 싸고 정말 괜찮은 곳이요."

우리가 밥을 먹는 동안 따라주는 술을 마시고 있던 주인은 한 잔쯤 남기고 소주 한 병을 다 마시더니 흥겹게 말을 이어갔다.

"두 분 보아하니 점잖으신 분들 같은데 혹 학문을 위해 조용한 별장 같은 것을 지으실 땅을 원하시면 저 위는 너무 외지고 차라리 이 옆이 나아요. 한여름에서 가을에는 피서객들이나 단풍놀이 오는 사람들이 있어서 시끄러울 것 같지만 그래도 가끔 그 정도 사람은 봐야 사는 맛이 나는 것 아니겠습니까? 물가에서 얼마간 떨어진 밭 하나 사서 별장 지으면 그야말로 부러울 것 없을 겁니다. 하기야 오래 머물 것이 아니라면 차라리 민박하는 것이 낫고요."

우리는 얻을 것은 다 얻었지만 오랜만에 사람을 앉혀놓고 대작을 하는 기분으로 말하는 주인을 나 몰라라 할 수가 없어서 일단 소주를 한 병 더 시켰다.

"저는 운전을 해서 못 마시지만 사장님 더 드시죠. 그리고 우리가 다음 주에 와서 며칠 머무르려고 하는데 방은 있겠지요?"

"아, 있다마다요. 지금은 손님이 없어서 방값도 저렴하니 걱정 말아요. 그리고 내가 소일삼아 별장 지을 땅도 팔고자 하는 곳 알아놓을 테니 오는 김에 보고 가구려."

취기가 올라서인지 정말 우리들이 땅을 사서 별장을 지을 것 같아 보였는지 아예 거간으로까지 나선 주인에게 고맙다는 인사와 함께 계산을 한 후 자리에서 일어섰다.

"다시 가보시게?"

차를 태씨 문중 선산이 있는 방향으로 머리를 돌리자 유병권이 물었다.

"예. 아까 보니까 산소마다 비석이 있는 것 같던데 마지막으로 쓴 산소가 근 50여 년 되었다니 한 번 확인해보려고요.

박사님께서 가지고 계신 주소는 분명히 그리 오래 전부터 전해 내려온 것이 아닙니다. 그 지번은 근대화된 지번입니다. 그렇다면 그것은 일본이 토지조사를 하면서 생긴 지번이라고 봐야겠지요. 일본이 조선을 강제병합하고 토지조사를 한 것이 1910년부터입니다. 물론 일부 지역에서는 1905년 을사늑약이 맺어진 후 한일병합이 이루어지기 전에 시범으로 해본 곳도 있다고 하지만 이런 산중에서 시범 사업을 했을 리가 없고, 그 사업이라는 미명하에 조선의 국토를 강탈한 사업이 1918년에 끝이 났으니 빨라봐야 그 1, 2년 전이 아닐까 합니다.

더욱이 태씨 문중은 그리 손이 번성하지를 않습니다. 그러니 당연히 선산에 잠드시는 분들이 그렇게 많지 않을 것입니다. 만일에 제 예상대로라면 이 선산이 태씨 문중의 어느 종파 것인지는 모르겠지만 1910년에서 광복 전후라야 그리 많은 분들이 잠들어 계시지는 않을 것이라는 생각입니다."

"자네 정말 아무것도 모른다더니 역사를 많이 아네 그려? 게다가 태씨 문중에 관해서도 그렇고? 조금 전에 식당 주인이 말했다시피, 태씨 문중 전체인지 아니면 그중 몇몇 문중인지는 모르겠지만, 지금도 그분들은 대조영의 후예라는 강한 자부심을 가지고 문중 족보 앞에도 대조영과 대진국에 관한 이야기들이 실려 있는 것으로 알고 있는데 혹 자네가 그 가문 출신은 아닌가? 그렇다면 우리 만남은 정말 우연이 아니라 필연 아닌가?"

"글쎄요? 전 우연, 필연 그런 것 잘 모릅니다. 또 역사를 아는 것이 아니라 지나간 과거의 연표를 아는 겁니다. 입시를 위해서 어쩔 수 없이 외운 암기물이지 이게 무슨 역사를 아는 겁니까? 게다가 제가 태씨인데 그 손이 귀하다는 것쯤도 모르는 바보이기를 바라셨습니까?"

내 이야기를 듣고 기특하다는 투로 이야기하는 그에게 한 마디 쏘아 붙여주고 싶었지만, 내용은 그렇지 않아도, 목소리만은 최대한 절제를 해서 좋게 말했다. 그건 유병권이라는 인간이 미워서가 아니다. 그가 역사학자 중에서는 별나다는 것은 알겠지만 아직 그가 어떤 사람인지는 확실히 모른다. 일단 그는 역사학자인 것은 분명하다.

우리는 역사교육을 어떻게 받았는가? 역사라는 것이 지나간

과거 연대표와 그때 일어난 사건이나 외우는 식으로 교육받았다. 내가 역사학자도 아니고 역사를 잘 모르기는 하지만 그건 올바르지 않다. 역사라는 것이 지나간 사건이나 사회상을 통해 잘 못된 것은 반성하고 훌륭한 것은 본받아서 우리의 내일을 설계하는 데 보탬이 되게 하는 것이 역사교육일 텐데 그렇지 못한 것이 현실이다. 그것도 요즈음에 보면 뭔가 왜곡되어 전한 것들도 우리는 아무런 비판 없이 듣고 배웠다. 그가 나를 기특하다는 듯이 말할 때 갑자기 그 생각이 났고 역사학자인 그에게라도 책임을 물어 한 번 해 붙이고 싶었지만 아직 그에 대해 확실하게 모르는 터라 좋게 말하고 만 것이다.

"좋네, 좋아. 어쨌든 자네 이야기를 들으니 충분히 그럴 가능성이 있고 그렇다면 의외로 일이 빠르게 끝이 날 수도 있다는 말 아닌가?"

내 찜찜한 기분을 알기라도 하는 듯이 그는 웃음을 섞어가며 말했다.

생각대로 1910년에서 최근 마지막으로 쓰인 산소는 많지를 않았다. 기껏 20여 기에 그쳤다.

"우선 금요일에 내려오면 여장을 풀고 토요일에는 이곳 마지막부터 역으로 조사를 하는 것이 어떨까 싶습니다만?"

다행히 산소 배열이 연대순으로 되어 있는 터라 역으로 올라가며 조사를 해보면 좋을 수 있겠다는 생각이 들어서 하는 말에 유 박사는 잠시 아무 말 없이 무언가를 생각하더니 말했다.

"아니 저쪽 1910년 산소부터 조사해 내려오는 것이 나을 것 같네. 물론 자네 말대로 그 이전 것은 의미가 없다고 봐도 될 걸세. 내게 이 지번을 남기신 조인범 박사님께서 어떤 연유로 이

지번을 입수하셨는지는 모르겠지만 자네 말마따나 그 이전에 묻혀 있는 어떤 유물을 찾으라고 이 지번을 남기신 것 같지는 않다는 생각이네. 물론 20여 기를 조사하고 나서도 성과가 없다면 다시 시작을 해야 할지 모르지만 말일세."

"그런데 왜 하필이면 1910년부터입니까?"

"그거? 우리나라 역사교육이 연표나 외우게 시켰으니 자네야 당연히 모르는 일이겠지만 나 같은 돌팔이 사학자들은 다 아는 일이지.

일단은 서울로 올라가면서 이야기하세나. 가는 시간이 족히 댓 시간은 걸릴 것이니 잘하면 그 안에 이야기를 다 할 수도 있을 걸세. 만일 다 못하면 다음 주에 일하러 내려오면서 이야기를 해도 상관없지 않나? 그러니 이제 서둘러 올라가세나.

그렇지 않아도 공연히 자네 운전시키고 옆에 가만히 앉아 있자니 바늘방석에 앉아 있는 것 같았는데 그런 이야기라도 할 수 있으면 공짜 차타는 것 같지 않아서 얼마나 다행인가?"

나는 그가 그렇게 말하는 것이 그가 생각하고 있는 것의 전부가 아니라는 것도 안다. 자신이 가지고 있는 견해를 밝히는데 내 앞에서 아는 사람이 모르는 이에게 훈계하듯이 이야기하기가 싫은 것일 뿐이다. 자신이 아는 것은 당연한 것이고 내가 모르는 것은 교육이 잘못된 것으로 덮어 내 자존심을 세워주기 위한 자신만의 화법일 뿐이다.

"지금부터 내가 하는 이야기 중에는 자네가 아는 이야기도 있을 걸세. 또 자칫 오해를 하면 내가 일본의 한일병합을 당연시하는 것처럼, 그리고 그 일에 직접 관여한 일본인들의 능력을 칭찬하는 것처럼 들릴 수도 있고…. 하지만 잘 들어보면 결코 그런 의미가 아니라는 것을 잘 알 수 있을 걸세. 공연히 젊은 기분에 욱하고 일어서지 말게나. 운전하는 데 방해만 될 뿐이니까. 자네와 내가 손잡고 할 일이 많이 남지 않았나?"

유병권은 차에 올라타며 이야기를 하기 전에 미리 선을 그었다. 자칫 오해를 불러일으켜 내 자존심을 건드리거나 아니면 내가 발끈하는 날에는 그나마 어렵게 시작한 나와의 작업을 망칠 수 있다는 생각에 조심하는 것 같았다.

"1910년 8월 22일.
자네도 알다시피 역사상 이해할 수 없는 전대미문의 사건이 일어났지.

대한제국과 일본의 병합조약이 체결되었네. 그런 조약이 체결되었다는 것만으로도 있을 수 없는 일이 일어났다고 할 것인데 정말 놀라고 통탄해야 할 일은 대한제국의 황제 순종 이척(李拓)의 위임장에 관례와 다르게 척이라는 이름이 서명으로 들어갔는데 그것이 순종의 친필이 아니었다는 것일세. 대한제국의 최고 책임자인 황제 순종의 의지와는 상관없이 조약이 체결된 것임을 자명하게 드러내는 것이지. 어떻게 이런 일이 일어날 수 있다는 말인가? 이 조약은 분명 잘못된 것으로 무효지. 하지만 당시의 대한제국은 잘못된 일임을 알면서도 대항할 힘이 없었지. 아니, 단순히 힘이 없었다는 표현보다는 당시 정권의 실세들은 오히려 한일병합을 위해 일본 편에 붙어 날뛰고 있었으니 당연한 결과라는 표현이 옳을지도 모르지. 그 당시 서로 대립관계에 있던 송병준과 이완용이 서로 앞 다퉈서 나라를 팔아먹는 그 조약을 성사시켜 일본에 대한 자신들의 공을 쌓으려고 노력하고 있는 중이었으니 그들이 빚어낸 작품임을 만천하에 공개한 것이 분명한

데도 꼼짝 못하고 당할 수밖에 없었던 거야. 소위 정권의 수장이라는 놈이 제 일신의 영달을 위해 나라를 팔아먹었는데도 아무 소리 못하던 당시 백성들의 마음이 어땠겠나? 이루 말로는 표현할 수 없었겠지.

우리가 그 당시의 상황을 알기 위해서는 당시 상황이 벌어지기까지의 배경이 된 소위 메이지유신(明治維新: 명치유신)이라는 일본 근대화의 역사를 들여다볼 필요가 있지. 물론 메이지유신을 들여다보기 위해서는 당연히 이토 히로부미(伊藤博文: 이등박문)라는 인물을 알아야 하고.

우리는 이토 히로부미 하면 안중근 의사의 총에 맞아 하얼빈에서 죽은 인물로 몇 갈래로 찢어 죽여도 분이 풀리지 않는 인물로만 기억될 수도 있어. 하지만 일본에서 그에 대한 평은 우리와는 정반대일세. 특히 자신의 가문이 낮고 비천한 가문 출신일수록 그를 영웅시하는 마음은 훨씬 크지. 만일 이토 히로부미가 메이지유신을 통해서 신분타파를 하지 않았다면 신분이 낮은 자신들은 지금처럼 살 수 없다는 것을 그들은 잘 알고 있기 때문이라네.

내가 이토 히로부미를 좋아해서 하는 이야기가 아니라 그에 관하여 아는 것이 일본 근대화의 역사나 일본이 대한제국을 강제로 병합한 사실의 배경 등을 이해하기 쉬워서 하는 이야기니 그냥 심심풀이로 들어보게나."

8. 하야시 리스케, 이토 히로부미가 되다

이토 히로부미는 원래 성도 이름도 다른 것이다. 그가 태어나면서 부여받은 원래의 성명은 하야시 리스케(林利助)로 그의 아버지는 하야시 주조(林十藏)다. 그의 아버지는 메이지유신으로 인해 바쿠후(幕府: 막부) 시대가 붕괴하면서 번(藩)을 현(縣)으로 개칭하는 폐번치 현(廢藩置縣) 과정에서 현재의 야마구치 현(山口懸)이 된 곳으로, 원래 조슈 번(長州藩)이 통치했던 스오 국(周防国)에 살던 농민이다.

그 시절 일본의 농민이라는 것은 중세 서양의 농노 이상으로 말이 농민이지 농사를 짓는 노예였다. 그들에게는 아무런 희망도 없이 그저 살아 있으니 산다는 표현이 맞는 말이다. 바쿠후 시대의 일본은 세이이타이쇼군(征夷大將軍)을 줄여 부르는 호칭인 쇼군(將軍)이 실제로 지배를 하였고 왕은 그저 제사장 역할을 할 뿐이었다. 실제 지배자가 무사이다 보니 당연히 무사들에게 많은 혜택이 돌아갔고 무사계급은 사무라이(侍)로부터 시작해서 말단 잡부 역할을 하는 아시가루(足輕)까지 층층이 있어서 농민들은 결국 번에서 농사를 지어 무사와 지배계층의 뒤치다꺼리를 하는 식량과 군량미를 대는 이상은 아무것도 하지 못하는 계층이었다. 그리고 계급사회의 대부분의 역사가 그랬듯이 신분은 후대로 계승되었다.

하야시 주조는 자신이 농민의 아들로 태어나 농민이라는 직책을 세습한 것이지 자신이 선택한 것이 아니라는 것을 알았지만 그 신분을 벗어날 수 없다는 것도 잘 알고 있었다. 신분을 바꾸기 위해서는 최소한 하급무사라도 되어야 하는데 그러자면 무사 신분을 가진 자의 자식이 되어야 한다. 하지만 이미 농민의 아들로 태어났으니 그럴 수는 없고, 나머지 단 하나의 수가 있다면 무사의 양자로라도 들어가는 것이었다. 양자로 들어가서 성을 양부의 것을 따라서 바꾼 뒤 개명하면 신분을 바꿀 수 있었다.

그 시절에는 동서를 막론하고, 특히 동양에서는 후손을 귀하게 여기던 때이다. 사람이 죽고 나면 육신은 썩어도 그 혼은 영원하다는 원칙하에 자신이 죽고 나서도 살아 있을 때처럼 먹고 쉬는 것에 대한 개념이 심했던 까닭이다. 그러니 후손이 없으면 사후 자신을 기억해서 제사를 지내줄 사람이 없다고 생각해 어떻게든 손을 이으려고 노력했고 만약 손을 생산하지 못하면 양자라도 들여서 후손을 만들고 말았다. 특히 직위가 높을수록 양자라도 들여 손을 만드는 것은 당연한 일로 받아들여졌다. 그리고 당시 일본에서는 자식이 없어서 양자를 들일 때 반드시 일가 친척의 자식이 아니어도 허용이 되었다.

하야시 주조는 권모술수가 뛰어난 사람으로, 자신은 반드시 신분을 상승시킬 것이라고 굳게 믿고 젊은 시절부터 그 대상을 물색하기 시작했다. 그러다가 그의 눈에 들어온 것이 바로 조슈 번의 중간 무사계급인 이토 다케베에(伊藤武兵衛)였다. 일본 전체의 계급을 따져본다면 어떨지 모르겠지만 그런 것과는 상관없이,

신분상승을 노리는 하야시 주조에게는 바쿠후 최고의 권위자인 쇼군 이상으로 보이는 상대다.

이토 다케베에는 나이를 먹어가도 자식이 없자 자신의 처지를 비관하면서 거의 날마다 술을 마시고 주변 하층민들을 괴롭히곤 했다. 하야시 주조는 그를 이용하기로 마음먹었다. 같은 농민이면서 주변 사람들을 모아 술을 대접하면서 같은 신분인 그들의 환심을 샀다. 처음에는 단순히 환심을 사는 것에서 그쳤지만 얼마간 세월이 지나면서 술자리가 벌어지면 하야시 주조가 이토 다케베에에게 당한 그들의 울분을 대변해주는 척했다.

"다케베에 그분은 자식이 없어서 마음 아픈 것을 누가 모른다나? 그렇다고 우리 같은 농민들을 괴롭힌다고 자기 새끼가 만들어지는 것도 아니고? 정 그렇게 억울하면 술 먹고 우리 농민들 괴롭힐 시간에 들어가서 아내랑 아이나 만들 일이지."

그가 이렇게 이야기하면 사람들은 고개를 주억거리며 동조했다. 그리고 그 불평은 날이 갈수록 강도를 더해 갔다.

그러기를 몇 번 반복한 어느 날, 드디어 하야시 주조가 폭탄선언을 한다.

"정말이지 이대로 당할 수만은 없는 일이지 않소이까? 이제는 낮 밤이 없이 저리 날뛰며 우리를 괴롭히니 내일이라도, 아니 오늘 당장이라도 다케베에가 술에 취해서 우리 중 누군가를 괴롭히면 우리 힘을 합심해서 흠씬 두드려줍시다. 마침 그믐밤이니 누군지 절대 알아볼 수 없을 것 아니오? 우리가 목소리도 내지 않고 또 서로 비밀만 지킬 수 있다면 가능한 일입니다. 한 번 그렇게 흠씬 두들겨 맞고 나면 다시는 그 짓거리를 못하지 않겠소? 게다가 집단으로 두들겨 맞고 난 후 창피해서 어디 가서 우리 농민들에게 몰매를 맞았다고 고변하지도 못할 것 아니겠소? 힘만 합치면 가능한 일이오."

모여든 사람들은 모두 고개를 끄덕였다. 낮에는 보는 눈이 많아 어쩔 수 없지만 밤이라면 가능한 일이기도 하다.

아마 모르면 몰라도 최소한 한 번씩은 다 당한 경험이 있을 것이다. 늦게 일을 마치고 집에 들어가다가 혹은 이웃에 마실을 다녀가다가 술에 취한 다케베에를 만나 칼집으로 얻어터지기도 하고 손으로 얻어터지기도 했다. 뿐만 아니라 칼을 뽑아들고 설쳐댈 때는 그 공포감으로 온몸을 떨어야 했다. 해가 지면 아녀자들은 아예 외출을 금할 지경이었다. 하지만 신분이 높은 그에게 대항할 농민은 아무도 없었다.

그때 마침 하야시 주조의 말에 응답이라도 하듯이 낯익은 목소리가 애원하는 소리로 들렸다.

"아이고 이토나리. 제발 한 번만 용서해주십시오. 소인 이렇게 무릎을 꿇고 빕니다. 소인 미처 나리를 몰라 뵙고 그만 앞을 지나칠 뻔했습니다요. 한 번만 용서해주십시오. 그믐밤이라 아무것도 알아보지 못해서 그랬습니다요."

이미 하야시 주조의 말에 동의한 그들이다. 누가 먼저랄 것도 없이 밖으로 몰려나가서 다케베에에게 뭇매를 가하기 시작했다.

그런데 정작 일을 제안한 하야시 주조는 머뭇거리고 있다가 이토 다케베에가 흠씬 두들겨 맞고 난 후 갑자기 나서며 소리치기 시작했다.

"이게 무슨 짓들이냐? 네놈들은 누구냐? 아이고 이토 나리 이게 웬 봉변이십니까?"

다케베에를 패주던 사람들은 하야시 주조의 호들갑 떠는 목소리에 정신이 번쩍 들면서 무언가 잘못된 것 아닌가 하는 생각에 줄행랑을 놓기에 바빴다.

　자신이 선동해서 일에 참여했던 자들이 줄행랑을 놓자 하야시 주조는 이토 다케베에를 부축해 그의 집까지 데리고 갔다.

　"도대체 이게 무슨 일이냐?"

　"소인도 어찌된 일인지 모르겠습니다. 소인이 늦게 집으로 들어가는데 나리께서 변을 당하시는 장면을 보게 되어 이렇게 모시고 왔을 뿐입니다. 그믐밤이라 원래 깜깜한 터에 벌어진 일이라 잘 보이지를 않아서, 처음에는 그저 왈패들이 못된 짓을 하는지 알고 소리를 내어 그들을 쫓아 보낼 요량으로 소리를 지르며 다가갔더니 나리께서 변을 당하고 계시지 무업니까? 나리라는 것을 아는 순간에는 이미 제가 지르는 소리에 놀란 놈들이 모두 줄행랑을 놓은 뒤라 저도 무슨 일인지는 모르겠고 그저 이렇게 모시고 왔을 뿐입니다요."

　이토 부인은 하야시 주조가 부축해서 들어오는 남편을 보고 깜짝 놀라며 방으로 들게 한 후 남편을 눕히고 하야시는 그 옆에서 그를 치료하는 데 잔심부름을 도와주었다.

　상처를 닦아내고 약을 바르고 하는 얼마간의 시간이 지나자 이토 다케베에는 눈을 뜨더니 하야시 주조를 조용히 불렀다.

　"네가 나를 구했구나. 이 일은 어디 가서 절대 말하지 말거라. 무사가 이런 치욕을 당했으니 할복이라도 해야 마땅하지만 그렇게 큰일도 아닌 것을 가지고 할복을 할 수는 없고 그렇다고 주변에서 알면 창피한 일만 될 것이다. 그러니 범인을 알아낸다고 여기저기 수선을 피워 공연히 일만 크게 만들지 말고 절대 함구해야 한다."

　하야시 주조는 자신의 생각대로 되어 가는 것이 여간 기쁘지 않았다. 하지만 일체의 표정을 감추고 그저 '예'라는 한 마디와 고개를 숙일 뿐이었다.

"이 모든 것이 내가 내 마음을 다스리지 못한 까닭이라 생각해야지 다른 방도가 있겠느냐?

그러니 그리 알고 이제 그만 돌아가 보아라. 내 며칠 후에 몸을 추스르고 난 후에 너를 불러 오늘의 공은 보답하마."

"아닙니다. 나리. 공이라니요? 소신 비록 비천한 농민이오나 나리의 보살핌을 받는 처지라는 것을 영광으로 생각하면서 항상 나리의 인자하신 인품에 반해 있사옵니다. 나리께서 가끔 약주를 하시고 울분을 참지 못하시는 모습을 보면 저같이 비천한 농민이 나리의 큰 뜻을 몰라서 보필해드리지 못하는 것이 아쉽기만 했던 놈입니다요. 공이라는 당치도 않은 말씀은 거두시고 쾌차하시기만 바랄 뿐입니다요."

"그렇게 말해주니 더 고맙구나. 알았으니 이제 돌아가 쉬어야 내일 또 일을 할 것 아니더냐? 어서 가거라."

이토 다케베에는 자신이 폭행당한 이유를 이미 깨닫고 있었다. 그런 까닭에 이번 일이 비밀에 부쳐지기를 바라고 있었다. 그러나 그 일을 주도한 자가 하야시 주조라는 사실은 까맣게 모른 채 그가 자신을 구해준 은인으로 알 뿐이었다.

하야시 주조는 어서 가보라는 이토 다케베에의 말에 연신 허리를 굽혀 답하고는 조용히 그 자리를 물러나와 그의 집 문턱을 넘자마자 입에 소리 없는 함박웃음을 머금었다. 지금 그에게는 그믐밤의 어둠이 하나도 어둡지 않았다. 그가 보는 앞길은 마치 보름달, 아니 대낮처럼 밝기만 했다. 차마 소리 내어 웃을 수가 없어서 그렇지 그럴 수만 있다면 온 마을이 다 떠내려갈 정도로 큰 소리로 웃고 싶었다. 아니 웃어야 했다.

하야시 주조는 이튿날 아주 이른 새벽부터 어제 함께 일을 꾸미며 다케베에가 봉변을 당하게 만든 사람들의 집들을 모조리 찾아다니며 그들을 불러 모았다.

다섯 집을 찾아다닌 그는 그들이 어젯밤 제대로 잠을 이루지 못한 것을 금방 알 수 있었다. 농민이 중간계급의 무사를 건드려 놓았으니 잠이 올 턱이 없다. 게다가 기껏 일을 선동한 하야시 주조가 다케베에를 데리고 갔으니 자신들의 정체가 폭로되는 일은 순간이다. 당장은 아닐지 몰라도 날이 밝으면 목이 달아날지도 모를 일이다. 그렇다고 미리 도망을 갈 수도 없고 또 도망을 간다고 해도 갈 곳도 없다. 그런데 하야시가 찾아왔으니 오금이 떨리고 이제 곧 죽음이 임박한 것 같아서 숨도 크게 쉴 수 없는 상태로 그의 뒤를 쫓았다.

하야시 주조는 바로 이 점을 노렸다. 어젯밤에 그들을 찾아갈 수도 있었다. 그들은 어젯밤 아무리 늦은 시간에 찾아갔어도 잠도 못 이룬 채 하야시를 만났을 것이다. 그러나 그들의 마음을 그렇게 쉽게 풀게 해주었다가는 자신이 배신자라는 그들의 생각을 지우게 할 수가 없다. 밤새 죽음의 공포 앞에서 잠 못 이루고 마음고생을 할 수 있는 데까지 하게 만든 다음에 자신이 나타나 그 공포를 벗게 해주면 배신이라는 생각보다는 고마움이 앞설 것이라고 철저하게 계산을 했다. 그의 계산은 거기에서 그치지 않았다. 얼핏 생각하면 이른 새벽에 그들을 배신한 자신이 찾아갔다가 잘못하면 해를 당할지도 모른다고 생각할 수도 있다. 하지만 그들은 무사의 몸을 폭행한 자들이다. 그들이 폭행한 무사를 데리고 간 하야시가 무슨 말을 어떻게 하느냐에 따라서 그들의 목숨은 유명을 달리 할 수 있다. 그 결과도 듣지 않고 감히 하야시에게 해를 가할 수는 없는 일이다.

이미 그 계산은 아내와 상의한 것이라 아내 역시 대 찬성을 하면서 술을 준비한 것은 물론, 새벽같이 일어나서 술국을 끓여놓은 후였다. 술국과 술이 나오자 하야시는 한 잔씩 따르고는 자신이 먼저 술잔을 들어 한 잔 쭉 마신 후 입을 열었다.

"어젯밤, 내가 그리 행동한 것을 배신이라고 생각들 한 건 아니지요?"

하야시 주조는 한 잔을 단숨에 들이켰건만 나머지 누구도 잔을 입에 가져갈 생각조차 하지 못하고 있었다. 그런 그들을 보면서 하야시는 당당하게 말했다. 그가 너무 당당하게 말한 이유도 있지만 지금 이 자리에는 그의 행동이 배신이냐 아니냐를 따질 사람도 따질 기운도 없다. 하야시가 이토에게 무슨 말을 어떻게 했으며 자신들의 앞날이 어떻게 되는지가 더 궁금할 뿐이다.

"아, 그러지들 말고 한 잔씩 드셔요. 괜스레 나 혼자 마시게 만들지 말고."

하야시 주조는 너스레를 떨며 자신이 직접 자신의 잔을 채우면서 그들에게 술을 마실 것을 권했다. 하지만 그가 자신을 바라보고 있는 그들의 마음을 몰라서 너스레를 떤 것이 아니다. 저들 앞에서 시간을 끌면 끌수록 저들은 애가 탈 것이고 그래야 자신에게 고마워하는 마음이 배가 된다. 그럼 마음을 최대한 키운 후 자신이 이미 계획된 일을 한 것이라고 하면 저들은 그저 고마움에 어쩔 줄 모를 것이다.

"참, 어젯밤에 잠들은 편히 잤나요?"

이미 모든 것을 알고 있지만 하야시는 모른 체 묻고는 다시 술잔을 입에 물고 한 모금 마신 후 잔을 내려놓으며 아주 심각한 목소리로 입을 열었다.

"나도 많이 생각해서 한 행동이요. 생각해보시오. 만일 우리가 어제 그런 일을 하고도 이토가 앞으로 어떻게 대처할지를 모른다면 며칠이 될지 몇 달이 될지 모르는 시간을 마음조이면서 지내야 했을 것 아니오? 그가 범인을 찾고 있는지 아닌지 모르면 얼마나 답답하고 궁금하겠소? 그렇다고 먼저 물어볼 수도 없는 일이고.

누군가는 배신자라는 누명을 잠시 뒤집어쓰는 한이 있어도, 또 설령 범인을 불라고 치도곤을 당하거나 목숨을 잃는 한이 있어도 끝까지 입을 다물 수만 있다면 그를 구해서 집에 데려다주는 척하면서 그의 마음을 알아낼 수 있을 것 아니오. 그렇다고 다른 사람을 시킬 수도 없는 일이니 내가 그 일을 해야겠다고 생각한 거요. 내 목숨을 거는 한이 있더라도 내가 생각하고 계획한 일이니 내가 책임을 져야 한다고 나 스스로 결정한 거요."

하야시가 거침없이 이야기하자 좌중은 그래도 한숨 돌릴 수 있다는 생각이 들었는지 아니면 그동안 초조한 마음에 목들이 말랐는지 일제히 술잔을 입에 대고 숨도 쉬지 않은 채 단숨에 마셨다. 그런 그들의 모습을 보면서 하야시는 역시 자신의 의중대로 움직인다고 다시 한 번 쾌재를 부르며 말을 이었다.

"사실 이 일을 하나마나를 가지고 나도 참 많이 망설였소. 잘못하면 내 목숨이 날아갈지도 모른다는 생각이었소. 하기야 실제 죽을 고비를 넘겼지만 말이오.

어제 이토를 자기 집에 데리고 갔다가 그냥 나올 수가 없지를 않소. 적어도 그가 정신을 차릴 때까지는 옆에서 안타까워하는 표정이라도 지고 있어야지 의심을 안 받지. 아, 그런데 그가 정신을 가다듬더니 대뜸 칼을 빼서 내 목에 대는 것 아니겠소. 범인들을 대라는 거요. 목이 섬뜩해지면서 정말이지 순간적으로 나도 모르게 이름을 댈 뻔했소. 하지만 정신을 바로하고 죽어도 좋으니 모른다고 할 수밖에. 너무 어두운 그믐밤이라 지척에 있던 나리도 그들을 못 봤는데 내 목소리에 놀라 달아나는 그들을 내가 어찌 봤겠냐면서 죽어도 모른다고 했지. 그랬더니 범인들의 이름을 대지 않으면 당장 목을 치겠다고 겁을 주기도 하고 단 한 놈의 이름만이라도 대면 내 목숨만은 살려줄 뿐만 아니라 사례를 하겠다고 달래기도 하면서 어떻게든 알아내려고 합디다. 하지만 나는 이미 목숨을 잃을 각오를 하고 내 스스로 꾸민 일인지라 죽어도 모른다고 하면서 한 마디 했소. 내가 그들을 보지 못한 것이 죄라면 죄지만 그들을 알면서도 숨길 것 같으면 뭐하러 나리를 구했겠냐고…. 그제야 칼을 거둡디다. 그러면서 만일 이 일을 발설하는 날에는 목숨이 온전치 못할 거라고 엄포를 놉디다. 자신에게 해를 가한 범인들은 목숨이 아까워 말을 못한다는 것을 잘 알고 있는 그로서는 나만 입을 다물면 이 일은 비밀에 부쳐질 것임을 잘 안 거요.

이제 이토 다케베에는 다시는 우리들에게 추태를 부리지 않을 거요. 그리고 어젯밤 일은 절대 문제 삼지 않을 거요. 무사인 자신의 체면을 생각해서 내게 함구하라고 엄포까지 놓았는데 이 일을 시끄럽게 할 일은 절대 없소. 만일 이 일을 자신이 먼저 발설하는 날이면 자신은 무사들의 세계에서 따돌림을 당할 것이 뻔한 일 아니오? 그러니 우리들만 입을 다물면 이 일은 없던 일이 되고 그동안 우리가 당한 괴롭힘은 영원히 막을 내리는 거요.”

하야시는 이토에게 듣지도 않고 있지도 않던 일들을 꾸며대면서 자신을 영웅화하고 있었다. 하지만 누구도 그의 말을 의심하는 사람은 없다. 충분히 그럴 수 있는 일이다. 실제처럼 이토가 자신을 반성하면서 이 일이 조용히 끝나기를 바랐다고 생각하는 사람은 없다. 그들은 이토가 범인을 잡으려고 펄펄 날뛰면서 정말 하야시의 목에 칼을 대고 그를 죽일 듯이 날뛰었을 것이라고 믿고 있다. 그러면서 이토의 칼 앞에서도 입을 열지 않은 하야시를 은근히 존경하면서 한편으로 앞으로는 아무 걱정할 것 없이 해결된 일에 대해 고마워하며 자신의 가슴도 쓸어내린다. 그리고 앞으로 이토가 다시는 추태를 부리지 않는 덤까지 얻은 기쁜 마음에 술잔을 채워 단숨에 또 한 잔을 마신다. 그런 그들을 보면서 하야시는 속으로 비웃는 것인지 아니면 정말 우스워서 웃는 것인지 그저 웃을 뿐이었다. 하지만 하야시의 그런 웃음 뒤에 바짝 좇아오는 초조함은 오로지 하야시 자신만이 알 뿐이었다.

그 일이 있은 후 하야시는 초조한 마음을 감추느라 어찌할 바를 몰랐다. 들에서 일을 해도 집에서 쉬고 있어도 마음은 물론 오감 모두가 오로지 하나만을 향하며 기다리고 있었다. 무엇인가를 기다린다는 것은 시간을 지루하게 해서 하루가 수삼일 지나는 것 같았다. 그렇게 이틀이 지난 저녁. 하야시 주조의 아내는 조급증이 나는지 참지 못하고 입을 열었다.

"당신이 먼저 이토 어른의 집에 가보면 안 되겠소? 어른이 쾌차하시는지 궁금해서 왔다고 핑계라도 대면서 가 보기라도 해야지 조급증이 나서 견딜 수가 없소."

"무슨 소리를 하는 거요? 감히 내가 부르지도 않는데 어떻게 그 어른 댁을 찾아간다는 말이요. 아무리 그 양반을 위험에서 구했다고는 하지만 나같이 비천한 농민의 신분으로 무사를 찾아가다니 타당키나 하오? 게다가 자칫 잘못해서 이 모든 일이 우리가 꾸민 일이라는 것을 눈치라도 채는 날에는 영락없이 죽은 목숨이 될 터인데 목숨이 서너 개라도 된다는 말이오? 또 그분을 찾아가는 것을 주변의 누가 보기라도 하고 내가 모사를 꾸민 것을 알기라도 한다면 그때는 어찌할 것이오? 그 역시 소리 소문도 나지 않게 맞아 죽을 일이오. 다행히 아직은 모두가 우리가 꾸민 일이라고 꿈에도 생각하지 못하고 있소. 이제껏 공들여서 쌓아놓은 탑을 한꺼번에 무너뜨릴 말일랑 아예 입 밖에도 꺼내지 마시오. 행여 일을 그르치는 한이 있더라도 그냥 기다리는 수밖에 없다는 것을 명심하고 그런 티는 일체 내지 마시오."

조급해 하는 아내에게 따끔하게 타일렀지만 정작 하야시 자신의 마음은 더 답답해서 견딜 수가 없었다.

그렇게 무려 열흘이 지났다. 하야시도 이제는 정말 일이 틀어졌다고 생각해 가면서도 차마 미련만은 버리지 못하고 있던 중인데 이토 타케베에로부터 내일 아침 무렵에 집으로 오라는 전갈이 왔다. 하야시는 그 전갈을 받고 별의별 생각이 다 들었다. 미리 생각한다고 해결될 일이 아니라고 스스로 달래보았지만 도저히 잠을 이룰 수가 없었다. 밤을 뜬눈으로 보내다시피 하고 이튿날 아침 무렵 이토의 집을 향했다.

"그동안 잘 지냈느냐? 네 덕분에 무사하기는 했지만 그래도 여독이 남아 몸을 추스르느라 너에게 보답을 하는 것이 늦었구나. 자, 이것을 받아라."

대청마루에 앉은 이토 타케베에가 한껏 자비로운 목소리로 사정을 설명하면서 무언가를 내밀었다. 그러자 옆에 서 있던 하인이 그것을 받아서 대청 아래 무릎을 꿇고 앉아 있는 하야시 주조를 향해서 왔다.

"나리, 무슨 말씀이십니까? 소인 나리께서 들라하셔서 이렇게 찾아뵙기는 했지만 결코 지난 일의 사례를 받고자 찾아뵌 것은 아니옵니다. 이미 말씀드린 대로 나리의 은혜를 입어 이렇게 편안한 나날을 살고 있다고 생각하는 소인이옵니다. 게다가 나리의 귀하신 인품을 흠모하는 소인인데 어찌 이런 사례를 내리신다는 말씀입니까? 거두어주십시오."

하야시는 하인이 도착도 하기 전에 머리를 조아리며 말했다. 고개가 땅에 닿았다는 표현이 옳은 표현이다.

"그런 말하지 말고 받으려무나. 은자다. 꽤 되는 돈이니 요긴하게 쓸 수 있을 것이다."

하인이 하야시 코앞에 대듯이 드미는 것을 흘낏 보니 부피가 제법 되었다. 그러나 단단히 각오를 한 하야시다.

"나리 제발 이렇게 어려운 하명은 거둬주시옵소서. 차라리 소인에게 다른 일을 시키신다면 소인 즐거운 마음으로 받잡아 해드리겠습니다. 하지만 소인의 분에 넘치는 이런 하명은 제발 거둬주십시오."

"그래? 그 말이 진심이더냐?"

"예. 소신 나리의 인덕을 입는다고 생각한 시간이 하루 이틀이 아니거늘 어찌 이런 명을 내리십니까? 거두십시오."

"그래? 그렇다면 일어나서 가거라. 정 싫다면 하는 수 없지."

순간 하야시는 아차 싶었다.

정말 이게 끝이라는 말인가? 이건 자신의 의도와는 전혀 다르게 펼쳐지고 있다. 자신이 그렇게 거절을 하면 다른 말이 나와야 하는데 다른 말은커녕 일어나서 가란다. 그렇다고 지금에 와서 잘못 말한 거니 저 은자 보퉁이를 달라고 할 수도 없다. 더더욱 이 자리에 이렇게 더 있을 시간도 없다. 잘못 시간을 끌다가는 자신의 속내가 드러나고 그로 인해서 무슨 일이 생길지 모른다. 어서 일어나야 한다.

"나리 제 마음을 알아주시니 그저 무어라 드릴 말씀 없이 감사

할 따름입니다."

하야시는 당장이라도 울화가 치밀어오를 것 같은 마음을 애써 진정시키고, 정말 자신이 원한 대로 일이 되었다는 듯이 머리를 땅에 닿을 정도로 머리를 굽히며 인사를 하고 자리에서 일어났다. 그리고 다시 한 번 머리를 조아리며 뒤로 돌아서서 대문을 향해 가는데도 아무런 기척이 없다. 이제 정말 일은 그르친 것이다. 당장 집으로 돌아가서 아내에게는 무어라 변명을 한다는 말인가? 그동안 자신의 계획한 바에 따라 좋아라 협조를 해준 그녀에게 이 일을 무어라 변명할 것인가? 다리에서 힘이 빠져 걸음을 걷기도 힘들다는 생각이 들며 자신도 모르게 막 한숨이 나오려는 순간이었다.

"이봐라. 이리 다시 오너라."

하야시는 자신의 귀를 의심했다. 분명 이건 이토 부인의 음성이다.

"이리 다시 오라는 소리가 들리지 않느냐?"

아까만 해도 대청에 보이지도 않던 이토 부인의 목소리에 혹 환청을 듣는 것이 아닌가 의심을 하면서, 어차피 이제는 끝난 일이니 확인이나 해본다고 마음먹고 고개를 돌리는 순간 정말이지 놀라서 주저앉을 뻔했다. 대청 끝까지 쫓아나오며 자신을 부르는 것은 분명히 이토 부인이다. 그리고 그 옆에 함께 서 있는 이는 바로 이토 다케베에다. 두 사람은 나란히 선 채, 너무 놀라서 발걸음도 떼지 못하는 하야시 주조를 바라보면서, 행복한 웃음을 잔뜩 머금고 있다. 그 웃음 사이로 이토 다케베에가 입을 열었다.

"이리 다시 오너라. 행여 하는 마음에 너를 시험해본 연유를 말해주마. 그리고 네게 허락받을 일도 있으니 이리 올라오너라."

순간 하야시는 자칫하면 환호하는 소리 지를 뻔했다. 바로 이 거다. 이제껏 공들여 이웃들 술 받아 먹이면서 꾸민 일들이 바로 이걸 얻기 위한 것이다. 무사가 농민에게 마루로 올라오라고 하면서 허락을 받을 것이 있다는 말은 감히 꿈에서도 듣지 못할 일이다. 이 이야기는 들어보나마나다. 바로 이 말을 듣기 위해서 얼마나 오랜 시간 공을 들였던가? 표적을 찾아내어 그 표적의 장단점을 파악하고, 주변을 꼬드겨 환경을 만들고 작전을 세우고 일을 진행하여 결과를 얻기 위해 노력했던 지난날의 힘든 일들이 한꺼번에 싹 가셨다.

"나를 흠모하고 존경한다는 네 마음이 진심인지 아니면 물질적인 사례를 바라서 입에 발린 말을 하는 것인지를 시험하느라 은자 보퉁이를 드민 것은 정말 미안하다만 그렇게라도 하지 않으면 네 마음을 알 수가 없어서 한 일이니 그 점은 마음에 두지 말거라. 우리 부부가 심사숙고해서 결정한 시험방법이었으니 그러려니 하려무나. 이제 네 진심을 알았으니 우리 부부는 너를 우리 양자로 삼고자 결정했느니라. 사실 그 문제를 결정하기 위해서 네 주변을 조사해보느라고 시간이 좀 걸리기는 했지만, 우리가 조사한 바에 의하면 너도 일찍 부모님을 여의고 지금은 곁에 안 계시니 서로 의지하며 사는 것도 좋은 일이라고 우리들은 결론을 내렸다. 어떠냐? 내 양자가 되겠느냐?"

이미 대청마루에 무사와 마주 앉아 있다는 것은 양자가 된 것이다. 그렇지만 이럴 수록에 조심해야 한다.

"말씀은 너무 고맙지만 미천한 제게는 과분하신 말씀이라 미처 생각할 정신도 없습니다. 하루만 말미를 주시면 집에 가서 식구들과 의논도 해보고 내일 아침 일찍 찾아뵙고 말씀드리면 안 되겠습니까?"

"안 될 게 있나? 그리고 그게 당연한 거지. 자, 아침을 먹기에는 좀 늦은 감도 있기는 하지만 어차피 식전이니 함께 아침을 먹자."

이 결과를 얻어내기 위해 그동안 그 모든 어려움을 참고 왔다. 더 이상 생각하고 말고 할 것은 하나도 없다. 아내 역시 조급증을 낸 것이 얼마가 될지도 모르는 사례를 기다린 것이 아니다. 바로 이렇게 양자가 되어 달라는 저 소리를 애타게 기다렸던 것이다. 게다가 함께 아침을 먹자고 하는 저 말이 끝나고 첫 숟가락을 뜨는 순간 확실한 이토 가문의 아들로 거듭나는 것이다. 하야시는 벌떡 일어나 덩실덩실 춤을 추면서 한껏 소리 높여 노래라도 부르고 싶은 심정을 억제하느라고 간신히 아침을 먹었다.

아침을 먹고 집으로 돌아오자 눈치 빠르고 협잡에 강한 그의 아내는 시간을 자체하다가 돌아온다는 그 사실 하나만 가지고 이미 감을 잡고 있었다.

"이제 우리 가문이 이토 가문이 되는 거군요. 나도 이토 부인이 되는 겁니까? 지긋지긋한 농민 신분도 이제 홀홀 벗어버리고 비록 농사를 다시 짓더라도 무사의 아내가 되어 농사를 짓는다면 하나도 힘들지 않을 거예요. 하야시 부인은 힘들게 농사지었지만 똑같이 아니 더 많은 일을 한다고 해도 이토 부인은 힘 안 들고 농사지을 자신이 있답니다."

아내는 콧소리 섞인 목소리로 기뻐 어쩔 줄 모르고 이야기를 해댔다.

"참, 우리 하야시 리스케(林利助)는 이름을 무어라 짓는 것이 좋담? 이토 리스케는 아닌 것 같아. 이토라는 성도 받았는데 굳이 리스케라는 이름을 가지고 갈 필요가 있나? 그렇지 할아버지

이신 이토 다케베에가 지어주실 수도 있는데?"

하루아침에 하야시라는 성이 이토로 바뀐 훗날의 이토 히로부
미는 이름을 슌스케로 바꾼 후 동네 서당에 다니기 시작했다.
열한 살 나이로 서당에 처음 입학하기에는 좀 늦은 감이 있었
지만 하야시 리스케가 아니라 이토 슌스케라는 성명으로 서당에
다니는 것이 그에게는 하늘을 나는 기분이었다. 지금까지는 어
린 나이에 봄부터 가을 추수 때까지 뙤약볕 내리 쬐는 논과 밭에
서 얼굴이 새카맣게 탈 지경이 되도록 일만 했지 더 이상 아무런
생각도 할 수 없는 신분이었다. 같은 또래의 무사계급을 가진 집
자식들이 서책을 겨드랑이에 끼거나 봇짐을 싸서 어깨나 등에
걸쳐 메고 서당에 오가는 모습을 보면서 그들이 얼마나 부럽기
만 했었던가? 그는 이제까지 자신이 부러워하던 마음을 온통 공
부에 쏟았다. 특히 역사공부를 즐겨하여 일본의 역사는 물론 서
책만 구할 수 있다면 조선의 역사와 세계 역사를 두루 공부했다.
누가 가르쳐주지도 않았건만 그는 단순히 역사를 공부하는 것이
아니라 그 안에서 교훈을 얻어내려고 노력했다.
혼자서 역사를 공부하던 그는, 역사가 가르쳐주는 가장 큰 교
훈은 힘 있는 자만이 살아남을 수 있다는 평범한 진리라고 스스
로 결론을 내렸다. 그런 결론을 내린 후부터는 더 열심히 공부하
면서 틈틈이 무예를 익히는 데도 절대 게으르지 않았다. 남들이
서당을 마치고 무엇을 하러 가든지 간에 그는 서당에 남거나 아
니면 집으로 돌아와서 밤늦도록 공부하면서 무술을 연마했다.
지금 그가 기거하는 집은 성과 이름을 바꾸기 전에 살던 단칸방
집이 아니다. 이토 다케베에의 양자가 된 아버지와 함께 그의 집
으로 이주하여 어엿한 자신의 방을 가지고 공부하는 신분이다.

게다가 자식이 없던 다케베에는 늦은 나이에 양자나마 자식을 얻은 것만 해도 기쁘기 그지없는데 손자로 더불어 들어온 그 아들이 열심히 공부하는 것은 물론 총명하다는 소리까지 듣는 것이 자랑스러워서 이토 슌스케를 끔찍이 귀여워했다. 슌스케는 세상을 다 얻은 것 같아서 나날이 행복하기만 했다.

하지만 그는 단순히 행복하다는 생각 이상으로 항상 가슴 깊이 품고 있는 생각이 있었다. 오늘날 자신이 이렇게 신분 상승이 된 이유는 딱 한 가지다. 아버지가 술수를 부려서 이토 가문의 양자로 들어온 덕분이다. 그것을 생생하게 눈으로 본 자신이다. 사람을 잘 선택하고 그 사람의 눈에 들어야 세상은 버틸 수 있다는 것을 스스로 체득했다. 열심히 공부하는 것도 힘이지만 사람을 잘 이용하는 것이 가장 큰 힘이라고 믿어 온 그다. 그는 열심히 공부를 하면서 한편으로는 자신에게 도움이 될 사람들을 찾아내는 것에 절대 게을리 하지 않았다. 아니 그것만이 살 수 있는 길이라고 스스로 단정했다.

기회만 노리면서 살던 이토 슌스케가 서당을 졸업하고 최하급 무사들이 하는, 마구간의 말을 돌보는 일을 하던 중에 절대 절명의 기회가 찾아왔다. 그가 15세가 되던 해에 조슈 번에서 번사들이 감사임무를 띠고 그가 일하는 곳으로 파견을 왔다. 잡역을 하는 그에게 그들 중 한 사람인 구루하라 료조의 잔심부름을 하는 임무가 맡겨졌다. 구루하라 료조의 조수로 그를 도와 그가 가고자 하는 곳을 안내하고 그가 보고서 쓰는 일을 돕기 위해 필요한 문서를 찾아다주거나 아니면 그 문서에서 발췌한 것을 정리하는 것을 도와주는 일이다.

서당에 다닐 때 열심히 공부했던 그는 주어진 일을 처리하는

데 전혀 무리가 없었다. 그는 눈치 빠르게 해야 할 일을 신속하고 정확하게 처리해 나갈 뿐만 아니라 단순히 주어진 일을 하는 것에 만족하지 않았다. 다른 조수들은 아직 잠자리에서 일어나지도 않을 시간에 그는 일터로 나가서 구루하라의 세숫물을 떠서 대령하고 그가 아침 식사를 하는 일을 보살피는 것은 물론 그 날 외출 여부를 물어서 마구를 단정하게 갖추는 일까지 한다. 심지어는 구루하라가 외출할 때는 잘 모르는 길은 물론, 혼자 가도 아는 길이니 함께 하지 않아도 된다고 만류하는 길까지 말고삐를 잡고 따라나선다. 구루하라 자신이 아는 길이니 차라리 문서를 정리하고 있으라고 말려도 일은 늦게까지 해서 마무리 지을 것이니 걱정 말라고 하면서 기꺼이 따라나선다. 그리고 아무리 늦어도 자신이 할 일을 마무리해야 퇴근을 하는 것은 말할 것도 없고 자신은 별로 할 일이 없는 날 저녁에도 퇴근을 하지 않고 구루하라가 씻을 물을 대령하는 것은 물론 구루하라가 일을 정리하고 잠자리에 들 때까지 집으로 돌아가는 일이 없었다.

그는 자신의 아버지에게서 배운 것들을 그대로 아니 한 발자국 더 나가서 실천하고 있었다.

임무를 마치고 곧 번으로 돌아가게 된 구루하라는 총명하기도 하면서 부지런하고 충성심 강한 그를 눈여겨보면서, 저런 아이라면 잘만 키우면 쓸 곳이 많다는 판단이 들어서 그를 불렀다.

"그동안 네 도움을 많이 받았다. 정말이지 제 몸 스스로 돌보지 않고 헌신을 다해 나를 보좌해준 덕분에 내가 일을 훨씬 효율적으로 할 수 있어서 무척 고맙구나. 물론 장래 더 큰일을 하겠지만 당장 내가 도와줄 일이라도 있으면 말해보아라."

"당연히 제가 할 일을 했을 뿐이니 무슨 대가를 바라고 한 일은 아닙니다. 제가 한 일 때문에 저를 도와주신다는 것은 당치도 않으신 말씀입니다."

"그래? 정말 책임감 강하고 부지런한 아이로구나. 좋다. 지금 너처럼 자라는 아이가 무슨 도움이 필요하겠냐고 하는 말도 맞는 말이다. 하지만 좀 더 큰일을 하기 위해서는 견문을 넓히는 것도 중요한 일인데 공부를 더 해보고 싶은 생각은 없느냐?"

그는 무엇을 도와 달라고 해야 좋을지 몰라서 아예 구루하라에게 일임을 했던 터인데 공부를 더 해보고 싶지 않느냐는 말에 귀가 번쩍 뜨였다. 엄밀히 말하면 자신이 구루하라를 만난 것도 서당에서나마 공부를 한 덕이 아닌가? 게다가 이곳을 떠나 보다 큰 곳으로 가서 공부를 할 수 있다면 그만큼 더 많은 사람들과 함께 할 시간도 가질 수 있을 것이다.

"그럴 수 있는 기회가 없어서 공부를 더 하지 못했는데 기회를 주신다면 정말 제게는 가장 커다란 선물을 주시는 것입니다."

그는 넙죽 엎드려 큰절까지 올리며 말했다. 그런 그의 모습을 본 구루하라는 즉석에서 당시 신분의 구분 없이 인재를 양성하는 요시다 쇼인이 운영하는 쇼카손주쿠(松下村塾)에 입학할 수 있도록 추천서를 써서 손에 주어주면서 말했다.

"부디 큰 일꾼이 되어 나라와 백성들을 위해서 일을 해주려무나."

9. 이토 히로부미, 역사를 칼질한 망나니

이후 그의 삶은 십대 초반에 받은 영향이 모든 것을 지배한다. 어려서부터 논과 밭에서 일을 하면서 아무런 생각 없이 주어진 하루를 살고 또 그렇게 하는 것만이 자신의 삶인지 알았던 그다. 그러나 아버지가 꿍꿍이를 벌여서 봉변을 당하는 무사를 구해주는 것으로 꾸민 연극으로 인해서 자신의 신분은 바뀌고 지금은 어엿한 하급무사에 이제는 더 큰 곳으로 공부까지 하러 갈 수 있는 기회를 얻었다. 이걸 두고 횡재했다고 할 사람이 있을지 모르지만 이건 결코 횡재가 아니다.

이 모든 일은 아버지의 철저한 계산과 끝없이 참아가며 노력한 것들이 보람을 이뤄낸 것이다.

아버지는 비록 자신이 농민 신분이라서 크게 잔치를 열 수는 없었지만, 일을 꾸미기로 작정한 후로는 가까운 주변 농민들을 자주 집으로 초대해서 빈약하다는 표현이 어울릴지도 모르는 술자리나마 그들에게 마련해주었다. 그리고 그 자리에서 그들의 가슴속에 응어리진 한을 끌어내서 그들로 하여금 참을 수 없는 울분을 토해낼 수 있는 계기를 만들어냈다. 반면에 누구도 눈치

챌 수 없도록 철저하게 자신을 위장해서 이토 다케베에의 마음에 들 짓을 골라서 했다. 자신이 이용할 수 있는 사람들은 술로 매수를 하고 자신에게 도움을 줄 사람에게는 속으로는 어찌 생각하는가를 떠나서 할 수 있는 한 최대의 충성을 바쳤다.

일을 벌이고 난 후에도 수습하는 것을 잊지 않고 강자에게는 더 큰 충성을 보이고, 자신이 매수해서 일을 벌인 이들에게는 자신이 배신에 가까운 행동을 한 것이 철저하게 계산된 살기 위한 방법임을 주지시켜 오히려 그들로 하여금 고마워하는 마음이 일도록 했다.

결국 아버지는 얻고자 하는 것을 얻었고 주변 누구의 지탄도 받지 않았다.

그런 아버지의 모습을 보고 자란 자신 역시 이번에 구루하라의 조수 역할을 맡는 순간 이 순간이야말로 자신에게 주어진 절호의 기회라고 생각하고 무조건 충성했더니 이렇게도 좋은 기회가 오지를 않았던가? 주어진 기회와 주어진 인물들을 어떻게 이용하느냐가 인간의 삶을 좌우하는 것이다.

이용할 수 있는 주변 사람들을 철저히 이용해서 내가 더 나은 위치에 설 수 있는 용기와 배짱이 있다면 그리해야 한다. 머리를 쓸 줄 모르고 배짱이 없으니 못하는 것이지 할 수 있다면 왜 안 하겠는가? 더더욱 어차피 내 주위의 사람들은 나를 위해 존재하는 것인데 그들을 딛고 일어서지 못한다면 그야말로 바보 아닌가? 그러기 위해서는 인물을 고를 때 도움이 될 만한 인물을 고르고 그런 인물과는 아주 철저하게 내 자신을 죽이고라도 교분을 두터이 해야 한다. 교분을 위해서는 수단 방법을 가리지 말아야 한다. 내가 가진 것을 아낌없이 쏟아 붙는 것처럼 보여야 한다. 그가 나보다 낮은 자라면 나에게 충성을 다하게 하기 위해 무조건 베풀어주는 것처럼 하고, 나보다 높은 이라면 마음속으로야 무슨 생각이 있든지 간에 바라는 것 없이 무조건 충성하는 것처럼 해야 한다.

교분이 쌓이고 나서 그 인물을 이용하고자 할 때는 그 스스로도 이용당한다는 것을 모르게, 아니 오히려 이용당하고도 고마운 마음이 들게, 철저하게 계산해서 일을 처리해야 한다. 누구든 자신이 상대에게 이용당했다는 것을 알게 되면 기분 좋은 일이 아니다. 나와 함께 이 시대에 존재하는 인간들은 모조리 나를 위한 도구일 뿐이다.

이토 슌스케는 소개장을 받고 쇼카손주쿠에 입학하여 졸업하는 날까지는 물론 훗날 메이지유신 이후에 이토 히로부미로 개명을 하고 네 번의 일본 수상을 역임한 후 대한제국의 통감을 지내고 안중근 의사의 총탄에 맞아 죽을 때까지, 이 생각을 하루도 안 해본 적이 없었다. 자신이 농민의 신분으로 태어나 노예의 삶을 벗어나 인간답게 살 수 있게 해준 이런 처세야말로 사람이 사는 유일한 길이라고 철저하게 믿고 있었다.

요시다 쇼인 밑에서 수학하는 동안에는 물론 그의 정치 일정을 보면 그는 모든 사람을 도구로 여기는 자신만의 묘한 믿음 속에 따라 살았음을 여실히 드러내고 있다.

1858년 바쿠후가 일왕의 칙허도 없이 미일수호통상조약을 체결했다. 그렇지 않아도 바쿠후에 불만을 품고 있던 존왕양이(尊王攘夷)론자들은 곳곳에서 바쿠후가 왕을 무시하고 저지른 서양과의 통상에 대해 비난했다. 특히 열렬한 존왕양이론자였던 요시다 쇼인은 바쿠후를 향해 '왕을 무시하고 나라를 망하게 하는 일'이라고 직격탄을 날리다가 바쿠후에 의해 체포당해 죽었다.

요시다 쇼인의 죽음은 이토의 삶에 커다란 획을 안겨주는 사건이다.

　　이토는 존왕양이론이라는 것에 대해 아는 것이라고는 '왕정을 복고하고 서양문물을 배척하자'는 단어의 뜻밖에 없었다. 존왕론이 왜 필요한 것이며 그 결과는 무엇인지도 몰랐지만, 요시다 쇼인을 만나 그 밑에서 교육을 받으면서 깨우쳤다.

　　지금처럼 바쿠후가 나라를 다스리면 왕은 그저 한낱 제사장에 불과한 존재로서 나라를 통치하는 일에는 아무런 힘도 발휘할 수 없다. 뿐만 아니라 왕은 그저 상징물일 뿐이고 바쿠후의 쇼군이 지배하는 한 무사들을 중심으로 이루어진 계급사회는 절대 무너지지 않는다. 어떻게 해서라도 왕이 나라를 지배하는 세상을 만들어야 새로운 사회변혁을 꾀할 수 있다. 신분이라는 철저한 테두리도 왕이 지배하는 사회라면 벗겨낼 수 있을지 모르지만 원래 그 자체가 무사를 대변하는 쇼군이 지배를 한다면 절대 그런 세상은 오지 않는다.

　　요시다 쇼인 역시 하급무사 가문에서 태어난 사람이다. 다섯 살 때 숙부의 양자가 되었고 열한 살 때 당시 조슈번의 한슈(藩主: 번주) 앞에서 무교전서(武敎全書)를 강의할 기회를 얻어 강의한 덕분에 능력을 인정받았을 뿐이다. 자신이 능력이 있으면서도 기회가 주어진다는 것이 얼마나 어려운 것인지를 스스로 알고 있는 사람이다. 그렇기에 자신이 만든 학교인 쇼카손주쿠에는 신분을 가리지 않고 입학 시켜 교육을 해주던 그였다. 당연히 존왕론을 들고 나올 수밖에 없었다. 게다가 자신이 태어나고 자란 조슈번은 실제 그 세력이 일본 전체에서 4~5위 하는 번으로서 도쿠가와 바쿠후에 그리 공손한 편이 아니었다. 공손한 편이 아니라기보다는 차라리 못마땅해 하는 편으로 도쿠가와 바쿠후와는 자주 부딪히는 번으로 존왕론에 무게를 두고 있는 번이다. 요시다 쇼인은 그런 번의 힘을 바탕으로 공식적으로 존왕양이를 부르짖었던 것이다.

이토 역시 천운을 얻어 신분을 갈아 탄 사람이다. 그는 무조건 요시다 쇼인의 주장에 맹신하며 그를 신처럼 여겼다. 그런데 요시다 쇼인이 죽었다. 이토는 새롭게 자신을 만들어줄 사람을 찾아야 했다. 그런 이토에게 다시 한 번 행운이 찾아왔다. 같은 조슈번 출신이며 요시다 쇼인 밑에서 같이 교육을 받고, 요시다 쇼인이 가장 신뢰하는 제자이자 철저한 존왕파 인물로서 그보다 2살이 많은 다카스기 신사쿠(高杉晋作)가 자신이 조직한 미다테구미라는 테러조직에서 함께 일할 것을 제안했다.

"어차피 우리 일본이 갈 길은 정해져 있는 것이고, 이토 자네도 스승님의 뜻에 깊이 동감하고 있으니 힘을 합치면 더 좋은 결실을 얻을 수 있을 것이다. 자네보다 나이는 많지만 아주 가까운 친구인 이노우에 가오루(井上馨)는 이미 우리와 뜻을 같이 하기로 했네."

이토 슌스케는 한편으로는 이상한 마음이 들었다.

'나나 이노우에는 겨우 하급무사 출신으로 무언가 모험이라도 해서 신분을 벗어나야 더 나은 삶을 살 수 있다. 그러나 다카스기는 신분도 중간 무사의 자녀로 나처럼 신분 타파를 위해 싸우지 않아도 되는 인물이다. 그런데 왜 존왕사상에 물들어서 미다테구미까지 만든 것일까? 단순히 요시다 스승님의 영향이었을까?'

자신으로서는 이해하기가 힘들었다. 그렇다고 자신에게 함께 일할 것을 제안하는 데 거절할 이유는 하나도 없다. 이토의 그런 의구심을 읽기라도 했다는 듯이 다카스기가 말을 이어갔다.

"자네 눈에는 내가 굳이 폭력과 파괴는 물론 암살까지도 감수하는 조직인 미다테구미까지 만들어 가면서 일을 벌이는지 이해가 안 될 수도 있겠지. 궁극적으로는 나라와 백성들을 위한 일이라고는 하지만 나라와 백성들을 위해서 목숨까지 걸어가면서 무모한 짓을 한다고 하면 웃지 않겠어?

이유는 간단하네. 지금 이대로 도쿠가와 바쿠후가 계속 나라를 지배한다면 그 끝은 눈에 보이는 거지. 우리 조슈번 출신들은 아무리 세월이 흘러도 번을 떠나서는 아무런 행세도 할 수 없을 테니까. 사내로 태어나서 좀 더 큰물에서 세상을 호령해볼 수 있는 기회는 영영 오지 않을 걸세. 그런 기회를 만들기 위해서는 우리 조슈번은 지금 도쿠가와 바쿠후에서 홀대를 받고 있는 사쓰마번 등과 연합을 해서라도 중앙무대에 나가야 하는데 그러기 위해서는 명분이 필요하거든.

그 명분을 만드는 것이 바로 왕정으로 돌아가자는 왕정복고 사상이지. 지금처럼 쇼군이 나라를 지배하는 것이 아니라 왕이 지배하는 시대를 열어가자는 거야. 그러기 위해서는 바쿠후가 왕의 칙허도 없이 맺은 일미통상조약을 걸고 넘어가지 않을 수 없는 일이지. 바쿠후가 왕을 무시하고 제멋대로 했으니 바쿠후가 추구하는 서양에 문호를 개방하는 일을 반대하고 나가야 일이 되는 것 아니겠나? 만일 서양과 문호를 개방하는 것은 옳지만 단순히 왕의 칙허를 받지 않은 것이 잘못된 것이라고 한다면 그만큼 명분은 약해지지. 서양에 문호를 개방한다는 것이 기본적으로 잘못된 일이기에 왕의 칙허도 없이 바쿠후가 일방적으로 밀어붙인 것이라고 하면서 문호를 개방하면 안 된다고 주장을 해야 그만큼 명분이 뚜렷해지지 않겠나?"

결국 이토가 개인의 신분을 벗어나고 싶어서 존왕양이를 내세우는 것이나 지금 이 번에서 실력 꽤나 쓴다는 사람이나 가문들이 좀 더 큰 힘을 얻기 위해서 내세우는 존왕양이는 그 크기만 다를 뿐 목적은 한 가지다. 크기는 가문이나 개인으로 차이가 난다지만 결국은 자신들의 욕심을 채우기 위한 것이다. 내 가문이나 나 개인이 이익을 얻고자 하는 것이지 나라를 위해서라는 것은 명분이라는 구실을 만드는 것에 지나지 않는다. 그들에게 나라는 무슨 나라냐? 나라를 무대 삼아서 자신들의 욕심을 채우자는 소리지.

그러나 이토는 그런 티를 내지 않고 조심스럽게 물었다.

"무슨 말씀인지는 잘 알겠습니다. 저 역시 스승님의 뜻을 따르는 자로서 함께 해야 한다는 말씀에 전적으로 동감할 뿐만 아니라 이미 그럴 마음의 준비가 되어 있습니다. 하지만 한 가지 궁금한 것은 이미 요시다 스승님께서도 지난 페리함대사건을 계기로 무조건적인 서양에 대한 주전론의 무모함을 아시고 외국의 문물을 배울 목적으로 밀항을 기도하기까지 하시지 않았습니까? 존왕론은 그렇다 할지라도 무조건 양이를 주장하는 것은 스승님의 뜻에 일치하지 않는 것이 아닌가 하는 생각이 듭니다만?"

"물론 맞는 말이네. 하지만 그것은 하나만 알고 둘을 모르는 말이라고 할 수도 있지. 스승님께서 그리 생각하신 것은 사실이네만 결국 어떻게 행동하셨나? 일미수호통상조약의 체결을 강하게 비판하신 것이 도화선이 되어 돌아가시기까지 한 것 아닌가? 일반 사람들은 모를지 몰라도 적어도 그분을 따르는 사람들, 특히 우리 같이 그분의 문하에서 가까이 모시던 사람들에게는 일본이 좀 더 강해지기 위해서는 서양의 문물을 받아들여야 한다고 주장하고 싶으셨지만 그보다는 먼저 바쿠후 정치를 무너뜨려야 한다는 주장을 스스로 보여주신 것이지. 자신이 하고 싶은 뜻을 펴기 위해서는 어떤 명분을 먼저 세우는 것이 중요한지를 알려주신 거야.

정말 백성들을 위해서라면 서양에 문호는 개방하고 바쿠후 정권은 무너뜨려야 한다는 것을 잘 아셨지만 두 마리 토끼를 잡을 수 없다는 것 역시 잘 아셨기에 그리 행하신 것일세. 한 번 더 말하자면 문호개방은 바쿠후 정권을 무너뜨린 후에 존왕론을 지지하는 사람들 손으로 하자는 거지. 그래야 백성들은 물론 왕 앞에서도 명분은 물론 공로까지 인정받을 수 있는 일이거든.

정치라는 것이 가끔은 자신의 마음과 입을 달리해야 하는 것일세. 일의 우선순위를 정해서 마음과 머리와 입이 철저한 계산 하에 서로 다르게 분리되지 않으면 정치를 할 수가 없는 법이지. 어차피 나라를 위한다는 것은 그 나라 구성원의 하나인 자신을 위한 일이기도 하니까. 스승님께서 그 모범답안을 우리에게 제시해주시고 멀리 떠나신 걸세."

말은 그럴 듯하다. 하지만 그 말을 요약하면 결국 백성들을 위한 일이라는 핑계하에 먼저 자신들이 권력을 잡고 그 뒤에 무언가 좋은 일을 해도 늦지 않다는 말이다. 뻔히 백성들을 위해서라면 어떤 길을 가야 좋은지 알면서도, 자신들의 경쟁상대나 혹은 자신보다 세력이 큰 집단을 제거하기 좋은 길이 보이면 먼저 그 길을 가는 거다. 자신들의 욕심을 먼저 채우고 백성들을 보아도 늦지 않다는 이야기다.

자신이 농민의 아들로 태어나 어차피 바쿠후 정치가 막을 내리지 않으면 영영 자신에게는 앞날이 없다고 믿었던 이토에게는 그 말이 아주 당연한 논리로 들렸다. 신분의 고리를 벗어 버리고 싶은 이토와 바쿠후 정치를 끝내고 중앙무대에 들어서고 싶어 하는 그들의 뜻이 아주 잘 맞아 들어갔다. 서로 추구하는 크기와 목적은 다를지라도 이 길만이 정도라고 충분히 공감했다.

이토와 이노우에가 미다테구미 조직에 들어가서 맡은 첫 번째 임무는 영국 공사관을 방화하는 일이었다. 그리 어려운 일이 아니다. 일본에서 서양오랑캐들을 얼마나 반대하고 있는가를 보여주기만 하면 되는 일이다. 꼭이 무슨 이권이나 목적이라기보다는 바쿠후 정치를 흔들기 위한 수단일 뿐이다. 서양에 문호를 개방하기로 한 도쿠가와 바쿠후 정권이 얼마나 대중의 뜻을 거스르고 있는가를 보여주자는 일일 뿐이다.

대중이라는 것이 농민 같은 일반 백성들은 그 뜻을 드러내지도 못할 때이니만큼 이렇게 방화사건같이 조직적인 행동이 일어난다는 것은 무사계급의 뜻을 드러내는 것이고, 무사계급을 기조로 하고 있는 바쿠후 정치를 흔들어보기에 충분한 일이다. 이토와 이노우에는 자신들이 살아남을 수 있는 유일한 길이 바쿠후 정치를 붕괴시키는 것임을 알고 있기에 치밀하고 절대 비밀이 새나가지 않게 일을 계획하고 성공리에 마쳤다.

그러나 다음 달 그들에게 주어진 임무는 단순히 불을 지르는 일이 아니라 사람을 죽여야만 하는 일이었다.

당시 조슈번의 행동이 바쿠후에 반기를 드는 것임을 알고 있는 바쿠후에서 밀정을 보내 조슈번을 감시하게 했다. 그런 정황을 눈치 채고 면밀하게 관찰하던 조슈번은 드디어 밀정을 찾아낸다. 하지만 그를 체포하거나 법적인 절차에 의해서 처벌할 수는 없다. 그를 체포해서 처벌하는 것은 바쿠후를 공식적으로 거스르는 것이다. 아직 바쿠후를 공식적으로 거스를 정도로 힘이 비축되지 못한 상황이다.

전에도 바쿠후에서는 종종 각 번에 은밀히 밀정을 파견해서 혹시 배신의 여지가 없는지를 살피곤 했었다. 각 번에서는 그런 사실을 알면서도 모르는 체했다. 자신들이 바쿠후를 거스를 짓을 한 것이 없어 크게 문제될 일이 없었으니 신경도 쓰지 않았다는 표현이 옳았다.

그러나 지금 조슈번의 입장은 과거 어느 때와도 다르다. 이미 바쿠후에 반기를 들었고 밀정이 그 내용을 얼마나 알고 있는지 모른다. 밀정을 없애는 것이 번을 위해서는 좋은 일이라고 결론을 내렸지만 공식적으로 죽일 수는 없다. 우연한 사고를 가장해야 한다.

"바쿠후 밀정이라면 충분한 여비를 가지고 있을 것입니다. 그가 강도를 당한 것으로 위장한다면 가능한 일입니다."

"그것도 좋은 일이지만 단순히 강도로 위장했다가 만일 들통이 나기라도 하는 날에는 문제를 크게 만들 수 있습니다. 제가 알기로는 바쿠후에서 번으로 임무를 띠고 오는 밀정들은 술도 과하게 마시지 못하도록 금하는 것은 물론 여자를 품고 자는 것은 금기로 되어 있습니다. 술을 과하게 마시지 못하게 하는 것은 술에 취해 자신의 신분을 노출시키거나 아니면 기밀을 노출시킬 수도 있기에 금하는 것이요, 여인을 품지 못하게 하는 이유는 각 번에서 볼 때 밀정은 당연히 외지 사람이고 현지 사정도 잘 모르면서 여인을 잘못 품는 날에는 치정에 의한 살인이라도 일어날까 봐 만든 규칙이라고 합니다. 그런 규칙을 어긴 사람으로 만드는 것이 혹 바쿠후에 일의 전모가 보고되더라도 우리 번의 책임을 묻지 않게 하는 방법이 될 것이라는 생각입니다."

밀정을 어찌 살해할 것인가를 논하는 자리에서 이노우에가 강도사건으로 위장하자고 하자 당시 18세 젊은 나이의 이토는 한 술 더 떠서 바쿠후의 입을 봉할 수 있는 방법을 택하자고 했다.

"그렇게만 할 수 있다면 더 이상의 좋은 방법이 없겠지만 그렇게 일을 만드는 것이 가능하겠소? 게다가 그 일을 사주 받은 여인이 당장은 어떨지 모르지만 훗날이라도 입을 열지 말라는 법도 없지 않소? 만일 그리된다면 일이 더 크게 벌어지고 아직은 준비가 안 된 우리가 바쿠후와 정면으로 부딪힐 수도 있을 것이오. 그리되면 걷잡을 수 없는 일이 일어날 수도 있는데…."

이토의 말이 아주 효율적인 방법이라는 것은 알지만 잘못되는 날에 벌어질 일을 생각하지 않을 수 없다고 말 꼬리를 흐리는 다카스기에게 이토는 한 술 더 떠서 쐐기를 박았다.

"그런 일은 걱정하지 않으셔도 될 일입니다. 제가 잘 아는 기녀가 하나 있습니다. 말이 기녀지 술집 잡부인데 인물이 아주 반반해서 일을 성사시키기는 어렵지 않을 것입니다. 제가 일을 반드시 성사시키겠습니다. 그리고 훗날을 걱정하실 것도 없습니다. 치정에 의한 살인으로 엮으면 됩니다. 방안에 있는 남녀 모두를 함께 베어버린다면 누가 보아도 치정에 의한 살인이 될 것 아닙니까? 그리고 그 기녀는 저뿐만이 아니라 돈이라면 어느 남자와도 정을 통하는 것은 물론 얼굴값을 하는지라 주변에 침을 흘리면서 혼자 가슴앓이를 하던 사내들이 많이 있으니 누구 짓인지를 밝혀내는 일은 정말 힘든 일입니다.

제가 꾸민 이 계략을 허락하신다면 어떻게든 일을 성사시키겠습니다."

"일을 위해서 무고한 기녀 하나를 더 희생시키자. 하기야 일을 위해서라면 무사인들 희생이 두렵겠소만 정말 자신 있소?"

"걱정 마십시오. 그 기녀는 돈이면 안 되는 일이 없는 아이라 일을 꾸미기도 쉬운데다가 이 일 역시 나라와 백성들을 위한 일이니 그녀의 죽음도 보람된 일 아니겠습니까? 무모한 목숨을 희생하는 것은 아니지요. 일을 확실하게 처리하기 위해서 제가 직접 현장에 들어가서 칼을 쓸 것이니 너무 걱정 마십시오."

이토는 일이 성사되기라도 한 듯이 만면에 웃음기마저 띠며 자신 있게 대답했다.

결국 이토가 꾸민 대로 그 일은 마무리 됐다. 사람 하나가 죽는 것은 어차피 이토 자신을 위해 존재하던 목숨 하나가 사라지는 것뿐 더 이상의 의미가 없었다.

밀정살해사건을 계기로 이토는 조직 내에서 지혜와 용기를 겸비한 인물로 인정받을 뿐만 아니라 무사정신이 투철한 인물로 부각되면서 새로운 거사를 음모하기 위해 극비리에 열리는 자리에 반드시 참석하는 중요 인물이 되었다.

그날도 이토가 참석한 가운데 회의가 열렸다.

"요즈음 바쿠후에서는 왕을 폐위하려 일을 꾸민다고 하오.

얼마 전에 입수한 정보에 의하면 바쿠후에서 직접 하나와 지로와 그 문하생들에게 왕을 폐위한 전례를 알아보게 했다는 것이오. 왕을 폐위시키고 싶지만 반대하는 번들의 눈치가 보이니까 전례를 들어 번들을 설득한 후 왕을 폐위하려는 속 보이는 짓이오.

이미 동지들이 알다시피 지금 왕이 폐위된다면 우리가 추구하는 존왕양이는 물거품이 되고 말거요. 어찌하면 좋겠소?"

이것은 의견을 묻는 회의가 아니다. 번에서 번사들을 모아놓고 회의를 한다면 그건 의견을 묻는 회의가 될 수도 있다. 그런데 여기는 그런 회의장이 아니라 폭력과 방화, 살인 등을 통해서 일을 처리하기 위한 행동으로 옮길 방법을 묻는 조직인 미다테구미의 회의장이다. 그 일에 어찌 대항해야 하는 의견을 묻는 것이 아니라 이 일을 막기 위해서 하나와 지로는 물론 그 문하생들을 어떻게 제거하는 것이 더 효과적이겠느냐는 질문이다.

"감히 제가 먼저 말씀을 드리자면 소문나게 제거해야 된다는 생각입니다. 그것도 아주 처절하게 응징해야 합니다. 앞으로 바쿠후에서 어느 누구에게 같은 일을 의뢰해도 목숨을 부지하고 싶으면 의뢰를 받지 못하게 만드는 겁니다. 하나와 지로는 물론 그 문하생 모두를 일일이 잔인한 방법으로 살해하고 편지도 남기는 겁니다. 왕을 폐위한 전례를 알아보려는 그들을 무사들이 힘을 합쳐 응징한 것으로 보이게 말입니다."

"그러다가 만일 그 일을 한 것이 우리 번이라는 것이 들통이라도 난다면?"

"들통이 날 이유도 없겠지만 만일 들통이 나도 크게 문제 삼을 수 없을 것입니다. 아무리 바쿠후라도 무사 전체의 이름으로 응징하는 것을 우리 번이 꾸민 일로 몰아가기도 쉽지 않을 뿐만 아니라 실제 지금의 왕이 제사장 역할 이상의 아무런 역할도 하지 않는 것을 무사들은 좋아하지 않습니까? 그래야 무사라는 신분이 지속될 테니까요. 그런데 공연히 잘 움츠리고 있는 왕을 폐위하고 다음 왕을 잘못 두는 날에는 문제만 만들 것이 빤한데 무사들이 좋아할 리가 있겠습니까? 그런 무사들의 마음을 전하는 글을 남기면 바쿠후 역시 우리 번이 의심은 간다하더라도 긴가민가할 것이며, 만일 우리 번이 한 일이라고 바쿠후에서 밝히는 날에는 무사들이 오히려 우리 편을 들 것이니 별 탈은 없을 것이라는 생각입니다."

누가 어떤 의견을 내기도 전에 이토는 스승은 물론 문하생까지 처절하고 잔인하게 응징함으로써 다시는 이런 일이 생기지 않게 싹을 자르자고 했다. 바쿠후에서 왕을 폐위하는 일을 의뢰받았다는 것 자체가 죄라는 것을 보여줌으로써 다시는 이런 일로 시간을 허비하는 일을 막자는 거다. 강하게 나오는 이토의 의견에 이견을 다는 사람이 없었다.

"제가 제안한 방법을 허락하신다면 당연히 이 일은 제 손으로 처리하고 싶습니다."

그렇지 않아도 더 좋은 방안이 없는데 이토 스스로 자신의 손에 피를 묻히겠다는 데 반대할 사람이 없었다. 결국 이토는 이노우에와 함께 하나와 지로와 그 문하생들을 살해하는 일까지 완벽하게 처리했다.

말이 완벽한 처리지 잔인하기 그지없었다. 자신의 무예 실력은 살인을 위해 연마한 것이라고 말하기라도 하듯이 하나와 지로는 물론 그 제자들을 처참하게 살해했다. 사람을 일일이 찾아서 목을 긋고 그것도 모자라 남성을 제거하고, 심지어 하나와 지로에게는 고환을 발라 양손에 쥐어주는 잔인함을 유감없이 발휘했다. 고환을 발라 죽어가는 이가 양손에 쥐고 죽게 한 것은 만일 앞으로 이런 일을 다시 하고자 하는 자가 생기면 대를 끊어버리겠다는 경고였다. 그러면서 편지를 시체 옆에 남기는 것도 잊지 않았다.

두 달 만에 일어난 세 가지 사건을, 그것도 두 건은 사람을 죽이는 일로 차마 입에 담지도 못하게 잔인한 모습을 보인 이토는 졸지에 번의 핵심 인물들 사이에서 일등공신이 되었다. 그에 대한 번의 지도층 인물들의 관심은 집중되었고, 번에서 요직을 맡아 실세로 군림하고 있는 기도 다카요시(木戸孝允)의 눈에 쏙 들었다. 기도는 조슈번 명문가문 출신으로 그 역시 요시다 쇼인의 문하생이었었다.

"이토 슌스케, 자네의 지략과 용맹에 관해서는 이미 알고 있네. 무사로서 아주 훌륭한 재질을 갖췄더군. 무엇보다 배짱과 지략에 무예실력까지 함께 갖춘 자네의 재질을 높이 사네. 어떤가? 내 밑에서 시종 일을 해볼 생각이 없나? 나를 도와서 우리 번이 일본 최고의 번이 될 수 있도록 설계해보자고."

이토는 그 말을 듣는 순간 세상을 다 얻는 기분이었다. 기도의 수하로 들어간다는 것만 해도 대단한 일이건만 그의 시종이 된다는 것은 바로 자신의 신분이 한 단계 상승한다는 것을 의미한다. 이제껏 하급무사 신분인 자신의 신분이 이제 준무사(準士雇)로 상승하면서 농민 출신인 자신으로서는 꿈같은 신분이 된다.

이 모든 것이 목숨을 아까워하지 않고 철저하게 계략을 세워 누가 보아도 확실하게 충성을 바친 결과다. 폭력을 행사할 때도 누가 보아도 잔인하다는 말이 절로 나올 정도로 끝이 보이게 했다. 결국 살아남는 길은 확실하게 선을 긋는 내 자신을 보여줄 때 가능하다.

이토는 스스로 내린 결론에 스스로 도취해 흐뭇해하고 있었다.

이토가 기도의 시종 일을 보면서 꿈같은 시간을 보낸 지 두어 달 지나서였다.

"아무래도 자네와 이노우에를 포함해서 지난 번 사건에 가담했던 사람들이 잠시 일본을 떠나야겠네. 기류가 좋지를 않아. 바쿠후에서 무언가 냄새를 맡은 것 같은데 그렇다고 먼저 선수를 치기에는 아직 우리 힘이 부족하니, 주동자 역할을 했던 자네와 이노우에를 포함해서 다섯 사람이 영국으로 가서 공부를 하는 것이 좋겠어. 사실 바쿠후도 바쿠후지만 영국으로 보내는 이유가 한 가지 더 있지.

자네 같이 현명한 사람이라면 벌써 눈치 챘을 테지만 우리가 양이를 주장하는 것은 단지 명분을 만들자는 것이지 언제까지 일본이 양이를 주장할 것인가? 지금 국제정세가 어차피 일본도 문을 열어야 하는 정세인데 우리라고 문을 걸어 잠그고 있을 수만은 없는 일이지. 우리가 문을 여는 날을 대비해서라도 지금 누군가는 서양에 가서 견문을 넓히고 와야 하거든. 마침 잘된 일 아닌가? 자리도 피할 겸 견문도 넓힐 겸, 자네 같이 유능한 인재들이 우리 번의 앞날은 물론 나아가 일본의 앞날을 위해서 미리 준비를 해둬야지.

말 안 해도 알겠지만 바쿠후를 피하는 목적도 있으니 절대 소문은 나지 말아야겠지. 특히 주변에 무어라 핑계를 대든 간에 그럴 듯하게 꾸며서 자네들이 외국에 나간 사실이 소문나지 않도록 해야 하는 걸세. 만일 소문이 나면 바쿠후에서는 자신들의 짐작이 사실이라고 하며 책임을 물어올 것이고, 이제껏 양이를 주장해 오던 우리 번은 명분을 잃게 된다는 것을 명심하게나.

명분을 잃으면 얻을 것이 없다는 것 잘 알지?"

그러나 영국 유학길은 1863년 5월에 일본을 떠나 1864년 6월에 귀국했으니 겨우 1년을 채우고 짧게 막을 내렸다. 조슈번과 영국, 프랑스 등의 4개국 연합함대와의 전쟁이 벌어지자 번으로부터 급거 귀국 명령이 떨어진 것이다. 하지만 전쟁이라는 불상사 때문에 귀국한 이토는 동족들이 아픔을 당하는 그 기회가 오히려 자신에게는 한 발자국 더 발돋움하는 호재가 되었다. 4개국 함대와의 강화회의에서 기도의 통역을 맡아 최전방에서 활약했다. 마침 영국 유학 중 돌아온 이토이다 보니 영어가 통하는 까닭도 있었지만, 그를 쓸 만한 일꾼으로 보고 영국 유학까지 보냈던 기도가 통역은 물론 강화에 필요한 여러 가지 일을 맡겼고, 그 일들을 아주 훌륭하게 마무리 되었다.

  강화가 성사된 후 이토는 기도의 신임을 온몸에 독차지 하게 된 것이다.

10. 아! 대마도

이토가 이렇게 자신을 성장시키는 동안 일본의 근대사는 급물살을 탔다.

조슈번이 바쿠후에 불만을 갖고 강경한 자세로 나오자 바쿠후도 뒷짐만 지고 있지는 않았다. 1863년 조슈번과 사쓰마번으로 대표되는 급진적 존왕양이파를 교토에서 추방하는가 하면 군대를 보내 사쓰마번을 정벌하고자 했다. 하지만 이미 힘을 잃은 바쿠후의 군대는 사쓰마번을 정벌하지 못했을 뿐만 아니라 이 정벌을 계기로 사쓰마번과 조슈번이 삿초 동맹을 체결하는 동기까지 부여한다. 당시 사쓰마번의 지도자인 사이고 다카모리와 조슈번의 지도자인 기도 다카요시는 두 번이 주축이 되어 바쿠후를 타도하고 왕정복고를 이루기 위한 동맹을 맺고 주변 세력을 모으기 시작한다.

때마침 쇼군 도쿠가와 이에모치가 죽고 새로운 쇼군 도쿠가와 요시노부가 등극하는 등 바쿠후 내 변화가 있었다. 그 기회를 놓칠 조슈번과 사쓰마번이 아니다. 그들은 바쿠후에 불만을 품은 도사번 아키번 등의 세력을 끌어모으는 한편, 1867년 고메이 천황이 죽고 메이지 천황이 왕좌에 앉는 것을 계기로 그해 11월 새로운 정점을 만들어낸다. 이른바 이제까지 바쿠후가 가지고 있던 권력을 모두 왕에게 이양하는 대정봉환(大政奉還)을 이뤄낸 것이다.

의외로 쉽게 대정봉환을 이뤄낸 배경은 단순하지만은 않다. 서로의 이해관계가 물리고 물려서 이끌어낸 일이다.

도쿠가와 바쿠후 시대가 시작되면서 일본은 겉으로나마 평화로운 시절의 연속이었다. 무사계급은 할 일 없이 그저 밥이나 축내는 것이다. 그렇다고 번에서 그들을 먹여 살리지 않으면 당장 번의 세력이 약해진다. 실질적으로 영지인 봉토(封土)를 가진 번의 우두머리인 번주, 즉 다이묘(大名)로서는 당연히 거느려야 할 무사들이다. 그러나 지금처럼 평화로운 시절이라면 무사들을 나라가 책임지는 편이 낫다는 생각을 하는 번주들이 늘어만 가고 있었다. 무사들을 놀고 먹게 할 수 있는 재정이 고갈되어 재정난에 봉착하는 번들이 늘어나고 있었다. 마침 그럴 때 조슈번이 왕정복고를 추진한 까닭에 번들의 호응을 얻어내기가 쉬웠다. 번들이 의외로 좋은 반응을 보이자 조슈번은 동맹을 맺은 번들과 힘을 합쳐 바쿠후에 직접적인 압력을 행사하기 시작했고, 때마침 미일수호조약을 맺고도 서양 여러 세력에 대처하는 일들이 골 아팠던 도쿠가와 바쿠후는 훗날 권력을 되찾고자 한다면 얼마든지 찾을 수 있다는 생각에 모든 권한을 왕에게 일임하는 대정봉환에 찬성한 것이다.

대정봉환을 이뤄낸 후 조슈번은 더 긴장하지 않을 수 없었다. 물론 그것은 사쓰마번 역시 마찬가지다. 두 번이 주축이 되어 왕정복고를 이뤄냈지만 이제부터가 본격적인 권력투쟁의 시작이다. 바쿠후가 없는 입장이다 보니 직접 왕과 부딪히면서 정치를 해야 하는데 어느 번이 그 주체가 되는가 하는 것이 사실은 권력을 휘감아쥐는 것이다. 그러기 위해서는 모든 번들이 함께 호응할 수 있는 정책을 내놓고 그들에게 호응을 얻어야 한다.

기도 다카요시는 비록 번주는 아니지만 실질적인 조슈번의 지도자로서 이번 대정봉환사건에서도 가장 핵심적인 일을 한 사람이다. 사쓰마번의 사이고 다카모리와 삿초 동맹을 이뤄냄으로써 대정봉환을 성공시켰다. 그리고 1968년 새해를 맞아 왕이 일본을 직접 통치하는 새로운 시대가 개막되었음을 알리는 조칙(詔勅)을 알리고 이에 대항하려는 바쿠후 군을 사쓰마번과 연합으로 황군을 조직하여 패퇴시켰다. 명실상부한 왕정복고의 주역으로서 이제는 왕의 측근으로 중앙정부로 향하는 발판을 마련할 정책을 고민하고 있을 때였다.

이미 기도와는 여러 가지 인연으로 인해서 그의 측근 중 가장 중심자리에 있는 이토가 이 기회를 지나칠 리가 없었다.

"주군께서 무슨 고민이 있으신가 봅니다."

이토는 혼자 생각에 잠겨 있는 기도를 보며 자신이 그 속이라도 들여다보고 있다는 듯이 말했다.

"고민이라기보다는 나라의 앞날이 걱정이 되어서 그러네. 막상 일을 벌이고 그 마무리를 잘하지 못하면 아니함만 못한 것인데 자칫 그 꼴이 날까 두려우이."

"일을 시작하셨으면 끝을 보셔야지요. 주군께서는 충분히 그리하실 능력도 되시고요."

"당연히 그리해야 한다는 것을 알지만 막상 바쿠후 군대를 물리쳐 왕정복고를 이루고 나니 뾰족한 수가 생각이 나지를 않네."

"주군, 제게 한 가지 묘안이 있기는 합니다만 주군께서 들어보시고 합당하다 싶으시면 시행해보시지요."

"묘안이라? 그래? 어디 말해보게나."

"대정봉환 이후 왕정복고를 한다고 했지만 실질적으로는 전에 봉토(封土)를 가지고 있던 다이묘(大名)들이 봉토의 명칭을 번(藩)이라 바꾸고 다이묘의 호칭을 번주(藩主)로 바꿨을 뿐 달라진 것이 무엇이 있습니까? 다이묘들이 중앙정치에 참여하지 않는다는 조건으로 자신들이 다스리던 번을 번주라는 호칭만 바뀐 권력으로 그대로 다스리고 있습니다. 물론 세제나 기타 중앙재정을 위해 무언가 더 기여를 하는 점이야 있겠지요. 하지만 왕이나 백성들의 입장에서 보면 옷만 갈아입은 꼴입니다. 그것으로는 부족합니다. 바꾸려면 확실하게 바꿔야지요. 나라의 모든 재산이 왕에게 귀속되어야 합니다. 재산이 왕에게 귀속되면 자연히 권력도 왕에게 귀속되는 것 아니겠습니까? 물론 정치야 대신들이 주변에서 하는 것이지만 겉으로 보기에는 모든 것이 왕을 통해서 이뤄진다는 것입니다."

이미 영국에서 공부를 하고 돌아온 이토로서는 한 발자국 나간 생각을 하고 있었다.

"그래, 그건 나도 동의하네만 그렇게 할 수 있는 좋은 방법이라도 있나?"

기도는 이토의 말이 상당히 일리가 있는 말이라는 생각이 들어 그 뒷말을 더 들어보고 싶었다. 순간 이토는 이 순간을 놓치면 절대 안 된다는 생각이 들었다. 나라도 나라지만 자기 자신의 신분을 벗어 던지기 위해 대정봉환 이후 얼마나 숙고했던 일인가? 이 순간이야말로 자신의 운명을 바꾸는 바로 그 순간이 될 것이라는 생각에 부드러우면서도 확신에 찬, 단호한 목소리로 말했다.

"대정봉환도 했는데 못할 것이 무엇이 있겠습니까? 주군께서도 눈치 채고 계시다시피 지금 경제적으로 자신의 번을 독립되게 다스릴 수 있는 번이 그리 많지 않습니다. 그중에서 가장 문제가 바로 무사계급, 그것도 고급무사인 사무라이들입니다. 옛날 같으면 경제가 어려울 때 다른 번을 쳐서 영지라도 뺏으면 전쟁으로 인해서 그만큼 숫자도 줄고 봉토도 늘어나니 해결이 되겠지만 지금 다른 번과 전쟁을 일으킬 상황도 못 되지 않습니까? 사람을 줄일 수도 봉토를 늘릴 수도 없는 상황입니다. 그리고 그것은 많은 번들이 안고 있는 공통된 고민 중 하나입니다. 그런 까닭에 지난번에 우리가 추진했던 대정봉환에 쉽게 호응을 했는데도 실제 경제적인 면에는 도움이 된 것이 하나도 없습니다. 그들은 지금 경제적인 돌파구를 찾고 있습니다. 자신들이 앓고 있는 경제적인 모든 문제를 중앙정부가 떠안게 해준다면 반대하지 않을 겁니다. 모르면 몰라도 전국 270여 개의 번 중에 과반은 그런 속앓이를 하고 있을 것입니다.

주군께서 왕에게 판적봉환(版籍奉還)을 제안하심이 어떨까 하옵니다. 봉토와 무사는 물론 농민을 비롯한 모든 백성까지 왕에게 귀속시키는 것입니다. 모르면 몰라도 사쓰마번도 동참할 것입니다. 물론 처음부터 우리와 뜻을 같이 했던 도사번이나 에치젠번 등이 당연히 공조를 할 겁니다. 그들도 알게 모르게 속앓이를 하고 있으니까요.

그렇게 해서 판적봉환만 무사히 이루신다면 아마 모르면 몰라도 주군께서는 일본에서 왕 다음으로 권력을 누리실 수 있을 것입니다. 나라도 구하고 백성들도 구하고 권력도 얻으시면 이야말로 일석삼조가 아닙니까?"

"하지만 사쓰마번과 미리 연합을 해야 하는데 그리하면 사이고 다카모리와 상의를 해야 하지 않겠소. 지난번에 황군이 바쿠후 군을 물리칠 때 연합해서 승리한 것도 사이고의 공이 컸는데…."

"물론 그래야지요. 하지만 사이고 공께서도 반대하지 않으실 겁니다. 지금 우리 일본 무사들의 사정을 잘 알고 있으니까요. 다만 사이고 공과 이야기하시면서 대마번을 반드시 판적봉환에 참여시키자고 하십시오. 그래야 훗날 조선은 물론 청나라까지 우리 일본이 진출할 수 있는 기회가 올 것이라고 말입니다.

사이고 공은 쾌히 응하실 겁니다. 그분은 비록 자신은 하급무사 집안이지만 정통적인 다이묘 근위병 출신 집안으로 나이 40이 되기 전에 군대의 대장이 되었고 지금도 사무라이들의 앞날을 걱정하는 분이니 대륙정벌, 최소한 조선정벌을 위한 발판을 만드는 일이라면 당장이라도 동조하실 겁니다."

"사이고 그 사람이 중앙정부에서 대신으로 일하기보다는 사무라이들을 이끌고 싶어 한다는 말인가?"

혹 사이고 다카모리에게 공로가 나뉠지도 모른다는 기도의 걱정에 쐐기를 박은 이토의 말을 기도는 재확인하고 있었다.

"예. 제가 본 것이 절대 틀리지 않을 것입니다. 아무 걱정 마십시오. 지금 일본에서 사무라이들이 품위를 유지하며 살아가는 길이 무엇인지 그분이 더 잘 알고 계실 것입니다.

다만 한 가지 주군께 부탁드릴 일이 있다면 대마번을 복속시킬 때는 반드시 제게 기회를 주십시오. 제가 방법도 내고 행동도 함께 하고 싶습니다."

"그건 또 왜인가?"

"예. 제가 비록 역사공부를 그리 많이 한 것은 아니지만 나름대로 서당을 다닐 때부터 공부한 바에 의하면 대마번이 조선과의 인연을 그리 쉽게 포기하지는 않을 것입니다. 하지만 제게 묘책이 하나 있는데 그것은 우리보다 덩치가 작은 나라들을 복속시키는 방법인지라 혹 유효하다면 앞으로도 그 방법을 써도 되는가를 시험해보게 해달라는 말씀입니다."

"그래? 그렇다면 허락하겠네만, 조금 전 자네의 말 도중에도 궁금했던 것인데, 굳이 대마번처럼 작은 번까지 공을 들일 필요가 있겠나?"

"물론입니다. 주군께서도 전쟁을 많이 해보지 않으셨습니까? 대마번은 사실 조선의 전대 조선이라 흔히 고조선이라고 부르는 나라에서 시작하여 고구려는 물론 대진국 발해, 고려로 이어지는 조선의 모든 역사 속의 나라들로부터 지배를 받아왔으면서도 우리 일본이 가끔 무력으로 침공해서 협조를 받아내던 곳입니다. 우리는 그들을 번이라 부르면서 번주라 칭하지만 사실 조선은 대마도주라 칭하며 조선의 왕이 도주를 임명하는 교지를 보내던 곳입니다. 그들은 지금도 조선 왕이 내려준 공인으로 문서를 작성하고 있습니다. 게다가 그들은 바로 조선의 코앞에 있지 않습니까? 조선과 대륙으로 진출을 하기 위해서는 대마번은 참 좋은 교두보 역할을 할 겁니다. 아마 사이고 공께서도 그 사실을 아실 것이고요."

"그래? 좋네. 일단은 판적봉환 문제부터 해결해야 하니 사이고 공을 만나 자네 말대로 의논해서 동의를 구한 후 다른 번들과도 상의해보겠네."

판적봉환 문제는 이토의 말 그대로 사이고는 물론 많은 번들이 호응을 해주었다. 왕이 권력을 가진다는 조칙을 발표한 지 1년만인 1869년 1월, 조슈번을 필두로 사쓰마번, 도사번, 에치젠번 등이 자신들이 번에 대해 가진 모든 권리를 왕에게 귀속시킨다는 판적봉환 건의서를 제출했고 그해 5월 공의소에서 논의가 이루어진 뒤 시행에 들어갔다. 번주가 지번사로 그 자리에 머물든 말든 간에 일본에는 명실상부하게 왕이 지배하는 중앙정부가 들어섰다.

이토는 여간 기쁜 게 아니었다. 자신이 이야기한 판적봉환이 이루어져 자신의 위상이 선 것도 좋은 일이다. 하지만 판적봉환으로 인해 지금부터 일본은 새 시대를 연다. 무사라는 계급사회에 발 딛지 않으면 어떤 길도 걸을 수 없었던 일본이 아니라 농민의 자식으로 태어나도 자신이 가고 싶은 길을 갈 수 있는 길이 열린다. 이토 자신은 농민의 아들로 태어나 암담하기만 했었다. 그 암담함을 딛고 지금은 준무사신분으로 상승되었다지만, 자신의 출생신분이 앞날을 검게 물들일 수도 있다는 압박감에 시달렸었는데, 그 무거운 멍에를 벗어 버릴 수 있다.

나라도 나라지만 자기 자신이 새로운 껍데기 속에 안착할 수 있다는 생각에 이토는 아무도 모르는 미소를 삼켰다.

이토 슌스케라는 이름을 메이지유신과 함께 이토 히로부미로 바꿔 자신의 세 번째 인생을 여는 이토는 처음 약속대로 자신이 직접 대마번주를 만나러 가기로 했다.

"그러니 여러 번에서 협조해서 되도록 많은 군사를 내어주셔야 합니다."

이토는 기도에게 자신의 방법을 설명하면서 마지막 부탁을 했다.

"역시 이토경은 대단하시오. 어찌 그리 좋은 방법을 생각해낼 수 있소? 하기야 이토경의 말대로 힘을 보여줘야 상대가 일단 주눅이 들 것이고, 그렇지 않아도 배가 고프던 차에 주눅마저 들어 있는 그런 자에게 먹을 것을 던져준다면 안 따라올 자가 누가 있겠소? 대단하시오."

얼마 전 판적봉환을 건의할 때만 해도 자신을 주군이라고 부르던 이토를 어느새 이토경이라고 부르며 기도는 칭찬의 말을 이어갔다.

"당연히 많은 군사를 내주어야지요.

우리 일본의 모든 번들이 대마도가 우리와 공존하기를 원한다는 것을 보여주는 것이니 말이오.

'지금 함께 온 이 군사들만 하여도 당신들을 얼마든지 무력으로 굴복시킬 수 있지만 당신들에게 은혜를 베푸는 까닭은 그동안 조선과 지내온 정리도 있을 것이니 그 점을 감안해 이렇게 평화적으로 해결하는 것이다. 그리고 판적봉환만 동조해서 함께 해준다면 이제부터는 운명을 같이하는 동지로서 모든 번이 앞다퉈 당신들을 도와줄 것이다. 농토라고는 손바닥만 해서 식량이라고는 구할 곳이 없는 대마도가 교역을 통해 이익을 얻게 해서 식량을 구할 수 있는 기틀을 마련해준다. 그 증거로 이렇게 곡식을 많이 싣고 왔으며 판적봉환을 하는 순간 주겠다.'

이렇게 설득해서 대마번을 우리 일본으로 끌어온다는데 많은 군사를 내달라는 기본적인 청을 들어주지 못할 것이 무엇이오. 게다가 곡식 역시 군함에 실어서 군사 수를 많아 보이게 한다는데, 그런 지략을 가지고 대마도를 복속한다는데, 누군들 동참을 하지 않겠소. 판적봉환에 동참한 번주들과 중앙정부는 물론 왕에게도 협조를 구해보리다."

기도는 이토의 꾀를 칭찬해마지 않으면서 적극 협조할 것을 약속했다.

기도의 적극적인 지원을 등에 업은 이토는 이십여 척 배에 군사와 쌀 등의 곡식을 싣고 대마도로 향했다. 판적봉환에 동참하는 번들은 물론 중앙정부도 대마도를 복속시키는 일에 주저하지 않았다. 조선과 지척인 거리인지라 무력으로 어찌해도 곧바로 조선이 탈환을 하는 터에 여간 공들이지 않았던 곳인데 마침 지금의 조선은 대마도까지 신경 쓸 처지가 못 된다는 것을 누구보다 잘 아는 일본 관리들이다. 대원군이 집권하여 문을 걸어 잠그고 있는 조선의 실정이 아주 어렵게 돌아간다는 것을 잘 알고 있는데 지금 같은 시점에서 대마도주가 직접 항복을 하고 나온다면 훗날이라도 조선이 시비를 걸어올지라도 할 말이 있다는 생각에서 적극 협조한 것이다. 일본인들에게는 자진 항복이냐 아니면 시위에 견디지 못한 항복이냐는 중요하지 않았다. 그저 항복을 받는다는 사실이 중요했다.

　시모노세키를 떠난 배가 멀리 대마도가 보이는 위치에 다다르자 이토는 주변 관리들과 장군들을 불렀다.
　"이미 떠나기 전에 당부한 대로 나를 포함해서 군사들을 가득 태운 세 척의 배만 앞으로 나가서 한 척만 접안하고 나머지는 두 척은 대기하는 상태에서 내가 대마도주를 만나 담판을 짓겠소. 물론 한 척의 군사들은 나와 함께 내리되 회담장 밖에 대기해야 하오. 그러다가 만일 일이 잘못되면 즉시 나머지 두 척이 접안을 하면서 군사들이 내리고, 떨어져서 대기하던 모든 배들이 시위에 참여하듯이 밀려오면 될 것이오. 물론 곡물을 실은 배들도 밀려와야 더 위력이 있어 보일 것이니 곡물을 실은 배들도 함께 와야 하오. 그리해도 안 되면 우선 군사들이 탄 배가 접안을 한 후 군사들이 상륙을 해야겠지요. 그런 상황까지는 가지 않도록 해야겠지만 혹시 모르는 일이니 기본적으로 그렇게 준비를 합시다."

이토가 배 안에서 자신과 동행한 장수들과 관리들에게 이렇게
하명하고 있을 때 대마도에서는 긴급회의가 벌어지고 있었다.
"보아하니 일본 배들로 어선은 아니고 군함이 틀림없는데 웬
일이라는 말인가? 그것도 한두 척이 아니라 이십여 척은 되어
보인다는데 혹 조선을 향하는 배들은 아니던가? 그렇다면 우리
가 먼저 배를 띄워 조선에 알려야 하지를 않나? 최소한 봉화라
도 올린 후 무슨 조치라도 해야지."
대마도주 종의달(宗義達)은 당황하는 기색이 역력한 목소리로
말했다.
"하지만 지금으로서는 조선을 향한다고 할 일도 아닌 것 같습
니다. 배의 항로가 직접 우리 대마도를 향해서 오는 것이 거의
확실합니다."
대마도 장군 남구석(南九石)은 경계를 나가 있는 군함으로부
터 보고받은 바를 고했다.
"그렇다면 우리를 향해서 이십여 척이나 되는 배들이 온다는
말인가? 도대체 이유가 뭔데? 군함이 이십여 척이나 올 정도면
우리 대마도를 쑥대밭을 만들겠다는 말밖에 더 되나? 지금 일본
내부에서는 왕정복고를 했다면서 우리 대마도를 정벌이라도 하
기로 했다는 말인가?"
"아직 간자로부터 그런 보고는 없었습니다. 하지만 우리 대마
도를 향하고 있다고 하니 준비는 해야 할 것 같아서 군사 소집령
은 이미 발동을 했습니다."
"그래? 그렇다면 그들이 해안 가까이에 올 때까지 기다려보자
꾸나. 그들이 싸우려고 온 것이 아니라 그냥 지나치는 길이었다

면 공연히 심기를 건드릴 이유는 없지 않겠느냐. 그리고 만일의 경우에 대비해서 조선으로 떠날 사람들도 채비해놓아라. 저들이 우리 섬으로 오는 것이 아니라 조선을 향하는 것이라면 저들보다 앞서서 조선에 알려야 할 것 아니더냐?"

군사들을 소집해서 전쟁준비를 시키고 얼마 지나지 않아 배들이 먼 해안에 나타났다. 그런데 나머지는 그 자리에 머물러 있고 유독 세 척만이 접안하려는 듯이 다가오고 있었다.

"도주님. 세 척만이 접안을 하려는지 해안으로 다가오고 있고 나머지 배들은 그냥 머물고 있습니다. 어찌해야겠습니까?"

남구석 장군의 보고를 받은 대마도주는 고개를 갸우뚱했다.

군함 세 척만 접안해서 군사들이 상륙한다면 아무리 대마도 군사가 적은 수라지만 싸워서 물리칠 수 있다. 저들도 그런 것쯤은 알고 있다. 그런데 세 척만 접안하러 오고 나머지는 머문다? 그렇다면 이건 싸우러 오는 게 아니라 다른 이유다.

"단 세 척이라면 그냥 접안하게 두어라. 설령 그들이 상륙한다고 해도 말리지 마라. 그들도 세 척의 군사로는 우리 군사들을 쉽게 이길 수 없다는 것을 알 텐데 굳이 세 척이 접안한다는 것은 아마도 싸울 의사가 없음을 알리려는 것일 게다."

"도주님. 방금 전령이 도착했사온데 세 척 중에도 한 척만이 접안을 하고 나머지는 접안을 안 했다고 합니다."

"이십여 척의 군함이 와서 세 척만 가까이 온 후 한 척만 접안했다면 분명 다른 의도가 있다. 상륙하게 하고 그 연유를 알아오너라."

그러나 말이 채 끝나기도 전에 전령이 달려와서 한 통의 편지를 내밀었다.

"당연히 만날 것이니 너는 가서 그 일행을 모시고 오너라."

편지를 읽은 종의달 대마도주는 전령에게 명령했다. 그리고 남구석 장군을 보며 말했다.

"장군. 무슨 이유인지 일본에서 우리와 회담을 하기 위해 온 것이라는데? 일본이 조선과 무슨 일을 벌일 것인가 본데 그게 전쟁인지 아니면 다른 것인지 모르겠네?"

"혹시 일본이 왕정복고를 했으니까 그것과 관련된 일이 아닐까요?"

"글쎄? 어쨌든 교활한 놈들이니 정신 바짝 차리고 회담에 임하자고."

전령이 돌아가고 얼마 지나지 않아 이토 히로부미가 군사들의 호위를 받으며 나타났다. 입구에서 기다리던 남구석 장군이 이토를 회담장으로 안내했다. 대마도주 종의달은 회담장에 미리 기다리고 있다가 이토를 반갑게 맞으면서 슬쩍 떠보는 말을 던졌다.

"웬일로 이리 먼 길을 이렇게 오셨습니까? 많은 배들이 와서 겨우 한 척만 접안하신 것을 보면 지나는 길이신 것 같기도 하고요?"

"먼 길이라니요? 우리 일본과 대마번이 결국 한 집안인데 멀다니 당치도 않은 말입니다. 같은 형제가 집을 멀리 산다고 형제가 아닌 것은 아니지 않습니까? 아무리 집이 멀지라도 형제는 형제입니다. 먼 집안을 찾으면서 지나는 길에나 들린다는 것도 예의가 아니지요."

이토가 깍듯한 존대로 하는 말을 들으며 종의달과 남구석은 집히는 것이 있었다. 자신들에게 형제 운운하는 것을 보면 왕정복고를 이룬 후, 얼마 전에 판적봉환을 성사시킨 것과 무관하지 않을 것이라는 생각이 들었다. 게다가 지나가다 들린 것이 아니라고 못을 박고 있는 것을 보면 틀림없을 것이다. 하지만 종의달은 아무런 사정도 모르는 체하며 말을 받았다.

"그리 말씀해주시니 고맙기는 합니다만 하찮은 우리들을 방문하기 위해서 무려 이십여 척의 군함이 오지는 않았을 것 같아서 하는 말입니다."

"그것 때문에 오해가 있으셨습니다그려. 그건 일부러 그리 한 것입니다. 마침 국내에서 왕정복고도 이룬 후인지라 겸사 선물도 가지고 와야 하겠기에 무리를 한 것 같습니다."

"선물이라니요?"

이토가 자기를 수행하고 온 관리에게 눈짓을 보내자 관리가 밖으로 신호를 보냈다. 조금 후 보퉁이 하나를 든 군인이 들어오더니 그는 그 보퉁이만 놓고 나갔다.

"풀어보시지요. 지금 배에 실려 있는 선물 목록입니다. 미리 이렇게 통보도 드리지 않고 배들을 접안시키면 놀랄 것 같아서 일부러 따로 목록을 작성해서 준비했습니다."

종의달은 보퉁이를 풀어 그 안에 있는 두루마리를 펴 들었다.

{백미 300석, 보리 300석, 감자 200가마, 콩 100두 …}

적혀 있는 목록은 거짓을 조금 보태면 대마도 주민 모두가 먹어도 1년은 먹을 양식으로 보였다.

"아니, 웬 선물을 이리도 많이 준비하셨습니까?"

"많다니요? 더 준비하고 싶었지만 아시다시피 본토에 왕정복고를 이루는 바람에 일부 번들이 이번 방문에 미처 참여를 못해서 적게 준비가 된 것입니다. 같은 형제끼리 나눠먹고 살자는 건데 많다고 하면 이상하지요. 사실 이곳에서는 농사를 짓기가 힘들지 않습니까?"

"하지만 우리도 여러 가지 일들을 해서 먹고는 사는데 이렇게 많이 도와주시니…."

종의달은 말을 잇지 못했다. 물론 한꺼번에 너무 많은 양식을 얻는 기쁨도 무시할 수는 없지만 그보다는 이렇게 많은 선물을 눈앞에 던져놓고 무엇을 요구할지가 더 걱정이 되어 말을 잇지 못한 것이다.

"그렇게 고마워하실 것이면 이번에 새로 즉위하신 메이지 왕께 고마워하십시오. 어차피 우리 신하된 자들이야 왕의 뜻을 받들어 움직이는 것뿐이니 고맙다는 말을 들을 수는 없지요. 왕께서 주신 은덕일 뿐입니다."

"하지만 이렇게 주시는 것만 기쁘게 받을 수는 없지요. 우리가 이런 선물을 받을 일을 한 것도 아닌데…."

종의달은 여간 찜찜하지 않았다. 생각 같아서는 이런 선물 필요 없으니 가지고 돌아가라고 하고 싶었다. 단순히 이런 선물만 싣고 올 거라면 굳이 이십여 척의 배가 필요 없다. 저 군함들 안에 얼마나 많은 병사들이 승선하고 있는지 모르지만 이 선물을 거절하는 순간 본색을 드러낼 것이다. 그 속내를 들여다보고 싶어서 슬그머니 선물을 받을 자격이 없다는 말로 거절할 의사를 표시해보았다.

"정말 선물을 받을 일이 없어서 미안하다면 지금부터 선물 받으실 일을 하면 되지요. 그렇지 않아도 앞으로는 우리 모든 번들이 힘을 합쳐서 대마번을 도와 함께 살기로 했습니다. 번들의 교역을 대마번에 맡기기로 했으니까요. 다만 한 가지 우리와 함께 해주셔야 할 것이 있습니다만."

"그게 뭡니까?"

"아, 뭐 그리 힘든 것은 아니고 앞으로는 조선의 대마도주가 아닌 우리 일본의 대마번주가 되어 주는 겁니다."

순간 종의달은 앞이 캄캄해졌다. 선물을 거절할 의사를 보이자 이토가 내민 것은 자신이 걱정하던 것 중에서 가장 큰 걱정이다. 종의달의 그런 마음을 읽은 이토는 고삐를 늦추지 않았다.

"사실 지금 조선은 그 힘을 잃을 대로 잃지 않았습니까? 조선은 나라의 문에 굳게 빗장을 걸어놓고 서양을 오랑캐라 하면서 자신들만의 생각으로 여위어만 가고 있습니다. 어쩌다가 서양 함대 하나 물리친 것을 마치 자신들이 힘이 있어서 그리한 것으로 착각하고 있는 거지요. 내가 영국에 공부를 하러 다녀왔다고 하는 소리가 아니라, 서양의 밀려오는 힘을 그렇게 막으면 안 됩니다. 우리 일본처럼 받아서 안으로 들여야지요. 그걸 기회로 힘을 키우는 겁니다. 사실 말이야 바른 말이지만 바쿠후 시대에 미국과 통상조약을 맺은 것이 잘못한 것은 절대 아닙니다. 다만 주군이신 우리 왕을 무시하고 바쿠후가 일을 저지른 것이 잘못일 뿐이지요. 어쨌든 우리는 그 덕분에 문도 열리고 왕정복고도 이뤄서 이렇게 열린 생각으로 새날을 도모하면서 힘을 키워가고 있지 않습니까? 우리 일본은 이제 새로운 힘으로 넘쳐나고 있습니다.

자, 이런 상황에서 지금 대마번이 어느 쪽과 함께 할 것인지를 선택하는 것이 앞으로의 삶을 결정짓는 일인데 망설일 이유가 있겠습니까? 이미 도요토미 히데요시 쇼군께서 조선을 치셨듯이 머지않아 우리 일본은 조선을 반드시 점령하고 말 것입니다. 그리고 이번에는 도요토미 쇼군 시절처럼 몇 년 동안 전쟁을 하다가 그만두는 것이 아니라 조선의 구석구석을 점령해서 통치할 것입니다.

무얼 망설일 필요가 있습니까? 우리 일본이 조선을 점령하는 바람에 대마번이 어쩔 수 없이 일본의 한 부분이 되는 것과 대마번 스스로 나서서 우리 일본의 한 부분이 되어 주는 것과는 엄청난 차이가 난다는 것은 잘 아실 것 아닙니까? 중앙정부나 왕께서 대마번을 평가하시는데 그 차이가 엄청나게 날 것 아닙니까? 당연히 어떻게 평가하느냐에 따라서 지원하는 모든 것들은 차이가 날 것이고요."

종의달은 자신의 갑갑한 마음을 알고 조여 오는 이토 히로부미의 말에 딱히 대답할 말이 없었다. 하지만 무슨 말이라도 해야 할 것 같았다. 이대로 자신이 말을 하지 않으면 그것은 긍정이 되고 이토 히로부미는 선물을 푼다는 구실로 병사들을 상륙시켜 무슨 짓을 꾸밀지 모른다.

"하지만 우리 대마도는 고조선은 물론 고구려와 대진국 발해로 이어지는 역사 속에 조선과 함께 해왔는데 어찌 하루아침에 뿌리를 바꿀 수 있겠습니까? 도주가 바뀔 때마다 조선 국왕께서 교지를 하사해 임명해주시고, 조선 국왕이 하사해준 인장을 공인으로 사용한 지가 벌써 수세기입니다. 더더욱 제 이름 석 자의 성이 바로 대마 종씨로서 이 성은 조선에서 기인한 것인데 어찌나 몰라라 하겠습니까? 일가친척들은 물론 대마도 백성들에게 무언가 설명할 수 있는 말미를 주셔야지요."

"말미가 무엇이 필요합니까? 백성들을 배불리 살게 해주면 그게 훌륭한 지도자지요. 그리고 종씨가 어디 번주님뿐입니까? 우리 일본과 조선에는 같은 성씨가 많으니 굳이 그 성씨들이 조선에서 기인한 것이라는 표현도 사실 우스운 표현일 뿐입니다. 그러니 결단을 내리십시오."

하야시에서 이토로 성을 바꾼 것을 영광으로 알고 있는 그에게 성씨 운운하는 것은 우습게만 들렸다. 이토는 자신의 바로 옆에 있는 관리가 들고 있던 작은 상자를 종의달에게 건넸다.

"이건 우리 왕께서 특별히 대마번주를 위해 만들어서 하사하신 도장입니다. 앞으로는 공문서에 이 도장을 찍으십시오. 그동안 찍어 왔던 조선 왕이 하사했던 도장은 내놓으시고요."

종의달은 어쩔 줄 몰랐다. 지금 정박을 기다리는 이십여 척의 배에 있는 병사들이 모두 상륙을 한다면, 그것도 해변에서 대포를 쏘아가면서 일단 섬을 초토화시킨 후 상륙한다면 아마 모르면 몰라도 이곳 백성들은 모두 전멸할 것이다. 눈앞이 캄캄해 왔다.

"망설일 것 없습니다. 선물은 물론 앞으로도 같은 길을 가자고 하는데 망설일 것이 무업니까? 솔직히 그동안 조선이 무엇을 해 줬습니까? 고집부리지 마시고 조선왕이 준 도장 내놓고, 백성들을 위해서 본토에서 한 것처럼 판적봉환서 한 장만 쓰면 되는 일입니다. 공연히 판적봉환서 한 장 쓰면 모든 일이 잘 해결되어 백성들이 배불리 먹고 살 수 있는데 굳이 의리를 지킨답시고 백성들을 사지로 몰아넣을 필요가 있겠습니까?"

조금 전만 해도 대마번주가 되어 달라던 말은 어느새 사라지고 한 걸음에 내달아서 판적봉환서를 쓰라고 한다. 종의달은 한꺼번에 밀려오는 거센 파도 같은 침략을 어찌 대항해야 할지 아직 판단이 서지 않았다. 머릿속에서는 전쟁의 화마에 울부짖는 도민들의 아우성 소리만 들렸다. 타오르는 불더미에서 풀어헤쳐진 머리를 한 채 엄마 아빠를 불러대는 아이들의 가녀린 목소리가 귀가 멍멍하게 달궈왔다.

종의달이 대답을 하지 않자 이토는 슬그머니 지루하다는 표정까지 지으면서 자리에서 일어서는 척하면서 한 마디 던졌다.

"정 뜻이 그러시다면 배들을 정박하게 한 후 선물 대신 군사들을 내리게 하는 수밖에요? 선물로 가지고 온 곡식들을 군량미로 쓰면 아마 한참은 쓸 겁니다."

이토가 자리에서 일어나는 기색을 보이자 일행이 모두 벌떡 일어났다. 그리고 누군가는 밖으로 나갔다. 이토는 자리에서 서서히 일어서더니 마지막으로 한 마디만 더 하겠다는 듯이 입을 열었다.

"그렇지 않아도 본토에서는 대마번주가 조선과의 의리를 내세우면서 동조하지 않을 수도 있다는 의견도 있었습니다. 저는 그리 생각하지 않았기에 선물만 가지고 오려고 했습니다만 반대하는 분들이 많았던 거지요. 오히려 선물은 필요 없고 군대만 데리고 가라는 분들이 있었다는 이야깁니다. 만일 여기서 제가 그냥 돌아간다면 저는 그분들을 뵐 면목이 없어지겠지요? 그러니 저도 참 난감합니다."

그때 전령이 들어오더니 남구석의 귀에 대고 이토가 이끌고 온 군함들이 밀려오기 시작한다고 했고 그 말은 그대로 종의달에게 전해졌다.

"형제라더니 이게 형제가 할 짓이라는 말인가?"

종의달이 혼자 작은 소리로 중얼거렸다.

"방금 무어라 하셨습니까? 우리 뜻에 따르겠다는 말은 아닌 것 같고?

그렇다고 그 말을 탓하자는 것은 아닙니다.

다만 형제라면 뜻이 같아야 형제가 될 수 있지 뜻이 다르면 당연히 적이 되어야 하는 것 아니겠습니까? 형제에게는 선물을 줄 일이고 적이라면 당연히 응징을 해야겠지요."

"차라리 나를 죽이시오. 나를 죽이고 새로운 번주를 세워 그로 하여금 판적봉환인지 뭔지를 작성하게 하면 될 일 아니오. 그러니 나를 제발 죽여주시오."

"그렇게 하면 안 되지요. 그렇게 하면 정통성이 없으니 돼도 안 된 일이나 마찬가지지요. 대마도를 무력으로 징벌하고 새로운 사람들을 정착시킨 후 그들로 하여금 판적봉환으로 충성을 맹세케 한다면 더 명분이 서겠지요."

이토 히로부미는 종의달이 자신을 죽여 달라는 말에 항복을 받은 것이나 다름 없다고 생각했는지 음흉한 미소까지 띠며 말했다.

종의달은 더 이상 할 말이 없었다. 무력으로 징벌한 후 새로운 사람들을 정착시킨다는 말은 지금 살고 있는 대마도민들은 모조리 몰살시킨다는 말이다. 그저 눈에서 눈물만 나올 뿐이다. 죽어서 선조들을 어찌 뵐 것이며 당장 이 일이 끝난 후부터 도민들의 얼굴을 어찌 대한다는 말인가? 하지만 그런 명분 때문에 오늘 한꺼번에 모든 도민들을 몰살시킬 수는 없는 것 아닌가?

"알았소이다. 우리도 판적봉환에 동참하겠습니다. 배를 물리시오."

"고맙습니다. 정말 잘 생각하신 겁니다. 배를 물릴 것이 아니라 배를 접안해서 선물을 내려야지요. 절대 아무런 소란도 없을 것입니다. 원하는 곳에 우리가 준비한 선물만 내려놓고 돌아갈 것이니 그동안 판적봉환서를 작성하시지요."

종의달은 자신은 6년이라는 짧은 세월밖에 손에 잡아보지 못했지만 그동안 선조들이 수백 년 써 오던 조선왕이 하사한 공인을 넘겨주고 판적봉환을 쓰기 시작했다. 그것도 이토 히로부미를 수행하여 온 관리가 내민 초안을 근거로 그저 그려 내려갔다.

〈조선에 대해 신하의 예를 갖추어 수백 년간 굴욕을 받으며 살았다.

그 분함을 어이 말로 다할 수가 있으리오. 이제부터 조선에서 만들어주었던 도장 대신에 일본에서 하사받은 공인을 이용하여 모든 문서를 작성할 것이다. 그 첫 문서로 이제껏 대마번주로서 소유했던 땅과 백성들 모두에 관한 권리를 일본 왕에게 귀속시킨다는 서약서를 작성하는 바이다. 부디 너그러이 받아주기를 바랄 뿐이다.〉

그리고 새로 받아든, 일본 왕이 내려줬다는, 공인을 찍는 순간 눈에서는 눈물이 바다를 이뤄 판적봉환을 적은 종이를 흥건히 적시고 있었다.
종의달이 눈물로 판적봉환서에 도장을 찍을 때 남구석은 조선 산야에 묻혀 있는 선조들의 얼이 살아나기를 바라면서 몇 번인가 칼에 손을 댔지만 그 모든 것이 허사임을 알기에 차마 칼을 뽑지 못하고 눈물로 칼집을 적시고 있었다.

대마도를 선물과 무장한 군인으로 병합시킨 이토 히로부미는 을사늑약을 체결할 때와 똑같은 방법을 써먹는다. 경복궁을 일본 군인들이 포위하게 한 후, 이완용과 손병준 같이 돈으로 매수할 놈들은 돈과 권력으로 매수하고, 협박해야 될 지사들은 칼을 들이대서 일을 이루고 만다.

11. 독도와 대마도, 끊을 수 없는 인연의 땅

"벌써 다 왔나? 이야기하다 보니 이렇게 시간이 지났는지도 몰랐네그려? 인터체인지 나가서 저녁이나 먹고 들어가지?"

이토 히로부미 이야기를 신나게 하던 유병권 박사가 이정표를 보더니 한 마디 했다.

"그 개만도 못한 인간 이야기하시느라 얼마나 온지도 모르시더니 이제 이야기 끝난 겁니까?"

나는 영 못마땅한 목소리로 물었다.

"이야기가 끝난 것이 아니라 그 개만도 못한 인간이 한 행동 중에 꼭 해야 할 이야기 한 가지가 끝난 거지. 왜? 그동안 혹 쉬고 싶었는데 내 이야기가 끝나지 않아서 쉬지 못한 건가?"

"쉬고 싶어서가 아니라 뭐 좋은 인간 이야기라고 그렇게 숨도 안 쉬고 하세요? 우리나라 위인전기 듣기도 바쁜 세상에 그런 인간 이야기 뭐가 좋다고 들어야 하는데요?"

"이야기를 듣기 좋은 이야기만 들을 수 있나? 가끔은 듣기 싫어도 들어둘 필요가 있는 이야기도 있는 법일세. 자네는 지금까지 내가 이토 히로부미 이야기를 했다고 생각하는가?"

"그럼 누구 이야기하셨는데요? 뭐 안중근 의사 이야기라도 하신 줄 아십니까?"

"겉보기에는 이토 이야기를 했지만 정말 하고 싶은 이야기가 뭔지 모르나?"

"왜요? 맨 마지막에 하신 대마도 이야기요?"

"그렇지. 바로 그거야. 우리가 만일 작업에 성공해서 책을 찾는다면 아마 지금 내가 한 이야기를 다시 기억할 날이 올 걸세."

"책이요? 책인지 아닌지도 모르신다면서요? 그럴 거라는 것뿐이지. 더더욱 책을 찾는다고 할지라도 기억할 일 없을 겁니다."

"그런 소리 말게나. 내가 잘 아는데 자네는 이미 기억하고 있어. 내가 한 이야기의 의미를 정말 모르냐고 하니까 자네는 아무 망설임도 없이 대마도 이야기를 꺼냈네. 이토 히로부미가 강압적으로 삼켜 버린 대마도지. 아마 자네는 그 이야기를 듣는 순간 우리나라의 치욕적인 한일병합을 이미 생각했을 걸세. 안 그런가?"

"정 그렇게 자신 있으시면 점술가가 되시라니까요? 그럼 지금 이렇게 나한테 신세 안 져도 찾고 싶은 건 찾을 수 있을 테니까요."

우리 두 사람은 되지도 않는 말싸움을 하면서 인터체인지를 빠져나오자 눈에 들어오는 커피숍 앞에 차를 세웠다.

나는 차 안에서 대화하는 중에도 화가 나서 견딜 수 없었다. 그렇다면 대마도를 빼앗긴 것이 얼마나 된다는 말인가? 고조선 시대부터 지배했다면 적어도 4,000년이요, 고구려시대부터 지배했다면 적어도 2,000년 지배한 것을, 메이지유신이라면 기껏 150년도 되지 않는 세월 동안 일본이 강탈해서 지배했다는 이유 하나로 영유권을 빼앗겼다는 것 아닌가?

도대체 알 수 없는 일이다. 무엇을 하는 나라요, 무엇을 하는 백성들이란 말인가? 정작 내가 화가 난 것은 이토 이야기를 들어서가 아니다. 바로 이런 것들이 나를 화나게 하는 것들이다.

"왜 저녁이라도 먹자니까?"

"지금 저녁 먹을 기분도 아니고 아까 먹은 것도 가만히 앉아서 운전만 해서 그런지 소화도 안 됐어요. 마침 이곳에 야외 테이블도 있으니 저기에서 차나 한 잔해요. 저 주차하고 올 테니 먼저 내리세요."

내가 건물 뒤편 주차장에 주차를 하고 테이블로 오자 유병권은 어느새 커피를 사들고 야외 테이블에 앉아 있었다.

"자, 한 잔 마시게나. 이렇게 야외 테이블에서 마시는 커피가 더 맛있다면서? 나는 잘 모르네만 젊은 사람들은 그 맛을 더 잘 안다고 하더라고."

내가 아무 대답도 없이 그가 내미는 잔을 받아 입술에 대자 그는 멋쩍게 웃으면서 말을 이었다.

"기분 나빠하지 말게나. 나라고 이토 히로부미를 좋아해서 자네에게 그 먼 길 입 아픈 줄 모르고 지껄여댔을까? 다만 이토가 어떤 사람이고 또 그가 어떤 짓을 저질렀는지를 알아야 우리가 풀고자 하는 문제를 풀 수 있기에 하는 소릴세."

"누가 그걸 모릅니까? 이토가 어떤 놈이고 아니고가 중요한 것이 아니라, 우리나라는 그런 사실을 알면서도 왜 아무런 조치도 못하는 건데요? 정말 박사님 말씀처럼 대마도가 그렇게 강제로 강탈을 당한 거라면 왜 지금이라도 찾아오지 못하는 건데요. 강탈을 당하던 그 시절에는 정말 힘이 없어서 못 찾았다면 조국 광복이 될 때부터 지금까지 몇 년인데 그거 하나 돌려받지 못하고 맨 독도 가지고 아옹다옹하고 있냐고요. 독도도 우리 땅이 확실한데도 왜놈들이 자기 땅이라는 망발을 해도 이렇다하게 큰 소리도 못 치잖아요?"

"글쎄 그게 말일세, 사실은 나도 잘 이해가 안 되는 부분이거든. 대한민국 정부수립 이후 이승만 초대 대통령께서 집권 초기에 대마도를 반환하라고 연두 기자회견을 포함해서 몇 번 강력하게 주장을 했지. 그때는 중국도 지지를 해주었을 뿐만 아니라 실제 중국 거주 동포들이 지지 시위도 해주었다네. 그런데 6.25 전쟁 이후로는 아예 어느 정권도 대마도를 공식적으로 문제 삼지 않았으니 나라고 무슨 이야기를 할 수 있겠나?

다만 한 가지 이건 확실하네.

자네 왜 일본 애들이 독도를 가지고 자꾸 시끄럽게 만드는지 아나?

그건 바로 대마도가 자기네 것이 아니니까 언젠가 우리가 돌려달라고 할까 봐 미리 선수를 치는 거라네. 뭐랄까? 자신들이 남의 땅을 점유하고 있으니까 땅 주인이 돌려달라고 하기 전에 땅 주인의 다른 땅마저 자기 것이라고 우겨서 땅 주인이 미처 이미 그가 점유하고 있는 땅에 대해서는 말도 못 꺼내게 한다고 할까? 좌우간에 뭐 그런 묘한 심보라는 것은 확실하네. 이건 내가 하는 거짓말이 아니라 역사가 증언하는 참이라네. 우리는 지금 그 참의 증거를 찾고 있는 거고.

자네와 내가 이번에 하는 일이 내 추측대로 맞아서 성공한다면 자네도 언젠가는 그 실체를 만나볼 수 있겠지. 자네뿐만 아니라 이 나라 백성 모두가 그 사실을 알게 되어 일부 자신들의 주장이 틀리다는 것을 알면서도 꼴 나게 쌓아온 업적을 잃을까 봐 진실을 감추고 있는 자들의 위선이 만천하에 드러날 거야. 역사를 연구한답시고 역사를 왜곡한 그 얼굴이 너무나도 부끄러워 스스로 먹칠할 날이 오겠지."

"참, 박사님도 딱도 하십니다. 그까짓 책 몇 권, 아니 있는지도 없는지도 모르는 책 몇 권 찾는다고 일본이 '아이고 당신네 땅 여기 있습니다.' 하고 내놓겠습니까? 우리나라 사학자 중에도 인정하느냐 마느냐 의견이 분분한 책이라면서요."

"우리나라 사학자 간에도 역사서로 인정하느냐 마느냐 의견이 분분하기에 하는 소리네. 만일 내 상각대로 이번 우리가 하는 작업에서 그 책의 기조가 되었다고 적힌 책들이 나와준다면, 기본으로 삼은 책이 있으니 지어낸 이야기가 아니라 역사서로 인정을 받을 수 있다는 말이지. 정말 나와만 준다면 단순히 우리나라의 차원을 넘어서 세계적으로도 인정을 받을 수 있는 책이 되는 거지. 『태백일사』나 『단군세기』에 참고로 했다고 적어놓은 『조대기』나 『진역유기』 같은 책만 나와준다면 그게 바로 역사서라는 증거가 되는 거니까 말일세.

만일 그렇게만 된다면 그 안에 고조선은 물론 광개토대왕과 대진국 발해가 일본을 평정했고, 서로 반목하는 일본열도를 통치하기 위해서 광개토대왕 때부터 '임나'를 일본열도 내에 두었다는 증거가 나오거든. 『태백일사』 「고구려국본기」에 보면 '임나'가 일본열도는 물론 특히 대마도 두 섬 모두를 통제한 것이 생생하게 기록되어 있지.

일본은 광개토대왕릉비를 조작하면서까지 '임나일본부'라는 묘한 이름을 지어 일본인들이 신라를 정복해서 세운 일본정부라고 억지 주장을 하고 있지 않나? 그런 망언을 뿌리째 뽑아 버릴 수 있을 뿐만 아니라 대마도는 물론 사할린과 캄차카 반도까지 우리 영역이라는 증거들이 나오는 거지."

"대마도도 못 찾으면서 사할린이나 캄차카 반도가 역사적으로 우리 땅이라는 증거가 나오면 무얼 어찌하겠다는 말입니까? 손에 쥐어주어도 아무런 소득도 없는데."

"아니지, 그건 아니야. 만일 우리가 확실한 역사적 증거를 만들어놓으면 그때는 다시 불이 붙을 수도 있지. 설령 우리 대에서 못 이루면 우리 후손들이라도 잃어버린 우리 국토가 어떤 것들인지 알게 근거는 남겨놓아야 하지 않겠나? 우리가 못 찾았다고 후손들에게 그 근거도 남겨놓지 않는다면 결국 우리 국토는 점점 좁아지고 언젠가는 설 땅이 없어질지도 모르지.

생각해보게나. 아주 극한 예지만 남북통일이 우리 대에서 이루어지지 않는데 북한을 철천지원수로만 표기하고 전날의 어떤 역사적인 맥들도 북한과는 일체 상관없는 것으로만 기록을 남겼다고 하세. 결국 지금의 휴전선을 국경으로 남과 북은 영원히 다른 나라가 되는 거 아니겠나? 마찬가지지. 대마도나 요동을 비롯해서 우리나라가 강제로 빼앗긴 땅들에 대한 근거를 남겨놓지 않으면 후손들은 아예 그런 땅이 있었는지도 모를 것 아니겠나? 근거라도 있어야 후손들이 강대국이 되었을 때 되찾을 수 있지 않겠나? 못난 조상 티내는 짓이지만 근거라도 남기기 위해 이 짓을 하는 거지.

역사는 과거가 아니라 미래 아닌가? 과거 시대의 존망이나 연대만 알려면 굳이 뭐하러 공부를 하겠나? 과거의 역사를 앎으로써 보다 나은 미래를 설계하기 위해서 공부하는 것 아니겠나? 과거의 잘못은 되풀이 하지 않고 과거 잘한 일을 계승해서 보다 행복한 미래를 설계하기 위한 거지."

하지만 그때는 유병권 박사가 하는 그 소리가 내 귀에 들릴 리 만무했다.

단지 대마도를 강탈당한 사실만이 나를 화나게 할 뿐이었다.

평소에는 맛있게 마시던 커피가 그날은 왜 그리도 쓰기만 한지 까닭은 알 수 없었지만 혀보다는 가슴이 더 쓴맛을 토해내는 것 같았다.

커피를 다 마신 후 다음 주 금요일 저녁 본격적인 작업을 하러 가기 위해 만날 약속을 정한 후 각자 갈 길로 떠났다. 정말이지 저녁은커녕 아무것도 생각이 없었다. 그저 머릿속에는 나도 모르게 '대마도'라는 단어만 자꾸 생각날 뿐이었다.

작업을 하러 가기 위해 만나기로 한 금요일 아침부터 마음이 설렜다.

그날 고속도로를 달려오면서 들은 이야기들이 사실인지 아닌지 궁금하기도 했지만 전에 듣지 못한 역사 이야기를 들었으면서도 생소하지가 않았다. 오히려 유병권 박사 말이 모조리 맞는 말 같았다. 나름대로는 대마도에 관해 인터넷 검색도 해보았다. 처음에는 우리 땅이 맞는 것 같으면서도 설마 설마 했는데 어느 순간인가 이건 정말 우리 땅이라는 확신마저 들었다. 오늘은 또 무슨 이야기를 들을 수 있을지 그게 궁금했다.

유병권 박사는 약속장소에 이미 나와 있었다. 그리고 차에 오르자 내게 커피 한 잔을 건넸다.

"지난번 헤어지기 전에 커피 마시면서 커피를 너무 쓰게 마시는 것 같아서 오늘은 그 맛이 어떤지 비교해보라고 일부러 똑같은 집에서 테이크아웃 해온 거라네. 아마 모름지기 지난번에는 자네 마음이 썼을 거야. 마음이 쓰면 입맛은 물론 세상 모든 것이 쓰겠지. 그건 그렇고 목적지에 도착하려면 아직 시간이 있으니 그 뒷얘기 더해줄까?"

지난번에 커피를 마시면서 쓰다 달다 이야기한 적도 없이 그저 나 혼자만 왜 이리도 커피가 쓰냐고 마음속으로 생각했는데 유병권 박사는 그런 내 마음을 다 읽고 있었다. 단순히 커피가 쓰다고 생각한 게 아니라 뒤집히듯이 요동치는 내 가슴속을 모조리 들여다본 것 같았다. 나는 은근히 마음이 들킨 것 같아 부끄럽기도 했지만 그것과는 상관없이 그의 말을 더 듣고 싶었다. 이제껏 어디서도 들어보지 못한 역사다. 학교 다니던 시절 국사시간은 물론 그 어느 시간에도 들어보지 못한 새로운 사실을 내게 들려줬었다. 더욱이 앞으로 역사를 연구할 일도 없을 텐데 어디서 이런 이야기를 들을 것인가? 이토 히로부미에 대한 이야기를 들으면서 순간적으로 역겹기도 했지만 사실은 그 이야기도 괜찮았다. 성장배경이나 사상이 그렇게 박힌 인간이기에 사람이라면 차마 할 수 없는 역사상의 온갖 잔악한 과오를 범할 수 있었다는 생각도 들었다. 물론 지금은 이토 히로부미라는 미친개만도 못한 인간보다는 대마도에 관한 이야기가 더 듣고 싶었다.

　"마음대로 하세요. 제가 하란다고 하시고 하지 말란다고 안 하실 건 아니잖아요."

　"좋아, 그렇다면 이어서 이야기하지.

　대마도를 전 주민을 죽일 듯이 밀어붙여 일본에게 강제로 항복하게 만든 이토는…."

　대마도를 강제로 항복하게 한 후 일본에서 이토의 존재감은 무시할 수 없게 되었지만 그는 항상 자신의 존재감을 드러내지 않기 위해 노력했다. 그런 그의 태도가 마음에 들어서 사람들은 더더욱 그를 겸손한 인물이라고 인정했다. 자신을 숨기는 이토의 진짜 속내는 다른 데 있다는 것을 그들은 알지 못했다.

이토는 잔꾀로 판적봉환을 이루기 위해 조선과 대륙정벌을 위해 대마도를 복속시켜야 한다는 논리를 폈다. 아직은 때가 아니라는 것은 자신도 잘 아는 사정이지만 판적봉환에 사무라이들의 지지를 받기 위해서는 어쩔 수 없는 일이었다. 그리고 그 구실로는 항상 도요토미 히데요시의 조선정벌을 예로 들었다. 사무라이들의 전쟁욕구를 최대한 자극해서 판적봉환과 대마도 복속을 하는 데 이용할 생각이었지 당장 조선이나 대륙을 정벌하는 것이 무리라는 것을 그는 누구보다 잘 알고 있었다. 그러니 당장은 사람들 앞에 나서서 무엇인가를 할 수 없는 일이다. 정말 때가 되어 조선정벌을 할 수 있다면 모르지만 지금으로서는 무조건 참으며 때를 기다리자는 말밖에 할 말이 없으니 자연히 쥐 죽은 듯이 자신을 낮춰야 했다.

하지만 언제까지 시간만 보낼 수는 없었다. 판적봉환을 추진하기 위해서 사쓰마번의 사이고 다카모리를 설득하기 위해서 자신이 낸 묘책이라는 것이 덜미를 잡고 들어왔다. 기도 다카요시가 사이고를 설득하기 위해 조선을 정벌해야 한다고 주장한 것이 기도의 의견으로 퍼져나가기 시작했고 그렇지 않아도 무사계급 때문에 골치 아픈 현실을 타개하는 방법으로 손쉽게 받아들여져서 소위 정한론(征韓論)이라고 하는 조선정벌론이 일본 정계에 급격히 부상했다. 급기야는 1870년 조선을 침략할 경우 청나라가 간섭하는 것을 막기 위해 야나기하라가 이홍장과 회담을 하기도 했다. 조선정벌이 섣부르게 서두를 일만은 아니라는 신중론이 대두되면서 당장 무슨 일이 벌어지지는 않을 것 같기도 했지만, 이토로서는 자신이 사이고와 사쓰마번을 이용하기 위해 내놓은 계략에 기도를 포함한 자신이 다시 휘말릴 것 같아서 어찌 대처할까를 고민하는 나날을 보내야 했다.

그때 이토에게는 정말 운도 좋은 사내라는 말이 어울릴 일이 일어났다. 당시 우대신이었던 이와쿠라 도모미(岩倉具視)를 특명전권대사로 임명하여 그를 단장으로 하는 이와쿠라 사절단(岩倉使節団)을 파견해서 구미 각국을 순방하기로 했다. 바로 그 명단에 이미 공로가 많은 것이 인정되어 공부성장관까지 지낸 이토가 기도 다카요시, 오쿠보 도시미치와 함께 떠나게 된 것이다. 이토는 자신은 물론 기도까지 곤란한 자리를 떠나는 것이 여간 다행이 아니었다. 현재 권력의 실세인 이와쿠라와 함께 일본을 떠나면 당장 조선을 정벌하거나 하는 일은 없을 것이다. 조선정벌 문제는 귀국 후 그때의 사정을 보아서 결정할 일이다. 우선은 지금 정세 파악도 제대로 안 되는 상황이니 시간을 끌면서 추이를 봐야 한다.

이토 히로부미의 시간 끌기 전략은 보기 좋게 성공했다. 본래 겉으로 표방한 그들의 임무는 미국과 영국 등 유럽의 여러 나라들과 맺은 불평등조약에 대하여 재협상하는 일이었다. 그러나 이미 맺은 조약을 재협상한다는 것이 쉬운 일이 아니라는 것을 알고 출발한 터다. 그리고 실제 협상 테이블에 앉아도 별 효과가 없다는 것을 빠르게 간파한 그들은 본래의 임무보다도 교육은 물론 과학기술과 군사, 그리고 사회와 경제 구조는 물론 문화까지 전반에 걸친 지식을 습득함으로써 일본 근대화를 촉진할 수 있는 방법을 모색하는 데 더 신경을 썼다. 그것은 비단 이토만 그렇게 생각한 것이 아니다. 궁정 귀족가문 태생으로 바쿠후시대 말기에 바쿠후에 의해 궁정에서 추방당해 4년여 간의 은둔생활까지 했던 이와쿠라를 비롯해서 동행한 사람들 모두가 같은 생각이었다. 일본은 아직도 멀었다. 조약이 불평등이고 아니고의 문제가 아니라 근본적으로 힘을 키워야 한다는 것이 공통된 생각이었다. 그들은 구미 각국의 발달된 문물과 교통, 특히 철도에 깊이 심취하면서 하루빨리 서양문명을 받아들이는 것이 최우선 이라고 생각했다. 심지어 이와쿠라는 자신이 궁정 귀족 출신으로 일본식 상투를 자를 수 없다고 하면서 상투를 튼 채 출국했다가 미국 방문 중에 상투를 자를 정도로 서양문물을 배우고 익히는 데 푹 빠져 있었다.

이와쿠라 사절단이 2년여 동안의 사절단 임무를 마치고 귀국한 1873년 10월.

그들이 구미 열강들을 시찰하는 동안 일본 국내에서는 정한론의 불이 뜨겁게 달아오르고 있었다. 특히 사이고 다카모리를 필두로 한 무사계급을 아끼는 이들이 강력하게 주장할 뿐만 아니라 쇄국정책을 쓰고 있던 조선의 대원군에게 당한 수모까지 겹쳐 왕도 긍정적으로 허락할 뜻을 비친 상태에서 우대신인 이와쿠라가 귀국하기만을 기다리고 있었다.

이런 현실을 직면할 것을 이미 예측한 이토다. 그는 귀국 후 벌어질 상황을 예측하고 함께 시찰하는 동안 수차 일본이 살아남을 길은 오로지 먼저 내치를 완벽하게 함으로써 강해져야 한다고 주장할 뿐만 아니라 모두가 그렇게 생각하도록 함으로써 이와쿠라의 상투까지 자르게 한 인물이다. 하지만 그의 속셈은 단순히 일본이 강해진 후 어느 나라를 정벌해도 해야 한다는 그 생각만은 아니었다.

누구보다 기도 다카요시와 함께 사이고 다카모리를 잘 아는 자가 바로 자신이다. 만일 이번에 사이고의 의견대로 일이 이루어진다면 사이고는 사무라이들의 세력을 업고 일본 제일의 권력자로 부상하고도 남을 일이다. 그렇게 되면 기도 그늘에서 이만큼 커온 자신의 앞날이 불투명하다. 이 기회에 사이고를 영원히 제거할 수 있다. 사이고의 성격이나 그가 사무라이들과 맺어온 여정을 본다면 정한론이 벽에 부딪히면 그는 정계를 떠나든가 아니면 사무라이들과 단독으로라도 조선을 정복하겠노라고 나설 것이다. 그때를 이용해서 그를 제거하면 된다. 사이고만 제거하고 나면 자연히 사쓰마번은 무대를 잃을 것이고 일본 정계는 조슈번 독무대가 된다. 기필코 조선정벌을 막아야 한다. 이번에 사이고를 제거한 후 조슈번 단독으로 무대에 설 때 그때 조선을 정벌해야 자신이 더 빛날 것이고 이후의 모든 영예를 보장받을 수 있다.

모든 준비를 하고 귀국한 이토 히로부미는 귀국 후에도 발 빠르게 움직인다. 기도 다카요시와 함께 구미 각국의 열강들의 실제 상황을 대신들에게 전하면서 지금은 힘을 기를 때라고 누누이 강조한다. 그뿐만 아니라 이와쿠라가 궁정 귀족 출신이라는 점을 백분 활용하여, 그로 하여금 메이지 왕을 만나 귀국 보고를 할 때 지금은 절대 내치가 중요하지 남의 나라를 정벌할 때가 아니라는 것을 강조하게 했다. 결국 정한론은 메이지 왕의 칙령에 의해 시기상조라는 이유로 무기한 연기되고 말았다.

정한론이 무기한 연기되자 사이고 다카모리는 이토 히로부미의 생각대로 움직여주었다.

이미 왕의 재가를 받은 것이나 마찬가지인데 우대신인 이와쿠라와 기도, 이토가 돌아와서는 물거품을 만들고 말았다. 이미 지난 8월에, 자신이 조선에 대사로 먼저 가서 조선이 자신을 불손하게 대하면 그것을 이유삼아 조선을 공략한다는 안을 왕에게 건의 했을 때, 왕은 좋은 생각이라고 했다. 단지 우대신을 비롯한 대신 네 명이 외국 순방 중이니 그들이 돌아오면 최종 결정을 하자고 했다. 사이고는 그 정도면 왕의 재가가 난 것이라고 판단하고 무사계급, 특히 사무라이들에게 이제 곧 조선정벌의 과업이 주어질 것이라고 자랑까지 했었다. 그런데 이게 무슨 망신인가? 아니 당장 망신이라는 생각 이상으로 이건 무사들을 농락한 것이다. 사이고는 즉각 벼슬을 버리고 가고시마로 돌아갔다.

그로부터 몇 개월 후 사이고 다카모리는 군사학교를 설립하였고, 그곳의 학생은 결국 20,000여 명으로 불어난다. 1877년 사이고 다카모리가 중심이 되어 이들을 이끌고 대규모 반란이 일어났다. 일본의 무사계급과 중앙정부가 충돌한 일본 최대의 발란인 세이난 전쟁(西南戰爭)이다. 사이고 다카모리는 6개월여에 걸친 그 전쟁에서 자신을 추종하던 많은 사무라이들을 잃고 참패한다. 가고시마 시내가 내려다보이는 언덕에서 마지막 전투를 치르던 그는 치명상을 입고 할복함으로써 부관이 자신의 목을 치게 하는 사무라이 정통 방식으로 죽고 말았다. 사이고가 죽고 전투가 패한 것을 알게 되자 그를 추종하던 사무라이들은 대개가 할복하거나, 아니면 아무도 보이지 않는 곳으로 은둔생활을 떠난다.

결국 이토가 원한 그대로 사이고는 일본 정계에서 아니 이 땅에서 영원히 사라졌다. 사이고가 사라진 것은 단순히 그가 사라진 것이 아니라 진정한 사무라이정신을 가졌던 일본 사무라이가 모두 사라졌다는 표현이 옳을 것이다.

이토는 자신의 입지를 넓히기 위해서라면 앞뒤 가리지 않았다. 자존심이고 뭐고 아무것도 그에게는 필요하지 않았다. 한 번 생각한 일은 수단 방법을 가리지 않고 반드시 관철시키고 말았다.

"아니, 이제는 이토 히로부미 그 미친개만도 못한 인간 이야기도 모자라서 일본 역사 강의까지 하시는 겁니까? 사이고 다카모린지 사이콘지 다 까먹은 건지 뭔지가 죽든 말든 도대체 무슨 이야기가 하고 싶으신 겁니까?"

"참, 젊은 양반이라 그런지 성격 한 번 급하네. 아, 그래서 내가 차에 타면서 계속 이야기하는가 마는가를 물었더니 계속하라고 하기에 계속한 것 아닌가?"

"누가 그런 얘기해 달랬습니까? 왜놈들이 대마도 훔쳐간 얘기를 해달랬지?"

"참 나 원, 글쎄 이 이야기가 들어가야 왜놈들이 대마도 훔쳐간 것은 물론 우리 역사 중에서 가장 중요한 역사인 고조선 역사 말살시킨 것까지 나온다니까? 내 딴에는 이렇게 차 공짜로 얻어타고, 같이 일하게 된 것을 기념으로 큰맘 먹고 이야기하는 중이라네. 듣기 싫으면 이제 그만하지 뭐."

한참 듣다가 슬그머니 화가 치밀어올라 내뱉은 말에 유병권 박사는 마치 그럴 줄 알았다는 듯이 전혀 노하는 기색 없이 받아넘겼다.

"누가 듣기 싫어서 그런데요? 이야기를 듣다 보니까 공연히 화가 치밀어올라서 그렇지요. 그때 우리도 개항을 하고 서구 문물을 받아들였더라면 하는 생각이 드니까, 그 시절에도 자기들 욕심만 채우느라 바빴지 무엇이 백성들을 위한 길인지 생각도 안 하던 위정자들이 생각나서 은근히 화가 난 거지요.

하기야 전에 어떤 소설에서 읽은 이야기지만, 그보다 훨씬 이전인 소현세자 시절에도 얼마든지 개항을 하고 서구문명을 받아들일 수 있었는데 그놈의 양반인지 중화사상인지 뭔가가 다 버린 거라고 하더라고요.

어쨌든 화가 나서 한 소리니 너무 마음에 두진 마세요.

그 소설 책 읽은 덕분에 다 망한 명나라 추종한답시고, 청나라에서 볼모로 살다가 돌아온 소현세자의 급진적인 개화와 개혁사상에 놀란, 김자점을 중점으로 하는 벼슬아치들이 소현세자를 독살한 것 정도는 저도 알기에 해본 소리예요. 그때 명나라는 받들고 청나라는 오랑캐라고 하면서 소현세자의 뜻을 거스른 것은, 자신들만이 누리던 양반이라는 특권을 잃을까 봐 그랬던 거라면서요. 훗날 효종의 북벌을 이루고자 하는 뜻을 거스른 것도, 북벌을 하려면 왕권이 강화되는 것을 두려워 한 양반들이 반대한 거고.

역사상 단 한 번이라도 정치하는 인간들이 자신들을 내던지고 백성들을 생각했었다면 일제 침략도 당하지 않았을 것이고, 남북도 갈라지지 않아서 지금보다 훨씬 살기 좋은 나라가 되었을 것이라는 생각을 하니 공연히 짜증이 나네요."

내 짜증을 전혀 노기 없이 받아 넘기는 박사를 보자니, 내가 오히려 미안해서 한 말만은 아니다. 특별히 역사에 관심이 있지는 않았지만 그나마 가진 역사지식으로, 역사상 한 번만이라도 백성을 위하는 정치가 있었다면 하는 아쉬움을 말했을 뿐이다.

"그래? 난 또 내가 뭘 잘못 이야기한 줄 알았지? 여하 간에 목적지도 다 와가니 이제 그만 이야기하고 이따가 밤이든 아니면 내일 작업을 하면서든 또 이야기하세나. 최소한 이틀 밤은 함께 지낼 것 아닌가? 할 이야기는 많으니까 이틀 밤이 그리 지루하지는 않을 걸세."

12. 역사는 지워도 사라지지 않는다

지난번에 미리 와서 구두로나마 예약했던 가게 앞에 차를 세우고 안으로 들어서자 주인이 우리를 알아보고 반갑게 맞았다.

"아, 손님들이 오셨네요. 그렇지 않아도 곧 한 번 오신다고 하기에 기다렸습니다."

주문한 음식을 가지고 온 주인은 우리가 시키기도 전에 소주와 잔을 가지고 와서 따르며 먼저 입을 열었다.

"지난번에 손님도 없는 판에 두 분이 오셔서 술만 시키시고 저혼자 먹은 것 같아서 제가 내는 겁니다. 어차피 주무시고 가신다니까 한 잔 하시지요. 서울에도 왔는지 모르겠지만 엊그제 땅을 겨우 적실 만큼 비가 뿌린 덕분에 초록이 한층 싱그럽습니다. 때맞춰 잘 오셨습니다."

"그래요? 서울에는 내리지 않았는데 이곳에 반가운 초여름 비가 내렸다는 소리를 들으니 그 소리만 들어도 여기 온 값을 하는 것 같습니다. 다행입니다. 봄 가뭄이 심하면 여러 가지로 안 좋은데요. 땅 파기도 힘들지만 작물도 다시 자리 잡기가 쉽지 않죠?"

"이르다 뿐입니까? 당연하지요. 이때쯤 초여름 비로는 아주 적당하게 내려준 겁니다. 밭농사하기에도 좋고 선생님 말씀대로 식물들이 자리 잡기도 좋고요."

소주 한 잔을 넘기면서 주인과 유병권 박사가 하는 이야기를 들으며 두 사람이 서로 동상이몽하는 것을 느낄 수 있었다. 주인은 정말 농사 이야기를 하고 유 박사는 내일 산소를 파헤쳤다가 원상복구하는 이야기를 하는데도 두 사람의 이야기가 아주 잘 통한다. 두 사람이 하는 이야기를 들으면서 나는 나름대로 비가 왔다는 그 말이 이번 일의 성공을 예견하는 말일 수도 있다고 생각했다.

'물건을 찾으면 봉분을 다만 일부라도 파헤쳐야 하는데 너무 딱딱하게 굳어 있으면 그도 일이다. 뿐만 아니라 다시 원상복구를 하기 위해 떼까지 준비는 해왔다지만 그 떼들이 자리를 잡으려면 당연히 땅에 물기가 있는 것이 좋다. 질척일 정도로 온 것도 아니고 겨우 땅을 적실 정도라면 땅이 파실해서 파기도 좋고 떼들이 자리 잡기에는 그만이니 이건 정말 성공을 예감하는 것 아닐까?'

나 혼자 여기까지 생각하고는 피식 웃고 말았다. 지금 내가 무얼하는지 나 자신도 모를 지경이다. 언제부터 내가 이렇게 공상 속에 살았던가? 그리고 그 책인가 뭔가를 찾아도 볼일 없을 것이라고 해놓고는 지금 무슨 생각을 하는가? 나도 모르게 이미 이 일 깊숙이 빠져든 것은 아닌가?

"젊은이 뭐 좋은 일이라도 있소? 얼굴에 웃음이 만연한 게 얼굴에 하얗고 밝은 기운이 서리는구려. 좋은 일이 있지 않으면 곧 좋은 일이 일어날 거요."

혼자 상상하면서 얼굴 가득히 웃음을 머금은 내 모습을 보면서 주인이 말을 이었다.

"내가 관상을 좀 보는데 말이오. 역술가가 아니라 그저 인생을 살다 보니 얼굴을 보면 관상이 나오는 돌팔이 관상쟁이지만 젊은이 관상이 여간 좋은 관상이 아니구려. 큰일을 할 관상이오.

젊은이 같은 상을 가진 사람 얼굴에서 하얗고 밝은 기운이 일어나면 그건 꼭 좋은 일이 일어난다는 표징이요. 그 대상이 직접 자신이 될지, 아니면 젊은이가 잘 되기를 바라는 제 3자의 일에서 일어날지는 모르지만 하여간 아주 좋은 일이오.

젊은이 직업이 무엇인지 딱 집어서 맞추는 것까지 할 수는 없지만, 사람 생명을 구하거나 사람의 마음을 편안하게 해주는 일을 하고 있는 것 같소. 굳이 직업을 꼽아 맞추라고 한다면 의료계통이나 성직계통이나 뭐 그런 것 중 하나 같은데 거기까지는 잘 모르겠지만 말이오.

앞으로는 한 사람의 생명이나 마음을 편안하게 해주는 것이 아니라 많은 사람들이 동시에 젊은이를 추앙하고 그 사람들에게 행복을 선물할 수 있는 그런 상이오. 그 행복이라는 것이 물질이나 정신적으로 직접적인 무엇을 해줘서가 아니라 젊은이로 하여금 스스로의 마음을 풍요하게 할 수 있는 무엇을 얻게 해준다는 말이오. 그게 무엇인지까지는 잘 모르겠지만.

하긴 그러니까 돌팔이지."

누가 뭐라고 말하지 않았는데 스스로 돌팔이라고 단정 지으면서도 주인은 역술가들이 반드시 마지막으로 추가하는 주의사항을 잊지 않았다.

"다만 한 가지 염려되는 것은 너무 호기심이 많아 무모한 일을 잘 저지르는 상이오. 그것만 조심하면 좋을 텐데. 그렇다고 기가 죽거나 하라는 말은 아니오. 매사에 신중하고 조심해서 무모한 일에 자신을 던지지 말라는 이야기지. 세상사 신중하고 조심해서 나쁠 것은 없으니까 말이오."

나는 어안이 벙벙했다. 분명히 지난번에 왔을 때는 저런 모습이 아니었다. 한적한 시골에서 소일삼아 장사를 하면서 제철을 맞아 오는 손님이나 아니면 어쩌다 들리는 손님들에게 음식도 팔고 거간도 하면서 돈을 위해서라기보다는 시간도 보내고 재미도 느끼는 사람처럼 보이던 주인이다. 그런데 오늘은 갑자기 관상을 본다거나 그에 부속되어 말하는 투까지 지난번과는 완전히 다른 모습이다.

"왜? 내가 이런 말을 하니 이상하오? 이상할 것 없소이다. 그저 인생을 살아온 경험이 가져다준 사람 보는 눈 중 하나일 뿐이니 신경 쓸 것도 없고."

어느새 우리 세 사람이 소주를 네 병이나 마셨다. 술 마신 양에 비해 아무도 취한 사람이 없는데 공연히 나만 취한 것 같았다.

이튿날 아침 유병권 박사와 나는 주인에게 부탁해서 싼 도시락까지 챙겨서 작업장을 향했다. 그저 밥과 기본 반찬만 챙겨달라고 그리도 부탁을 했건만 있는 보온병이니 사용을 해야 된다고 하면서 커다란 보온병에 찌개까지 담아서 바구니에 여러 가지 반찬을 챙겨준 정성스런 도시락이다. 어디를 가느냐고 묻지도 않고 저녁에 다시 온다는 말 한 마디만 믿고 주인은 정성스레 도시락을 준비해줬다.

차를 산 아래에 대놓고 장비와 도시락을 옮기고 나서, 이미 약조한 대로 1910년에 만들어진 산소부터 탐사를 시작했다. 내가 개조한 탐사기를 들고 앞서서 가면 유병권 박사가 선으로 연결

된 노트북을 들고 따라오는 거다.

"박사님. 잘 보세요. 놓치고 지나가면 다 박사님 잘못이니까 그리 아세요."

"놓치다니 무슨 소린가?"

"공연히 책이라는 선입견을 버리고 잘 보시라는 얘기에요. 사람이 선입견을 갖고 매달리다 보면 다른 건 잘 안 보이잖아요. 박사님이 지금 찾는 물건이 책이라는 선입견을 가지고 있으면 주소가 적힌 쪽지가 의미하는 유물이 나와도 책이 아니라는 이유로 지나칠 수 있다는 겁니다. 정말로 책인지 아닌지 모르는 마당에 책이기를 바라는 마음은 별도로 접어 두시고 잘 살펴보시라는 겁니다."

"그래? 그 말도 맞는 말이기는 하네만, 책이 아니라면 왜 쪽지 끝에 책이라고 써놓았겠나?"

"그건 나도 모르지요? 그리고 지난번에 박사님도 꼭 책이라는 보장은 없다고 하셨잖아요. 전 차라리 책이 아니라 값진 유물이었으면 더 좋겠구먼."

"알았네. 알았어. 나도 책이기를 바라기는 하지만 책이 아니라고 그냥 지나칠 정도로 바보는 아니니까 제발 무어라도 눈에 띄어졌으면 좋겠네. 특히 자네 말대로 값진 유물이라면 더 좋을 수도 있겠지."

유 박사가 마지막에 마음에도 없는 말을 보탰다는 것을 내가 잘 안다. 지금 그에게 가장 값진 유물은 바로 책이다.

렌즈 크기가 작아서인지 예상 외로 산소 하나를 보는 데도 시간이 상당히 걸렸다.

"보통 일이 아니구먼. 생각보다 힘이 드는데?"

"그럼 그만할까요? 저는 그만하자면 대찬성입니다만."

"그럴까? 아마 아닐 걸. 내가 그만두자고 하면 자네 혼자라도 해본다고 난리칠 것 같은데? 자네는 지금 유물이 무엇이건 간에 이 기계가 성공한 것인지 아닌지를 확인하고 싶어 하는 마음이 간절하다는 것이 내 눈에 선하게 보이는 걸?"

생각보다 시간이 많이 걸리자 유병권 박사가 걱정스러워서 하는 말인지 빤히 알면서 그만두자고 농담을 했지만 박사는 내 마음을 훤하게 읽고 있었다.

"눈에 보이는 다른 소리 그만하고 다시 시작하자고."

"그러게 진작 점성술을 전공하시지 그랬냐니까요?

참, 지난번에 1910년 산소부터 검사하자고 하셨죠? 그런데 그 이유가 뭐냐고 하니까 서울 가면서 말씀해주신다고 하더니 이토 히로부민지 이또라인지 얘기만 하시고 안 해주셨잖아요."

나는 또 한 번 박사에게 마음을 들킨 것 같아서 멋쩍은 마음에 한 마디 하면서 화제를 돌리며 다시 일을 시작했다.

"이 사람하고는? 내가 언제 이또라이 얘기만 했나? 기껏 대마도 얘기 들어놓고 화낸 게 누군데? 좌우간 1910년 이유를 얘기 안 한 건 맞네.

오늘이나 내일 중에 시간이 많으니까 하면 되지 뭐. 그것도 되도록 책이 나오고 난 후에 말일세. 그래야 실감이 나거든."

"실감이요?"

"그렇지. 실감. 아마 내 예측이 맞는다면 분명히 책이 나올 것이고 내 생각이 맞는다는 것이 증명되어야 자네도 내 말을 믿을 테니 실감이 날 것 아닌가?"

"나오기는 나오는 겁니까?"

"아마도, 아니 정말 나올 걸세. 그렇지 않아도 어제 식당 주인이 안 그러던가? 좋은 일이 생길 거라고. 자네나 자네가 잘 되기를 바라는 일에 반드시 좋은 일이 생길 거라고."

"박사님도 그런 것 믿으세요? 관상 같은 거?"

"믿는다? 글쎄 그건 믿고 안 믿고의 차원이 아니라 사람이 오랜 세월을 사람 만나는 직업에 종사하다 보면 자신도 모르게 남의 얼굴만 봐도 감이라는 게 오지. 그 식당 주인이 무슨 직업으로 어떻게 인생을 살아왔는지는 모르지만 아마 모르면 몰라도 많은 사람을 경험해본 중에 자네 같은 인상을 가진 사람들이 보편적으로 그랬다는 이야기일 걸세. 특히 좋은 일이 있으면 얼굴이 환해지고 빛이 난다는 것은 그만큼 순진하다는 뜻이겠지. 요즈음 말로 한다면 표정관리가 안 된다고 할까? 역으로 그런 현상은 마음을 밝게 해서 좋은 일을 이룰 수 있는 판단력을 준다는 뜻도 될 것이고."

"참, 말씀은 잘하십니다. 어쨌든 그렇다면 오늘 정말 유물, 아니지 책이 나오면 다 제 공인 줄 아십시오."

"그렇다고 해두지. 어려울 것 없지 않나? 흔히 영화에서 나오는 장면처럼 유물을 발굴하러까지는 사이좋게 잘 갔다가 발견하고 나면 서로 차지하려고 싸우지는 말아야 할 것 아닌가? 싸우다 보면 꼭 무엇엔가 덜미를 잡혀서 다 찾은 유물을 허사로 만들기 일쑤지. 물에 띄워보내거나 아니면 깊은 골짜기 아래로 떨어뜨리거나. 특히 문서 종류는 서로 당기다가 찢어지거나 훼손되어도 그나마 차지하려고 아등바등하다가 한쪽이 절벽 아래로 떨어져서 나머지 반조차 해독을 불가능하게 만들지. 그럴 때 절벽 아래에는 꼭 물이 흐르고 떨어진 사람은 반쪽을 가지고 찾지 못할 곳으로 떠내려가지.

난 그런 영화 속 주인공 되고 싶은 생각 없으니 자네가 갖고 싶으면 갖게나. 대신 그 유물이 남기고자 원하는 것만 제대로 전할 수 있다면 난 상관없네."

"일 없습니다. 혹시 금관이나 하나 나오면 모르지만, 하기야 그것도 일 없겠지만 기껏 책 몇 권 나오는데 제가 그걸 뭐에 쓰겠습니까? 뭐에 쓰는 것은 고사하고 제대로 읽지도 못할 겁니다. 어차피 한자로 쓰였을 테니 설령 읽어도 그 뜻도 제대로 풀이를 못할 거구요. 박사님 말씀대로라면 뜻을 알아도 그 뜻이 의미하는 것을 못 깨우칠 텐데 누구에게 무엇을 전달하겠다고 제가 그 책을 떠안습니까? 박사님이나 많이 하십시오."

"거 보라고. 이미 나보다 자네가 더 간절하게 책이 나오기를 바라고 있다니까? 읽고 해석하고 뜻을 깨우쳐 전달할 것까지 걱정하는 그 마음이 바로 책을 간절히 기다리는 것이 아니고 무엇이겠나?"

그렇다. 일을 시작하면서부터 지금까지 기왕 나올 거라면 박사님이 그렇게도 원하는 책이 나오기를 마음속으로 줄곧 기도해왔다. 설령 내가 잘 모르는 이야기일지라도 우리나라 영토를 찾는 일이라는데, 아니 당장은 찾지 못해도 우리 후손들에게라도 올바로 알려주기 위해서 필요한 책이라는데 기왕 시작한 일이니 나와주기를 간절히 바랐다.

"박사님, 정말 책이 나온다고 치면 한 권이 시가로 대략 얼마나 갈까요?"

식당주인이 정성스레 싸준 점심을 먹으며 갑자기 장난기가 일어서 한 마디 했다.

"가격, 아니면 가치?"

"참, 시가가 가격이지 가치도 시가가 있어요?"

"나오는 책이 무어냐에 따라서 다르겠지만 시가로야 얼마 가겠나? 보나마나 필사본, 그것도 기껏해야 100년 정도 된 필사본일 텐데. 만약 역사서로 인정만 받는다면야 비록 필사본이라도 그 가격이 제법 나갈 수도 있겠지만 그 가치에는 엄청나게 못 미칠 걸세. 차라리 백자 한 점이 값으로야 훨씬 낫겠지."

"가격과 가치의 차이라? 참 그런 게 이해가 안 가요. 백자는 그래도 많지만 정말 책이 나온다면 이런 책은 아주 희귀본이잖아요. 가치가 엄청난 거죠. 그럼 가격도 엄청나게 나가야 되는 것 아닌가?"

"그러게 말이네. 하지만 걱정 말게나. 책만 나와준다면 머지않아 그 가치가 정말 하늘을 찌를 테니까. 설령 하늘을 찌르지 않아도 좋으니 나와만 준다면 더 고마운 일이고."

점심을 먹은 우리는 어느새 누가 먼저랄 것도 없이 기계를 들고 일을 시작하고 있었다.

유난히 1910년대 초반 산소가 많았다. 1910년에서 1912년까지만 해도 다섯 개나 되었다.

나는 아무 생각 없이 다음 산소로 이동을 하는데 1912년까지 조사한 유병권 박사의 얼굴에는 분명히 어둠이 깃들고 있었다.

"왜요? 힘드세요? 좀 쉬었다 할까요?"

"아닐세. 힘이 들어서 그런 게 아니니 자네만 괜찮으면 계속하세나."

"아네요. 제가 힘이 들어서 안 되겠어요."

무슨 욕심이 났는지 내가 더 신이 나서 쉬지도 않고 일을 하니까 나보다 훨씬 연배이신 분이 힘이 들어서 그럴 것이라는 생각이 들었다. 일부러 핑계 대고 앉아서 물을 한 잔 따라서 박사님께도 드리고 나도 한 잔 마셨다. 이렇게 긴 시간을 꼬박 서서 일한 것이 얼마만인지 기억이 나지를 않는다. 그런데도 힘들다는 생각이 안 드는 것이 기특하다는 생각까지 들었다. 초여름의 햇빛이라지만 환하게 밝혀줄 시간이 이제 그리 많이 남지는 않았으리라. 제발 오늘 해가 지기 전에 일을 마무리할 수 있었으면 좋겠다는 생각을 하면서 다시 시작하려고 기계를 어깨에 메고 일어서는데 박사님이 따라서 일어서지를 않는다.

"왜 그러세요? 어디 편찮으세요? 그럼 오늘은 일단 철수하고 내일 다시 올까요?"

"아니야, 아닐세. 시작하지."

"정말 왜 그러시는데요?"

"아니야. 특별한 것은 아니고 일하면서 이야기하자고. 그래도 충분하니까."

내가 고개를 갸우뚱하면서 앞서서 시작하자 박사는 뒤따라 일어섰다.

"자네, 내가 왜 1910년 산소부터 시작하자고 했는지가 궁금하다고 했지."

"책이 나오면 실감나게 해주신다면서요."

"아직 책은 나오지 않았지만 해주고 싶어서. 내가 그리 말한 이유는 다름이 아니고…."

이토 히로부미는 누구보다 역사가 민족의 앞날을 좌우한다는 것을 잘 안다. 자신이 서당에 다닐 때는 물론 요시다 쇼인 밑에서 공부할 때도 무엇보다 역사 공부에 전념한 덕분에 그 자리를 차지할 수 있었다고 믿는 사람이다.

사이고 다카모리를 파멸시킬 때 쓴 수법은 조선을 정벌하자는 정한론이다. 정한론이야말로 일본의 무사들이 신으로 떠받드는 도요토미 히데요시의 유물로 무엇보다 무사들, 특히 사무라이들의 마음을 사로잡는 말이다. 도요토미 히데요시가 일본 무사들의 정신적인 지주로 자리하고 있는 이유가 조선과의 전쟁을 일으킬 정도로 광적이었다는 사실을 역사 속에서 배우고 그 지식을 이용했다. 사무라이들은 그 광적인 기질을, 대륙을 향해 뻗어나가는 기개를 발휘하는 훌륭한 정신으로 받들고 있다는 것을 최대한 이용한 것이다. 사이고 다카모리를 통해서 조선정벌을 부추겨 사무라이들 개개인에게 자신들이 마치 도요토미 히데요시라도 되는 것처럼 잔뜩 바람을 넣고는, 조정의 힘을 모아 정한론이 물거품이 되게 함으로써 반란을 일으키지 않고는 못 배기게 만든 것이다.

그리고 그 전초전으로 자신이 대군을 이끌고 대마도로 가서 대마도를 굴복시켰다. 그 역시 조선 침략을 위한 준비 작업이라는 것이 호응을 얻어 각 번으로부터 많은 군사들과 식량을 지원받을 수 있었다.

그 덕분에 일본 내각의 1인자인 수상을 네 번이나 역임하고 초대 대한제국 통감까지 지내게 되었으니 역사를 공부한 것이야말로 오늘날의 자신을 만들어준 것이다.

사람들은 역사를 공부하지 않아도 전해 듣거나 혹은 자신이 아는 역사 지식을 가지고 현실과 꿰맞추는 작업을 잘한다. 그리고 그것이 맞아떨어지면 무조건 수긍한다. 대한제국을 병합하려면 철저하게 그 역사를 알고 그 역사 속에서 해답을 찾아야 한다. 만일 해답을 찾을 수 없다면 역사를 뜯어 고쳐서라도 해답을 찾아내야 한다.

을사늑약을 맺자 이토 히로부미는 가장 먼저 대한제국의 역사를 말살하기 위해 노력한다. 역사공부를 열심히 했기에 대한제국의 선조들이 일본을 개국시킨 것은 물론 일본이 대한의 선조들에게 자주 점령당했었다는 사실을 누구보다 잘 알고 있다. 백제가 하사한 일본의 칠지도가 바로 일본왕실의 상징이 되었다는 사실도 안다. 고구려의 삼족오를 자신들의 왕이 즉위할 때 입는 예복에 수를 놓는다는 것도 잘 안다. 이런 상태로는 설령 한일병합을 한다손 치더라도 일본은 조선을 결코 오래 지배할 수 없다. 대한제국의 역사가 일본의 역사보다 작고 뒤져야 일본이 지배할 수 있다고 생각했다.

눈에 보이는 것이 마음에 거슬린다고 지워봤자 다만 보이지 않을 뿐이지, 있던 것이 없어지지는 않는다는 엄연한 진리를 모르는 이토 히로부미다운 생각이었다.

그는 대한제국의 역사를 축소하기 위해서는 무엇보다 먼저 그 실체를 있는 그대로 알아야 한다는 생각에 동경제국대학을 졸업한 이마니시 류(今西龍: 금서룡)를 1906년에 불러들여 경주에서 현장 연구를 하는 것을 시작으로 철저하게 대한제국의 역사를 연구하도록 모든 지원을 아낌없이 해준다. 그 결과 일본은 절대 대한제국의 역사를 앞설 수 없고 그 가장 큰 이유가 조선의 앞선 조선, 즉 고조선의 실체와 그보다 더 앞선 신시배달국과 환국이라는 역사가 엄연히 존재한다는 사실이다. 어림잡아 조선의 역사는 최소한 9,000년이나 된다는 사실에 경악을 금치 못하는 것이다. 기껏해야 2,200여 년 존재하는 일본의 역사에 비하면 실로 놀랍기만 한 일이다.

단순히 역사가 깊다는 것만이 문제되는 것이 아니다. 그 영토야말로 광활하기 그지없어서 일본으로서는 감히 상상도 못할 정도다. 고조선은 물론 고조선의 영토를 계승한 고구려와 고구려가 멸망하고 난 후 그 대를 이은 대진국 발해의 영토는 서쪽으로는 그 시절 청나라가 지배하는 요하를 건너 난하까지 점유했고 북으로는 바이칼 호에까지 다다랐던 실체가 수많은 기록들에 남아 전해지고 있었다.

여기에서 이토 히로부미는 단지 대한제국이 아니라 인류 역사에 씻을 수 없는 죄를 짓고 만다. 고구려 이전의 대한제국 역사만 없애면 일본과 비슷한 역사연대가 된다는 것을 계산하고 고조선 역사는 말살하고, 고구려부터 그 이후의 역사는 축소하는 것으로 가닥을 잡는다. 그리고 철저하게 준비한다.

자신이 일본에서 네 번이나 총리를 역임하면서 키워낸 조슈번, 즉 야마구치 현의 인물들로 한국통감의 자리를 잇게 하면서 그 맥을 이어가게 할 준비를 한다. 자신의 뒤를 이을 소네 아라스케(曾禰荒助)와 이미 그 후임으로 내정해둔 테라우치 마사타케(寺內正毅), 이마니시를 한자리에 불러서 자신이 왜 대한제국의 역사를 말살하거나 정 안 되면 왜곡이라도 해야 하는지를 상세하게 설명해준다.

"대한제국이라고 국호도 고쳐가면서 자부심을 높이기 위해 안간힘을 쓰는 조선의 역사를 그대로 놓아두고는 절대 조선을 지배할 수 없다.

이미 자네들도 알겠지만 조선의 역사는 무려 9,000년이나 된다는 사실을 간과해서는 안 된다. 무릇 역사가 길다 보면 그 안에 내재된 힘이라는 것은 상상도 할 수 없는 폭발력을 갖는 것이다. 어떤 기화점이 없을 뿐이지 그 기화점만 찾게 된다면 하나로 뭉쳐서 일시에 폭발하게 된다. 그럼 우리 일본이 조선을 지배하는 것이 순간적으로는 가능할 수 있을지 몰라도 절대 영원히 지배하지 못한다.

따라서 철저하게 조선의 역사를 말살하고 정 안 되는 부분은 왜곡해서라도 조선의 역사가 우리 일본의 그것보다 절대 낫지 않다고 만든 후 조선을 지배해야 할 것이다. 정신이 살아 있는 민족, 즉 역사가 살아 있는 민족은 지배를 해도 껍데기만 지배하는 것이다. 정신을 말살해야 완전한 지배가 이뤄지는 것인데 그러기 위해서는 무엇보다 역사를 말살해야 정신이 사라진다. 민족정신은 역사가 사라지지 않으면 반드시 살아남는다."

그들은 머리를 맞대고 그 방법을 연구한다. 역사를 말살하려면 우선은 그 기록을 없애는 것이 첫 번째로 할 일이다. 대한제국의 역사를 전하는 모든 책, 특히 고조선과 그 이전의 역사를 언급했거나 고구려와 대진국 발해를 언급하는 책은 무조건 거둬들여서 없앨 방법을 연구한다. 고조선과 그 이전의 역사를 기록한 책들을 없애야 대한제국의 역사가 짧아진다. 고구려와 대진국 발해의 역사를 기록한 책을 없애고, 고조선을 반도 안으로 끌어들인 후, 신라가 통일해서 대동강 이남을 차지한 것이 대한제국 역사의 정통이며 이후 고려와 조선이 겨우 압록강까지 영토를 확장한 것이라고 만들어야 광활한 영토가 축소된다.

차마 인간으로서는 상상도 할 수 없는, 지구상에 존재하는 모든 인류 앞에 가장 큰 죄를 짓는 방법을 택한 것이다. 기록된 인류의 역사를 없앰으로써 지난날을 거울삼아 더 나은 내일을 설계할 인류의 보물을 인간이 없애는, 인간으로서는 해서는 안 되는 일을 서슴없이 저지른다. 일단 기록을 없앤 후 역사를 왜곡하기 위한 증거자료를 만들어낸다는 이토 히로부미 식 계산에 초점을 맞춘 것이다.

이토 히로부미는 1909년 대한남아 안중근 의사의 총탄에 맞아 죽었지만 1910년 한일병합을 하자마자 일본은 이토의 주도하에 꾸몄던 대한제국의 역사왜곡을 시작하기 위해 일을 저지른다. 10월 1일 관보를 통해서 대한제국의 관습과 제도를 조사하기 위한 것이라는 명목을 내세워 소위 불온서적이라고 그들이 지적한 책들을 거둬들이도록 각 시도 경찰에 지시함으로써 대대적인 역사 말살작업이 시작된다. 서점과 서원은 말할 것도 없이 향교, 양반 가문, 지방 세력가 심지어는 책을 읽을 줄 안다는 소문만 난 집이면 어느 집이든 닥치는 대로 수색해서 눈에 보이는 대로 거둬들였다. 역사와 지리에 관한 책은 물론 을지문덕이나 연개소문처럼 영웅호걸에 관한 책들까지 눈에 보이는 대로 거둬들이게 했다. 혹 그 책들에 역사나 광활한 영토에 관한 기록이 있을 것을 염려해서다. 대대적으로 책을 거둬들인 기간은 다음해인 1911년 12월 말까지이며 거둬들인 책이 무려 51종 20여만 권이라고 역사가 생생하게 기록하고 있다.

　"그렇다고 역사가 지워지지는 않는 것인데…."
　1910년부터 조사하자고 한 이유를 설명해준다고 하더니, 지난번에 이토 히로부미와 대마도를 엮어서 이야기를 할 때와는 다르게 끝부분에서는 아주 맥 빠진 소리로 이야기했다. 분명히 무언가 이유가 있다. 지난번에는 책이 나올 것이라는 확신이 있었기에 힘 있고 기운이 넘쳤다는 것을 잘 안다. 그렇다면 이미 그 선을 넘었다는 얘긴가? 나는 모른 체하며 오히려 되받아쳤다.
　"하실 얘기 다 하신 겁니까? 그놈의 이토라인지 이똔지 조똔지도 모자라서 이번에는 이마니신지 이마빡인지에다가 소네에 테라우치까지 나오는 겁니까? 그놈들이 뭘 어땠기에 그렇게 힘

없고 맥 빠져서 그러시는 겁니까?"

"알면서 그러나."

그거였다. 1911년 말까지 거둬들인 것이 무려 51종 20만 권이었는데 우리는 이미 1912년까지 조사를 했는데도 책은커녕 비슷한 것도 못 찾았다. 그렇다면 가망이 없다는 것인지도 모른다. 지금 박사님은 그것을 간파했기에 기운이 빠질 대로 빠진 거다.

"왜요? 책이 안 나와서요? 그럼 처음부터 포기하시지 여기는 왜 왔습니까? 아직 많이 남았습니다. 처음에 제가 뭐라고 했어요. 뒤부터 시작하자니까 박사님께서 1910년부터 시작하고 만일 안 나오면 처음부터 다시 하자면서요? 그런데 아직 1910년부터 한 것도 반도 안 했는데 벌써 지치신 겁니까? 아니면 책이 안 나오니까 하기 싫으세요?

박사님, 생각해보세요. 그렇게 쉽게 나올 책이라면 뭐 하러 그 긴 세월을 땅속에 있었겠습니까?"

오히려 내가 오기가 생겼다. 아니 내가 만든 이 탐사기가 잘못된지도 모른다는 생각까지 들면서 그 끝을 보고 싶었다. 분명히 책은 있는데 내 기계가 잘못된 것 같기만 했다. 어느새 나도 모르게 깊이 들어가고 있는 나를 보고 있었다. 나는 잠시라도 손놀림은 멈추지 않고 입으로만 말했다.

"박사님, 그 얘기는 거기서 끝이 나는 겁니까? 아니면 제2탄은 없는 겁니까?"

"제2탄? 그거야 책이 나와야지. 그렇게 역사를 줄여놓은 이마시니 류는 테라우치 마사다케와 합작으로 점제현 신사비의 위치를 조작해서 고조선의 영역을 반도 안으로 데리고 들어오지. 아니 고조선의 영역뿐만이 아니라 고구려의 영역도 대대적으로 축소를 하는 거지.

그걸 증명할 책을 찾는 건데….”

“아니, 그런 2탄 말고요. 책 거둬들인 것에 관한 2탄 말입니다.”

유병권 박사는 아쉬운 듯이 말꼬리를 미처 맺지 못했지만 나는 그것과는 상관없이 유 박사의 의지를 깨워주기라도 하듯이 책을 찾을 수 있는 가능성을 열 수 있는 말을 재촉했다.

“책 거둬들인 2탄이라…? 있기야 있네만 그건 아주 희박한 거야. 1911년까지 거둬들인 것으로는 다 거둬들이지 못했을지도 모른다고 의심한 총독부는 비록 대대적이지는 않지만 의심나는 곳을 급습해서 계속 거둬들인 것은 물론 1915년 이후에는 허울뿐인 중추원을 통해 ‘조선반도사’를 편찬한다는 구실을 붙여서 더 광범위하게 거둬들이지. 이번에는 역사·문화·예술은 물론 역사가 조금이라도 들어간 것이라면 의상이나 무용에 관한 책까지 모조리 거둬들이는 거야. 그게 3.1독립만세운동이 일어났던 1919년까지였어. 3.1독립만세운동 이후 겨우 멈췄지. 하지만 중요한 것은 이미 1911년에 끝이 난 거야. 내가 바라는 책이 바로 그 시절에 끝이 난 거라고. 그 이후에는 혹시 하는 마음에 옛이야기만 들어 있어도 모조리 거둔 거니까 내가 바라는 책은 이미 걷힌 뒤라고.”

“다시 한 번 말씀드리는데 점성술로 전공을 바꾸세요. 하기야 그래서야 점성술도 못하시겠네요. 아니, 어떻게 박사님 맘대로 끝이 납니까? 이 정도 시골이면 타도 막차를 타요. 왜놈들이 아무리 저인망 그물로 훑고 지나가고 싶어도 그럴 수 없는 곳이지요. 1탄에서는 분명히 빠질 수도 있다는 말입니다. 박사님이 원하는 책이 그렇게도 중요한 것이라면서 이제 겨우 1918년 산소니까 아직 1919년까지 안 갔잖아요. 힘내세요. 지금 집어던지고 싶은 것은….”

그때였다. 이제까지 힘없이 쫓아다닌다는 표현이 옳던 유 박사의 외마디 같은 부르짖음이 터져나왔다.

“잠깐, 잠깐 그대로 있어 보게나. 저게, 저게….”

“왜요? 뭐가 나왔습니까?”

“글쎄, 그게 확실하지는 않지만 저거 같은데…?”

“노트북 그 자리에 그대로 놓고 이리로 와보세요. 박사님이 이걸 잡아보세요. 제가 가서 볼 게요.”

유병권 박사가 노트북을 내려놓고 와서 내 어깨에 메었던 기계를 받자마자 노트북으로 달려갔다. 그리 깊지 않은 곳에 묻혀 있는지 책이라는 것이 확연하게 눈에 들어왔다. 나는 아무 말도 없이 준비해 온 삽을 들어 바로 그 자리를 표시하고 영역을 좁게 파들어 가기 시작했다.

13. 고조선의 영광

얼마나 애가 타게 기다렸던 것인가?

나는 정확히 모르지만 마치 한지에 기름을 먹인 듯한 종이에 쌓인 세 권의 책.

한 권은 상대적으로 얇아 보이고 나머지 두 권은 비슷한 두께로 보이는 책이다. 겉에 포장했던 종이는 그래도 헐어 보이는데 안에 있던 책들은 아주 멀쩡해보였다.

유병권 박사는 책들에게 볼을 부비고 입을 맞추고 난리가 났다. 그러더니 이내 책을 펼쳐 읽기 시작했다. 봉분을 크게 헤치지는 않았지만 원상 복구해야 한다는 것도 잊은 것 같았다.

"책은 이따가 보시고 이거 원상복구해야지요. 아까 꺼낼 때도 나 혼자 꺼냈구먼."

"알았네, 알았다고. 내 조금만 더 보고 함께 할 테니 자네가 혼자 하고 있어 봐."

"조금 있으면 해가 집니다. 게다가 하늘을 보니 비라도 올 모양이구먼요."

"알았다고. 자네 혼자 고생 안 시킬 테니 잠깐만 먼저 하고 있어주게."

나도 같이 마무리하기를 바라고 한 말도 아니지만 유 박사는 입으로만 대답할 뿐 작업이 다 끝날 때까지 눈도 돌리지 않았다.

"박사님, 저 혼자 갈 테니 걸어오시렵니까?"

"엉?"

작업이 다 끝나고 돌아가겠다고 하자, 유 박사는 그제야 눈을 들어 나를 보면서 미안해서 어쩔 줄 모르는 표정을 지었다. 그런데 이상한 것은 그런 그가 밉지 않은 것은 물론 오히려 존경스러웠다. 자기가 애타게 염원하던 것을 얻고 기뻐하는 그의 모습을 보니 그 염원이 진실이었다는 것을 한 눈에 볼 수 있었다. 내게는 저 책이 별거 아닐지 몰라도 그에게는 분명히 별거로 보인다는 것이 내 눈에 선명하게 찍히고 있었다.

어느새 해는 서산으로 자취를 감추기 일보 직전이다. 우리는 서둘러 산을 내려와 숙소로 향했다.

우리가 막 숙소에 도착하자 초여름비가 부슬부슬 내리기 시작했다. 나는 무엇보다 그게 다행이었다. 책이 비교적 얕게 묻혀 있어서 봉분이 얼마 훼손되지는 않았기에 거의 원상복구는 했지만 그렇다고 아예 건드리지 않은 것만은 못하다. 그런 상태에 비가 조금이라도 바로 뿌려주면 원상에 가깝게 복원되는데 훨씬 도움이 된다. 큰 비가 오면 오히려 독이 되겠지만 이렇게 봄비처럼 내리는 비라면 아주 큰 도움이 될 것이다.

내가 이런 생각을 하면서 샤워를 하고 저녁 먹을 준비를 하는 도중에도 유 박사는 책에서 눈을 떼지 않았다.

"박사님. 책은 집에 가서 보시고 샤워하시고 저녁 드셔야죠?"

"샤워? 저녁? 그래야지."

입으로는 그러면서도 눈을 떼지 못하는 유병권 박사를 겨우 말려서 식당으로 향했다.

"그렇게도 좋으세요? 밥도 못 드실 정도로?"

"꼭 좋고 말구로 표현을 하자면 좋다는 말이 옳겠지만 그런 차원이 아니잖나? 정말 보고 싶었던 것을 만나는 기분이랄까? 아니면 듣고 싶어서 그리워하던 목소리를 듣는다고 할까? 그 어떤 말로도 표현이 잘 안 되네그려."

유병권 박사는 저녁도 먹는 둥 마는 둥 서둘러 방으로 돌아가고 부슬비 내리는 식당에는 나와 주인 둘이 남아 소주잔을 기울이고 있었다.

이튿날. 어젯밤 내린 부슬비 덕분에 한층 더 상쾌해진 초록 아래서 꼭 다시 한 번 들려달라는 주인의 따뜻한 인사를 받으며 우리는 조금 늦은 아침을 먹고 떠났다. 나도 어제 과음을 해서 늦게 일어났지만, 내가 잠자리에 든 뒤에도 한참을 있다가 잠자리에 든 유 박사도 늦잠을 잔 덕분이다.

"책은 다 읽으셨어요?"

"대충은 봤지만 더 자세히 읽고 그 뜻을 헤아려서 발표해야지. 자네 나와 공동으로 연구한 것으로 동참하려나? 함께 발굴했으니 내가 기회를 주지. 남의 산소 파헤쳐 발굴했다고 할 수 없어서 발굴에 동참한 것은 못 밝힐지도 모르니까 말일세."

"됐습니다. 박사님 혼자 많이 하세요. 제가 그런 연구했다고 하면 남들이 웃습니다. 더더욱 이제 저는 그 책들과…. 아니죠 박사님과도 더 이상 안 만나는 게 행복입니다. 그렇다고 그동안 불행했거나 힘이 들었다는 것은 아니고요. 다만 더 이상 깊이 들어가기는 싫습니다. 그러니까 부디 박사님께서 연구 잘하셔서 좋은 가르침 밝히시면 그때 저도 중생들과 함께 배우겠습니다."

"그래? 그렇다면 하는 수 없고. 솔직히 나는 어제 실망이 가득해서 포기할 뻔한 것을 자네가 힘을 주는 바람에 끝까지 갈 수 있었던 것에 대한 고마움을 어떻게 표현할까 고민하던 중에 생각해낸 건데."

"박사님께서 포기를 하신다? 절대 그렇지 않았을 걸요? 박사님께서 포기를 하실 분이었다면 제가 그만두자고 했겠지요. 만약 어제 중단하고 산을 내려왔다면, 모르면 몰라도 부슬비 내리는 밤중에 다시 갔을 겁니다. 미련이 남아서 견디지 못하셨을 테니까요."

"그래? 자네도 점성술해도 제법 하겠는데? 어찌 그리도 내 마음이나 성격을 잘 아누? 몇 번 만나지도 않았으면서? 그나저나 자네 어제 내가 책을 발견하기 직전에 뭘 던져 버리고 싶다고 했는데 그게 뭔가?"

"정말 몰라서 물으시는 겁니까?"

"나도 대충 짐작은 하네만 맞는지 물어본 걸세.

참, 자네도 태씨 아닌가? 자네가 어느 종파인지 모르지만 태씨 종파 중에는 족보에 대진국 발해의 대조영 황제의 이야기가 앞에 실려 있는 족보가 있는 종파가 있던데 혹시 아는 일인가? 정말 자네와 내 만남이 우연은 아니라는 생각이 들어서 하는 말일세. 오늘 우리가 이렇게 좋은 결과를 가질 수 있던 것도 결국은 태씨 종산 덕분이 아닌가?"

"글쎄요, 태씨 덕인지 박사님 덕인지는 박사님 스스로 생각하세요. 다만 저는 더 이상 깊게 들어가고 싶지는 않습니다."

"그래? 그렇다면 서울 가는 동안 어제 이야기하기로 한 2탄을 얘기 해야겠구먼."

"아, 그 이마시닌지 이마빡인지 하는 왜놈이랑 테라우친가 하는 총독 놈이 짜고 옮겼다는 점제현 신사비 이야기요?"

"정확하게 기억하는구먼. 맞아 그 이야기네."

"하세요. 어차피 박사님 마지막 강의가 될 텐데 그거야 못 듣겠어요?"

"마지막이라? 글쎄 그거야 두고 볼 일이고 좌우지간에 점제현 신사비는 원래….'

점제현 신사비는 북한의 국보 제16호다.

그 비문의 내용은 일부 마모되어 판독이 불가한 것을 유추해서 해석하면 간단하다.

[원화 2년(85년) 4월 무오 일에 점제장과 속국들이 모여서 신전을 수리하자는 제안을 토의하였고 다음과 같은 기도문을 새긴다.

"평산군의 위엄은 우뢰와 같이 숭엄합니다. 알맞게 바람이 불고 비가 내리게 하여 땅을 기름지게 하여 주시고 백성들이 장수하고, 오곡이 풍성하여 도적이 일어나지 않게 하며 간사한 것이 자취를 감추고 좋은 일만 생겨나서 모두가 신의 광명을 받을 수 있기를 기원합니다."]

신전을 수리하면서 백성들의 무사안일을 위한 기도를 새겨 넣은 비문이다.

다만 중요한 것은 바로 이 점제가 당시 낙랑군에 소속된 25개 현 중 하나라는 것과 그 비석이 있던 곳이 어디냐는 것이다. 이 비석이 있던 곳이 바로 낙랑의 위치가 되며 낙랑은 고조선을 침공한 후 한나라가 설치했다고 주장하는 한사군 중 하나이기 때문에 그곳이 곧 고조선의 위치가 되는 까닭이다.

이마니시 류가 대한제국의 역사를 연구한 지가 7년이 되던 1913년이다.

자기를 대한제국으로 불러들여 역사를 연구하는 데 무한 지원을 해주며 대한 역사의 맥을 끊어버리라고 한 이토 히로부미는 이미 죽었다지만 그 뜻을 저버릴 수는 없는 일이다. 거기에 하나를 더해서 이토와 같은 현 출신으로 오로지 이토 덕분에 대한제국의 총독을 지내고 있는 테라우치 역시 전폭적인 지지해주고 있다. 오로지 대한제국의 맥만 끊으면 출세는 보장한다는 약속까지 있었다. 이토 히로부미가 잔꾀를 부려 사이고 다카모리를 제거한 후 야마구찌 현 출신들이 독점하고 있는 일본 정계에서 그 약속은 절대적인 것임을 누구보다 더 잘 안다. 이마니시는 최선을 다해 대한제국의 역사를 연구하고 그것을 왜곡해서 작은 역사를 만들어내기 위해 물불을 가리지 않았다.

최선책은 고조선은 물론 고구려와 대진국 발해의 역사를 없애는 거다. 하지만 그게 그리 쉬운 일이 아니다. 이미 있던 역사를 없앨 수는 없다. 그렇다면 그 존립기간과 지배 범위를 최대한 좁히는 것이 차선이다. 최선이 안 되면 차선이라도 택해야 한다.

이미 백성들 사이에 전해 오는 역사서는 거둬 없애면서 그 중 몇 권씩은 역사 조작을 위해 필요한 자료를 찾아내기 위해서 일본으로 옮겨뒀다. 그렇다면 다음으로는 새로운 역사만 써서 그 역사를 가르치면 된다. 다행히 대한제국은 아직까지 교육을 받은 이들이 그리 많지 않고 설령 교육을 받았더라도 청나라가 지배하고 있는 중화문명에 젖어 유학을 숭상하며 그 문화에 길들여져 자국의 역사를 깊이 아는 이가 그리 많지 않다. 당장은 어려움이 있을지 모르지만 몇 년만 왜곡된 역사를 가르치면 크게 문제될 것이 없을 것 같았다.

역사왜곡은 의외로 쉬웠다. 강제로 거둬들인 역사서를 연구하던 중 한나라가 고조선을 멸망시키면서 한사군을 설치했을 수도 있다는 설을 찾아낸 것이다. 게다가 고조선이 망하고 부여와 고구려로 이어지는 나라가 들어서면서 그 유민들 중 최씨가 왕이 되어 지금의 평양 근처에 낙랑국이라는 나라를 세웠다는 것을 알아낸다. 의외의 소득을 얻어낸 이마시니 류는 대한제국의 역사왜곡 작업을 같이 하던 인물 중 그래도 중추가 되는 나까 미찌요(那珂通世), 시라또리 구라끼찌(白鳥庫吉)를 불렀다.

"마침 잘된 일이오. 지금부터는 최씨 낙랑국이 바로 한사군 중 하나라는 낙랑군으로 만들면 되는 것이오. 그리하면 고조선의 수도 왕검성이 바로 지금의 평양이 되는 것이니 아무런 문제가 없이 해결될 문제요. 설령 고조선의 역사를 없애지 못하더라도 반도 안에 있던 작은 나라가 되게 할 수 있소."

그날 이후로 나까와 시라또리는 오로지 낙랑국을 낙랑군으로 왜곡하는데 총력을 기울인다. 이제까지 연구하면서 낙랑군을 비롯한 한사군의 실체를 찾아도 정말 존재했었는지에 의심이 든 것은 물론 그 존재를 한반도 안에서 찾는다는 것은 절대 불가한 일이었다. 차라리 왜곡을 위해서라면 없는 것을 새로 만들어 쓰는 것이 낫지만 그랬다가 다른 물증이라도 튀어나오면 난감한 일이기에 전전긍긍하던 참이다. 『사기』는 물론 『한서』, 『후한서』까지 연구를 해도 해결할 수가 없던 일인데 의외로 최씨 낙랑국을 찾아냈으니 잘 왜곡만 한다면 거저로 줍는 것이다. 한사군의 낙랑과 다른 것이 분명하지만 그게 그거라고 끼워 맞추면 왜곡하기에는 훨씬 편리하다.

그런데 문제가 생긴 것이다. 청나라가 지배하고 있는 난하 근처 갈석산에서 점제현 신사비가 발견된 것이다. 거기에서 그 비석이 발견되었다는 것은 바로 고조선이 그곳까지 뻗어 있었다는 증거다.

낙랑군은 고조선이 멸망한 자리에 한나라가 세운 것을 고구려가 멸망시키고 그 영토를 고구려가 수복했다. 그래서 지금까지 최씨 낙랑국을 낙랑군으로 만들어서 그 영토가 반도 안에 있었다는 작업을 하고 있었다. 그런데 갈석산에서 낙랑군의 한 현이었던 점제현의 신사비가 발견되었으니 보통일이 아니다. 한나라에게 멸망당한 고조선은 물론 낙랑군을 멸망시키고 고조선의 영토를 수복한 고구려 역시 갈석산을 그들의 영토로 했다는 증거가 되는 것이다.

이마니시는 고민에 빠졌다. 처음에는 기록을 거둬 태웠듯이 그 비석도 부셔버리면 그만이라는 생각도 해봤다. 하지만 이내 생각이 바뀐다. 저 비를 옮겨올 수만 있다면 그거야말로 호재다. '어차피 지금 고조선이 없었다고 한다고 대한제국 백성들이 믿지 않는다. 그들은 이미 고조선의 실체를 전해 들어서 알고 있다. 실체는 들어서 알고 있다지만 만일 이 비석이 반도 내 어디에선가 발견이 된다면 고조선의 영역을 상당히 좁힐 수 있다. 뿐만 아니라 낙랑군이 반도 안에 있었다면, 낙랑군이 고구려에 의해 멸망한 것도 이미 다 아는 사실이니 고구려의 영역도 좁힐 수 있다. 이 비석을 최씨 낙랑국이 있던 평안도에 있는 평양 가까운 어디에 가져다놓는다면 지금까지 작업을 해온 대로 최씨 낙랑국이 낙랑군이 되고 고조선의 수도인 평양이 바로 지금의 그 평양이라고 할 수 있다.'

다분히 왜놈들의 사고방식에서 나온 생각이다. 이건 학자로서가 아니라 인류를 패망의 길로 들어서게 할 악마의 후손들이 하는 짓이다. 그럼에도 불구하고 이마니시는 무슨 신나는 일이라도 생긴 듯이 테라우치를 만나 이 문제를 논의한다.

"그래? 그렇게도 좋은 방법이 있더란 말인가?"

생각이 깊지도 않고 역사라고는 아무것도 모르지만 그저 이토 히로부미의 뜻은 받들어야 한다는 생각에 젖어 있던 테라우치는 아주 기쁜 목소리로 말했다.

"그렇습니다. 이 비석을 평안남도 어디에 가져다놓으면 그야말로 일석이조가 됩니다.

이미 대진국 발해는 신라가 삼국을 통일한 것으로 묶어서 대한제국의 역사가 아니라고 하기로 했으니 고조선과 고구려가 문제였는데 두 나라 모두를 반도 안으로 끌어들일 수 있는 절호의 찬스입니다. 설령 반도 안으로 완전히 끌어들이지 못할지라도 상당히 좁힐 수 있습니다. 그리고 난 후 고조선의 단군은 신화라고 계속 주지시키는 겁니다. 쇠뇌를 시키는 거죠. 역사 속에서 완전히 지울 수는 없으니 일단은 단군을 신화로 만들고 훗날 다른 인물을 등장시켜서 고조선을 지배한 것으로 만들 수도 있으니까요."

"맞는 말이네. 그렇다면 당장 행동으로 옮겨야지."

"그런데 그 운반이 만만하지를 않습니다. 크기나 무게가 장난이 아닙니다. 또 전에는 고조선과 고구려가 지배했던 땅이라고 하지만 지금은 청나라 눈치를 보지 않을 수 없는 곳이라 더더욱 그렇습니다."

"운반이라…?"

주먹으로 턱을 괴고 운반이라는 말을 되풀이 하면서 서성이던 테라우치가 뭔가 좋은 생각이 났는지 손을 내려 두 손바닥을 마주쳐 박수를 한 번 치더니 이내 환하게 웃었다.

"바다를 이용하는 거요. 갈석산이 바다에서 가까우니 배로 운반해서 평안도 어디 해안가에 내려놓으면 어떻겠소? 어차피 평양 근처면 되는 것 아니겠소?"

"역시 장군 출신이시라 다르시군요. 저는 그저 글이나 읽고 유물 발굴이나 했지 미처 그 생각은 못했습니다."

이마니시는 테라우치가 육군대장 출신이라는 점을 이용해서 그 와중에도 아첨을 떨었다.

"아, 그거야 학자니까 그렇지 나야 원래 뼛속까지 군인 아니겠소."

테라우치는 기분이 좋아서 어쩔 줄을 몰랐다.

"청나라 눈을 적당히 피하면 되겠지만 사실 청나라가 알아도 괜찮은 일이오. 청나라라고 대한제국의 역사가 자신의 땅 한가운데 버젓이 자리 잡고 있다는 것을 증명할 물건을 없애는 일이니 알아도 모른 체할 것이오. 그 일은 내가 알아서 할 테니 이마니시 씨는 당신이 후속으로 해야 할 일을 준비하시오."

비석은 갈석산에서 배에 실려 평양에서 가까운 바닷가인 당시의 평안도 용강군 성현리, 즉 지금의 평안남도 온천군 성현리로 옮겨졌다.

비석이 옮겨지자 이마니시는 근처 동네에서 어린아이 한 명을 데려다가 옆에 세우고 사진을 찍는다. 대한제국의 평안도에서 발견되었다는 것을 증명하기 위한 술책 중 하나다.

1913년, 점제현 신사비는 대한제국 어린아이 한 명을 옆에 시우고 찍은 사진과 함께 조선총독부 고적조사단의 이마니시 류가 평안도 온천에서 발견한 것으로 보도되었다.

그러나 손바닥은 절대 하늘을 못 가리는 법이다. 자신들이 영원히 지배할 줄 알았던 대한제국은 독립을 했고, 그렇게 찢고 기워냈지만 역사를 다시 찾아오려는 백성들은 누구의 도움도 없이 스스로 역사를 되찾기 시작한다. 식민사관에 물들어 자기 밥그릇 챙기기에 급급한 역사학자들이 아무리 우겨도 진실은 밝혀지는 법이다. 점제현 신사비의 경우 우리나라 영역이 미처 미치지 못하는 북쪽에 위치한 일이지만 북한 역사학자들이 잘못된 역사 찾기에 골몰하면서 점제현 신사비의 실체를 밝힌다. 특히 점제현 신사비의 경우에는 220년에 망한 한나라의 4군 중 하나라는 낙랑군이 313년까지 존속했다는, 모국도 없는 식민통치기구라는 말도 안 되는 역사왜곡에 더 많은 관심이 쏠려서 과학적으로 역사왜곡의 실체를 벗기는 중요한 단서가 되어 주었다.

첫째로 현대 과학은 인류를 속인 그 왜곡을 용납하지 않았다. 점제현 신사비로 쓰인 화강암을 흑운모를 시료로 해서 생성연대를 측정한 결과 온천에서 생성된 화강암보다 무려 2천 5백여 만 년 이상 더 먼저 생성된 것으로 다른 지방의 화강암임이 밝혀졌고, 그것이 바로 갈석산 근처의 화강암 생성연대와 비슷한 것임이 밝혀졌다.

두 번째로는 이마니시와 테라우치가 그 짧은 머리를 맞대고 생각해낸 점제현 신사비의 위치다. 고대는 물론 지금도 제사를 지내는 신전이 세워지는 곳이라면 당연히 산이다. 용왕님에게 제사를 지내는 곳이 아니고서는, 산은 아니더라도 적어도 물은 들어오지 말아야 한다. 그런데 점제현 신사비가 발견되었다는 평안남도 온천군 성현리는 지형학적으로 2,000년 전에는 물이 드나들던 곳이다. 『환단고기』는 물론, 설령 고조선에 관한 역사가 아니더라도 우리나라 역사책을 살펴보면, 신에게 제사를 지내는 곳은 의례히 산에 있기 마련이다. 그것이 우리나라 민족의 제사에 대한 정서다. 물이 드나드는 곳에서 신에게 제사를 지내고 신사비를 세웠다는 것은 그런 우리민족의 정서를 모르는 자들이 급조해낸 행위임이 자명하다.

게다가 갈석산에서 점제현 신사비가 있었던 곳까지 발견해냈다. 북한학계에서는 물론 국내 사학자들이 전하는 바에 의하면 갈석산에 신사비 크기의 바위를 쪼아낸 자국이 있다. 일본인들이 비석을 갈석산에서 배로 실어다가 지금은 평안남도 온천군이 된 당시의 용강군에 뉘어놓고 비석 크기와 비슷한 우리나라 어린이를 데려다가 옆에 세워놓고 비석 사진을 찍어서 그곳이 낙랑의 점제현이라고 날조한 것이다.

그뿐만이 아니다. 이마니시 일당이 한나라 낙랑군이 평양에 있었음을 증명하기 위해 왜곡한 낙랑의 유물은, 무려 3,000여 기의 유물을 발굴해 조사한 북한 사학자들에 의해, 고조선의 유민인 '최씨 낙랑국의 유적'임이 생생하게 드러났다.

"정말 미치겠네? 그러니까 우리는 그런 사실을 알면서도 가만히 있던 겁니까?"

이야기를 듣다 보니 너무 속이 뒤집혀 내가 참지 못하고 한 마디 했다. 대마도 이야기를 할 때도 그랬지만 지금 역시 다 알면서 당하고 있다는 것 아닌가?

"가만히 있었느냐? 글쎄 뭐라고 얘기를 해야 할지 모르겠네만 어떻게 보면 가만히 있지는 않은 것도 같고 또 어찌 보면 가만히 있었던 것도 같고. 점제현 신사비가 북한에 있는 까닭에 우리로서는 어떻게 해볼 수 없는 이유도 있었기는 해. 하지만 그 사실을 알고도 소극적으로 대처한 것을 보면 가만히 있었던 것 같기도 하고 말일세."

"그런데 그 책 몇 권 찾았다고 뭐가 해결될 일이라고 그리 좋아하십니까? 그런 증거가 있어도 말 한 마디 못하는데 그깟 책세 권이 뭐 그리 중요하다고. 난 하나도 좋을 일 없을 것 같구먼."

"그건 안 그렇지. 자네가 지금 내가 가진 이 책들의 가치를 몰라서 하는 말일세.

자네가 찾아낸 이 책이 지금까지 자네 속을 뒤집어놓은 모든 것을 다시 평온하게 해줄 수 있는 책이라네. 도착하려면 아직 시간이 남았으니까 그 이야기해줄까?"

"마음대로 하세요. 어차피 하실 거 아닙니까? 이미 말씀드렸지만 박사님에게서 듣는 이야기로는 마지막이 될 거니까요."

"그럼 하지 뭐."

조금 전만해도 마지막이 될 거라니까 두고 보자던 유병권 박사는 내가 마지막이라는 말에는 대답도 안 하고 선뜻 이야기를 시작했다.

"어제 우리가 고생을 거듭하며 손에 넣은 책 세 권 중에서 두 권은 『대변설』이라는 책의 필사본과 그것을 또 필사한 책이네.

이 책은 『환단고기』를 기록하는 기조가 된 여러 가지 고대역사를 기록한 책들 중 하나로 주로 문자와 문자를 둘러싼 문화에 관한 이야기들로 특히 문자의 변천을 기록한 책 같아. 얇은 책을 먼저 보느라고 자세히 읽지 못해서 더 많은 내용을 담고 있는지는 모르겠지만 우선 눈에 띈 내용이 그렇다는 것일세.

이렇게 귀중한 책을 찾아서 기분 좋은 김에 보너스로 하나 더 부언하자면 『환단고기』라는 책은 1910년부터 일본이 우리 역사서를 무자비하게 거둬들여 그 뿌리를 말리려 하자 1911년 계연수 선생께서 부랴부랴 고조선의 역사는 물론 대진국 발해의 역사까지 다룬 책들을 묶어서 편찬한 책이라네. 자신이 새로 쓴 것이 아니라 7대에 걸친 환인(桓因), 18대에 걸친 환웅(桓雄), 47대에 걸친 단군(檀君)통치시대를 기록한 역사서들로 그때까지 전해져 내려오는 것들 중 자신이 소장하고 있는 책들을 모아『환단고기(桓檀古記)』라고 이름을 지었다네. 환인, 환웅, 단군시대의 역사를 묶은 책이라는 거지.

특기할 것은 그 책에는 고려 말 행촌 이암 선생께서 쓰신『단군세기』와 조선 중종 때 일십당 이맥 선생께서 쓰신『태백일사』라는 책이 같이 묶여 있는데 행촌 선생은 일십당 선생의 고조부시지. 이미 얘기한 바 있지만『단군세기』나『태백일사』의 기초가 된 책들은 조선 세조 때 자신의 입지를 강화하려고 왕명으로 거둬들였던 역사서란 말이야? 하지만 그 집안에서는 가문의 명예와 목숨을 걸고 조정에서 수거하는데도 불구하고 그 책들을 지켜낸 셈이지. 고려 말에야 당연히 소유할 수 있었겠지만 조선 중종 때까지 그 책들을 소유하고 있었다는 것은, 조선 세조 때 왕명을 거역했다가 발각이 되어 죽는 한이 있더라도 역사서들을 지키겠다는 굳은 의지가 아니었겠어? 그리고 그런 집이 그 가문 하나가 아니었을 걸세.

우리가 찾아낸『대변설』이 바로 그『환단고기』중『태백일사』에 그 내용을 소개하는 이야기가 등장하는 책이지. 이미 말했지만 문자에 대한 이야기로 녹두문자가 변해서 한자와 가림토 문자가 탄생하고 변천한 것에 대한 이야기를『태백일사』에 기록하면서『대변설』을 그 근거로 들고 있거든."

"아니? 박사님 말씀대로 정말 그것들이 그리도 귀한 역사서라면 세조는 왜 그것들을 거둬들였습니까? 일본 놈들이야 박사님 말씀대로 우리 역사를 짓밟으려고 그랬다지만 세조는 그럴 이유가 없잖아요."

"그래? 세조는 그럴 이유가 없다?

아니지. 세조야말로 그럴 이유가 넘치도록 많은 사람이지. 세조가 누군가? 세조는 자기 조카인 단종을 죽이고 왕위에 오른 사람이야. 조선의 근간인 유학의 기본인 충효사상을 뿌리째 흔든 사람이지.

충이란 임금과 나라에 목숨을 바쳐 충성을 다하는 거지. 그렇다면 효란 무엇인가? 단순히 생각할 때 부모에게만 잘하면 될 것 같지만, 효란 부모는 물론 자식에게 아비의 도리를 잘해야 완성되는 것이라네. 자식에게 부모의 도리를 지키는 것이야말로 조상을 욕되게 하지 않기에 진정한 효라 할 수 있다는 말이네.

세조는 임금이자 자식과 진배없는 조카를 죽이고 그 자리를 찬탈한 자야. 충효사상을 송두리째 날려 버렸으니 명나라에서 왕으로 책봉을 해줄 까닭이 있나?

세조는 기가 막힌 발상을 하지. 원래 책을 많이 읽어 그 학문이 깊은 세조는 우리 역사가 명나라 역사를 앞지르는 것은 물론 그들보다 문화도 앞선다는 것을 잘 알고 있었거든. 풀어 말하자면 명나라가 우리 역사와 문화를 껄끄럽게 생각한다는 거지. 세조는 그걸 없애주기로 마음을 먹은 거라네. 명나라가 좋아할 일을 알아서 해줌으로써 자신의 패륜을 덮고 왕으로 책봉 받자는 거였지.

그뿐만이 아니라네. 그렇게 함으로써 세조는 한 가지 부가 이득을 얻게 되지. 우리가 찾은 『대변설』에는 가림토 문자이야기가 나온다고 하지 않았나? 바로 그 가림토 문자는 한글의 모태가 되는 문자라네. 『환단고기』에 실린 단군에 관한 기록들을 보면 3세 단군 갸륵 때 문자를 만드는 데 38자로서 그중 10자가 없어진 것이 바로 훈민정음 28자야. 아주 똑같아. 가림토 문자가 한글의 모태라는 것은 훈민정음에 관한 『정인지 해례』 등 여러 가지 기록에서 그 증거들을 찾을 수 있어.

그렇다면 왜 38자가 아니라 28자냐? 문자라는 것이 세월이 흐르는 동안 그 필요에 의해 바뀌는 것이기에 28자만 채택했을 수도 있겠지만 한 가지 의심해볼 수 있는 것도 있지. 세종 때 한글을 창제했다고 한 학자들 중 가장 주요 인물이 바로 세조와 그 동갑내기인 신숙주거든. 그 사람들이 주축이 되어 연구한 것인데 미처 발음 내는 방법을 알아내지 못한 것을 제외한 것일 수도 있어.

그렇다고 그게 중요하다는 것은 아냐. 정말 중요한 것은 세종 때 한글이 발표되고 그것을 연구한 가장 중심인물이 바로 세조 자신과 신숙주야. 물론 창제한 것으로 발표되었지. 그런데 고대 역사서에 그런 글자가 있었다는 기록이 나오면? 창제한 것이 아니라 발음만 연구해서 재반포한 것이 되거든. 업적이 반감되는 거지. 세조는 그런 것도 원하지 않았던 거라네. 자신이 왕이 아니면 몰라도 왕이 된 이상 자신의 치적을 높이고 싶었던 거지. 더욱이 조카를 죽이고 왕이 되었으니 왕으로서 합당한 그릇이라는 것을 만천하에 알리고 싶었던 거지.

세조로서는 단군조선의 유구하고 광활한 역사와 가림토 문자가 적혀서 전해 오는 고대 역사서를 없애는 것에 주저할 이유가 없었지. 생각해보면 정말 가슴 아픈 일이지만 지금의 우리들로서는 어찌할 수도 없는 일이지.

그런데 바로 우리가 그 『대변설』을 찾은 거 아닌가? 비록 필사본이라고는 하지만 이보다 더 귀한 살아 있는 역사가 어디 있겠나? 게다가 『대변설』 역시 일제가 거둬들인 51종 20여만 권의 목록 중 하나라는 것은 조선총독부 관보를 근거로 한 것이니 정말 살아 있는 역사를 얻은 것이지.

자세한 것은 더 연구를 해봐야 할 일이지만, 발견된 책이 고조선은 물론 고구려나 대진국 발해의 영역과 그 역사를 정확히 기록한 것으로 추정되는 『조대기』나 『진역유기』라면 더 좋았겠지만 그렇다고 아쉬워할 것은 없네. 이제까지의 무에서 유를 만든 것은 물론 나머지 얇은 책 하나가 더 있으니 정말 대단한 지원군을 얻은 거지.

나머지 얇은 한 권은 이 책들이 왜 산소의 봉분 아래 감춰질 수밖에 없었는지를 기록한 책이네. 얇은 책이 혼자 나왔으면 아무 의미가 없을지 모르겠지만 『대변설』 필사본과 함께 나왔으니 커다란 가치를 창조할 거야. 더 연구를 해서 정리를 해야겠지만 내가 어젯밤 우선 급한 대로 읽으면서 정리한 바에 의하면 얇은 책의 내용은⋯."

[시간이 없어 황급히 적는다.

우리 마을도 왜놈들이 벌이는 서적 수탈행각에서 안전한 곳으로 남아 있지 못하게 되었다. 전국 각지의 서점과 향교와 서당은 물론, 양반과 사대부 집 등에 일본 헌병과 순사들이 들이닥쳐서 서책들을 마구 거둬 주재소로 가지고 가서는 모조리 한양으로 보낸다는 전갈을 받은 지가 몇 년이 되도록 우리 마을에는 그런 기미가 보이지 않았다. 그래도 행여 하는 마음에 모두 서책을 숨기고 틈틈이 꺼내 보던 중인데 얼마 전 이웃 마을에도 순사들이 총부리를 겨누고 들이닥쳤다 한다. 특히 우리나라 역사를 적은 책은 물론 옛 풍습이나 문화, 심지어는 옛것에 관한 것이 하나라도 들어 있는 책이라면 모조리 거둬들인다고 하니 더 이상은 안전하지 못하다는 생각에 각자 지녔던 책들을 필사를 하기로 했다. 나는 『대변설』을 가지고 있고, 내 동무 태공은 『조대기』와 『표훈천

사』를 가지고 있으며, 또 다른 이웃들이 가지고 있는 『삼성기』, 『고조
선비사』, 『삼성밀기』, 『주남일사기』, 『진역유기』와 이 책들을 기초로
적었다는 『태백일사』 등 이루 열거할 수 없는 소장본들을 모조리 나누
어 필사하기로 했다. 일단 필사를 한 후 마을 서당으로 책을 모으고 거
기에서 원본은 숨길 곳을 정해 숨기고 필사본은 서로 바꿔서 다시 필사
를 해서 또 숨기고를 반복해서 이 서책들이 영원히 남을 수 있게 하기
로 했다. 이미 우리 조상들 때에도 세조 임금이나 예종, 성종 등의 임금
들이 그렇게 거둬들이고자 해도 다 거둬들이지 못했던 책이다. 내 나라
국왕이 내놓으라 해도 내놓지 않던 책인데 하물며 왜놈들의 입에 거저
로 던져줄 수는 없는 일 아니던가?

　이미 이웃마을 소식을 들은지라 모두가 최대한 빠른 시일 내로 필사
하여 모으기로 했다. 태공은 일찍이 그 부친께서 편치 않으신 관계로
언제 일이 닥칠지 모른다 하여 밤을 낮 삼아 필사를 한 덕에 여러 책을
먼저 끝내 그 원부와 함께 서당에 제출을 했고 가장 늦은 이가 어제 모
였다고 한다. 하지만 나는 내가 소장하고 있던 한 권의 필사 마지막 장
을 남겨놓고 장인어른께서 세상을 떠나신지라 상을 치르고, 어제야 겨
우 돌아와보니 태공의 부친께서 이미 세상을 떠나신 뒤라 문상을 하고
집으로 돌아오는 길에 서당에 들렀었다. 서당 훈장 어르신 말씀이 이미
책은 모두 모였으나 태공의 부친상이 끝나야 무슨 논의라도 할 것 같으
니 무리하지 말고 오늘 아침에 서책과 필사본을 가져오라는 것이었다.
아무리 상 중이지만 오늘 태공의 부친상이 끝나고 나면 모두 모여서 대
책을 논의할 것이라 했다.

　한데 이게 웬 날벼락이란 말인가? 그 말을 듣고 집으로 돌아와 마지
막 장을 필사하고, 잠자리에 들어서도 마음이 영 편치 않더니, 아침에
서책과 필사본을 가지고 서당에 갔더니 어젯밤 훈장 어르신 집에 헌병
과 순사들이 들이닥쳐 그동안 필사를 해서 모아둔 서책과 필사본 모두

는 물론 훈장 어르신까지 체포해서 주재소로 끌고 갔다는 것이다. 어찌 이런 일이 있을 수 있을 소냐? 이럴 줄 알았다면 단 몇 권이라도 더 우리 집에 보관할 것을. 하지만 지금 그런 일을 아쉬워하고 있을 시간이 없다. 황급히 발걸음을 돌려 부친의 산소를 쓰고 있는 태공의 선산으로 찾아가기로 마음먹고 황급히 이 글을 남긴다. 원래 이미 열거했던 책들이 함께 어우러져야 그 빛이 나기에 아쉽기 그지없지만 훗날 역사의 올바른 복원을 위해 필요한 누군가에게는 그래도 없는 것보다는 백 번 낫다는 생각에 이 글과 함께 한 권 덩그러니 남은 『대변설』만이라도 태공의 부친 산소에 같이 묻어두려 한다. 행여 발견되지 않아 영원히 빛을 보지 못할지라도 하는 수 없는 일이지만 왜놈들에게 빼앗기는 것보다는 평소 글을 사랑하시던 친우 부친과 함께하는 편이 낫다는 생각이다. 지금 이 책을 어느 곳에 둔다 한들 안전하지 못할 일이다. 듣기에는 거둬들여서 한양으로 간 서책 중 일부는 이미 일본으로 건너가서 왜놈들이 우리 역사를 연구하는 데 쓰인다고 하는데 그 속내는 보지 않아도 빤한 일이다. 우리 역사가 제놈들 역사보다 위이니 어찌해서라도 그 우위를 제거해보려 함이 아니겠는가? 무릇 우리 선조들이 제놈들을 깨우쳐주었음인데 배은망덕하기 그지없는 일이지만 이미 국운이 기울어 일어나는 일이니 당장은 어쩔 수 없다 하고 후일을 기약하는 수밖에 더 있겠는가?

더 하고 싶은 이야기가 있어도 이만 써야 한다. 이미 서당에 갈 때 시작한 발인데 이러다가 하관이 끝나고 산소 봉분이 끝나면 얕게라도 산소에 묻을 수 없는 일이다. 책이 상하지 않는 범위 내에서 최대한 얕게 묻을 것이며, 다행이라면 다행인 것은 왜놈들이 산소를 쓰는 자리의 지번을 만들어줘 그 지번이나마 남길 수 있음이니 부디 이 책이 훗날 빛을 보기를 단군성조께 축원할 뿐이다.]

"뭐, 그런 내용이지. 아직 정확하게 해석한 것은 아니지만 내용이 그렇다는 것일세."

"그게 뭐가 그리도 중요한 겁니까? 책 이름 몇 가지 나오는 것을 제외하고는 아무런 득이 없잖아요. 실제로 증거가 있어도 말을 못 하는데 그깟 책이름 몇 가지?"

"그깟이라고 넘길 일이 아니라니까?

우리가 역사서로 인정하기 싫어하는 『환단고기』에 묶여진 『단군세기』나 『태백일사』 등의 역사서들이 바로 이 얇은 책에 열거된 역사서들의 기록을 옮겨 적은 것이라고 이야기하고 있지 않나? 『환단고기』가 확실한 역사서임을 증명해주는 거지.

특히 『환단고기』와 약간은 다른 시각에서 본 점이 있기는 하지만, 단군조선이나 그 이전의 역사를 같은 맥락에서 밝히고 있는 조선 숙종 때 북애노인이 쓴 『규원사화』라는 책이 있는데, 북애노인은 그 책이 『진역유기』를 근거로 적고 있음을 서문에서 천명하고 있다네. 『진역유기』는 진조선을 근간으로 하는 고조선과 대진국 발해의 영역을 전한 책으로 추측되는데 그것이 현존하는 책이었다는 것을 확실히 적고 있고 게다가 왜놈들이 거둬들인 것이 판명 나는 기록 아닌가? 또 일부는 일본으로 건너가서 왜놈들이 우리 역사를 연구하는 데 쓰인다는 이야기까지 기록되어 있네. 그 책들이 일본에 있다는 거지."

"일본에 있는데 왜 못 찾아와요?"

"자네 같으면 주겠나? 그 책들에는 고조선과 고구려는 물론 대진국의 웅대한 기록들이 들어 있는데. 고조선과 고구려 대진국의 적통이 바로 우리나라요, 그렇게 되면 요동을 원천지배한 민족이 우리 민족임이 드러나는데? 중국이 말하는 동북공정이 얼마나 허구인지가 드러나는데?"

"그건 중국 문제지 일본이 그걸 감출 이유가 뭐가 있어요?"

"있지. 그 책들에는 단지 요동을 중심으로 한 중국과의 영토와 외교 문제를 떠나 일본을 복속하고 지배했던 모든 기록, 특히 대마도를 지배했던 모든 기록들이 생생하게 숨 쉬고 있으니까.『환단고기』에 묶여 있는『태백일사』를 비롯한 모든 역사서에 생생하게 기록되어 있거든.

그뿐인가? 일본이 그렇게 공을 들여 우리나라 사학자들의 많은 이들을 식민사관에 젖게 만든, 단군의 역사가 신화가 아니라는 사실이 여실히 증명되는 글들이 모조리 들어 있거든.

자네도 단군을 신화 속 인물로 알고 있지?"

순간 나는 뜨끔했다. 요즈음 유 박사님을 만나면서 단군조선이니 뭐 그런 소리에 관심을 가졌지, 사실 별로 관심이 없었던 일이다. 하지만 그렇다고 가만히 당하고 있기는 싫었다.

"아니라면서요? 하시던 이야기나 하시지 웬 질문을 하세요?"

"그래? 그렇다면 다행이고. 좌우간에 이야기를 계속하라니 하겠네."

단군조선은 기나긴 역사와 광활한 영토를 가진 나라다.

단군조선의 단군은 대통령 또는 황제 같은 나라 최고 통수권자의 칭호일 뿐이다. 조선을 다스린 단군은 한 사람이 아니다. 우리가 황제들에게 태조, 세조 등의 호칭을 붙여주듯이 단군 역시 각기 고유의 호칭과 함께 단군이라는 칭호를 덧붙인다. 단군은 1세 단군 왕검에서부터 47세 단군 고열가까지 모두 마흔일곱 분이다. 단군조선이 BC 2333년에 세워지고 BC 108년에 멸망했으니 무려 2200년을 넘게 지속됐다고 하면서 단군의 계보를 말하지 않는 까닭에 한 사람의 단군이 그렇게 오래 지배했다는 오해를 사게 되어 신화로 취급받는 경우가 허다하다. 단군조선의 단군은 결코 신화가 아니라 사람과 똑같이 태어나고 죽은 역사 속의 인물일 뿐이다.

단군조선의 조선이라는 이름은 진조선, 막조선, 번조선이 연합을 이룬 연합국으로 단군은 천왕이 되어 직접 진조선을 통치하고, 막조선과 번조선에는 중앙에서 단군이 왕을 임명하여 관리하게 함으로써 세 조선은 천왕인 단군의 명령에 직접 복종하는 단군의 관경이라 했다. 이 세 조선을 합친 것이 바로 역사에서 단군조선이라고 하는 것이다. 물론 이외에도 제후국으로 맥, 개마, 옥저, 엄국, 서국 등 일어나고 사라지고를 반복했지만 기본적으로는 조선이라는 이름으로 서로는 지금의 중국 난하에서 동으로는 지금의 러시아 연해주까지, 그리고 북으로는 내몽골에 이르고, 남으로는 두 말할 것 없이 한반도를 포함해서 멀리 일본까지 지배하는 광활한 영토의 나라다. 그 증거로는 고인돌과 청동검으로 대표되는 유물들이 발굴되는 영역들이 바로 그곳들이다. 물론 산둥반도와 그 아래 지역 일부가 포함되지만 그곳에는 단군조선이 직접 있었다기보다는 제후국인 엄국과 서국이 있었다는 것이 옳을 것이다.

이렇게 광활한 영토를 차지한 단군조선이 번성할 때 분명히 다른 땅에도 사람은 살고 있었고 그들만의 질서가 있었음은 분명하다. 중국은 물론 일본 땅에도 사람들이 살고 있었지만, 다만 단군조선의 문명이 무기를 비롯해서 모든 것이 더 발달해 앞선 까닭에 그들을 지배할 수 있었을 것이다. 단군조선의 대외정벌에 관한 기록은 수도 없다.

중국은 같은 대륙에 존재하며 땅으로 연결되는지라 단군조선 건국 초기부터 치우천황을 앞세워 곳곳을 정벌하는가 하면 43세 단군 물리 때인 BC 456년경에는 제후들의 세력이 커지면서 점차 왕권이 약해져 가기 시작할 때인 데도 은나라를 정벌하고 엄국과 서국을 세우니 지금의 중국 산동성 일대를 정벌했다는 이야기다.

일본 정벌에 관한 기록 의하면 BC 723년 35세 단군 사벌 때 대마도는 물론 규슈까지 정벌하는가 하면 BC 667년 36세 단군 매륵 때는 일본 열도 3도를 모두 평정하게 하였다고 하니 이미 그 시대에 단순한 조각배가 아니라 많은 사람이 한꺼번에 탈 수 있는 배를 만드는 기술을 보유하고 있었다는 이야기가 된다.

단군조선이 힘이 있었기에 주변 나라들을 굴복시키고 제후국으로 삼았다는 이야기다.

단군조선에서 문명이 발달했던 증거로는 이미 화폐를 유통시켰다는 기록이다. 실제로 우리가 알고 있는 명도전이라는 화폐는 단군조선의 화폐다. 일부에서 잘못 전해진 연나라 화폐가 아니다. 명도전이 출토되는 곳은 단군조선의 유물이 출토되는 곳에는 여러 군데에서 나오지만, 연나라가 차지했던 땅에서는 출토되지 않는다. 자기네 화폐를 자기 땅에서 사용하지 않고 남의 나라 영역에서만 사용했다고 한다면 웃을 일이다.

한 마디로 단군조선의 문명이 주변 어느 나라도 넘보지 못할 정도로 앞서 발전한 것이 주변 모든 국가들을 복속했을 뿐만 아니라 훗날 그 대를 이은 부여와 고구려, 대진국 발해가 강성해서 광활한 영토와 빛나는 문명을 자랑하게 된 것이다.

"그 이야기가 그 책 안에 모두 있다고요?"

유 박사가 하는 이야기로는 처음 속이 시원한 이야기를 듣는 것 같았다.

"그 이야기뿐만 아니라 그 이후 고구려와 대진국 발해가 일본을 정벌하고 수나라와 당나라를 쳐부수는 이야기 등 속 시원한 이야기는 다 들어 있지. 물론 이 책 한 권이 아니라 여기 부록으로 있는 얇은 책에 제목이 적혀 있는 책들 속에 들어 있다는 말일세. 그리고 그 책들을 기조로 쓴 것이 바로 『단군세기』나 『태백일사』와 같은 책이고, 그것을 묶은 책이 『환단고기』라는 거지. 결국 자네가 발견한 이 유물이 『환단고기』가 위서가 아니라 실존하는 역사서들을 바탕으로 기록한 책들을 묶은 것이라는 증거가 될 수 있는 아주 귀한 자료라는 것일세."

"그게 뭐예요? 그런 책이 있는 것이 아니라 제목만 적혀 있는 것이라면 이미 조선왕조실록에 적혀 있던 것들과 무엇이 다른데요?"

"왕조실록에 적힌 것은 최근까지 이 땅에 그런 책들이 존재했다는 증거가 안 될 수도 있지만 이건 최근 자료가 아닌가? 엄연히 이 땅에 그런 책들이 최근까지, 그러니까 일제가 우리 역사를 말살하기 위해 몸부림칠 때까지는 그런 책들이 존재했음을 보여 주는 것이 아닌가? 게다가 일본이 전국 방방곡곡을 뒤져서 우리 역사서적들을 거둬들인 것은 물론 일부는 자국으로 가져가 역사 왜곡을 위한 자료로 활용했다는 것을 현장에서 적은 생생한 기록이 아닌가? 그러니 가치가 있는 거지."

"그렇다고 일본이 그 책들을 돌려주지 않을 거라면서요?"

"물론 돌려주지는 않겠지만 이런 생생한 증거들이 공개된다면 그동안 우리 것이면서도 우리 땅에는 전혀 존재하지 않는다는 이유 하나로 위서 취급을 받았던 『환단고기』를 재평가하는 사람들이 많아질 걸세. 어쩌면 역사서로 인정받을 수 있다는 성급한 생각까지 해본다네. 좌우지간에 자네가 만든 그 투시경 정말 대단해. 쓸모가 많겠어."

"됐습니다. 생각 같아서는 이 기계에 들인 돈하며 너무 아까워서 무언가 해보고 싶었는데 박사님하고 이번 일한 것을 마지막으로 접을 랍니다. 해봤자 아무 공도 안 나는 일인데."

"공이 안 나다니?"

"그런 증거를 찾아내면 뭐합니까? 뒷받침이 되어서 후속타가 터져야지.

당장 빤히 가지고 있는 것을 알면서도 책 하나 못 달라고 하고, 우리 땅이라고 증명해봐도 실효지배니 어쩌니 해 가면서 또 밀릴 게 빤한데요. 가지고 있는 것도 못 지켜서 동해도 일본해가 되는 판에 이런 짓 백날 해봤자 시간과 정력낭비에요."

"그래? 전에 내가 이야기하지 않았나?

지금 당장 무엇을 바라지 말게나. 우리가 할 수 있는 데까지 해놓아야 적어도 우리 후손에게 죄를 짓지 않는 거라네. 그 후손이라는 것은 단순히 우리나라 우리민족의 후손만을 뜻하는 것이 아니야. 인류가 가야 할 미래의 길을 망치는 역사왜곡을 바로잡는 것이 바로 우리들의 의무라는 거지. 역사를 바로잡는 것이 당장 무엇을 바라서가 아니라 사람이 사람의 도리를 해야 하기 때문이라니까?"

다른 때 같으면 박사님이나 실컷 하시라고 한 마디 했을 법한데 이상하게 그 말 뒤에는 토를 달 수 없었다.

14. 나라가 못 찾으면 백성이 찾는다

"여기까지가 전부입니다. 그 뒤로는 서너 번 같이 점심을 먹은 적이 있지요. 내가 수고비를 받지 않아서인지 굳이 병원까지 찾아 와서 점심을 사면서 연구 결과 진도가 잘 나간다는 둥 뭐 그런 대화가 전부였어요."

나는 이야기를 마감하면서는 차마 눈을 뜰 수 없어서 고개를 숙인 채 말을 이었다.

"정말이지 믿기지를 않지만 한 가지는 분명해요. 아까 나와 박사님이 찾아냈다는 그 책과 그 책의 연구 결과가 박사님을 죽게 한 겁니다. 누가 왜 그랬는지는 모르겠지만 죽음의 원인이 그거라는 것은 누가 뭐래도 확실해요."

내 말이 끝났는데도 직업이 직업인지라 호기심 많던 경애는 물론, 그렇게도 유 박사님이 피습된 원인을 알고 싶어 하던 박종일 역시 아무 말도 하지 않았다.

'하기야 누가 이런 말을 쉽게 믿을 수 있겠는가? 유 박사님과 함께 일을 꾸미고 진행을 한 당사자인 나도 그 책 때문에 사람이 죽고 연구결과를 도둑맞는다는 생각은 해보지도 못할 일이다.'

그러나 고개를 들어 그들의 표정을 보는 순간 그것은 나 혼자만의 생각인 것 같았다. 박종일이나 경애는 이미 감을 잡았다는 표정이었고 다만 침묵을 지킬 뿐이었다.

"오빠, 이 일은 내가 저지른 거야. 내가 박사님 단독 인터뷰 내보낸 게 결국 문제가 된 거라고."

"그게 무슨 소리야? 경애 네가 일을 저지른 거라니?"

"맞아. 틀림없이 이 일은 자신들이 아직도 일본 사무라이 후예라고 믿으면서 대륙을 지배할 날이 반드시 올 것이라고 믿는 일본 극우주의자들인 겐요샤들 중 한 파벌이 벌인 짓이야.

그들은 자신들이 한낱 양아치 집단이라는 것을 인정하지 않고 엄청난 애국자라고 자부하거든. 지금도 본부가 일본 큐슈(九州) 후쿠오카시(福岡)에 위치해 있으면서 아직도 망상을 못 버리고 그들을 지원해주는 이들도 상당히 많은 걸로 알고 있어.

그들은 메이지유신 초기에 정한론을 주장하던 사이고 다카모리를 중심으로 조직되었어. 하지만 이토 히로부미가 사이고를 자멸시키기 위해 정한론을 반대하고 나오자 세이난 전쟁이 일어나고, 그 전쟁에서 사이고가 죽으면서 의식 있는 사무라이들과 중간, 하급무사들은 모두 전사를 한 것처럼 자살하거나 은둔생활로 들어가면서 일본의 사무라이는 종식을 고하지. 그러나 자신의 안위와 영달만을 추구하는 소수의 사무라이들과 하급무사들이 주를 이루는 잔당들을 이토가 흡수하여 자신의 수하로 만들면서 대륙침략을 위한 도구로 만든 거지.

그들은 자신들의 경제적 이익을 위해서라면 무슨 짓이든지 하는 단순한 양아치들이지만 아주 철저하게 계획하고 치밀하게 행동하는 단체야. 그 대표적인 것이 바로 조선의 경복궁을 허락도 없이 난입했던 을미왜변이야. 을미왜변에 가장 깊숙이 관여한 것이 겐요샤 요원들이고, 그 중추적 역할을 했던 것이 오카모도 류노스케(岡本柳之助)야. 그들에 대한 최고의 후원자는 오카모도의 양부이자 이토 히로부미가 가장 아꼈다는 당시 일본 외무상 무쓰 무네미쓰(陸奧宗光)라는 것을 보면 그들은 이토 히로부미의 수족처럼 움직이던 조직이야.

이제 앞뒤가 뭔지 정리가 되네. 난 그런 것도 모르고 그만 단독인터뷰해서 그것들을 기사로 썼으니 박사님 돌아가시라고 자리를 폈어. 내가 저지른 짓이야."

경애는 어쩔 줄 모르고 두 손으로 얼굴을 감쌌다.

경애의 이야기를 듣던 박종일은 확실하게 결론이 났는지 수긍하는 빛이다.

나는 감을 잡기가 힘들었다. 일본의 극우파니 뭐니 하는 소리는 나도 익히 들은 바가 있지만 그들이 이렇게 아무 죄도 없는 사람을 죽인다는 생각을 해본 적은 없다. 자기들이 유 박사님을 죽여서 얻을 것이 무엇인가? 그 책 훔쳐 가도 값은 얼마 안 된다고 분명히 박사님이 말했다. 다만 가치가 있을 뿐이라는데 그것도 우리나라에 가치 있는 책을 저들이 왜 훔쳐 가는가?

그 순간 내게도 감이 왔다.

'놈들은 유 박사님의 연구 결과와 그 책들이 공개되는 것이 두려웠던 거다. 그렇다면…?'

아까 집에서 더 이상 보았다가는 내가 빨려들어 갈 것 같아서 그만 봤고, 조금 전 이야기를 할 때도 자칫 박사님이 내게 해달라는 말 같아서 뺐고 했던 말, 모든 책들이 일본왕실 비밀서고에 있다는 그 말이 떠올랐다.

"그런 줄도 모르고 누가 봐도 박사님께서 밝히실 연구결과가 무엇인지를 알 수 있는 세조실록 기사를 첨부해서 실었으니 내가 일을 낸 거야. 세조가 거둬들이라는 명을 내렸다고 왕조실록을 이용했을 뿐 『환단고기』의 기조를 이루는 책을 입수해서 그 연구 결과를 밝힌다고 내가 전 세계에 알린 거라고."

경애는 자신이 저지른 일이라고 다시 한 번 반복하면서 얼굴을 감싸고 눈물을 쏟기 시작했다. 그 순간 나는 이제까지 내가 보지 못한 경애를 보고 있었다.

어려서부터 이웃집에서 같이 자라면서 제 오빠와 친구인 우리 두 사내아이들을 쫓아다니며 놀았던 까닭인지 말괄량이 같기도 하고 선머슴 같이 보이기도 하면서 그저 귀여운 동생으로만 보였던 경애가 저런 여자다운 면이 있었나 하는 느낌이 갑자기 다가왔다. 저건 단순히 기사를 실은 기자로서 자책하는 모습만은 아니다. 기자로서 자책하기 이전에 가녀린 여자의 섬세한 마음이 그녀의 눈에서 눈물을 흘리게 한 것이다. 하지만 경애에 대한 그런 마음도 잠시뿐 이 일의 초점 잡기에 급급했다.

'일본왕실 비밀서고에 그 책들이 있다면 일본왕실이나 혹은 정부가 철저하게 감추고 싶은 책이다. 그런데 대한민국의 역사학자가 그 비밀을 밝히고자 한다. 그리고 그 학자는 의문의 죽음을 당했다. 그렇다면 이건 단순히 겐요샤인지 뭔지 하는 그 단체가 독자적으로 할 행동은 아니다. 잘못하면 외교문제로 비화될지도 모르는 일을 일개 단체가, 아무리 양아치 같은 놈들이라지만 그렇게 저지를 일이 아니다. 또 그들은 경제적인 이익이 없으면 나서는 놈들이 아니라고 했다. 이건 분명히 일본왕실과 정부의 조직적인 뒷받침이 있는 행동이다. 그래서 유 박사님도 나에게 범인을 찾을 생각은 아예 하지도 말라고 한 것이다. 그렇다면 이 일은 어찌 풀어야 한다는 말인가? 나는 원래 생각하기를 싫어하는 놈이다. 생각할 시간이 있으면 몸을 던져서 행동하는 것

이 빠르다.'

"우선은 이 칩의 나머지를 보자. 그 나머지가 무엇인가에 따라서 유 박사님의 죽음의 의미가 달라질 수도 있으니까."

경애의 차로 가서 노트북에 칩을 꽂고 셋이서 함께 봤다. 끝까지 봐도 기대했던 더 이상의 내용은 없었다. 이미 읽은 그대로의 해제와 일본왕실 비밀서고에 사라진 우리의 역사서가 있을 것이라는 확신, 찾아낸 책들을 자신이 연구해서 주해를 겸해 쓴 내용과 그 책들의 각 쪽을 일일이 찍어서 저장한 사진이 전부였다.

"이걸 공표해 달라는 것일까?"

나는 분명히 아닐 것이라는 생각을 하면서도 하도 답답해서 혹시나 하는 마음에 물었다.

"오빠? 정말 몰라서 묻는 거야?

만일 이게 유 박사님께서 연구하시고 발표하시기로 했던 것이라고 발표하면 아마 학계는 웃음바다로 변할 걸? 기껏 증거가 있다고 하더니 연대 측정도 불가능한 사진 몇 장과 그것을 해석한 연구 결과라? 결국 모든 것을 유 박사님께서 조작했다고 할 거야. 그리고 동정을 사기 위해 죽은 거라고 할 테지. 어차피 사인도 심장마비로 발표되겠다…, 저렇게 무참히 피살되신 것도 모르고…, 모르면 몰라도 자살이라는 소문이 파다해질 걸?

세상이 얼마나 무섭고 냉정한 건지 오빠가 더 잘 알잖아. 특히 진위보다는 내 학설이 맞아야 내가 살아난다고 생각하는 못된 학자들이 많이 존재하는 학계일수록 더 냉정하고 잔인하겠지. 그게 어느 학계인지는 모르겠지만…."

"장 기자님 말씀이 백 번 맞습니다. 이 일은 그리 섣부르게 처리할 일이 아니라 깊이 생각할 일입니다. 어떻게든 이 사건의 전

모를 밝혀야 할 경찰이 이런 소리를 해서는 안 되는 것은 잘 알지만 지금 어떤 게 고인은 물론 국가에도 이익이 되느냐를 먼저 생각해야 하기에 저도 신중하게 말씀드리는 겁니다."

"나도 답답해서 그저 한 번 해본 소리요.

이제 더 이상 진실을 밝힐 방법이 없지 않습니까?

이미 사라진 책과 연구 자료들이고, 덜렁 남은 것은 이 칩 하나뿐입니다. 유가족들은 이미 고인의 뜻을 받들어 사인을 심장마비로 했어요. 그렇다고 내가 나서서 아니라고 할까요? 유 박사님은 정말 업적을 이루셨는데 잃어버리고 피살당하신 것이라고 할까요? 그렇다고 누가 믿기나 하겠습니까?

혹시 일본 왕궁에라도 들어가서 훔쳐 온다면 또 모를 일이지만…."

이상한 일이다. 일본 왕궁에 들어가서 훔쳐 오면 모른다는 말을 하면서 그 끝을 맺고 싶지 않았다. 조금 전까지만 해도 내가 그런 생각을 하게 될까 봐 두려웠는데 이제는 고의로 말끝을 맺고 싶지 않았다.

"일본 왕궁에 정말 그 책들이 있을까? 앞에서 열거했던 책들만 있다면 그 내용은 찍지 않고 그 제목만 찍어도 유 박사님의 뜻은 이뤄지는 것이나 마찬가질 텐데. 물론 내용까지 찍을 수 있다면 더 좋고. 아니지? 차라리 그 책들을 가지고 올 수 있다면 더 좋을 것이고."

"오빠, 지금 무슨 소리야?"

경애가 묻는 소리에 정신을 차리고 보니 나도 내가 무슨 소리를 하는지 모르고 한 이야기다. 그렇지만 단순히 그냥 지나가는 소리로 한 말만은 아니다. 정말 그럴 수만 있으면 그렇게 해보고 싶은 심정이다.

"그냥, 그런 생각이 들었어. 나는 역사를 잘 모르기에 역사가 왜곡되는 것이 인류 앞에 죄를 짓고 어떻고 하는 그런 것은 더욱 모르지만 이것이야말로 정말 아니라는 생각이야. 자기들이 속이고, 그것도 인류 전체를 속여놓고는, 사실을 밝히려는 사람이 있다고 그 사람을 죽여? 자신들이 한 짓이 얼마나 잘못된 짓인지를 모르니까 그러는 거지 알면 그렇게 하겠어?

모르면 가르쳐줘야지."

"오빠. 정말 이상하다? 갑자기 왜 그래?

지금 가장 미안하고 답답한 사람은 나라고. 그런데 왜 오빠가 그래?"

"꼭 그렇지만도 않습니다. 장 기자님은 장 기자님대로 유 박사님의 연구 결과를 한 사람이라도 더 관심 있게 지켜봐주기를 바라는 마음에서 미리 기사를 실었겠지 누가 이런 결과를 예측이야 했겠습니까?

태 박사님은 더 속상하시겠죠. 만남과 과정이 어찌되었든 간에 두 분이 함께 일해서 얻은 소중한 결과를 잃은 것만 해도 억울할 텐데 파트너의 목숨을 함께 잃었으니 얼마나 속이 상하시겠습니까?

이 나라의 고급 경찰공무원이라는 저 역시 이런 모습을 제 눈으로 보면서 이렇다 할 결론은 내리지 못하니 답답하기만 하구요. 이런 경우에 어떻게 해야 하는 건지 저 역시 영 판단이 서지 않습니다. 이 모든 것이 저희들의 심증일 뿐이지 물증은 하나도 없지 않습니까? 그러니 제가 무슨 힘을 어떻게 쓸 수 있겠습니까? 그저 답답할 뿐입니다."

우리는 셋에서 그저 하늘만 바라보고 있었다. 누구도 입을 열지 않은 시월의 밤바람은 차갑기조차 하고 여지없이 동녘은 밝아오기 시작했다.

"이렇게 앉아 있는다고 해결될 일도 아니니 각자 생각할 시간을 갖지요. 그리고 제가 아까 신문기사 쓰면서 기자 회견할 원고를 하나 더 준비했으니 박 경정님은 유족들과 함께 이걸 참고하시면 좋겠어요. 기자 생리는 기자가 잘 알잖아요."

경애는 자신이 신문기사 송고하면서 기자회견 준비한 것이라고 원고 하나를 내밀었다. 정말 섬세한 여인의 모습으로 그녀가 확 다가섬을 다시 한 번 느꼈다.

"저는 이만 가볼랍니다. 이따가 저녁에 다시 오죠. 오빠는?"

나도 굳이 남아 있을 이유가 없어서 경애 차를 타고 함께 병원을 떠났다. 경애는 우리와의 약속을 지키기 위해 자신이 이미 올린 기사를 번복하지 않겠다는 표시로 자신이 만든 보도자료를 박 경정에게 전한 것이리라. 그대로 발표가 되면 모든 언론은 그리 알게 될 것이다. 다만 진실을 알고 있어도 쓸 수 없는 경애 혼자만 답답할 것이다. 그러면서도 모든 것을 감수하겠다는 표시를 남겼다.

운전석 옆자리에 앉아서 보는 경애가 부쩍 어른스러워 보였다. 아까 얼굴을 감싸 쥐고 울음을 터뜨릴 때 느낀 여자답다는 생각과 지금 부쩍 어른스러워 보인다는 생각이 오버랩되면서 경애의 얼굴이 마냥 귀엽기만 한 것이 아니다. 참신하고 성숙한 여인의 얼굴로 보였다.

아침시간에 집에 들어왔지만, 모든 사정을 알고 있다고 생각하는 엄마는 출근할 것인지 여부만 물었다. 나는 잠시 눈을 붙인 후에 생각해보겠노라고 말하고 내 방으로 들어와 누웠지만 도저히 잠이 오질 않았다.

자꾸 반복되는 단어들이 나를 감아왔다.

'겐요샤', '일본 왕궁', '환단고기', '태백일사', '단군세기', '조대기', '진역유기'….

그러다가 갑자기 클로즈업되는 경애 얼굴이 나를 부르며 무언가 말리려는 듯이 두 손을 가로저으며 내게 덮쳐 오는 모습에 깜짝 놀라 일어났다.

시계는 어느새 11시를 가르치고 있었다. 부랴부랴 세면을 하고 옷을 챙겨 입는데 엄마가 들어왔다.

"그렇게 서두르지 않아도 된다. 너 일어나지 못하는 것 보고 내가 병원에 전화해뒀다. 스승님이 돌아가셔서 그곳에 갔다가 아침에 왔으니 오후에나 출근할 거라고 했으니 천천히 챙기고 점심 먹고 나가려무나.

참, 경애도 그 시간에 들어갔니?"

"예, 저 집에 내려주고 갔어요."

"아니, 그 사람이 그렇게 대단한 사람이야? 밤새도록 취재를 할 정도로?"

"그럼요. 우리나라 국보급 학자예요. 살아 있던 국보죠. 그런데다가 경애는 전에도 그분과 취재를 통해서 잘 알고 지내던 사이더라고요. 그래서…."

"그렇다면 잘한 일이다. 경사는 몰라도 애사는 자리가 비면 썰렁한 법이란다.

장례는 언제냐?"

"내일 아침 발인이에요. 저는 오늘 갔다가 아예 내일 아침 발인까지 보고 돌아올지 아니면 병원에 가서 후배하고 상의해본 후 장지까지 다녀올지도 모르고요."

"그래. 알았으니까 걱정 안 하게 연락만 해주면 된다. 내려와서 밥 먹으려무나.

시간이 안 되면 모르지만 그렇게 아껴주던 은사면 장지까지 가는 게 도리지…."

엄마가 먼저 내려가면서 혼자 말처럼 장지에 다녀오는 것이 도리라는 말을 흘리는 것을 들으면서 나는 아까 엄마에게 유 박사님을 살아 있던 국보라고 했던 말이 생각났다. 그 말을 하면서도 전혀 어색하지가 않았다. 정말 내 마음속에서 언제부터인지 그분을 국보처럼 귀한 분이라고 모시고 있었다.

오후에 환자가 많지 않은데다가 함께 일하는 후배가 나를 배려해서 되도록 자신이 환자 진료를 해준 덕분에 여유시간이 많았다. 나는 무언가 머릿속에서 엉킨 것들을 풀어야 한다는 생각은 있는데 그게 뭔지 몰라서 머릿속만 꽉 찬 것 같았다. 어젯밤 셋이서 이야기를 나누느라고 잠을 덜 자서 생기는 현상만은 아니다. 몽롱하거나 컨디션이 나빠서 생기는 몸 상태가 아니라 무언가 머릿속을 풀어야 할 그런 기분이다.

나도 모르게 전화를 들고 동경에 있는 선배에게 전화했다.

"응, 그래. 갑자기 웬일이니?"

"환자 많아요?"

"아니, 지금은 괜찮아. 30분 후에 수술이 있어서 기다리는 중이야. 큰 수술이거든."

"그래요? 다름이 아니라 선배, 나 선배 병원에 가서 같이 일할까?"

"갑자기 왜?"

"전화는 갑자기 했지만 나름대로 오래 생각한 건데 공부를 더

했으면 해서요.”

“공부를? 무슨 공부? 너 학위 받았잖아?”

“학위는 받았는데 동경대에 가서 연구를 하든지 아니면 박사과정을 한 번 더 다니든지.”

“야, 태 박사. 동경대라고 뭐 별것 있는 줄 아니? 다 마찬가지야. 나야 외과의사니까 지식이 좌우한다고 할지 모르지만 넌 내과잖아? 내과의사는 환자와 얼마나 교감을 하는가가 더 중요한거라고 네가 그러지 않았어?”

“그렇기는 한데…. 자꾸 뭔가 부족한 것 같은 생각이 드네? 그래서 기왕이면 선배 일하는 곳에 자리가 되면 그곳에 가서 일하면서 연구과정을 밟든지 아니면….”

“자식, 열정 하나는 알아줘야 한다니까. 그러니까 장가를 못가지. 알았어. 마침 이곳 클리닉 내과에서 의사를 한 명 구한다고 하던데 잘 됐네. 너도 알다시피 이곳에는 한국 교포들이 알게 모르게 많이 오는 곳이라 한국 사람이라면 더 좋아할 거다. 그런데 언제부터 올 수 있는데? 너 지금 병원하고 있잖아?”

“지금 하는 병원은 후배하고 같이 하는 거잖아. 그러니까 한 2~3년 맡겨놔도 지장 없어. 필요한 수속 끝나면 갈 수 있는 거지. 다만 연구과정을 갈 수 있을지가 걱정이네?”

“그건 그리 어렵지 않을 거야. 이미 학위도 있는데 마다하겠어? 그리고 내가 유학할 때 은사님들이 있으니까 내가 한 번 알아보지 뭐. 정말 오기는 올 거야?”

“그럼, 가야지.”

“결혼은?”

“결혼할 아가씨는 있으니까 시간 봐서 하면 되지 뭐.”

“그래도 제 실속은 다 챙겨놨구나. 알았다. 내가 오늘 수술 끝나고 이삼일 내로 병원 문제도 그렇고 학교 문제도 알아봐서 연락해줄게."

나는 수화기를 내려놓으면서 경애를 떠올렸다. 결혼할 아가씨가 있다고 할 때 이미 떠올랐던 얼굴이다. 새벽에 이야기하면서 눈물을 흘리던 여자의 얼굴과 나를 태워다줄 때 보이던 귀엽지만은 않고 참신하고 성숙한 경애의 얼굴이 클로즈업되어 왔다.

내가 병원 일을 마치고 다시 영안실로 갔을 때는 벌써 박 경정과 경애도 와 있었다. 경애도 까만 정장을 한 것을 보니 취재를 하러 온 것이 아니라 조문을 하기로 마음을 먹고 온 것 같았다.

"잠은 좀 잤니?"

경애를 보자 평소의 나답지 않게 잠잔 것까지 묻고 있는 나에게 새삼 놀랐다.

"응, 오빠는?"

"나야 잤지. 그러나저러나 조문해야 할 것 아냐? 어제는 빈소가 차려지기 전에 와서 그냥 밖에서 우리끼리 이야기만 하다가 돌아갔는데."

"그래. 그렇지 않아도 박 경정님하고 오빠 오기 기다렸어. 우리 둘이 정식으로 조문하고 나서 셋이서 이야기 좀 하려고."

"박 경정님은 조문했어요?"

"예. 저는 아침에 정복 입고 와서 인사드렸습니다. 박사님께서 살아 계실 때는 한 번도 뵌 적이 없지만 진작부터 존경하는 분이었거든요. 그런데 어제 두 분 말씀 듣고 나 같은 사람은 조문할 자격도 없는 것 같았지만 그래도 인사드리는 것이 예의라는 생각이 들어서 일부러 정복으로 갈아입고 와서 인사드렸습니다."

"박 경정님은 박사님을 존경했었다는 것을 보니 우리나라 역사에 관심이 많으신가보네요?"

"관심이 많은 것이 아니라 당연히 관심을 갖고 알아야 하는 거라는 생각입니다. 왜 전에 어느 시인이 말씀하셨지요? 사슴이 풀을 먹는 것은 풀이 좋아서가 아니라 먹어야 살듯이 인간도 문학을 좋아해서 하는 것이 아니라 당연히 해야 하는 것이라고. 제 생각도 마찬가집니다만 저는 단순히 문학이 아니라 그 말씀이야말로 우리 역사에 해당하는 것이라고 생각합니다. 백성 된 사람으로 나라의 역사를 바로 아는 것은 선택이 아니라 필수라는 겁니다. 사슴이 풀이 좋아서 먹는 것이 아니 듯이요."

"그래요? 나만 아니었나?"

나는 공연히 머쓱한 기분이 들었다. 경애도 그렇고 박 경정도 그런데 유독 나만 이방인이 된 기분이다.

나와 경애가 조문을 마치자 우리는 영안실 한 귀퉁이에 자리 잡고 앉았다.

영정이 모셔진 곳에는 성당에서 죽은 이들을 위해서 바치는 기도인 연도를 하러 온 신자들이 기도를 바치고 있었다. 그러나 조문객들이 앉는 곳에는 조문객이 별로 없다. 만일 성당에서 연도를 바치러 온 신자들이 없었다면 엄청 썰렁할 뻔했다. 그렇게도 유명한 분이라는데 이렇게 조문객이 없을 수 있나 하는 생각까지 들었다. 문 앞에 조화는 많은데 희한한 일이다. 하기야 조화는 죽은 사람을 위해서 보내는 것이 아니라 보내는 사람의 이름을 알리기 위해서 보내는 것이니 그럴 수도 있겠다는 생각이 들었지만 입맛은 영 쓸쓸했다.

"나는 그렇게 유명한 분이라기에 조문객이 넘칠 줄 알았는데 생각보다 썰렁하다?"

"오빠는? 요즈음에는 조화 보내고 대충 때우는 사람이 많잖아. 그래서 그런 거지 뭐. 하지만 좀 그렇다. 제자들이라도 많이 올 줄 알았는데."

"정승집 개가 죽으면 문간이 미어지고 정승이 죽으면 조문객이 없다더니 그 꼴인가?"

"그것도 아닐 겁니다. 제가 추측하기로는 아마 유 박사님을 마음속으로 존경하고 좋아하는 제자들은 있었어도 드러내놓고 표현하는 제자들은 그리 많지 않았을 겁니다. 사학자들이 올바르게 사학을 하기 위해 직장의 안정을 가지려면 무엇보다 대학 강의하는 것이 중요한데 유 박사님은 인기 편승을 위해 강의를 알선해주거나 하는 일은 잘못하셨던 것 같습니다. 오히려 유 박사님과 가까이 하고 그분의 학풍을 따르는 것이 강단에 서는 데 방해가 되면 되었지 도움은 안 되었던 것 같습니다. 일전에 태 박사님이 말씀하셨듯이 유 박사님을 유난히 아끼던 조인범 박사님께서도 제자들이 그렇게 가까이 하신 분은 아니라면서요. 다만 몇몇 제자들의 존경을 한몸에 받았던 거지."

이해는 된다. 모든 것이 먹고 살기 위한 방편이라면 이해가 되는 세상이다. 하지만 이렇게 빈소에 찾아오지 않는 것도 그런 방편에 연관이 되는 것인지 모르겠다. 한 마디로 그 사람의 학문을 떠나서 자신의 앞날에 도움을 줄 수 있는가를 따져서 별 볼 일 없는 교수 빈소에는 가지 않겠다는 지극히 합리적인 것 같으면서도 합리적이지 못한 사고방식이 아닐까 하는 생각이 들었다.

하기야 지금 그런 일을 생각할 때가 아니다. 어떻게든 유 박사님의 명예를 살리고 그분의 뜻을 받들어야 한다. 비록 그분의 제자도 아니고 그분을 잘 알지는 못해도 그게 인간이 사는 도리인 것 같다. 물론 본인이 원해서이기는 하지만 사인도 제대로 못 밝히고 눈을 감으신 분이다. 그것도 당신 자신이 무얼 얻겠다는 것이 아니라 이 나라의 앞날에 무언가를 남기고 싶어서였다. 아니 단순히 이 나라뿐만 아니라 인류의 미래에 새로운 지표를 남기고 싶어서였다.

"아무래도 내가 동경으로 가야겠어."

얼마간 세 사람 모두 침묵을 지키다가 내가 돌연히 입을 열고 한마디 하자 두 사람의 눈이 글자 그대로 화등잔만 해졌다.

"오빠가?"

"태 박사님이요?"

두 사람이 동시에, 전혀 예기치 못했던 내 이야기에 반응했지만 표정은 사뭇 달랐다. 박종일은 갑자기 무슨 소리냐고 단순히 놀라는 표정인 반면 경애는 야릇한 미소가 섞인 표정이다. 저 야릇한 미소의 의미가 무언지는 모르지만 분명히 그저 놀라는 표정은 아니다.

"그렇지 않아도 오늘 새벽부터 오빠가 보이는 반응이 불안 불안 했었어. 내가 오빠 불같은 성격 잘 알잖아. 일단 정하면 물불안 가리고 돌진하는 그 성격. 하지만 이건 성격으로 처리할 문제가 아니야. 혹 감정을 못 이겨서 그런 거라면 다시 한 번 생각해 봐. 오빠가 동경에 가서 무얼 어떻게 할 건데?"

"지금 꼭이 무얼 하겠다고 계획하고 가는 것은 아니고 일단은 단 2년이라도 가봐야겠다는 생각에 동경에 있는 선배에게 전화를 했더니 일이 잘될 것 같아. 마침 그 선배 일하는 클리닉 내과에서 의사를 구한다더군. 다행히 그곳은 일본 왕궁도 가깝지만 우리 교포들이 많이 오는 곳이거든. 그래서 그 선배도 그 병원과 인연을 맺은 거고."

"갑자기 무슨 말씀인지 모르겠습니다만, 동경에 계시는 선배나 그런 것은 제가 몰라도 될 일 같지만 갑자기 가신다는 것이 혹시 오늘 새벽 저희들이 이야기를 나눴던 책 때문이라면….”

"꼭 책 때문이라고 찍어서 말하기는 그렇습니다만 이미 그런 일이 있다는 것을 알았는데 나 몰라라 할 수는 없는 일 아닙니까? 그렇다고 이 일은 경찰에서 수사를 통해서 해결할 수도 없는 일이구요.”

"그건 그렇지요. 공개수사할 사안도 아니고 외교적으로 풀 문제도 아니고. 그렇다고 태 박사님 혼자의 힘으로 무얼 어떻게 하실 수 있겠습니까?”

"혼자의 힘으로 무얼 어떻게 할지는 두고 보면 알 일이겠지요. 아무것도 못할 수도 있는 일이구요. 하지만 손 놓고 앉아 있는다고 해결되겠습니까?

이미 우리나라 사학자들의 대부분은 일본 어딘가에는 우리나라에서 수탈해 간 역사서, 특히 단군조선과 고구려 및 대진국 발해에 관한 역사서가 상당히 많이 있을 것이라고 추정한다면서요. 1910년부터 1918년까지 거둬들이고 규장각에서 뽑아가고 했으니 오죽이나 많았겠습니까? 그런데 정부가 나서서 그 책들을 달라고 한 적이 없지 않습니까? 규장각에 있던 의궤는 몰라도 역사에 관한 책들은 공식적으로 그 존재가 밝혀지지 않은 까닭일 수도 있겠지요. 유 박사님께서 왕궁의 비밀서고를 지목하신 것을 보면 꼭꼭 숨겨놓은 정말 보물인 겁니다. 그러니 내 보물을 내가 찾아야지요.

정부가 못하면 백성이 해야지 별 수 있습니까? 고려시대나 조선시대나 아니 지금도 마찬가지지요. 언제 이 나라 정부가 무얼 해준 적이 있나요? 백성들이 나서서 해야 정부는 못 이기는 체

뒷다리만 긁었지요. 그게 나라가 힘이 없다 보니 이웃나라 눈치를 보는 건지 아니면 조정에 앉아 있는 양반들이 자신들 일신의 안위를 위해 그리하는 건지는 모르지만."

"태 박사님. 다시 한 번 생각해보십시오. 잘못하시다가는 정말 소리 소문도 없이 잘못됩니다. 일본은 우리랑 다릅니다."

"일본은 우리랑 다르다니요?"

"일본 왕궁은 실제 지금 일왕이 사는 곳이에요. 우리나라 경복궁처럼 그냥 고궁이 아니라 우리나라 청와대 같은 곳인데 거기 비밀서고가 있다고 한들 접근이나 가능하겠습니까? 설령 접근했다 치더라도 보나마나 온갖 첨단 장비로 감시할 텐데 아무것도 할 수 없을 겁니다."

"내가 꼭 그런 방법을 쓴다는 것은 아니지만 최악에는 그런 방법이라도 써서 전 세계에 언론으로라도 보도가 된다면 일단 반은 성공하는 것 아닙니까? 일본 왕궁에 비밀서고가 있고 거기에 우리 역사서들이 불법으로 감금되어 있어서 그걸 회수하러 왔다는 것을 전 세계에 알릴 수 있다면 그 방법도 괜찮지요."

"아니요. 안 괜찮습니다. 만일 태 박사님이 그런 방법을 쓰시기 위해 왕궁에 접근했다가 잡히는 날에는 언론을 만나기도 전에 소리 소문 없이 변을 당하시고 말 겁니다. 유 박사님의 경우와 다를 것이 없다는 겁니다.

일본 애들은 왕궁에 대해서 불미스런 일이 일어날 기미라도 보이면 그 응징을 아주 잔인하게 합니다. 특히 이런 일이라면 소리 소문 없이, 아니죠? 예를 들어서 태 박사님께서 미리 몇몇 외국 언론에 흘리고 잠입했다가 못 나오게 되어도 그놈들은 눈 하나 깜짝하지 않고 그런 침입자가 없었다고 시치미 뗄 놈들입니다. 누군가가 태 박사님 시체를 본다 해도 그건 태 박사님이 아니라고 왕실이 나서서 공식적으로 해명할 놈들입니다."

"우리나라 군사독재 시절보다 더한 나라로군. 그게 무슨 나라야?"

"일본 언론도 마찬가지입니다. 흔히 선진국이라고 해서 미국 언론을 생각했다가는 큰 코 다칩니다. 미국 언론은 그래도 낫지요. 베트남 전쟁이 월맹군의 선제공격이 아니라 미군이 먼저 월맹군 잠수함을 공격해서 일어난 전쟁이라고 밝힌 것도 미국 언론이요, 이라크 전쟁에서 미군 병사들이 이라크 병사의 시신을 모욕하는 장면을 다루기도 했지요. 하지만 일본 언론은 그런 것은 상상도 못할 일입니다. 만일 왕궁에 들어가는 것을 일본 언론에 흘리고 들어갔다 해도 나오지 못하면 그들은 더 이상 관심도 두지 않습니다. 자국의 이익과 자국민의 이익을 위해서라면 언론도 입을 다물어 버리는 겁니다. 그런 곳에서 무얼 하시겠다는 겁니까?

물론 일시적인 감정이나 충동 때문에 그런 결정을 내렸다고 생각하지는 않습니다. 심사숙고해서 정하신 일이겠지만 웬만하면 그런 생각 접으시는 게 나을 것 같네요."

"접으라고요? 그럼 누가 할 건데요? 유 박사님 말씀대로 바로잡지 않으면 우리 후손들에게, 아니 인류의 앞날에 영원한 죄를 짓는 일을 빤히 알면서도 접으라고요? 그게 정부기관의, 그것도 대한민국 경찰의 간부가 할 소립니까?"

박종일이 무슨 생각에서 저렇게 말하고 있는지를 알면서도 나도 모르게 거칠게 몰아붙인 것은 미안한 일이지만 지금의 내 심정은 무어라 형용할 수 없다. 설령 왕궁에서 못 나오는 한이 있더라도 왕궁 어디가 비밀서고인지만 알 수 있다면 당장이라도 뛰어들어 가고 싶은 심정이다.

"오빠. 왜 오빠답지 않게 화를 내고 그래? 박 경정님도 오빠가 걱정이 되니까 하는 말씀이잖아. 솔직히 나도 오빠가 걱정이 돼서 말리고 싶어. 물론 오빠가 물불 안 가리는 성격이지만 의외로 신중하다는 것을 알면서도 걱정된다고."

경애는 정말 걱정이 되어 저 깊은 곳에서 우러나는 목소리에 작은 떨림을 실어서 말했다. 그리고는 잠시 쉬었다가 이내 본래의 자기 목소리로 돌아가서 말을 이었다.

"그러나 저러나 어쩐다? 나도 금년 말에 이동하는 도쿄 특파원 지원해놨는데?"

"뭐? 너도?"

"장 기자님도요?"

이번에는 박종일과 내가 동시에 되물었다.

"응, 그렇지 않아도 며칠 전에 데스크에서 내게 제의가 들어왔어. 금년 말 부로 도쿄 특파원이 자리를 이동하는데 나가지 않겠느냐고? 사실 별로 생각이 없어서 한 번 생각해보겠노라고 했었는데 어제 일을 당하고 나니까 가보고 싶더라고? 나야 가더라도 뭘 어떻게 할 수는 없겠지만 그래도 여기 주저앉아서 하늘만 쳐다보는 것보다는 나을 것 같아서, 오늘 아침에 우리들 이야기 끝나고 출근해서 도쿄 특파원 가겠다고 했지."

내가 동경에 가겠다고 했을 때 야릇한 미소를 머금은 얼굴로 바라보던 의미를 알 수 있었다. 자기도 모르게 자신과 내가 이심전심으로 통한다는 생각이 들어 야릇한 미소를 지은 것이다. 그러나 그 생각도 잠시뿐이고 말은 저렇게 아무렇지도 않은 것처럼 해도 호기심 많은 그녀의 성격이 무슨 일을 저지르고 말 것 같았다.

"네가 도쿄 특파원가서 뭘 할 건데?"

"뭐하긴? 기사 쓰지."

"기사만 쓴다고? 어제 오늘 벌어지는 일들과는 관계없이 기사만 쓴다고?"

"그건 뭐라고 장담은 할 수 없지만 일단은 취재하고 기사를 쓰는 것이 기자의 몫이니까 그 본분에 충실하면서 거저로 얻어지는 것이 있으면 더 좋은 일이고."

박종일은 우리 두 사람의 대화를 들으면서 어쩔 줄을 몰랐다. 얼마나 자신이 안타까울까? 빤히 눈에 보이는 일이다. 꼭 어느 개인을 찍어서는 모르지만 누가 일을 저질렀고 무슨 일이 벌어지고 있는지를 다 아는데 그걸 해결할 수 없다는 것이 얼마나 안타까울지 이해가 된다.

"두 분 이야기 듣고 있자니 제가 부끄럽기 그지없네요. 무엇이 정답이고 무얼 해야 하는지도 알면서 하지 못한다는 것이 얼마나 답답한지도 알겠고요."

"아니요? 세상사람 모두가 같은 일을 한다면 세상은 아주 재미도 없고 또 의미도 없는 곳이 될 겁니다. 서로 다른 가치관을 갖고 서로 다른 일을 하면서 한데 어울려 살 수 있다는 것이 세상이 아름다운 것 아니겠습니까? 박 경정님은 박 경정님 일하시면서 저희들이 도움을 청할 일이 있으면 그때 도와주시면 되겠지요."

나는 이미 도쿄로 가는 것을 두 사람 앞에서 기정사실화시키고 있었다. 혹시 흔들릴지도 모르는 마음을 이렇게 해서라도 잡아두고 싶었다.

"그럼 오빠도 정말 도쿄에 갈 거야?"

"그럼. 가지 안 가?

사실 내가 말은 안 했지만 유 박사님하고 일하면서 하도 그 양반이 『환단고기』노래를 부르기에 나도 한 권 사서 봤지. 처음에는 뭐 이런 허황된 이야기를 가지고 그러나 하는 생각이 들긴 했지만 어느 나라든지 건국설화는 있다는 생각으로 맨 앞부분을 지나치고 나니까 이건 정말 역사로구나 하는 생각이 저절로 나더라고. 특히 47세 단군까지의 이야기며 고구려와 대진국의 이야기를 상세히 적어놓은 것을 보면서『조대기』나『진역유기』라는 책이 전해져 내려온다면 얼마나 좋을까 하는 생각을 내가 먼저 하게 됐어. 이 책이 처음부터 한 권으로『환단고기』라는 이름으로 쓰인 거라면 보통 사학자들이 주장하는 것처럼 역사서가 아니라고 할 수도 있기는 하더라고. 중간 중간에 필자의 의견이 들어간 부분들이 있으니까 단순히 역사서라고 하기에는 그렇다고 할 수도 있지. 그러나 이 책은 한 권이 아니라 여러 권의 책을 묶어놓은 거잖아. 또 각 권의 필자들이 자신이 역사를 쓴 것이 아니라『조대기』등 전해지는 역사서를 예시하면서 그 역사서를 풀어쓴 거야. 그러니까 역사서를 시대에 맞게 알기 쉽게 다시 쓴 거지. 그걸 역사서가 아니라고 우기는 이유는 각 권을 집필하기 위해 예시한 원전들이 존재하지 않는다는 거구.

결국 그 원전들을 찾으면 간단하게 해결되는 일 아니야?

이 책이 역사서로 인정만 받으면 당장 중국 애들이 동북공정 가지고 까불고 있는데 더 이상은 고구려 이야기나 대진국 발해 이야기가 떼놈들 입에 오르내리지 못하게 일침을 놓을 수도 있고, 일본 애들에게는 독도 가지고 헛소리할 것이 아니라 대마도 내놓으라고 왜놈들 코앞에 증거를 들이밀 수 있으니 얼마나 좋겠어.

나아가서는 우리 민족의 드높은 기상 아래 우리 후손들은 보다 더 크고 원대한 세상을 그리며 살 수 있겠지. 후손들에게 꿈을 물려주는 것만큼 보람된 일이 어디 있겠어. 나는 그 일을 유박사님이 이루실 줄 알았는데….”

말을 끝맺지 못하고, 흐르는 눈물을 손가락으로 움켜쥐는 내

어깨를 옆에 앉은 경애가 두 손을 뻗어 가볍게 안아주었다. 단순히 손을 올려 감싸 안은 건데 따뜻하고 포근했다. 전에도 어깨동무를 한 적도 있고 이렇게 어깨를 안아준 적도 있었지만 이렇게 따뜻하고 포근하지는 않았는데 유독 따듯함을 느꼈다.

"박사님, 진정하십시오. 참 뭐라고 이야기를 해야 좋을지 모르겠지만 저도 정말 속이 뒤집히네요. 저 역시 항상 느끼는 거지만 이 나라에 뭐 하나 제대로 되는 것이 없다는 생각입니다. 당장 먹고 살기 힘든데 그깟 역사가 뭐 중요하냐고, 그것도 케케묵은 옛날 고리짝 이야기한다는 따가운 시선 속에서도 우리 역사를 바르게 지키려고 노력하시던 유 박사님 같은 분에게는 시선조차 주지 않는 현실이 안타깝기만 합니다. 정부나 기업들이 정말 투자를 할 곳은 바로 그런 곳인데요."

"오빠, 이제 그만 진정해. 오빠 마음 알 것 같아. 박 경정님 말씀대로 정답을 알면서도 움직이지 못하고 응징하지 못하는 우리 세 사람 마음 다 같잖아. 하지만 어쩌겠어? 이게 우리나라 현실이고 여기가 그 벽인데? 그래서 오빠 도쿄 간다며. 가서 방법을 찾겠다며. 역시 오빠다운 생각이야. 정말 믿음직해.

나, 전에는 오빠가 이렇게 믿음직한 남자인 줄 몰랐어. 그냥 오빠인 줄만 알았지. 그런데 오늘 오빠 이야기 들으니까 이제까지 내가 본 오빠가 아니라 정말 믿음직한 남자라는 것을 새삼 느꼈어."

언제부턴지는 모르겠지만 경애도 어느 순간에 내가 남자로 보이기 시작한 것 같았다.

15. 가슴에 부는 따뜻한 바람, 경애

그나마 성당에서 연도를 바치러 온 신자들의 발길이 이어지는 바람에 크게 썰렁하지는 않던 영안실에 시간이 지나면서 연도하러 오는 신자들의 발길이 끊기고 나자 조문객이 별로 없는 까닭에 늦게까지 앉아 있었다. 일가친척도 단출해서 썰렁한 영안실에 유족들만 앉혀놓고 자리를 떠날 수가 없었다. 그러나 유족들도 쉬어야 내일 발인할 거라는 생각이 들어 11시가 넘어서야 겨우 자리에서 일어났다.

영안실을 나오자 바깥 공기가 제법 쌀쌀했다. 유병권 박사님과 처음 일을 시작할 때도 밤공기가 차갑기는 했지만 훈훈한 바람이 감도는 봄 밤공기라 그런지 푸근한 마음이 들었었는데 지금은 겨울을 맞는 가을 밤공기라 그런지 싸늘하기만 했다. 하긴 이런 마음이 드는 것이 꼭 이 계절 탓만은 아닐 것이다.

그때는 비록 장난기가 섞이기는 했어도 무언가 새로운 것에 도전하고 있다는 마음에 작은 희망을 갖고 있었고, 마음 역시 봄공기였다. 지금은 아니다. 이제 희망은 모조리 물 건너가고 싸늘한 시신으로 남은 유 박사님이 함께 남겨준 이 작은 칩이 전부다. 내 마음에 찬바람이 부는 것은 당연한 일일 게다.

"내일 아침 일찍 또 보겠지만 그냥 헤어지기가 아쉬운데 어디 가서 맥주나 한 잔 할까요?"

내 가슴에 부는 찬바람을 알기라도 했는지 박종일이 맥주를 한 잔 하자고 제안했다. 순간 나는 그러자는 대답이 목까지 올라오는데 나도 모르게 대답을 삼키고 경애를 쳐다봤다.

"그래요. 맥주 한 잔 하러 가요. 우리 세 사람 모두 기분도 그런데."

경애도 나를 쳐다보다가 눈이 마주치자 내가 자신을 쳐다보면서 의사를 묻는 눈빛을 읽었는지 대신 대답했다.

"그럼 차는 여기에 두고 걸어서 나가지요. 바로 곁에 많이 있으니까요."

우리 세 사람은 근처 조그만 카페에 자리를 잡았다.

"박 경정님은 결혼 안 하셨어요?"

내가 자리에 앉으면서 물었다. 나나 경애는 어차피 솔로니까 그렇다지만 박 경정은 어제도 우리와 밤을 샜는데 오늘도 늦은데도 불구하고 우리 두 사람의 기분을 이해하고 이렇게 시간을 낸 것이라는 생각이 들어 고맙다는 인사를 대신해서 물어본 것이다.

"했지요. 지금 애가 둘인데. 큰 애는 네 살이고 작은 애는 얼마 전에 첫돌이 지났습니다. 왜요? 매일 늦게 들어가는 것 같아서 걱정되십니까?"

"내가 걱정할 일은 아니지만 조금은요. 그러나저러나 이렇게 매일 늦게까지 근무하시면 힘드시겠습니다."

"사실 이렇게 매일 늦는 것은 아니죠. 늦을 때도 있기는 하지만 요 며칠은 아시다시피 특별한 상황이었잖습니까? 그러나 저러나 태 박사님은 아직 혼자신가 보죠?"

"예. 하지만 곧 할 겁니다. 생각해둔 여자가 있거든요. 아직 말은 안 했지만."

그 말을 하면서 나도 모르게 경애를 쳐다보는데 경애도 나를 쳐다보며 눈이 마주쳤다. 순간 경애의 눈이 반짝 빛나면서 아주 행복해하는 표정을 읽을 수 있었다.

영안실에서의 무거운 분위기를 씻기라도 하듯이 우리는 가벼운 대화를 나누면서 맥주 몇 병을 나누어 마시고 카페에서 나왔다. 카페에서 나오자마자 마침 빈 택시가 눈에 띄었다. 우리는 건너서 타야 된다는 것을 아는 박종일이 먼저 가겠다고 하면서 택시에 올랐다.

박종일이 떠나자 나는 살그머니 경애의 손을 잡았다. 경애도 뿌리치지 않고 오히려 꼭 쥐었다. 어린 시절이나 커서나 장난을 치면서 잡던 전날의 손이 아니다. 따듯했다.

우리는 손을 잡은 채 마로니에 공원까지 걷다가 멈췄다. 누가 먼저 멈췄는지 모른다. 그리고 서로를 바라보는 순간 내 손이 경애 허리를 감으면서 경애는 눈을 감고 내 목 뒤로 두 손을 감아안았다.

삼십 년이 넘게 알던 두 사람의 입술이 처음 포개지면서 삼십 년의 정이 서로의 혀를 통해 한꺼번에 서로에게 녹아들었다.

"어디 가서 와인 한 잔 할래? 오빠가 할 이야기가 있는데."

부끄러운지 아직 눈을 뜨지 못하는 경애는 그저 고개만 끄덕였다. 내가 허리를 풀자 경애도 내 목을 감았던 손을 풀고 옆에 서서 내 손을 잡고 발걸음을 떼면서 말했다.

"오빠 와인 안 마시잖아? 그런데 무슨 와인을 마시자고 그래."

"내가 경애한테 할 이야기가 있다니까?"

"나 이미 오빠가 할 이야기 다 들었는데 뭐. 아까 박 경정님 있을 때 한 말 다시 하려고 그러는 거 아냐? 그리고 조금 전에 내게 다시 했던 그 말."

경애는 내가 박 경정 앞에서 결혼할 여자가 있다는 말이 바로 자신을 두고 한 말이라는 것을 이미 알고 있었다. 그리고 내가 그녀에게 한 키스가 바로 그 이야기라고 생각하고 있었다.

"그럼 받아주는 거야?"

"당연하지. 이렇게 믿음직한 오빠를 두고 내가 어디로 가겠어? 갈 곳은 여기 한 군데지만 언제냐가 문제지."

경애는 검지로 내 가슴을 가볍게 누르면서 말했다.

"그런데 프러포즈 참 우습게 한다. 그치?"

"그래서 와인이라도 마시면서 하려고 한 건데?"

"이미 다 해놓고 와인은 무슨…? 오빠 배 안 고파? 아까 저녁도 안 먹는 것 같던데."

"배가 고픈 건지 아닌지도 모르겠다. 한편으로는 유 박사님을 생각하면 마음이 허전하고, 또 한편으로는 우리 경애를 얻으니 마음이 부르고. 너무 큰 두 가지 일이 동시에 일어나니까 갈피를 못 잡겠어."

"괜찮을 거야. 아니 다 잘될 거야. 무슨 일이든 동기가 순수하면 반드시 이뤄진다잖아. 하느님께서도 항상 정의로운 일에 손을 들어주신다잖아. 그러니까 다 잘될 거야.

오빠, 우리 어디 가서 해장국 먹을래? 어차피 우습게 시작된 프러포즈니까 해장국 집에서 마무리하는 것도 괜찮은 거 아니야?"

"해장국집 프러포즈라? 남들이 들으면 밤새고 새벽에 프러포즈한 줄 알겠다. 그래. 네 말대로 기왕 우습게 시작된 프러포즈니까 그것도 괜찮겠다."

이튿날.

대한민국의 국보급 사학자의 장례식이라고 하기에는 너무 초라한 장례가 치러졌다.

겉으로 보기에는 초라할 것이 하나도 없었다. 성당에서 장례미사할 때에는 신자들이 많이 와주었고 화장을 하고 납골당에 모실 때까지도 신자들이 동행을 해주어서 많은 사람들이 함께 기도해준 덕분에 전혀 초라하게 보이지 않았다. 그러나 이 나라 국보급 사학자가 가는 마지막 길에 학계는 물론 정부나 교육계의 어떤 사람도 나와보지 않고 쓸쓸히 떠나보내고 있었다. 겨우 고인의 제자 두어 명이 끝까지 자리를 지켜주었을 뿐이다. 박종일마저도 장례미사가 끝나고 복귀해 외부인으로는 나와 경애가 전부니 내막을 아는 사람에게는 쓸쓸하기 그지없었다.

장례가 모두 끝나고 장례미사를 지낸 성당으로 다시 돌아와서 헤어지기 직전 유 박사님의 사모님이 내게로 다가오더니 두 손으로 내 손을 감아 잡으며 흐르는 눈물을 주체하지 못한 채 고맙다는 인사를 반복했다.

"정말 고마워요. 그분께서 젊은 박사님 덕분에 마지막 길을 마음 편하게 가셨어요.

그렇게 끔찍한 변을 당하고도 젊은 박사님 보기 전에는 힘들어하면서도 어찌나 강하게 버티시는지 제가 안쓰러웠어요. 다행히 젊은 박사님 보고 난 후부터는 마음을 편하게 하시고 죽음에 순응하는 것이 어찌나 고마운지. 이미 장기가 삭아들어갈 정도로 큰 부상을 당하신 분이 편하게 가실 수 있게 해주셔서 정말 고맙습니다."

"아닙니다. 제가 오히려 고맙지요. 박사님 살아생전에 해드린 것도 없는데 마지막 길이라도 편하게 가시게 했다니 제가 고맙습니다."

"나는 그분께서 살아생전 이루신 업적은 알아도 무슨 일을 어떻게 하셨는지는 잘 모릅니다. 마찬가지로 젊은 박사님이 그분과 무슨 일을 하셨는지도 모르고요. 다만 한 가지 그분께서 하시고자 하던 일이 나라와 민족을 위한 일이라면 잘 마무리지어주시기를 바랄 뿐입니다. 그분이 맡기셨다면 분명히 믿을 만한 분이라 맡기셨을 테니 잘해주시리라 믿습니다."

내 손을 부여잡고 마지막 부탁을 하는 그녀의 눈에서는 눈물이 비 오듯이 흘렀다. 그 눈물을 보며 마치 자신이 겪고 있는 일이라도 되듯이 경애도 연신 자신의 눈을 손수건으로 찍어냈다.

"걱정 마십시오. 박사님의 명성에 누가 되지 않게 최선을 다해 마무리 짓겠습니다. 종종 연락드리겠습니다. 그럼 이만 가보겠습니다."

아무리 더 서 있어도 사모님의 눈물이 마를 것 같지 않아서 내가 먼저 인사하고 경애와 자리를 떴다.

11시에 화장을 해서 그런지 시간은 벌써 5시를 넘어서고 있었다. 하늘이 잔뜩 찌푸렸다. 10월 마지막 주의 하늘은 5시를 넘기면서 잔뜩 찌푸린 덕분인지 마치 밤처럼 컴컴했다.

"어머, 빗방울 하네?"

우리가 성당 문을 막 나서는데 아직 눈물이 채 덜 가신 목소리로 경애가 손바닥을 내밀어 빗방울을 받는 시늉을 하면서 하늘을 올려다봤다.

"하늘도 박사님이 이 땅을 떠나시니까 그분이 못다 이룬 일들이 아쉬워 서글퍼서 우시는 것이냐, 아니면 박사님을 하늘에서 만나 기쁘다고 우시는 것이냐…."

나는 말을 끝맺지 못했다. 울컥 설움이 받쳐 오르면서 콧등이 시큰해지고 눈 안 가득히 흐르기 직전까지 눈물이 차올랐다. 살짝만 건드려도 쏟아질 것 같은 눈물을 빗방울 핑계를 대며 엄지와 검지로 훔쳤다.

빗방울이던 비는 금방 굵은 줄기를 더하기 시작했다.

"마음도 그렇고 비도 쏟아질 것 같은데 저기 가서 빈대떡에 소주나 마시자."

마침 눈에 보이는 빈대떡 집에 들어서자 비는 여름 소나기 쏟아 붓듯이 내리기 시작했다.

"정말 하늘이 우리 마음을 아는가 보네? 비가 이렇게 갑자기 쏟아진담."

경애는 자신도 사모님이 내게 인사와 부탁을 할 때 옆에 서서 우는 바람에 마스카라는 물론 눈 주위 화장이 몽땅 지워졌으면서 아직 눈물이 남아 있는 내 눈을 쳐다보며 말했다.

"그거야 모르겠지만 일단 동경에 가기로 한 건 잘된 일 같아. 조금 전에 사모님도 말씀하셨잖아. 나라와 민족을 위한 일이라면 잘 마무리해 달라고. 그런데 이건 나라와 민족을 넘어서는 일이야. 정말 인류의 앞날이, 적어도 동남아의 앞날이 걸린 일이라고."

"그래. 난 오빠 결정을 믿어. 오빠가 순간적인 충동을 느끼는 기질이기는 하지만 인정 많고 신중한 거 내가 어릴 때부터 봐와서 잘 알잖아. 그러니까 그건 오빠 마음 내키는 대로 해."

"그래, 믿어줘서 고맙다. 실은 어제 집에 가서 메일을 열어보니까 학교 문제는 아직 결론이 나지를 않았지만 병원에서는 일단 좋다고 같이 일하자고 했다더라고. 되도록 빨리 와주면 좋겠다고 하면서. 그래서 이곳 정리도 필요하니 한 달 정도의 말미를 달라고 했어. 11월 말이나 12월 초에 들어가겠노라고 했지. 필요한 수속도 해야 되고 같이 병원을 운영하는 후배와 상의도 해야겠지만 별 문제는 없을 거야. 넌 12월 중순에 들어간다고 했지? 내가 먼저 가서 자리 잡고 있을 테니 그렇게 해.

참, 집에는 일단 결혼하는 걸로 이야기하고 내년 중에 시간 봐서 한국에 나와서 결혼식 올린다고 이야기했지? 나는 오늘 아침에 이야기했더니 우리 엄마가 얼마나 좋아하시는지? 경애 너를 나보다 엄마가 더 좋아하더라."

"사랑 받는 며느리 되겠네? 좋지 뭐. 오빠 어머니야 어려서부터 항상 곁에 계셔서 그런지 진짜 우리 엄마 같고 나도 좋아."

우리는 앞날을 설계하는 이야기를 하면서 소주를 두 병째 따고 있었다. 말이 두 병째지 경애는 한 잔을 조금 넘게 마셨을 뿐 내가 다 마시고 있었다. 낮에 화장하는 동안 점심을 먹는데 영 입맛이 없어서 두어 숟가락 뜬 것이 전부인 빈 속에 소주가 들어가는데다가 동경으로 날아가는 큰일이 해결된 것 같아서 그런지 취기가 일시에 올랐다.

빗소리는 점점 굵게 들리고, 마음은 허공을 가르고 도쿄를 향하고, 기억은 태씨 문중 선산에서 유병권 박사님이 세 권의 책을 들고 좋아서 어린애처럼 방실방실 웃던 초여름으로 돌아가고 있었다.

"오빠, 취해?"

아무 말 없이 기억 속에 묻혀 연거푸 석 잔의 술을 마시는 나를 보던 경애가 걱정스럽게 물었다.

"취하지. 술 마셔서 안 취하는 사람 있나? 다만 왜 취한 것인지가 다르다면 다르겠지?"

나는 나도 알 수 없는 야릇한 말로 답하면서 경애를 쳐다보는데 경애가 앉아 있는 뒷벽에 난 창문을 통해서 모텔 네온사인이 보였다.

"가려고?"

내가 자리에서 일어나자 경애가 따라서면서 물었다.

"아니, 너랑 같이 갈 곳이 있어서."

30년을 넘게 알았지만 이렇게 방에 단 둘이 서 보기는 처음이다. 나는 취기가 적당히 올랐으면서도 서먹한 것을 느꼈다. 아무리 가까운 거리지만 우산도 없이 달려오느라고 경애의 머리는 촉촉이 젖어서 물이 안면으로 흐른다. 나는 화장대 거울 옆에 걸려 있는 수건을 집어서 경애의 얼굴을 닦아주면서 속삭였다.

"지금 내 빈 마음은 물론 공허한 내 머릿속을 채워줄 사람은 너밖에 없어."

그녀는 내 입술에 자신의 입술을 갖다 대는 것으로 대답을 대신했다.

내 손에서 수건이 떨어지고 우리는 깊이 안은 채 누가 먼저랄 것도 없이 쓰러지듯이 침대에 누웠다. 서로가 서로의 옷가지를 벗겨내고 알몸이 되면서 그녀의 가슴에 얼굴을 깊이 묻고 어린 시절 엄마의 젖을 먹듯이 젖꼭지를 빨아댔다.

내 입술이 경애의 가슴에서 입술로 옮기기를 수차례. 내 남성이 여인 속으로 미끄러지듯이 빨려들어 갔다. 이미 준비하기라도 했었다는 듯이 경애의 여인은 촉촉하게 단장한 채 나를 받아들이며 그녀의 입에서는 가느다랗고 작은 외침이 새 나왔다.

"오빠."

우리는 알몸으로 서로를 안은 채 아무 말도 없이 한참을 누워 있다가 내가 깜박 잠이 들었다. 깜짝 놀라서 일어나 보니 경애는 아직도 내 쪽으로 누워 나를 바라보면서 그대로 누워 있었다. 잠시 잠을 잔 덕분인지 술기운이 가시는 것 같았다. 경애를 바라보니 부끄러워할 줄 알았는데 오히려 행복한 얼굴이다. 마음이 편안해졌다. 경애가 부끄러워하거나 얼굴을 찡그리거나 그 외에 불안한 어떤 표정을 지었으면 내 마음이 편안할 리가 없겠지만 행복한 얼굴을 보니 여간 편안한 게 아니다.

나는 아무 말 없이 손을 뻗어 경애의 두 목을 감싸쥐면서 내 쪽으로 끌어당겼다. 아니 내가 경애의 목을 지줏대 삼아 그녀 쪽으로 끌려갔다. 그리고 다시 하나가 되어 온몸에 땀이 흥건하도록 떨어질 줄 몰랐다. 그녀는 이번에도 작고 가냘픈 소리로 거친 숨과 함께 한 마디를 내뿜었다.

"오빠."

사랑한다는 말도 좋아한다는 말도 필요 없이 그녀는 나를 부르는 것으로 그 모든 것으로 대신했다. 내게 모든 것을 믿고 맡긴다는 의미리라.

도쿄를 향하는 비행기를 기다리는 동안 엄마는 연신 내 걱정을 해댄다.

"차라리 결혼을 하고 갈 것을 그랬다."

"밥은 꼭 챙겨 먹어라."

그러면서도 경애가 10여 일 후에 온다는 것은 마음이 놓이는지 이번에는 경애 손을 잡고 고맙다고 인사한다. 그런 자리를 피해 경애와 어머니를 남겨놓고 담배를 피운다는 핑계로 박종일과 나는 밖으로 나왔다.

"정말 괜찮으신 거죠?"

"보시다시피 이렇게 마음 편하지 않습니까? 공부하러 간다고 생각하고 떠나는 길이니 너무 심려는 마세요. 무슨 일이야 있겠습니까? 일단 도착해서 상황을 살펴본 후에 무슨 계획을 세워도 세울 거니까 너무 걱정 마세요."

"알았습니다. 태 박사님께서 경고망동하게 행동하실 분은 아니라고 믿으면서도 염려가 되는 것은 어쩔 수가 없습니다. 경애 씨랑 결혼도 하신다면서 부디 조심하셔야지요.

그리고 이건 혹시 도움이 될까 해서 준비한 명함입니다. 이 친구가 저와 경찰대 동기로 친하게 지냈는데 지금 도쿄 영사관에 파견 나가 있거든요. 마침 태 박사님하고 저하고 동갑이기도 하니까 이 친구와도 동년배이실 겁니다. 이 친구에게 저와는 아주 친한 친구고 또 국가적으로도 중요한 인물이라고 소개해놨습니다. 도착하시면 한 번 만나보시고 정 위급한 상황이 생기면 연락해보세요. 도와줄 겁니다. 일을 벌이시더라도 제발 우리 경찰이 도와줄 수 있는 선까지만 벌이세요. 제가 다시 한 번 부탁드립니다. 그리고 혹 제가 도와드릴 일 있으면 언제라도 전화든 제 개인 메일이든 보내주세요. 힘이 닿지 않는 곳이면 닿도록 만들어서라도 반드시 도와드리겠습니다."

"고맙습니다. 이렇게 걱정해주시는데 일이 안 될 리가 있겠습니까? 하느님께서는 정의로운 자의 편이시라는 말씀을 가슴에 새기고 떠나는 중입니다. 이루어주실 겁니다."

16. 기회의 붉은 피

　도쿄에 있는 클리닉은 왕궁에서 걸어서 겨우 10여 분 거리였다. 조짐이 좋았다. 이 정도까지 원하지도 않았는데 이 정도 거리면 왕궁을 출입하는 이들도 자주 이용할 것이다. 왕궁에서 일하는 사람은 물론 출입기자나 아니면 왕족 중 누구라도 올 수 있는 거리다. 누구라도 난 좋다. 사람만 골라서 왕궁의 정보만 얻을 수 있는 사람이라면 누구라도 좋다. 그럴 가능성만 보인다면 2년이 아니라 3년이라도 아니 그 이상이라도 기다릴 자신이 있다.

　그런데 그날 저녁 나를 환영하는 클리닉 만찬회장에서 나는 아주 반가운 소식을 들었다. 클리닉을 안내한다고 하면서 클리닉 자랑을 할 요량으로 간사를 맡고 있는 이비인후과 원장이 내 옆에 앉아서 자랑을 늘어놓았다.

　"내가 잘나서 간사를 맡은 것이 아니라 원장들 중에서는 한가한 편이어서 간사를 맡게 되었지만 일단 내 소임이니 우리 클리닉 안내를 해드리죠. 우리 클리닉의 자랑은 무엇보다 도쿄시내 웬만한 종합병원보다는 훨씬 우수하다는 평가를 받고 있다는 겁니다. 정형외과, 내과, 이비인후과, 소아과, 비뇨기과, 산부인과,

대장항문과, 성형외과 등은 물론 임상병리학과까지 갖춘 그야말로 종합병원입니다. 정신과를 제외한 모든 과가 한 건물에 그것도 독자적인 한 건물에 모여 있다는 것이 큰 특징이지요. 또 각각 입원실은 물론 첨단장비를 갖춘 덕분에 어느 과를 찾아온 환자든 간에 유기적인 체계를 이용해서 마치 한 병원에서 진료가 이루어지듯이 아주 신속하고 정확한 진료를 한다는 겁니다. 그 덕분에 인근 환자는 물론 멀리서도 환자들이 찾아오고 있습니다.

특히 지금 내과 원장님이신 미나모토노(源) 박사님과 대표 원장을 맡고 계신 정형외과 원장이신 타이라(平) 박사님께서는 왕궁에서 주치의로도 활약하신 바가 있을 뿐 아니라, 일본의 정통 왕족으로 각자의 성씨를 하사받은 가문 출신들이라 왕궁에서도 많은 분들이 예약하고 옵니다. 주로 근처에 흩어져 살고 있는 왕족들이나 왕궁에서 근무하는 분들이죠. 그뿐만이 아닙니다. 왕궁에 종사하는 사람들 중 갑자기 수술을 요하는 급한 환자가 생기면 우리 클리닉이 가깝고 수술은 물론 종합 진료가 가능한 까닭에 우리에게 찾아온답니다.

말이 클리닉이지 도쿄에서 잘 나가는 종합병원 중 하나라고 해도 자부심이 있습니다. 덕분에 각 과마다 많게는 다섯에서 적게는 두 명의 박사들이 근무하고 있습니다. 보수나 기타 복지도 박사들과 클리닉 종사자 모두에게 다른 병원에 비해 좋습니다. 그덕분에 더 열심히 일하는 거고 더 좋은 클리닉이 되어 가는 겁니다. 정말 잘 오셨습니다. 함께 일하게 되어 정말 반갑습니다."

장황하게 늘어놓는 자랑 중에 내 귀에 쏙 들어오는 말은 바로 왕궁에서 많은 손님들이 찾아온다는 말이었다. 너무 기쁜 나머지 악수라도 하고 싶었지만 함께 일하는 외과 선배에게도 비밀로 하고 있는 일이기에 내 마음만 흡족히 웃고 있었다.

12일이 지나서 경애가 왔다. 내가 근무를 시작한 지 얼마 되지 않기도 했지만 신문사에서 마중을 나오니 공항에는 나오지 말라는 그녀의 부탁을 듣고 공항에는 나가지 않고 저녁에 만났다.

"오빠. 얼굴 좋네. 숙소나 기타 불편한 것은 없고?"

"응, 없어. 숙소로 마련해준 아파트가 원룸이라 작기는 하지만 그래도 왕궁이랑 병원에서 멀지 않은 곳에 있어서 그런지 아주 깨끗하고 편해. 그리고 일전에 말한 대로 병원을 아주 잘 선택한 것 같아서 마음이 편하니까 더 편한 것 같아."

"나도 그 일은 오빠 말대로 천국에 계신 유 박사님께서 이리로 이끌어주신 것이라는 생각이 들어. 이렇게 왕궁 코앞에서 왕궁에 종사하는 사람들과 왕족들을 쉽게 접촉할 수 있으리라고 꿈에나 생각했겠어? 그래, 소식은 있어?"

"'아직은'이야. 하지만 곧 기회가 오겠지. 그리고 설령 기회가 온다고 해도 섣부르게 행동할 수 없는 일이니 시간이 걸리겠지. 난 요 며칠 이곳에서 지내면서 이곳에서 번 돈은 이곳에 몽땅 돌려준다는 각오로 사람들하고 친해지려고 노력하고 있으니 곧 좋아질 거야."

10여 일 만에 만나는 것인데도 불구하고 서로 애타해하면서 너무 오래 떨어져 있던 것 같다고 느끼는 것은 말을 안 해도 두 사람의 표정과 숨소리에서 나타났다. 30년 동안을 알면서 그동안 어떻게 서로에게 무관심한 척하면서 살았는지? 도대체 남녀 관계라는 것이 머리로는 이해가 안 된다는 것을 다시 한 번 실감했다.

우리는 그날도 함께 밤을 보내고 싶은 마음이 애절했다. 하지만 마침 경애 전임자가 여자였던 까닭에 회사에서 마련해주는 숙소를 별도로 마련하지 않고 남은 일주일 동안 전임자와 함께 지내기로 해 눈치가 보인다며 돌아갔다.

경애가 온 지 얼마 되지 않아서 성탄절이 되었다. 일본은 기독교 신자가 많지 않은데도 성탄 분위기는 우리나라와 별반 다를 것이 없다. 연말이라는 특수한 계절 덕분이기도 하지만 우리가 성탄을 즐기기에는 더 없이 고마운 일이었다.

그 후로도 나는 병원에 출근하고 일하고 퇴근하고, 경애는 취재하고 기사 쓰고 송고하고, 우리 둘의 생활은 한국에서와 다를 것이 없었다. 다만 다른 것이 있다면 한국에 있을 때는 서로의 존재감이 이렇게 중요한 것인지를 몰랐던 경애와 내가 서로의 존재에 깊이 고마워한다는 것과 항상 저녁이면 만나든 통화를 하든지 간에 혹 우리가 동경에 온 목적에 부합하는 특별한 경우를 만났는지 아닌지를 서로 궁금해했다. 나는 경애가 혹시 그런 계기를 만들 수도 있다고 생각도 했고 경애는 내가 반드시 만들 것이라고 믿고 있었다.

그렇게 서로를 위하며 위로하고 또 궁금해하며 지내다보니 동경에서 맞은 지루한 겨울도 지나가고 봄이 왔다. 동경의 각 공원이며 주택에는 벚꽃이 만발하고 또 졌다. 초여름의 싱그러움이 초록으로 그 나무들을 다시 덮었다.

1년 전 바로 이맘 때 유병권 박사님과 칠곡을 찾았었다. 지금은 그분의 뜻을 이룬답시고 나 혼자도 부족해서 경애까지 동경에 오게 했지만 아무런 성과도 없다. 차라리 바보가 되는 한이 있더라도 그 칩 안의 내용을 밝히는 건데 잘못한 것이 아닌가 하는 생각까지 들었다. 경애는 물론 박종일까지 가끔 전화했을 때 그런 이야기하면 초조해하지 말자고 다독이지만, 나는 기다려도 기회가 오지 않을 것 같다는 생각만 들었다.

정말 때라는 것이 있는 것일까?

경애가 곁에 없었다면 지루해서 하루도 버티지 못할 것 같은 생활 속에 젖어들어 가는 나를 보면서 온갖 고민을 하던 5월 마지막 날.

클리닉 안에 심상치 않은 바람이 불었다.

지금 진료하는 환자들을 5분 내로 빨리 진료를 끝내고 나머지 환자들 중 응급환자를 제외하고는 이웃 병원으로 소견서를 첨부해서 이첩하라는 지시가 내려왔다. 이후 모든 의사들은 대기 상태로 있으라는 거다. 이건 병원에서 할 일이 아니다. 그러나 이미 들은 이야기가 있다. 왕궁에 무슨 일이 일어난 것이 틀림없다. 마침 환자가 없어서 쉬고 있던 나는 3층 내과 바로 밑에 층인 외과로 내려갔다. 선배 역시 대기 상태였다.

"형, 무슨 일이야?"

"아, 너는 처음 겪는 일이니 좀 놀랐겠지만 별 일 아닐 거야. 일 년에 한두 번은 있는 일이니까.

왕궁에서 환자가 나오는 건데 왕이나 직계 족은 아니야. 그들은 왕궁에서 다 처리할 수 있어. 왕궁에는 그들만을 위한 최고의 의료진과 시설이 항상 대기하거든. 왕이나 그 일족을 위한 시설과 의료진은 왕이나 그 일족에게만 사용 권한이 있어. 왕궁 안에서 위급한 일이 발생해도 절대 다른 사람들은 그 시설을 이용할 수 없지. 왕과 그 일족에게 위급사항이 발생할 경우를 대비해서 항상 대기 상태로 유지한데.

무슨 이유인지는 와봐야 알겠지만 왕의 일족을 제외한 다른 이들을 위한 일반 의료진이 응급처치한 후 더 이상 치료할 수 없는 환자나 아니면 이미 죽은 환자겠지. 작년인가 한 명은 이미 죽은 시체로 나온 적도 있거든.

왕궁에서 근무 중에 안전사고가 났거나 죽었다고 하면 골 아프니까 일단 위급한 왕궁 종사자들은 이곳으로 보내거든. 이곳에서 세탁을 하는 거지. 불법자금을 사채업자를 통하거나 기타 방법으로 돈 세탁하는 그런 거라고 생각하면 돼. 다쳤으면 치료를 하고, 내가 근무한 이래로는 한 번 있었던 일이지만, 작년처럼 죽어서 나오면 이곳에서 적당히 시간을 끌다가 적당한 사인을 둘러대서 죽은 것으로 하는 거지.

왕궁 근무 중에 다치거나 죽은 것으로 하면 왕궁의 신성성인가 뭔가가 떨어진다나, 어쨌다나?

야, 태영광. 너 이 이야기는 어디 가서 하면 큰일 난다. 너나 나나 둘 다 모가지 아웃이라는 거 명심해. 여기서는 왕궁의 일이라면 목에 칼이 들어와도 비밀을 지켜야 하거든. 그러니까 나한테 들은 이야기는 앞으로 네 행동의 지침으로 삼으라는 교훈으로 듣고 이미 지난 이야기 들은 것은 못 들은 걸로 해."

"알았어. 이해하기 쉬운 일은 아니지만 그렇다면 그런 줄 알아야지, 뭐.

내가 알고 있던 상식보다 일본왕실이 대단하구만. 그렇다고 여기에 온 환자들을 내보내면 어떻게 해? 물론 보안을 유지하기 위해서 보는 눈을 줄이는 거겠지만…."

나는 놀랍기도 하고 정말 그럴 수 있을까 하는 의문도 들었지만 무언가 꼬리가 잡힐 것 같은 예감이 들었다. 뒷이야기를 더 들어보고 싶어서 태연한 척 대답하며 이야기를 유도했다. 선배는 자신의 지식을 자랑이라도 하듯이 이야기했다.

"나머지는 왕궁과 일본 정부가 알아서 할 거야. 이 클리닉이 이렇게 단독건물 갖고 잘 나가는 이유 중 하나가 바로 그거야.

웃기는 이야기 하나 해줄까? 네가 몰라서 그렇지 지금 왕궁 주변에는 별의별 인간들이 다 있어. 마치 노숙자처럼 누워 있는 인간을 일으켜 보면 모포 밑에서 수백만 원짜리 카메라가 나오지를 않나 가관이다? 그 인간들이 누군지 알아? 바로 일본 왕궁 파파라치들이야."

"일본 왕궁 파파라치?"

"그래? 일본 왕궁 파파라치. 일본 왕궁에서 일어나는 사건은 원래 일본 자체 내의 언론이나 기타 모든 기관이 절대 함구를 하니까 파파라치들이 그걸 찍어서 한 건 챙기는 거지. 찍어서 언론사에 넘기거나 아니면 그걸 미끼로 흥정을 하는 거야. 일본 왕궁이라는 곳이 절대 베일에 싸여 있다 보니 전 세계 언론이 생생한 사진을 흥미로워하거든.

내가 듣기로 언론에는 초보 수준의 것을 넘기고, 쓸 만한 사진은 흥정한다고 하더라고. 사진을 한 장 보낸 뒤 원판을 포함한 모든 것을 넘기는 조건으로 흥정하는데 그 액수가 장난이 아니라지? 경중은 있겠지만 왕의 직계가 저지른 일이거나 그게 아니더라도 왕궁의 신성성을 해칠 수 있는 건이라면 수억까지 간다던데? 신성성을 해치는 게 어떤 사진인지는 모르지만.

그러니까 이렇게 병원 하나 먹여 살리는 게 나을 수도 있지."

"그럼 비밀이 보장 되나?"

"응, 그 사람들 그건 칼처럼 지킨다더라. 자신이 그 한 건으로 인생을 바꾸는 대신 절대 함구래. 그래서 그런지 간혹 이곳에 환자가 올 때는 아무리 급한 환자도 앰뷸런스나 다른 차 안 타고 일반 승용차로 호송해서 와. 왕궁을 나오는데 파파라치들의 눈을 속이는 거지."

"일본 왕궁이 정말 대단하구먼."

"절대지. 아니 절대라는 표현이 어울리겠지. 그런데 알고 보면 그게 다 일본의 정치하는 인간들의 농간이라고 하더라고. 자기들이 가지고 있는 신분을 지키고 계승하기 위한 방법 중 하나라는 거지. 메이지유신 이래로 자신들이 차지한 자리의 대물림을 위한 정신적 지주를 만드는 방법이라는 거야. 일본 정치에는 새로운 인재가 나와도 얼마 못 가잖아. 막부정권으로 길들여진 일본 특유의 문화라면 그렇지만 좌우간에 뭐 그런 거야.”

내가 선배의 말을 듣고 막 문을 나서려는데 외과 간호 반장이 급히 들어왔다. 나를 보았지만 별 관계치 않고 입을 열었다.

“박사님, 어서 수술실로 가시지요. 지금 들어온 환자는 MRI 결과 특별하게 다친 곳은 없답니다. 깊은 타박상을 입고 상처가 난 후 시간이 경과하는 바람에 출혈이 심한 것뿐이랍니다. 문제는 혈액형이 특이한 환자입니다. Rh- A형이라는데요?”

“그런데 수술실에는 왜?”

“환자를 응급실에 놓아두면 보는 눈이 있으니까 일단 수술실에서 기초 검사했습니다. 그리고 그 환자 진료를 박사님이 맡으신답니다. 그리고 대책도 협의하실 건가봅니다. 당장 확보된 혈액은 없고 공수해 와도 시간이 걸리는데 그렇다고 요란을 떨 수도 없고. 환자가 왕실의 특급 보안요원이라고 합니다.”

“특급 보안요원이라면 지난번 그 환자도 특급이었잖아.”

“그렇습니다. 좌우지간에 어서 가시지요.”

“알았소. 참, 태 박사. 너도 올라가봐. 아마 기본조사가 끝이 났나본데 너도 찾겠다.”

함께 방을 나와서 내 방으로 올라왔다. 순간적으로 머리가 혼란해졌다.

‘정말 기회가 온 걸까? 내 혈액형이 바로 Rh- A형이다.’

간호반장이 한 이야기를 선배에게 들은 이야기와 함께 정리하려고 했지만 쉽게 정리가 되지를 않는다.

'특급 보안요원이라? 큰 이상은 없지만 당장 혈액이 문제라? 특급 보안요원이라면 모르면 몰라도 왕실기밀 중에서도 아주 중요한 기밀을 취급하는 사람이다. 거기다가 지난번에 죽어서 들어와 적당히 머물다가 새롭게 죽은 사람이 되어 버린 자도 특급 보안요원이라고 했다. 그렇다면 그들만의 무언가가 있을지도 모른다. 아직 왕실 보안요원이 뭔지도 모르는 나다. 특급 보안요원이 뭔지 또 그 사람을 어떻게 접촉하는지도 모르는데 무얼 알 수 있나? 그런데도 이렇게 신경이 쓰이는 것은 정말 무언가 있는 것일까? 아니면 내가 집착을 한 까닭일까?'

생각을 정리한다면서 나도 모르게 이상한 방향으로 흐르던 나는 소스라치게 놀랐다.

'지금 내가 무슨 생각을 하는 것인가? 의사가 환자를 두고 살려낼 생각하지 않고 자신의 목적에 집착해서 헛생각하고 있다.'

그때 원장실로 모이라는 인터폰이 왔다.

"방금 궁에서 환자가 한 명 들어왔는데, 참 태 박사는 무슨 말인지 모르겠네? 차츰 설명할 테니 일단은 우선 듣게. 궁에서 나온 환자의 기본조사 결과 다른 곳에는 이상이 없고 심한 타박상, 특히 머리에 커다란 상처가 나서 출혈이 심했다더군. 불행하게도 환자 상처 부위의 혈액 응고 상태로 보아 사고를 당하고 한참 후에 발견이 된 것 같다더군. 정확한 것은 2차로 검사를 또 해야겠지만 우선은 환자가 의식을 회복해야 2차 검사를 할 수 있지. 머리를 심하게 다쳤으니 정신과적인 이상이 있을 수도 있다지만 그거야 나중 문제지. 지금 당면한 문제는 환자의 혈액형이 네거티브 A형이라는 거야. 우리 병원에는 비축 혈액도 없고 공수를 해오는 중이라고는 하는데 시간이 얼마나 걸릴지 모르고. 잘 알다시피 요란하게 일을 벌일 수도 없는 형편이다 보니 난감한가봐. 우리 내과와는 별 상관이 없을 것 같아서 굳이 설명을 안 하려고 했는데 혹시나 해서 하는 말일세."

"원장님. 제가 네거티브 A형인데요."

"뭐라고? 태 박사가?"

"네. 제 신상기록부에 보면 나와 있습니다. 제가 네거티브 A형입니다. 환자가 필요하다면 제공해야지요. 의사가 꼭 의술로만 사람을 살려야 하는 것은 아니지 않습니까?"

"그거야 그렇네만, 정말 혈액을 제공할 의사가 있는 건가?"

"그럼요. 당연하죠. 사람이 죽어 가는데 의사가 뭘 망설이겠습니까?"

"알았네. 수술실로 가지."

정말이지 그 순간의 내 생각은 환자를 살려야 한다는 생각 이상은 아무것도 없었다. 수술실에 도착하자 환자의 치료를 맡은 선배는 궁 안에서 응급치료한 환자의 타박상 부분을 치료하고 있었다. 출혈이 심하다는 머리 부분은 이미 조치가 끝난 뒤로 보였다.

"네 혈액형이 네거티브라고? 일단 잠시 기다리자고. 정확한 결과가 나올 거니까."

내 혈액형을 조사하기 위해 채혈을 해 가지고 가자 선배는 걱정스런 얼굴로 물었다. 그런데 주위를 의식해서인지 우리말로 속삭이듯이 했다.

"저 환자는 출혈이 상당히 심해. 궁 안에서 응급조치한 부분을 다시 조치하기는 했지만 내가 보기에는 적어도 한 시간 이상 방

치되었던 것 같아. 그동안 엄청난 피를 흘린 거지. 작년에 죽어서 나왔던 환자도 무엇보다 문제가 출혈이었는데 비슷한 증상이야. 도대체 무슨 연유인지는 알고 싶지도 않지만 이렇게 환자를 방조한다는 것이 이해가 되지를 않아.

그보다 너 저 환자에게 정말 수혈할 거야? 네 환자도 아니고 더더욱 동족도 아닌데 굳이 그러지 않아도 돼. 지금 저 환자 생명을 유지시키려면 상당량을 수혈해야 되고 더더욱 너 혼자 수혈하는 것으로는 되지도 않아. 어차피 2차 수혈해야 되는데 굳이 무리하지 마. 지금 혈액이 오고 있다니까 기다릴 수 있을 때까지는 기다려보자고.

일단 수혈을 시작하면 목숨은 살려야 될 테니까 네 건강에 해를 줄 수 있는 만큼이 될 수도 있어. 많이 뽑아야 된다는 말이야. 물론 네가 죽지는 않게 뽑겠지만."

"선배, 죽지 않으면 돼. 나도 의사야. 당장 건강에 해로울 수도 있지만 며칠 지나면 건강한 사람은 도로 회복되는 게 피잖아. 그러니까 걱정하지 마. 의술은 인술이라잖아. 의사가 꼭 의술로만 사람을 살리면 인술이 아니지. 때로는 의술 이외의 방법으로라도 사람을 살릴 수 있으면 살려야 되는 거 아냐?

사실 꼭 살리고 싶어도 의술도 부족하고 다른 방법도 없어서 떠나보낸 사람이 어디 한둘이야? 이 기회에 그분들에게 진 빚을 갚는 셈 치지 뭐."

나는 이야기하는 동안 유병권 박사님을 떠올렸다. 꼭 살리고 싶어도 살리지 못하는 사람이 어디 한둘인가? 그러니까 살릴 방법만 있다면 살려야 한다.

내 혈액형 검사 결과가 나오고 수혈을 하는 동안에도 환자는 의식을 찾지 못했다. 고비를 넘길 만큼 수혈하고 나서 나는 입원실 특실로 옮겨졌다. 내가 수혈을 끝내고 머지않아 혈액이 도착해서 2차 수혈을 했다는 소식을 듣고 선배가 찾아왔다.

"너 피 뽑고 정말 영웅 됐다?"

"무슨 소리야? 그깟 일로 영웅은 무슨 영웅?"

"네가 그랬잖아. 죽지 않을 만큼 뽑아서 환자 생명 살리라고. 의사인 내가 환자를 안 살리면 누가 살리냐고."

"그게 뭐가 어때서?"

"내과 원장은 물론 대표 원장인 우리 정형외과 원장이 의사 중의 의사라나 뭐라나 해 가면서 여간 칭찬하는 게 아냐? 정말 저런 의사가 우리 사회에 필요한 거라면서 자신들이 알고 있는 의학상식은 모조리 동원해서 빨리 원상회복 되도록 처방을 내린다고 전 원장들이 모여서 난리치고 있어.

당분간 특실에 입원해서 호강 좀 할 거야. 먹는 거며 뭐며 특별한 대우 좀 받을 거야. 그게 일본의 특징이거든. 한꺼번에 와 하고 일어나는 문화, 그리고 금방 또 꺼지기는 하지만. 흔히 우리나라에서 냄비문화라고 하잖아."

"듣기 싫은 소리는 아니네. 그나저나 환자는 괜찮아?"

"응, 2차 수혈 끝냈으니 머지않아 의식 회복하고 특실로 옮길 거야. 상처가 다 나으려면 시간이 좀 걸리겠지. 사실 그런 상처야 2~3일 입원하고 집에 가서 치료해도 되지만 아까 잠깐 말했듯이 정상에 가깝게 만들어서 퇴원시키는 것이 왕궁에서 나온 환자들에게 해주는 방법이거든.

참, 너 결혼할 여자 있다고 했나? 그 환자도 예쁘던데. 거기다 가 피도 나눠준 사이잖아."

"쓸데없는 소리하지 마. 나는 여자인지 남자인지도 모르고 수혈하러 간 거잖아. 공연히 남들이 들으면 정말인지 알겠어."

"웃자고 한 말이다. 좌우간에 걱정돼서 들렀는데 괜찮으니 다행이다. 내가 보기에는 굳이 처방 안 하고 당장부터 일 시켜도 될 것 같지만 이 김에 푹 쉬어둬. 그동안 타지에 와서 고생만 하고 제대로 쉬지도 못했는데 엎드러진 김에 쉰다는 속담대로 해. 이런 대우도 하루 이틀이야. 아까 내가 말했지? 냄비문화."

그날 저녁 특별한 취재도 다른 약속도 없다면서 함께 저녁 먹자는 경애의 전화를 받고 나는 처음으로 그녀에게 거짓말을 했다. 내가 병실에 있다고 하면 그녀는 놀랄 것인데 이 상황을 전화로 어떻게 설명할 수도 없는 노릇이다. 의사가 환자에게 수혈하고 병실에 누워 있다는 말을 하자니 앞뒤 설명을 해야 할 것 같은데 그건 금물이라는 이야기를 이미 선배에게 들었다. 특히 이런 상황에 한국 신문사 특파원이 내가 입원한 병실에 나타나서 공연한 오해를 불러일으키고 싶지 않았다. 모든 것은 나중에 설명하기로 하고 일단은 급한 환자 때문에 야간 근무한다고 거짓말을 했다.

선배 말대로 그날 저녁에는 빈혈환자에게 좋다는 음식은 다 나온 것 같았다. 한 술 더 떠서 영양주사니 뭐니 해 가면서 법석을 떨었다. 그리고 그날은 물론 이튿날에도 내과 원장과 대표 원장이 간사를 맡고 있는 이비인후과 원장과 같이 찾아왔다. 나는 차라리 집에서 며칠 휴식을 취하고 싶다고 했더니 기꺼이 그렇게 하라면서 선뜻 유급 휴가를 허락했다.

집으로 돌아온 나는 제일 먼저 경애에게 전화했다.

"나 지금 집에 왔어. 어제 야근을 한 덕분에 오늘은 쉬게 되었거든."

"그래? 알았어. 나도 오늘은 별 일이 없을 것 같아. 끝나는 대로 오빠 집으로 갈게."

"아냐. 끝나면 연락해. 내가 네 집으로 갈게. 군이 멀리 오지 말고 내가 가는 게 낫지."

만일 경애가 우리 집에 와 있는데 냄비문화 특성 그대로 걱정이 되어서 들렸다면서 병원에서 누가 오기라도 한다면 골 아픈 일이다. 숙소가 병원에서 멀지도 않기에 충분히 가능한 일이다.

"내가 가도 되는데? 군이 오빠가 안 오면 어때서? 어제 야근도 했다며."

"경애가 해주는 저녁 먹고 싶다고 했잖아. 그러니까 밥이나 줘라. 피 뽑고 났더니 배고파 죽겠다."

"피를 뽑다니?"

"그게 말이다. 무슨 소리냐 하면….”

내 이야기를 모두 듣고 난 경애는 놀라기는커녕 잔뜩 걱정되는 표정을 지었다.

"오빠, 그러다가 무슨 일이라도 나면 어쩌려고?"

"내가 의산데 무슨 일이나? 다 알아서 하지 일이 날 정도로 벌이지는 않아."

"내 말은 단순히 수혈해준 것 가지고 하는 말이 아니야. 오빠 그 여자가 특급 보안요원이라고 하니까 공연히 딴 생각한 거 아냐?"

"정말 아니라니까? 솔직히 처음에는 나도 딴 생각이 났다고 했잖아. 하지만 곧바로 의사인 내가 그러는 것은 옳지 않다는 생각이 들었어. 설령 의사가 아니더라도 죽어 가는 한 생명을 놓고 살릴 수 있으면 살려야 한다는 생각이 먼저 들더라고. 아까도 말했지만 유병권 박사님 생각도 간절하게 났어. 그때는 의술로도 또 어떤 방법으로도 살릴 수 있는데 살리지 못한 것이 아니라 능력이 부족해서 살려드리지 못한 거지만, 살릴 수 있으면 살려야 된다는 생각이 난 거야. 특급 보안요원이 뭔지도 모르는데 무슨 그런 생각을 해. 좌우지간에 일본 왕궁이 정말 대단하다는 거 하나는 이번 기회에 확실하게 알았어. 섣부르게 접근할 것이 아니라 시간을 가지고 접근해야 할 일인 것은 확실한 것 같아."

"그렇다면 다행이지만 난 행여 오빠가 그 여자에게 잘못 접근하다가 일을 망칠 뿐만 아니라 오빠가 다칠까 봐 두려워. 오빠가 다치면 난 어떡해?"

"안 다쳐. 걱정하지 말고 밥이나 줘."

그때 내 전화가 울렸다.

"아, 선배?"

"그래. 어디냐? 집?"

"아니, 바람 좀 쏘이러 나왔어. 왜?"

"집에 있으면 나와서 같이 저녁이나 먹자고 원장님이 그러셔서. 멀리 있니?"

"응, 기왕 쉬는 김에 좀 멀리 왔는데."

"그럼 하는 수 없고. 참, 아까 그 환자 의식 완전히 회복해서 2차 검사까지 했는데 아주 상태가 좋아. 아무 걱정 안 해도 된다. 그런데 의식이 들고 자기가 어떻게 이곳에 왔으며 어떻게 살아났는지를 묻기에 네 이야기를 해줬더니 당장이라도 만나고 싶다고 하더라. 생명의 은인인데 가만히 있을 수 없다고 하면서. 그래서 내가 일부러 한 술 더 떠줬지. 자신을 희생해서 무리한 수혈을 하는 바람에 휴가 떠났다고. 그리고 네가 총각이라는 말 하는 것도 잊지 않았다. 그래야 뭐가 돼도 될 것 같아서. 물론 결혼할 여자 있다는 말은 뺐어.

태 박사, 그 여자 깨어나서 바른 자세하고 앉으니까 참 예쁘더라. 총각만이 누릴 수 있는 복을 누리라고 내가 잘 말해뒀으니까 나중에 잘 되면 다 내 덕인 줄 알아라. 너 말로는 결혼할 여자 있다고 하는데 영 그런 기미도 보이지 않고 해서 특별히 신경 쓴 거다.”

“쓸데없는 말은 그만하고, 나 내일부터 나갈 건데?”

“내일부터? 야, 그러지마. 너 아까도 말했지만 엎드러진 김에 쉬지 않으면 나중에는 국물도 없어. 냄비문화라고 내가 말해줬잖아. 줄 때 받아. 공연히 예쁜 여자가 찾는다니까 다른 생각하지 말고.”

“선배 말뜻은 알겠는데 쉬는 게 꼭 능사는 아니잖아. 내 일이니까 내가 알아서 할게. 일단은 고마워. 내일 봐.”

전화하는 동안 내내 신경을 곤두세우던 경애가 전화를 끊자마자 한 마디 했다.

“거봐. 오빠 당장 내일부터 나간다잖아.”

“그럼 안 나가?”

“아까 말할 때는 그게 아니었잖아. 그런데 그 여자 환자가 의식을 차리고 오빠 보고 싶어 한다니까 당장 내일부터 나간다는 것 아냐?”

“꼭 그렇다고 할 수는 없지만 그런 것도 무시할 수 없기는 해.”

“그게 무슨 의민데? 그 여자가 오빠 보고 싶어 하니까 나간다는 의미 아냐?”

“그렇지. 쇠뿔도 단김에 빼야지 식으면 소용없지 않겠어?”

"거봐. 지금 오빠는 온통 신경이 한 곳에 가 있다니까? 특급 보안요원인지 뭔지에?"

"솔직히 수혈을 해줄 때는 순수한 목적으로 했어. 사람을 살리고 보자는 이유였지. 하지만 막상 그 여자가 나를 찾는다니까 은근히 기대되는 것도 사실이야."

"그래서? 내일 나가서 궁 안에 대해 궁금한 것이 있으니 말해 달라고 할 거야?"

"내가 바보니? 일단은 사람하고 친해져 봐야 그 뒤를 생각하고 말고 하지."

"오빠 성격에 누구를 이용하거나 그런 거 절대 못한다는 것 내가 잘 아는데? 얼마 안 가서 들통 나면 오빠만 다친다니까?"

"들통 안 나게 하면 되지? 예를 들어서 그 여자를 정말 좋아한다거나 뭐 그런 것?"

"뭐? 정말?"

경애는 앉은 채로 두 주먹을 쥐고 내게로 달려드는 시늉하다가 내가 피하자 앞으로 넘어지려고 했다. 나는 앞으로 넘어지는 경애를 두 손으로 받아 안으며 와락 내게로 끌어당겼다. 우리는 아직 저녁을 먹지 않았다는 사실도 잊은 채, 여기는 침대가 아니라 이불도 깔리지 않은 맨방바닥이라는 자리도 관여하지 않고 하나가 되었다.

우리 둘이 숨을 몰아쉬면서 서로를 확인하는 동안 경애는 오늘도 딱 한 마디만 했다.

"오빠."

그녀는 단 한 마디 나를 부르는 것만으로도 내 모든 것을 믿고 자신을 내게 맡기며 행복해하는 자신을 드러내고 있었다.

17. 일본왕실 비밀서고의 흑막

 이튿날 출근하자 원장을 비롯해서 보는 의사들마다 왜 더 쉬지 않고 벌써 나왔느냐고 한 마디씩 했다.

 나는 젊은 나이에 집에서 쉬는 것은 더 고역이라고 대답하면서도 선배가 찾아오기만 기다렸다. 어제 전화를 받아서 내용을 알기는 하지만 내 발로 찾아가면 그만큼 그녀의 마음을 여는 것이 어려울 것 같았다. 굳이 나를 드러내기 싫은데도 그녀가 나를 찾는 까닭에 가는 것으로 만드는 것이 훨씬 낫다는 생각이다. 그러나 그런 내 생각은 전혀 소용이 없는 것이었다.

 점심시간 직전 선배로부터 전화가 왔다.

 "나왔다며? 기왕 나왔으니 같이 점심 먹자. 내 방으로 내려와."

 더 쉬라는 선배의 충고를 무시하고 기왕 나왔으니 밥이나 같이 먹자는 소리로 생각하고 선배의 방에 들어서는 순간 선배 맞은편에 환자가 앉아 있기에 머뭇거렸다.

 "괜찮아. 이리와. 이 분이 바로 태 박사 수혈 덕분에 목숨을 구하신 하나꼬 씨야."

 나는 깜짝 놀랐다. 정말 선배가 나를 저 여자와 맺어주려는 건지 의문이 들었다. 이렇게 자기 방에 같이 있으면서 나를 부른 건 그렇게 해석할 수밖에 없었다.

"조금 전에 회진을 가서 태 박사가 출근했다고 했더니 보고 싶다는데 내가 방법이 있나. 그렇다고 태 박사가 인사 받겠다고 병실로 갈 사람도 아니고. 절대 고맙다는 인사 받으러 올 사람이 아니라고 하니까 다른 방법은 없냐고 묻기에 궁여지책 끝에 생각해낸 방법이야. 그러니까 적당한 선에서 고맙다는 마음을 받아들이라고."

선배가 나를 소개하는 장황한 말 중에 하나꼬는 자리에서 일어서면서 아무 말 없이 내게 고개를 깊이 숙였다. 선배는 평소에 부르던 '너'라는 호칭까지 '태 박사'로 바꿔가면서 나를 띄우기에 급급했다. 오히려 내가 부끄러워서 얼굴마저 빨개지며 나도 엉겁결에 고개를 숙였다.

"태 박사 얼굴까지 빨개지는 걸 보니까 총각은 확실히 나이를 먹어도 총각이라니까?"

선배는 농담까지 얹어가면서 자리를 부드럽게 하려고 노력했다.

"아니, 선배. 별 일도 아닌 것을 가지고 이렇게 사람을 놀려? 무안하잖아?"

"아닙니다. 제가 원한 겁니다. 너무 뵙고 싶었습니다. 홍 박사님 말씀에 의하면 태 박사님 덕을 입지 못했다면 저는 이미 이 세상 사람이 아니라고 들었습니다. 사실은 그 대상이 꼭 제가 아니더라도 이런 의사선생님을 뵙는다는 것이 정말 영광입니다. 의사가 환자를 살릴 수 있는 것이라면 의술이든 수혈이든 아니면 그보다 더한 것이라도 해야 한다고 주위의 만류를 뿌리치고 수혈을 해주셨다는 이야기를 원장님한테서도 들었습니다. 정말 고맙습니다."

"아, 아닙니다. 제가 할 수 있는 일을 한 것뿐입니다. 의사인 제가 할 수 있는 일이 없어서 보내기 싫은 분을 보낸 아픈 기억도 있어서이기는 하지만, 일단 의사라면 어떻게든 환자를 살리고 치료하는 것이 옳다는 생각이고 그 생각을 실천한 것뿐입니다."

"아, 그런 일도 있으셨군요. 하지만 사람이 생각을 실천으로, 그것도 자기 자신이 위험에 빠질지도 모르는데 자신을 던져 실천한다는 것이 쉽지는 않은 일인데 정말 훌륭하십니다. 제가 이 은혜는 평생 잊지 않을 겁니다."

"은혜는 무슨 은혜라고…."

"자, 이제 나머지 이야기는 추후 두 사람이 만나서 이야기하시고 우리는 밥 먹으러 가자고. 하나꼬 씨는 아무래도 환자니까 병실에 오는 밥을 드셔야 할 테니 오늘은 이만 하고 돌아가세요. 제가 태 박사에게 이야기해서 퇴근 후 병실에 들리게 할 테니 고마움은 그때 전하시죠."

하나꼬를 병실로 돌려보내고 우리는 식당으로 향했다.

"선배, 이게 갑자기 뭔 일이야?"

"왜? 어제 내가 한 말이 농담인 줄 알았어? 내가 두 사람 잘 맺어줄라고 한 짓이라니까?

너 전부터 나한테 결혼할 여자 있다고 말만 했지 언제 결혼을 한다는 것은 고사하고, 병원이든 퇴근 후에든 같이 있어 봐도 전화 한 번 오는 것도 거는 것도 못 봤어. 솔직히 말해서 없다는 결론을 내리려는데 미인이, 그것도 신원은 아주 확실한 미인이 나타났으니 내가 손을 써야지. 왕궁에서 근무할 정도면 몇 대를 이어서 신원은 아주 확실한 거니까 다리만 잘 놓으면 되겠다 싶었지."

나는 어이가 없었지만 한편으로는 잘된 일인지도 모른다는 생각이 들었다. 그렇다고 하나꼬가 미인이라서 경애와 견주거나 그런 것은 아니다. 접근하는 방법 중 좋은 방법이 될 수도 있다는 생각이 들었을 뿐이다.

"나도 동경대 유학 시절에 지금 아내 만나서 결혼했지만 일본여자들 의외로 신랑한테 잘한다? 물론 사람 나름이겠지만 참 매력 있고 싹싹해. 팔불출이라고 할 줄 몰라도 나는 결혼에 대해서는 절대 후회 안 해. 오히려 일본에서 사는 데는 훨씬 도움도 되고."

"그래서 나더러 결혼해서 일본에 눌러 앉으라?"

"왜? 못할 건 뭔데? 직장 확실한 것 잡았겠다, 여자 확실한 후보 나타났겠다, 뭐가 어때서?

아마 네가 싫다고 하기 전에는 지금 병원은 그만 두라고 하지는 않을 거야. 지난번에도 잠깐 이야기했지만 그렇게 저렇게 얽힌 것들이 있으니까 크게 잘못하는 것 없으면 먼저 해고하거나 그러지는 않아. 그러니까 내가 성의껏 베풀 때 잘 생각해보라고."

점심을 먹고 선배와 헤어져 내 방으로 와서 곰곰이 생각해봤다.

선배의 말이 틀린 것은 하나도 없다. 아니 선배가 나를 잘 알기에 그런 생각을 하고 혼자서 일을 만드느라고 노력했던 거다. 유유상종이라고 내가 홍 선배랑 친한 것은 둘이 비슷한 구석이 있기 때문이다. 만일 내가 유병권 박사님의 죽음으로 인해서 경애가 여자로 보이지 않았다면, 그보다 유 박사님을 만나지 않은 상태에서 일본에 왔는데 지금 같은 일이 벌어졌다면 선배의 말처럼 되었을지도 모른다. 그러나 지금은 다르다. 내가 일본 여자랑 결혼을 생각한다는 것은 있을 수도 없는 일이거니와 경애를 누구보다 사랑한다.

하지만 정말 하나꼬라는 여자가 나를 마음에 두고 좋아하기만 한다면 쉽게 접근할 수 있고 또 내가 원하는 것에 대해 알아볼 수도 있다. 왕궁에 근무하는 특급 보안요원이라고 비밀서고에 대한 내용을 알고 있으리라는 보장은 없지만 적어도 접근해볼 수는 있을 것 같았다.

오후 내내 환자를 진료하다가 틈만 나면 그 생각을 했으나 어떻게 해야 옳은 것인지 판단이 서지를 않는다. 다만 한 가지, 일단은 하나꼬와 친해보는 것이 낫다는 판단이 섰다.

퇴근 시간이 되자 옷을 갈아입고 하나꼬의 병실을 향했다.

"어머나, 정말 와주셨네요?"

"퇴근길에 잠시 들렀습니다. 아까 우리 선배와 하나꼬 씨가 너무 과찬을 하는 바람에 당황해서 제대로 인사도 못 하고 해서 그저…."

"아니에요. 당연히 드릴 말씀을 드린 건데요. 이렇게 직접 병실까지 찾아주시니 정말 뭐라고 감사 드려야 할지 모르겠네요. 아까 제가 드린 말씀은 진심이었어요. 사람이 생각이나 마음으로는 하기 쉬운 일도 막상 자신에게 해가 되는 일이 동반되면 실행으로 옮기기가 쉬운 일은 아니잖아요. 저는 그걸 몸으로 실천하신 박사님께서 대단한 분이라는 생각을 했던 것뿐이에요. 참, 아까 말씀 중에 보내기 싫은 분을 보내신 기억이 있다고 하시던데…."

"그거요? 제가 존경하는 분입니다. 차마 저 같은 사람은 그분하고 알았다는 것만 해도 영광으로 알았어야 할 분이죠. 살아 계실 때는 몰랐는데 막상 변을 당해서 돌아가시고 나니까 제가 그분을 존경하고 있더라고요. 단순히 존경하는 게 아니라 시간이 지나면 지날수록 그분의 존재가 더 커져 가고, 살아 계실 때 말한 마디라도 따뜻하게 해드리지 못한 것이 못내 아쉽기만 해요.

그분이 변을 당하셨을 때 병원에 가서 담당의사와 상의도 해봤지만 제가 해드릴 것이 없더라고요."

"그러시군요? 저는 혹시나 했는데…. 말씀을 듣고 돌아와서 혹시 사랑하는 분이 그렇게 돼서 이제껏 결혼을 안 하신 건 아닌가 하는 생각까지 해봤어요. 제가 너무 가볍게 생각했네요. 미안합니다."

"아닙니다. 미안해하실 것까지는 없습니다. 조금 전에도 말씀드렸지만 그분이 돌아가실 때만 해도 그분을 보내드리기 싫다는 생각도 사실은 못했어요. 하지만 시간이 지나면서 점점 그때 그분을 보내드려서는 안 되는 일이었다는 생각이 나는 거죠. 그거 보면 사람이 이상한 거예요. 옆에 있을 때는 귀한 줄 모르다가 막상 떠나고 나면 귀한 줄을 알잖아요."

"그러네요. 대부분 부모님도 살아 계실 때는 모르다가 막상 돌아가시고 나면 그 빈자리가 허전하잖아요. 저는 특별히 존경하거나 그런 분을 잃은 기억은 없고 부모님을 보내드리고 나니까 정말 허전하더라고요. 죄송합니다. 공연히 제가 말씀을 드리는 바람에 아픈 마음을 더 아프게 해드린 것 같네요."

"아녜요. 어차피 가신 분인데요. 차라리 제가 그분의 뜻을 받들어서 살 수 있다면 그렇게 하는 것이 옳은 일이라고 생각하고 있습니다.

상처는 좀 어떠세요?"

"글쎄요? 저는 잘 모르겠는데 상처가 깊다고 하시면서 며칠 동안은 입원해야 한다고 하네요. 통증도 없고 그만 퇴원해도 될 것 같은데 입원을 권하시니 얼굴에 상처도 있는데 굳이 퇴원하는 것도 잘하는 짓은 아닌 것 같아서 병원에서 하라는 대로 하려고요."

"그러세요. 특히 머리 상처가 깊다고 들었는데 제 생각에도 며칠은 두고 보시는 것이 좋을 것 같다는 생각입니다."

"어머? 제 상처에 대해서도 알아보셨어요? 정말 고맙습니다. 태 박사님께서 이미 알아보시고 말씀하시는데 당연히 그 말씀을 들어야지요."

하나꼬의 얼굴이 그녀의 이름처럼 활짝 핀 꽃이 되었다. 내가 자신의 상처에 관심을 보였다는 그 한 가지 사실이 여인의 얼굴에 행복을 선사하고 있었다. 나를 좋아한다고 얼굴이 말하고 있다. 하지만 그 표정에 대답할 처지가 아니다. 하나꼬가 내게 보내는 저 표정이 기회일 수 있다는 생각이 들었다.

"어쩌다가 머리를 그렇게 많이 다쳤어요?"

"계단에서 넘어졌어요."

"계단이요? 무슨 계단인데 그렇게 피를 많이 흘려요."

"그게, 사람들의 발길이 잘 미치지 않는 곳이라…."

말을 맺지 못하는 그녀의 표정은 말은 해주고 싶지만 할 수 없다는 몸짓이었다. 저것이 왕궁에 근무하는 사람들의 수칙이라는 것은 이미 들어서 알고 있다. 특급 보안요원이라는데 당연한 일이다. 그러나 한 번만 더 자극하면 입을 열 것 같아 멈출 수가 없었다. 게다가 사람의 발길이 잘 미치지 않는 곳이라는 말을 들으니 뭔가 있을 것 같았다.

"아무리 사람들의 발길이 닿지 않는 곳이라지만 사람이 계단에 넘어져 한 시간을 넘게 쓰러져서 피를 흘리고 있는데 아무도 몰랐다는 게 말이 됩니까? 다른 곳도 아니고 왕궁에서."

"어머, 제가 한 시간 이상 쓰러져 있었다는 것은 어떻게 아셨어요?"

"상처에서 나온 피의 응고 정도를 보면 대충 짐작을 합니다.

아무리 피가 흐른다고 해도 이미 출혈된 피는 응고되거든요."

"그럼 제 상처를…?"

"나는 외과의사가 아니니까 치료야 당연히 홍 박사님이 하셨지요. 나는 다만 관심이 있으니까 자세히 알아본 것이고."

내가 관심이 있어서 자세히 알아봤다는 말에 그녀의 얼굴표정은 상기되었다. 내가 잘못 본 것이 아니다. 분명히 나를 좋아하고 있다.

"그게…, 원래는 말해서는 안 되지만 태 박사님께서 궁금해 하시니까 말씀드릴 게요. 지하실로 내려가는 계단이라 사람들이 별로 안 다니거든요."

"지하실? 뭐하는 곳인지는 모르지만 아무리 지하실이라도 왕궁인데 감시카메라도 없어요?"

"감시카메라는 입구와 밑에는 있어도 중간에는 없거든요. 거기는 깊어서 내려가려면 가운데에 흔히 계단참이라고 부르는 넓은 계단이 하나 있는데 저는 입구에서 넘어져서 굴러내려가 거기에 쓰러져 있었던 거예요. 그러니까 카메라에도 사람 눈에도 안 띈 거죠."

순간 나는 피가 거꾸로 솟아오르는 것 같았다. 지하실이라고 했다. 그것도 입구와 밑에는 감시카메라가 있는 지하실이다. 그렇다면 분명히 무언가 중요한 것을 숨긴 곳이다. 정말 비밀서고인지도 모른다. 그러나 이럴 때일수록 태연해야 한다.

"도대체 뭐하는 곳이기에 사람도 안 다니고 그렇게 깊은 곳이 있어요?"

"그건 나중에 말씀드릴 게요. 그렇게 된 상황이라는 것밖에는 더 말씀드리기가 곤란해요."

"곤란하다면 말 안 해도 되지만 사람이 무얼 가지러 갔다가 안

오는데 찾아보지도 않는다는 것은 동료들도 참 무심하네."

"가지러 간 것이 아니라 점검하러 간 거니까 찾지 않았을 뿐이에요. 동료들은 상관없고 제 불찰일 뿐이에요."

내가 불쾌한 표정을 지으며 말하자 하나꼬는 자신이 당한 일에 대해 불쾌해하는 것으로 생각하고 오히려 얼굴이 환하게 피고 입가에 미소까지 띠면서 말했다. 그렇게 미소 띠는 하나꼬에게는 미안했지만 나는 가슴 깊은 곳에서 묘한 희열이 솟았다.

'맞다. 비밀서고다. 왕궁에서 굳이 지하실을 이용할 이유가 없다. 와인 저장소라면 모르지만 와인 저장소는 주방에 관련된 곳에서 관리를 하겠지 특급 보안요원이 관리할 리가 없다.'

성급한 내 판단인지는 모르지만 나는 거의 확실하다는 생각에 나도 모르게 미소까지 떠올랐다. 하지만 내 미소와는 의미가 다른 미소를 하나 가득 머금은 하나꼬의 얼굴을 보자 미안한 생각까지 들었다. 그때 마침 저녁식사가 나오기에 핑계를 대고 자리에서 일어났다.

집으로 돌아온 나는 깊은 고민에 빠졌다. 마침 경애도 야간 취재 후 송고를 해야 한다고 하면서 만날 수 없다는 소식을 들은 터라 더 깊이 생각할 시간을 얻었다.

하나꼬가 비밀서고를 감시하는 보안요원임에는 틀림이 없는 것 같다. 그런 전제하에 그녀가 나와 대화할 때의 표정을 일일이 기억해봤다. 기억해봤다는 표현은 적당하지 않고 그때의 느낌을 정리해봤다. 내가 보낸 사람이 사랑하는 여인이 아닐까 생각했었다고 하면서 미안하다고 할 때는 말과는 다르게 다행이라는 표정이 확연히 드러났었다. 내가 자기 상처가 깊다는 것을 안다고 하며 걱정했을 때 고맙다는 말과 함께 짓던 표정은 행복해하는 사랑 고백이었다.

나는 머리를 감싸 쥐었다. 이건 아니다.

내가 보기에 그녀는 정을 줄 곳도 받을 곳도 마땅치 않은 여인이다. 부모님을 여의었다는 이야기할 때 받은 느낌이다. 그런 까닭에 내가 자기에게 수혈해주었다니까 그 사실 하나만으로도 내게서 커다란 것을 받았다고 생각하는 거다. 그리고 그게 단순한 피가 아니라 정을 함께 받았다고 생각한다. 그리고 자신도 마땅히 정을 줄 곳이 없던 차에 잘 알지는 못하지만 짧은 순간 혼자서 상상했던 그대로 내게 그 정을 흠뻑 쏟고 있다.

이럴 때 내가 원하는 것을 말하면 그녀는 무엇이든지 들어줄 수도 있다. 그녀가 넘어진 곳이 비밀서고로 내려가는 계단이었다는 내 추측이 잘못된 것이라도 내가 부탁하면 알아주기 위해 노력할 수도 있다. 하지만 그것은 나도 그녀를 좋아한다는 전제 하에서 할 일이다. 그녀가 내게 주는 정을 이용해서 내가 알고자 하는 것을 알아내기만 하고 나 몰라라 한다면 그건 사람이 할 짓이 아니다. 그렇다고 앞으로 더 좋은 기회가 오라는 법도 없는데 이렇게 굴러들어 온 기회를 차 버릴 수도 없는 일 아닌가?

도저히 답이 나오지를 않는다.

사람이 사람답게 사는 것이 가장 쉬워야 하는데 그 반대로 가장 어렵다는 것을 다시 한 번 실감하면서 죄 없는 술잔만 비워갔다. 날이 훤하게 밝을 때까지 술잔만 비우며 혼자서 이렇게 결론 내렸다가 저렇게 결론내리기도 했지만 최종 결정은 하지 못한 채 나도 모르게 잠이 들고 말았다.

잠에서 눈을 뜬 나는 화들짝 놀랐다. 출근 시간이 이미 30분이나 지났다. 아무리 집에서 병원이 가깝다지만 씻고 출근하려면 적어도 한 시간은 걸린다. 나는 염치 불구하고 원장에게 전화했다.

"그러니까 이 사람아, 며칠 쉬라는데 굳이 고집을 부리고 하루 만에 출근하더니 이게 뭔가? 혹시 몸을 상한 거 아닌가? 오늘 하루 안 나오는 거야 괜찮지만 만일 시간이 지나도 회복이 안 되면 병원에 나와서 영양주사라도 맞고 다시 들어가서 쉬게. 내일까지 쉬어도 되니까 제발 회복된 후에 다시 보세나."

내가 늦잠을 잤다는 말 한 마디에 원장은 호들갑을 떨면서 쉬라고 강조했다.

조금은 미안한 생각도 들어서 그만 일어나서 나갈까 하는 생각을 하는데 머리를 스치는 것이 있었다.

'그래, 바로 이거다. 내가 늦잠을 잔 것이 비록 동이 훤하게 틀 때까지 홀짝거리며 마신 술 때문이기는 하지만 늦잠을 잤다고 솔직히 말하니까 원장은 지난 일을 가지고 오히려 더 걱정한 것이다. 만일 내가 다른 핑계를 궁리했다면 원장이 그 말을 믿을까? 젊은 사람이 늦잠을 잤다고 하니까 당장에 수혈해서 몸이 약해진 것을 걱정한 거지 다른 이유를 댔다면 오히려 속는 척하면서도 비웃었을지도 모른다.

마찬가지다. 하나꼬에게도 솔직해지자. 나에 대한 그녀의 감정을 거스르지 않는 선에서 솔직하게 말하고 답을 얻어보자. 처음에는 다른 생각도 있었지만 한 사람의 생명을 살리는 것이 의사인 내가 할 일이라는 순수한 생각으로 수혈하던 그때의 나로 돌아가자. 이건 한 사람의 생명이 아니라 적어도 우리나라 아니, 동남아와 나아가서는 인류의 앞날을 바르게 설계하도록 하기 위해서 반드시 할 일이라고 했다. 그렇다면 더 많은 이들에게 희망을 주기 위한 일인데 못할 것도 없다.

옳은 일을 한다면서 그 출발부터 옳지 않으면 그 역시 잘못되

는 일이다. 가장 솔직한 것이 가장 큰 무기다.'

나는 기분 좋게 혼자 결론을 냈다. 그러나 이내 다른 생각이 들었다.

'그렇다고 다짜고짜 비밀서고 이야기를 할 수는 없지 않은가? 그랬다가는 미친놈 취급 받기 딱 알맞다. 그럼 어떻게 접근한다? 하나꼬가 정을 그리워하니까 그냥 인간 대 인간으로 대해? 그럼 그게 뭐가 되는데?'

'미친 척하고 좋아하는 척해? 아니야. 그건 정말 아니야.'

'일단은 하나꼬 성격을 알아봐? 정의감이 있는지? 정의감이 있다면 유 박사님과의 이야기를 해주면 동의할 거야.'

'그건 우리나라 사람끼리 얘기지, 하나꼬는 일본 사람인데? 차라리 좋아하는 척이라도 해서 원하는 것을 알아낼 수 있는지 없는지부터 탐색해야 하는 거 아냐?'

'만약 좋아하는 척했다가 그게 거짓임이 드러나면? 차라리 아니함만도 못하지. 역시 그건 아냐. 솔직한 게 최고야.'

'솔직한 것은 좋은데 어떻게 할 건가 방법이 없잖아?'

이 궁리 저 궁리 하다가 다시 잠이 들었다.

새벽까지 뜬눈에 술까지 마셔가면서 밤을 지새우고 잠이 들었던 까닭인지 다시 잠이 들었는데도 깊은 잠을 잤다. 눈을 떴을 때는 시계가 오후 세 시를 가리키고 있었다. 그런데도 배도 고프지 않고 일어나고 싶은 마음도 없었다. 아침에 잠이 깼을 때 생각하던 것만 자꾸 기억날 뿐이다.

가장 솔직한 것이 가장 큰 무기라는 것은 알지만 어떻게 접근해야 한다는 말인가? 어떻게 접근해야 하나꼬에게 상처를 주지도 않고 일은 일대로 말끔하게 마무리할 수 있을까?

한참을 더 궁리하다가 도저히 대답이 나오지를 않아서 우선은 밥을 먹기로 했다. 밥을 먹어도 밥맛이 나지를 않는다. 머릿속은 온통 엉클어져서 추스를 수가 없다.

기왕 결론을 내기 힘든 일이니 아무 생각도 하지 말고 있다가 나중에 다시 생각하자고 마음을 먹어도 잠시도 생각의 끈이 놓이지를 않는다.

텔레비전을 틀고 자막에 눈이 가 있어도 무엇을 하는 건지 모르겠고 볼륨을 높여도 무슨 소리인지 귀에 들리지도 않는다. 답답하기만 했다.

"오빠, 벌써 퇴근한 거야? 아닌데? 얼굴이며 머리 헝클어진 거며 오늘 나가지 않은 것 같은데? 웬일인데?"

저녁 퇴근 시간 무렵에 문이 열리더니 경애가 들어오며 나를 보더니 얼굴에 걱정이 가득해서 물었다.

"어제 늦도록 생각할 것이 있어서 잠을 못 잤는데…."

나는 어제 아침부터 있었던 일을 하나도 빼지 않고, 또 조금의 숨김도 없이 털어놓았다. 그리고 오늘 오후에 일어나서 지금까지의 심정도 그대로 이야기했다.

"정말 어떻게 해야 할지 모르겠다. 하나꼬가 분명히 비밀서고에 근무하는 특급 보안요원인 것은 의심할 여지가 없는 것 같은데."

"오빠 이야기 들어보니 정말 그런 것 같네. 하지만 아직 확실한 것은 아니잖아. 오빠, 일단 확실하게 알 때까지는 다른 생각하지 마. 확실하게 하나꼬라는 여자가 비밀서고에 근무하는 보안요원이라는 것이 밝혀지면 그때 우리 다시 생각해. 그래도 늦지 않잖아. 공연히 이러다가는 일도 하기 전에 오빠 몸만 상해."

"몸이 상하는 게 무섭지는 않은데 너를 보기가 미안해."

"왜? 오빠가 무얼 어쨌기에 나를 보기가 미안해? 전과 달라진 것이 아무것도 없는데. 그리고 미안해하지 마. 설령 오빠가 일을 위해서 하나꼬라는 여자 좋아하는 척하느라고 그녀를 안아줬다고 해도 나한테 미안할 건 없어. 미안하다면 하나꼬한테 미안한 거지. 나는 오빠가 무얼 어떻게 해야 하는지 누구보다 잘 알잖아. 그러니까 나는 상관 말고 오빠 몸이나 추스르면서 무얼 해도 해. 이러다가는 오빠 정말 큰일 나겠어."

경애는 나를 얼마든지 이해할 수 있노라고 하지만 나는 그렇지를 못했다. 경애와 이런 이야기를 나눈다는 것 자체가 미안했다. 만일의 경우 내가 하나꼬를 거짓으로라도 좋아한다면 나는 경애 얼굴을 볼 수 없을 것 같았다. 그러기에 더 괴로웠다. 희망을 가질 수 있는 사람을 만났다는 것은 좋은 일이지만 왜 하필 여자란 말인가? 대상이 남자였다면 차라리 좋았을 텐데 왜 하필 여자란 말인가?

"오빠, 걱정하지 마. 누가 뭐래도 나는 오빠 믿어. 그리고 나는 오빠 여자잖아."

경애는 부드러운 손으로 내 목을 감싸며 내 입술에 자기 입술을 갖다 댔다. 우리는 미처 침대로 자리를 옮기지도 못한 채 소파 위에서 하나가 되고 말았다.

그날도 경애는 소파 위에서 가쁘게 쉬는 숨소리에 섞여서 그저 한 마디 했을 뿐이다.

"오빠."

이튿날 출근하자 원장은 쉬는 김에 더 쉬지 뭐 하러 무리를 하느냐고 어제와 똑같은 말을 했다. 나는 이제는 정말 괜찮다는 말만 하고 진료를 했지만 머릿속은 어제보다 나아진 것이 없다.

점심을 먹으러 가서 홍 선배를 만났다.

"너 어제 못 나왔다는 소리 들었어. 그러게 내가 뭐라고 그랬니? 쉬는 김에 쉬라고 했지? 이제 두고 봐라. 오늘까지는 괜찮지만 당장 내일 결근하면 아마 그때부터는 너를 걱정하는 게 아니라 질책하려들 걸. 줄 때 받으라니까. 좌우간에 몸은 정말 괜찮은 거야?"

"응, 괜찮아. 어제는 내가 내 몸은 생각 안 하고 너무 늦게까지 뭘 좀 하느라고 잠을 못 자서 그랬나봐. 이젠 정말 괜찮아."

"그러니까 장가를 가란 말이다. 나 봐라. 아침에 늦잠자면 마누라가 깨워 옷 챙겨 입혀줘. 저녁에 술 마시고 들어가면 아침에 해장국 끓여 속 풀어 내보내. 얼마나 좋으냐. 그렇지 않아도 네가 몸이 안 좋아서 못 나왔다고 하니까 하나꼬 씨가 보통 걱정을 하는 것이 아니더라. 내가 알아보니까 하나꼬 씨 가문이 일본에서는 장난이 아니더라고? 하기야 그러니까 왕궁 특급 보안요원이 됐겠지? 다시 한 번 강조하지만 줄 때 받아라. 이건 성경에 나오는지 안 나오는지는 모르지만 아마 동서고금을 통틀어서 최고의 명언일 거다."

"그 명언 명심하겠습니다."

나는 선배의 농담 섞인 진담을 농담조로 받아 넘기고 자리에서 일어나 커피숍을 향했다. 원두커피 두 잔을 테이크아웃해서 두 손에 한 잔씩 들고 하나꼬의 병실을 향했다.

"선배가 그러는데 커피 마시는 것은 아무 상관없다고 해서 좋아하는지 물어보지도 않고 사왔어요."

"어머, 저 커피 좋아하는 것 알고 사온 게 아니고요? 어쨌든 고맙습니다. 그렇지 않아도 커피가 마시고 싶었는데. 이 커피 사오려고 선배님한테 마셔도 되느냐고 물어보셨어요?"

"예. 환자는 의외로 안 먹어야 할 것들이 있거든요. 전혀 생각지도 못한 것들이 그 대상이 되기도 하죠. 그래서 물어봤더니 좋다고 하기에 사온 겁니다."

"저 때문에 어제 결근까지 하셨다면서 이렇게 신경을 써주시니…."

"하나꼬 씨 때문에 결근한 것 아닙니다. 괜히 부담 갖지 마세요."

"그러셔도 소용없어요. 저도 어제 홍 박사님한테 다 들었어요. 지난 번 제게 수혈을 하실 때 최소한 목숨은 살려야 한다면서 너무 무리를 하셨다고요. 젊어서 괜찮지 나이든 사람이었다면 저를 살리지 못할 수도 있었다니 얼마나 무리를 하신 건지 짐작이 가요."

"그 양반은 공연히 쓸데없는 소리 하고 다니네. 아니에요. 그런 것 가지고는 아무 부담도 갖지 마세요."

"그런 것 가지고는 저도 부담을 갖지 않으려고 해도 자꾸 부담이 돼요. 저는 박사님하고 친해지고 싶은데 박사님은 그렇지 않은 것 같아서 더 부담이 돼요."

"그건 또 무슨 소립니까?"

"그런 생각이 자꾸 들어요. 제가 어린애라서 그런지도 모르지요. 나이는 박사님보다 여덟 살 아래지만 실제로는 훨씬 어린 것 같아요. 특히 생각하는 것 중에서 남을 배려하는 마음이 너무 어린 것 같아요."

"자꾸 그런 말하면 정말 제가 부담이 되는데?"

"그럼 서로 부담 없게 할까요? 지금부터 박사님은 제게 말을 놓고 편하게 하세요. 그럼 저도 한결 편해질 거예요. 박사님하고 더 친해진 것 같아서 좋을 거예요."

"그거야…."

어떻게 해야 좋을지 몰라서 망설이다가 친해질 수 있다면 해야 한다는 생각이 들었다.

"정 그렇다면 그렇게 해야지. 좀 어색하긴 하지만 하나꼬가 내 동생이라고 생각하고 그렇게 하지. 하나꼬도 나를 오빠라고 생각하고 편히 대할 수 있다면."

"오빠요? 그럼 저는 정말 좋죠. 우리 집안이 원래 손이 귀해서 규슈에 사는 먼 일가들과 가까운 친척으로는 역시 규슈에 계시는 이모네 오빠 말고는 없는데. 물론 언니도 없지만."

역시 내 생각이 맞는 것 같았다. 하나꼬는 정이 그리운 거지 나라는 남자가 필요했던 것은 아닐지도 모른다. 하지만 정을 온통 나에게 쏟고 나를 남자로 본다면 남자인 내가 필요한 게 되니까 그게 그거다.

"부모님은 돌아가셨다면서 그럼 혈혈단신인가? 동생은 있어?"

"혈혈단신이 맞아요. 그러니까 병원에 입원해도 아무도 찾아오는 사람이 없잖아요."

"그래서 그런 거야? 나는 왕궁에서 다친 사실을 안 알려줘서 아무도 안 오는 줄 알았지? 참, 그런데 왕궁에서는 왜 아무도 안 와보지?"

"그건 왕궁의 규칙이에요. 일반직에 근무하는 사람들은 몰라도 우리 같은 보안요원, 특히 저희 특급 보안요원들은 밖에서 동료들끼리 만나는 것이 절대 허용이 안 돼요. 그러니까 문병도 오면 안 되는 거죠."

"도대체 특급 보안요원이 뭐하는 건지는 모르지만 밖에서 동료도 못 만나면 퇴근하고는 누구를 만나? 하나꼬처럼 가족도 없으면, 옛날 친구들?"

"저는 규슈 태생이라 옛날 친구도 도쿄에는 없어요."

"그럼? 그럼 퇴근 후에는 누구랑 지내?"

"주로 혼자 지내요. 주간 근무를 하고 나면 집에서 텔레비전이나 책 보고, 야간 근무하는 날이면 오후에 영화도 보고 쇼핑도 하고. 그 정도예요."

"아니, 그렇게 사생활을 통제하면서 쓰러진 것도 모르는 게 무슨 특급 보안요원이야? 그러니까 작년에도 사람이 죽어서 나오지. 도대체 그게 뭐하는 건데? 정 말 못할 사정이 있으면 말 안 해도 하는 수 없지만."

나는 일부러 분을 못 삭이겠다는 어투로 말했다. 그런 내 어투와는 상관없이 하나꼬의 표정이 굳으면서 물었다.

"작년에도 사람이 죽어서 나오다니요?"

"나는 작년에는 근무를 안 해서 들은 이야기지만 작년에도 하나꼬처럼 쓰러지는 바람에 나온 환자가 한 사람 있다더군. 이송 중에 죽은 건지는 모르지만 그 사람은 이미 죽어서 나왔다는 거야. 이름이 마츠이 뭐라고 했었는데?"

"그분이 죽었어요?"

"같이 근무하던 사람 맞나본데 죽은 것도 몰랐어?"

"예. 몰랐어요. 그분이 쓰러져서 후송된 것은 알지만 그 뒤 소식은 모르지요. 요원끼리의 교류를 철저하게 차단시키니까 모를 수밖에요. 더더욱 우리들은 사고를 당하면 궁 안에 있는 보안요원 관리센터에 신고를 하고 그 뒷수습은 모두 그곳에서 처리하거든요. 그분이 죽었다는 이야기는 오늘 처음 들은 거예요. 우리들은 사고가 난 후 일이 싫어져서 그만둔 것으로 생각하고 있었는데…."

하나꼬가 말을 잇지 못하는 것과 그녀의 표정에서 확실하게 마음이 흔들리는 것을 보고 고삐를 늦추지 않았다.

"빛 좋은 개살구로군. 말만 특급 보안요원이지 그게 무슨 소용이 있어. 죽어도 모르고 살아도 모르는 그런 특급보안이지. 나라면 그 직업 안 하겠다. 왕궁에 무엇이 그렇게 중요한지 모르지만 사람 목숨보다 더 중요한 게 도대체 뭐 길래?"

나는 나도 모르게 분하고 괘씸한 생각이 들어서 정말 분통해하며 이야기했다. 그런 내 모습을 보면서 하나꼬는 입을 움찔거리더니 아주 어렵게 입을 열었다.

"오빠가 저를 아끼신다는 것 마음으로 느껴서 얘기하는 거니까 절대 비밀이에요? 만일 제가 이런 이야기한 걸 알면 저는 죽을 수도 있어요. 제가 하는 일은 창고 점검이에요."

"창고 점검? 그게 뭐 그리 대단한 거라고 말하면 죽을지도 몰라? 왕궁에 도둑이 그리도 많이 들어?"

창고 점검이라는 말에 가슴이 섬뜩해 오면서 드디어 올 것이 왔다는 생각이 들었지만 더 자세하게 알고 싶어서 한 번 더 부추겼다.

"창고가 그냥 창고가 아니거든요. 무슨 문서 같은 것도 있고 도자기 같은 문화재도 더러 있기는 하지만 주로 책이 많은 창고에요. 거기 있는 도자기에는 다 글씨가 새겨져 있어요. 그러니까 결국은 비밀 책 보관소, 아니면 비밀문서 보관소 같은 곳이에요. 그것도 다른 나라에서 가져온 것들인 것 같아요. 책장처럼 짜진 보관함은 덮개가 없이 그냥 열려 있는데 칸마다 가득 찬 책과 문서 중간에 나라 이름이 쓰여 있어요. '조선', '청', '러시아', '말레이시아' 등등 여러 나라 이름이 있는데 그중에서 조선 칸이 제일 커요."

피가 거꾸로 도는 것 같은 기분을 느끼면서 정신이 몽롱해졌다.

'맞다. 바로 그거다. 유병권 박사님이 말씀하신 그 실체가 지금 내 귀에 들리고 있는 바로 저것이다. 그러나 이 자리에서 그런 티를 냈다가는 일을 다 그르칠 것이다.'

나는 얼른 정신을 바로잡으며 시계를 보는 척했다.

"이런? 벌써 시간이 이렇게 됐나? 점심시간이 훌쩍 지났네. 어제 결근한 주제에 점심시간을 훌쩍 넘겼으니 이제 그만 가 봐야겠다. 이따가 퇴근하고 다시 들릴게."

부랴부랴 그 자리를 피했다.

18. 발가벗은 역사가 가져다준 선물

내 방으로 돌아온 나는 나도 모르게 식은땀이 흐르고 있는 것을 느낄 수 있었다. 그런 곳이 있을 것이라는 추측이 사실로 확인되는 순간이다. 내 눈으로 본 것은 아니지만 그곳을 지키던 사람이 한 말이니 눈으로 확인한 것과 진배없다. 소름이 다 끼친다. 점심을 먹은 것이 얹히는 것 같고 도저히 몸을 가누기가 힘들었다. 그때 원장이 들어오며 내 얼굴을 보더니 깜짝 놀랐다.

"아니, 이 사람 보게나. 얼굴이 그게 뭐야. 왜 그렇게 창백해? 이건 또 뭐야? 식은땀이잖아? 이 사람 내가 뭐랬어. 오늘도 나오지 말라고 했잖아. 한 사람이 쓸 피를 두 사람이 나눠 갖고 겨우 하루 쉬더니 이게 무슨 꼴인가? 안 되겠네.

자, 우선 내 방으로 가서 진찰해보고 병실에 입원하든지 집으로 가서 쉬든지 하자고. 난 또 이런 줄도 모르고 환자 문제로 상의하러 왔더니 이건 더 큰 환자가 있었네."

원장은 연신 내 걱정을 하면서 나를 자기 방으로 데리고 가서 진찰을 시작했다.

"다른 이상은 없는 것 같아. 역시 지난 번 수혈 후 쉬지 않아서 그런 게 확실하네. 그러니 다른 생각 말고 영양주사 한 대 맞고 특실에 입원을 하든가 집으로 가서 푹 쉬게. 내일도 나오지 말고 당분간은 쉬라고. 내과의사가 나 말고도 셋이나 되는데 자네 없어도 그렇게 힘들지 않다니까? 나중에 다른 동료 편의를 자네가 봐줄 수도 있는 거니까 부담 갖지 말고 쉬라고."

"입원은 안 해도 될 것…."

"그렇지. 입원하면 아무래도 병원 일에 신경이 쓰이니까 입원은 안 하는 게 낫고 집에 가서 쉬게. 다만 언제든지 필요하면 나나 다른 의사에게 전화하면 되니까.

일단은 대표 원장님께 상의해야지. 그래야 자네는 한 3일 휴가도 주고 자네와 친한 홍 박사가 자네 집에도 데려다줄 수 있잖나? 사실 이런 일은 우리 병원 개업 이래 처음이야. 의사가 자기 몸을 던져서 환자의 생명을 구하고 자신이 몸을 상하다니? 자네는 자네 방에 가서 잠시만 기다리게. 홍 박사가 데리러 갈 걸세."

일이 묘하게 돌아가고 있다. 나는 내가 들은 말 때문에 온몸에 식은땀이 흘렀는데 저들은 내가 했던 수혈과 연관 짓고 있다. 그렇다고 손해 볼 일은 아니다. 다만 대표 원장과 상의한다는 그 말에서 웃음이 나올 뻔했다. 지난번에 선배가 왕궁이 병원 하나 먹여 살린다고 한 말이 기억났다. 아마 지금 대표 원장에게 전화해서 나를 자기들의 치부 중 하나로 하려는 속셈이리라. 돈을 받는지 안 받는지까지는 모르지만 적어도 왕궁에 자신들의 공 하나를 더 치부하는 거다. 우리 의사가 이런 의로운 일을 해서 병원이 손해를 보는 데도 불구하고 쉬게 해주었다는 사실을 각인시키는 거다. 그렇게 보면 대가를 당연히 받을 것도 같다.

내 방으로 돌아온 지 20여 분이 지나서 선배가 들어왔다.

"그러게 내가 뭐랬니? 줄 때 받으랬지? 하기야 너는 그 바람에 더 많이 받게 되겠지만. 어쨌든 집으로 가자. 너를 데려다주라는 명령을 받았으니 나는 움직여야지.

참, 올라오다가 하나꼬 씨 병실에 들렸었다. 네 이야기하니까 눈물까지 글썽이더라. 원장이 발견하기에 다행이지 안 그랬으면 정말 큰일 날 뻔했다고 하니까 두 손으로 얼굴을 감싸고 흐느끼는데 오히려 내가 미안했다. 너무 심하게 말한 것 같아서 어쩔 줄 모르겠더라. 혹 집에 있을 거라면 안 될지도 모르지만 내가 저녁 무렵 살짝 데리고 네 집으로 갈까? 그렇다고 내가 끝까지 같이 있겠다는 소리는 아니고 데려다주고 난 돌아온다는 거지."

"쓸데없는 소리 하지 말고 빨리 집에나 가자, 형."

"저게 힘이 들긴 드나보네. 하긴 이렇게 버티는 것도 기술이지. 며칠 쉰다더니 하나꼬가 보고 싶어 한다니까 득달같이 달려오더니 하루 건너 하루씩 고장이 나네. 알았다. 노총각 네 마음 내가 몰라주면 누가 아랴?"

"형, 여기 계속 앉아서 혼자 못 다한 이야기해라. 나는 이제 갈란다."

"야, 그러지 말고 하나꼬 만나보고 가. 안 그러면 이따가 퇴근 무렵에 네 집에 가자고 나 조를 거야. 나 곤란하게 하지마라, 응? 내가 지은 죄라면 너희 둘 잘 맺어주려고 한 죄밖에 더 있니? 비록 내가 뻥을 약간 섞었지만."

"알았으니까 일단 나가. 아니면 나 혼자 가고. 나 집에 가서 짐 꾸려서 하루라도 조용한 곳에 가서 있고 싶은 사람이야. 그러니까 제발…."

"알았다. 정말 힘든 게로구나. 가자."

집에 도착하자마자 선배가 돌아가는 것을 확인한 후 경애에게 문자를 보냈다. 낮에는 서로 일을 하니까, 그리고 혹 모르니까 서로 전화는 삼가고 정 급한 일이 있으면 문자를 보내기로 한 약속이다.

'나, 지금 생각할 것이 있어서 너네 집으로 간다. 그런 줄 알고 일 끝나고 나면 들어올 때 놀라지 마.'

경애네 집에 들어섰지만 별로 생소한 것도 없었다. 내 집과 다른 것이라면 향기가 좋다는 거다. 여자가 사는 집은 단순히 화장품 때문이 아니라 냄새가 다르다. 남자가 혼자 사는 집에 향수를 뿌려도 여자가 혼자 사는 집에서 나는 향기와는 질이 다르다. 그래서 남녀가 있고 음양이 있는 이치리라.

내가 기껏 생각해놓고도 별 쓸데없는 생각을 한다고 생각하면서 경애의 곰 인형을 베개 삼아 바닥에 비스듬히 누웠다. 천정을 바라본다. 아무 생각도 나지를 않는다.

"오빠? 저녁은 먹고 자는 거야?"

경애의 목소리에 깜짝 놀라서 일어나 보니 9시가 넘었다.

"내가 오늘 늦었어. 오빠 문자 봤는데 저녁 취재에 송고까지 끝내야 돼서 서둘러 했는데도 지금 겨우 끝났어. 미안해."

"아냐. 괜찮아. 일하느라고 그런 건데 뭐. 내가 저녁 먹으려고 사온 거 같이 먹으면서 이야기하자."

경애 집에 와서 공연히 고생시킬까 봐 미리 준비해 온 음식을 꺼내놓고 둘이 마주 앉았다. 늘 그랬듯이 오늘 있던 일을 상세히 이야기하자 경애의 얼굴이 긴장했다가 놀라기도 하더니 이야기가 전부 끝나자 이내 웃음을 터트렸다.

"지금 웃음이 나오니?"

"나도 웃고 싶지 않은데 오빠가 말했잖아. 그것도 치부할 거라고. 정말 대단한 놈들이네.

어쨌든 그래서 이제 어떻게 해? 정말 실체가 확인이 됐으니 그냥 있을 수는 없잖아."

"그러게 말이다. 설마, 혹시 했는데 이제 그게 아니라 사실이 되었어. 어떻게 해야 되지?"

"오빠는 어떻게 하고 싶은데?"

"가야지. 무조건 가기는 가는데 어떻게 가는지가 문제지."

나는 따라놓은 술잔을 들어 경애의 잔과 부딪힌 후 비장한 각오라도 하듯이 한꺼번에 잔을 비웠다. 그런데 경애는 마시지 않고 잔을 내려놓는다.

"왜 안 마셔?"

"응, 별로 생각이 없어. 그보다 어떻게 갈 거냐니까?"

"방법이 하나밖에 더 있어? 하나꼬에게 사실대로 이야기하는 수밖에?"

"들어줄까?"

"작년에 죽은 마츠이 이야기를 하는 순간 하나꼬가 표정이 변하면서 심경 변화를 일으켜 창고이야기를 해준 걸 보면 자기 역시 궁 안에서 소비되는 도구 중 하나일 뿐이라는 인식을 한 것 같아. 밖에서도 그렇고 궁 안에서도 늘 정에 굶주려 사는데다가, 무슨 사명감 때문에 그랬는지는 모르지만, 충성을 다 바친 직장이 자신을 도구로 생각한다는 배신감이 들었겠지. 좀 비열한 방법이 될 수도 있겠지만 그 점을 이용하면 될 것 같아. 이용한다는 말이 우습기는 하지만 그녀에게 정을 베풀어주는 거지."

"오빠 이야기 듣고 눈물까지 흘렸다는 것 보니까 그러면 될 수도 있겠네. 정말 그 여자 좋아하려고? 아니, 지금 벌써 좋아하는 거 아냐?"

경애는 의외로 평소의 표정과는 다르게 어두운 표정으로 바뀌면서 물었다.

"좋아한다기보다는 동정이 간다는 표현이 맞을 거야. 정이라는 것이 마음먹은 대로 주고 말고 할 수 있는 거라면 주고 싶어. 이미 주고 있는지도 모르지만. 그렇다고 좋아하거나 사랑하는 그런 게 아니라 한 인간으로서 정에 목말라하는 또 다른 사람에게 쏠리는 마음이야. 왜? 내가 하나꼬 좋아할까 봐 걱정돼?"

"아니, 오빠 이야기 들으면서 나라도 하나꼬 보면 가여워서 동정할 것 같아. 하지만 정은 동정이 아니잖아. 오빠 말대로 오빠는 이미 정을 주고도 남을 거야. 그게 오빠 본 모습이고. 그래서 내가 오빠를 좋아하는 거니까. 난 걱정 안 해. 좀 저돌적이기는 해도 매사 사리분별이 정확하고 신중한 오빠가 섣부르게 행동하지 않는다는 것 누구보다 잘 아니까."

경애는 표정이 밝아지면서 투명한 목소리로 말했다.

"이해해줘서 고맙다. 정말 이 방법밖에 없는 건지는 모르겠지만 이렇게라도 해야 될 것 같은 게 내 마음이야."

나는 다시 술잔을 들어서 경애 잔과 부딪힌 후 답답한 마음을 마시기라도 하듯이 한 모금에 털어 넣었다. 옆에 앉아 있던 경애는 이번에도 마시지 않고 잔을 내려놓더니 내 손을 잡아 자신의 아랫배에 갖다 대었다.

"왜? 술 안 마시고? 배가 아파? 속이 안 좋아?"

"아니, 그냥."

그녀의 손에 이끌려 아랫배에 손을 대고 있던 내 머릿속에 텔레비전에서 본 장면이 생각났다.

"너, 혹시?"

"그냥 아무 말도 하지 마. 오빠. 우리 나중에 얘기하자. 대신 나 안아줘."

그녀는 내가 무슨 말이라도 할까 봐 겁이라도 난다는 듯이 내 품으로 파고들었다.

그날도 촉촉하게 준비된 그녀의 여성과 가슴의 한을 내뿜기라도 하듯이 곧게 선 내 남성이 서로를 확인하는 동안 그녀가 내게 한 말은 가쁜 숨소리 속에 섞인 한 마디뿐이었다.

"오빠."

이튿날.

나는 다시 출근을 했다. 원장은 왜 또 나왔느냐고 질책처럼 들리는 말을 하다가도 이내 싫지 않은 표정으로 바뀌었다.

"젊음이 좋기는 좋아. 내 나이라면 몸 사리고 틀어박힐 텐데 이렇게 말려도 자기 일 하겠다니 원? 아무튼 언제라도 좋으니까 쉬고 싶으면 얘기하라고."

지금 원장이 뭐라고 말하든지 그 말은 들리지 않는다. 의사인 내가 할 일은 지금 이 순간 몸이 아파서 나를 찾는 환자를 돌보는 것도 중요하지만 그 못지않게 정신의 병을 앓고 있는 사람들에게 자신이 얼마나 큰 병을 앓고 있는지를 깨우치게 하도록 하나꼬를 설득하는 일도 중요하다.

내 건강을 염려해서인지 꼭 나를 지목하는 환자를 제외하고는 진료를 배당하지 않은 덕분에, 여러 가지 생각을 할 수 있었던 오전이 지나고 점심시간이 왔다. 점심을 먹으러 가려고 일어서려는데 홍 선배가 전화를 했다.

"너 참 지독하다. 또 나왔니? 어쨌든 나왔으니까 같이 점심이나 먹자. 대표 원장이신 우리 원장님이 어떻게 알고 큰마음 쓰는지 너랑 같이 점심 먹으라고 금일봉을 하사하셨다. 네 덕분에 나도 호강 좀 하자."

눈에 보이는 일이다. 우리 원장이 치부를 위한 방편으로 대표 원장에게 전화하고, 대표 원장은 어깨가 으쓱해서 돈 봉투를 내민 것이리라. 시간이 아까워서라도 밖으로 점심 먹으러 나가는 일은 안 하고 싶었지만 선배가 하는 말을 뿌리칠 수는 없었다.

되도록 가까운 곳으로 가려고 선배가 먹고 싶은 게 뭐냐는 질문에 가까운 곳의 초밥집을 택해 그리로 갔다.

"어제 하나꼬가 네 집으로라도 가서 너를 만나야겠다는 것을 간신히 말렸다. 오죽하면 근무 중에 식은땀을 흘리면서 집으로 갔겠냐는 거야. 내가 공연한 짓을 했다 싶기도 하다. 그냥 네가 수혈해준 것도 말하지 말 것을 공연히 한 것 같아."

선배는 밥을 먹는 내내 자신이 공연한 짓을 한 것 같다며 미안해했다. 나는 괜찮으니 너무 신경 쓰지 말라고 달래주면서 점심을 마치고 돌아오는 길에 커피 두 잔을 테이크아웃했다.

"점심 먹었어?"

손에 커피 잔을 들고 나타난 내 모습을 보더니 이내 하나꼬의 눈시울이 붉어진다.

"괜찮으세요? 어제 식은땀을 흘리면서 들어가셨다는 소식 듣고 너무 속상해서 어쩔 줄 몰랐어요. 그런데 또 이렇게 커피까지 사들고 오시니 나는 오빠를 위해서 한 것이 없는데 오빠는 내게 너무 자상하게 잘해주시니까 제가 뭐라고 해야 할지를 모르겠어요. 진짜 오빠라고 불러도 돼요? 오빠?"

눈시울이 붉어져 울먹이는 소리로 하나꼬는 나를 오빠라고 불렀다. 그런데 마지막 오빠 소리에 문득 경애가 우리 서로를 확인할 때 꼭 한 마디 하는 '오빠'. 그 소리가 생각나며, 하나꼬가 경애 대신 경애의 존재를 확인시켜 주는 것처럼 들렸다.

"그럼. 되고말고. 나도 하나꼬를 동생으로 생각할게. 우리 서로 오누이처럼 지내. 그게 서로에게 더 편할 것 같아. 진짜 오누이는 부모님을 통해서 피를 나누는데 우리는 비록 부모님을 통한 것은 아니지만 정말 피를 나눴잖아. 게다가 우리 같은 혈액형이 흔해? 대한민국에서나 일본에서나 전 국민의 0.3%나 될까?"

경애 목소리처럼 들리는 '오빠' 소리에 항상 내 옆에 있는 여인은 오직 경애뿐이라고 생각하며 오누이로 지내자고 하자 하나꼬는 눈시울에서 눈물이 사라지고 이내 자신의 이름을 닮듯이 꽃처럼 화사해졌다.

"정말 그렇네요. 고마워요, 오빠. 저를 원망하실 줄 알았는데…."

얼굴은 그대로 화사한데 목소리에는 눈물이 섞이며 눈시울이 또 붉어진다. 정에 굶주렸다가 겨우 맛보기 시작한 눈물을 보자 내 마음이 쾡하니 비어갔다. 정말 이대로 밀고 나가야 하는 것인가? 그냥 오누이처럼 지내면 얼마나 좋을까? 이래서 유 박사님께서 이토 히로부미가 이마니시 류와 같이 저지른 짓이 인류 모두에게 죄를 짓는 짓이라고 했던 것 같았다.

"원망은? 내가 하나꼬를 원망할 일이 뭐가 있겠어. 다 내가 벌인 업보지."

"업보라니요? 오빠가 무슨 잘못을 한 게 있다고?"

"나는 불교 신자가 아니라 가톨릭 신자지만 꼭 잘못을 해야 업보가 아닌 것 같아. 잘 해보기 위해서도 거쳐야 하는 과정이 아닌가 하는 생각이 들어."

"무슨 얘기예요? 저한테 말 못할 비밀이라도 있는 거예요?"

"비밀? 나는 원래 그런 것 없이 남의 비밀 듣고 지켜주기 바빴던 사람인데 하나가 생기기는 했어? 보내고 싶지 않아도 어쩔 수 없이 보내드린 그분 때문에."

"그분이 뭐하던 분인데요?"

"사학자. 역사학자지. 대한민국에서는 국보급 사학자이신데 졸지에 비명횡사를 하셨지."

"얘기해주면 안 돼요? 그런 이야기는 마음에 두고 있으면 한으로 남아요. 누군가에게 이야기하면 설령 그 뜻을 이루지 못해도 한은 되지 않을 거예요."

"그럴 수도 있지. 하지만 이야기가 좀 길어. 지금은 점심시간이라 그렇고 내가 퇴근하면서 다시 들리지."

병실을 나온 나는 홍 선배를 찾아가서 하나꼬의 상황을 물었다.

"생각보다 아주 좋아. 빨리 회복하고 있어. 목숨을 잃을 정도의 출혈을 한 상처라고 하기에는 믿기지 않을 정도로 이제 거의 아물었어. 네가 보다시피 얼굴 상처도 다 낫잖아. 왜? 퇴원하고 싶대?"

"아니, 그냥 궁금해서."

"젊음과 사랑이 좋기는 좋다. 사랑을 하니까 한 사람은 외상이 빨리 낫고 한 사람은 피를 억수로 빼고도 팔팔 날아다니고."

홍 선배 특유의 게걸거리는 농담을 뒤로하면서 내 방으로 돌아왔다.

'이야기를 해야 하나? 그러다가 내가 자기를 이용하려고 일부러 접근한 것으로 오해해서 마음의 상처라도 받으면?'

어느새 나는 하나꼬가 마음의 상처 받는 것을 걱정하고 있었다. 그러나 처음 내가 수혈할 때 이런 상황을 예측하지 못하고 한 것을 하나꼬도 알 것이라는 확신이 들어서 이야기하기로 마음을 굳혔다. 최악의 경우 하나꼬가 내 이야기를 듣고 행동으로 옮기지는 않을지언정 어디 다른 곳에 가서 이야기하지는 않을 것이라는 확신은 있었다.

하나꼬의 병실에 들어서자 이미 저녁을 끝내고 나를 기다리고 있는 것이 분명했다.

"퇴근하신 거예요?"

"응, 저녁 먹었나보지? 상처도 거의 아물어 간다던데 나가서 바람 쐴까? 엘리베이터 타고 옥상으로 가면 되는데?"

"상처가 거의 아문 것까지 알아보고 오셨어요? 늘 기대 이상의 관심 가져주셔서 정말 고마워요. 상처는 아물어서 괜찮다지만 오늘은 바람 쏘이는 것보다 오빠 이야기가 더 듣고 싶어요. 도대체 천사보다 더 착한 오빠 같은 분이 왜 업보를 얘기해야 하는지 오후 내내 너무 마음이 아팠어요. 그 사학자라는 분이 대한민국 국보급 학자시라면서 왜 의사인 오빠가 그 업보를 대신 져야 하는지도 안타까웠고요."

"그 얘기를 하자면 길어. 하나꼬가 듣고 싶다면 해주지만 하나만 약속해. 나는 어디 가서 얘기하지 말고 비밀을 지켜 달라는 그런 약속은 안 해. 다만 나와 하나꼬가 조국이 다른 데에서 오는 오해가 있을 수도 있다는 것을 마음에 새겨주기 바랄 뿐이야. 공연히 내가 지닌 업보로 인해서 하나꼬 마음에 상처받는 일 없기를 진심으로 바라거든.

사실 나 결혼할 여자도 있고 그 여자 역시 하나꼬 얘기 전부 들어서 알고 있어. 그러면서 동생처럼 많은 정을 나눠주라고 하더라고. 나 역시 외아들이고 우리 집안도 손이 귀해서 그런지 모르지만 그 여인은 내가 이미 하나꼬를 동생처럼 아끼고 정을 나눠주고 있는 거라고 하면서…. 그래서 내가 멋있다고 했어. 그런데 내 마음속에 있는 또 다른 이야기 때문에 하나꼬가 상처를 받으면 나는 아마 두 가지 업보 때문에 나 스스로 너무 힘들어할 거야."

내가 약속을 해달라고 하자 궁금한 눈빛으로 바라보던 하나꼬는 비밀을 지켜 달라는 것이 아니라고 하자 더 의아한 눈빛으로 변하더니 상처를 받지 말아 달라는 부탁에서는 눈동자가 수정처럼 맑게 빛났다. 자신을 진심으로 걱정하는 내 마음에 이미 들어와 있었다. 더욱이 경애 얘기를 하며 동생처럼 정을 나눠주라는 부분에서는 고마워하는 빛이 역력했다.

"오빠, 정말 고마워요. 그런 얘기 진작해줬으면 더 고마울 뻔했는데…. 하지만 지금이라도 들었으니 행복해요. 저는 사랑이 필요한 거지 남자가 필요한 건 아니거든요. 아직 사랑을 못 느껴봐서 남자를 만나기가 겁이 났던 거예요. 남자를 만나도 그 남자가 정말 저를 사랑하는지 알 방법이 없잖아요. 하지만 이제는 남자를 만날 자신이 생겨요. 오빠에게서 사랑을 알게 됐으니까요. 그러니 제 걱정은 마시고 오빠의 업보를 이야기해서 훌훌 털어버리세요."

그 순간 하나꼬의 눈에서 일어나는 밝은 빛을 분명히 보았다. 그 눈빛에서 용기를 얻어 이야기를 시작했다.

처음 장난기가 발동해서 최첨단 내시경 기계를 개조한 것부터 유병권 박사님을 만난 것이며 박사님과 함께 동행하며 들었던 이토 히로부미의 이야기와 그가 벌인 역사왜곡을 위한 행각은 물론 유 박사님의 죽음까지를 기억이 허락하는 한 상세하게 얘기했다.

침대에 걸터앉아 맞은편 의자에서 하는 내 이야기를 듣는 동안 하나꼬의 얼굴은 처음에 장난기 어린 내 행동에 우습기도 하면서 기대에 부풀었던 것과는 다르게 시시각각 변해갔다. 이토 히로부미 이야기가 나오자 긴장하는가 싶더니 사이고 다카모리 이야기와 세이난 전쟁 이야기가 나오면서는 얼굴이 일그러지며 분노하는 표정이 역력했다. 마지막으로 책을 발견하고 그로 인해서 유병권 박사님이 죽은 이야기를 하자 경악을 금치 못하더니 그 때문에 내가 동경행을 결정하고 비행기에 오른 이야기를 하자 두 손으로 얼굴을 감싸쥐며 울음을 터트렸다.

하나꼬가 울음을 터트리리라고는 상상도 못했기에 당황하지 않을 수 없었다. 걱정했던 일이 일어난 것이다. 내가 동경으로 온 것이 유병권 박사님의 유지를 받들어서 온 것이고 그 일을 위해 고의로 자기에게 접근한 것이라고 오해를 한 것이 틀림없다고 생각하니 미안한 마음뿐 변명할 생각도 나지 않았다. 하나꼬의 마음에 상처를 주지 않으려고 노력했던 것들이 모두 물거품이 되는 듯싶었다.

잠깐 동안이나마 얼굴을 감싸고 흐느끼듯이 울던 하나꼬가 울음을 그치더니 침대 머리맡에 있는 휴지로 눈물을 닦아내고 다시 나를 바라보았다. 그 눈에는 언제 울었냐는 듯이 처음에 내게 용기를 주던 그 빛이 되살아나고 있었다.

"미안해요, 오빠. 참으려고 해도 도저히 참을 수가 없었어요."

"미안하긴? 내가 더 미안하지."

"아니요, 오빠가 미안할 게 뭐가 있어요. 오히려 고맙지요. 그동안 내가 안고 있던 숙제를 오빠가 다 풀어주셨는데요.

저의 가문이 이렇게 가라앉게 된 것이 세이난 전쟁의 패배라는 것은 저도 알았지만 이토 히로부미가 그렇게 모사를 꾸민 것은 몰랐거든요. 일본 역사에서도 그런 이야기는 나오지 않잖아요. 정한론이 불발로 돌아가자 불만을 품은 사무라이들을 중심으로 난이 일어난 것으로 기록될 뿐이지요. 그런데 오빠가 그 숙제를 풀어주셨어요."

나는 내 귀를 의심했다. 하나꼬가 분명히 저의 가문이라고 했다. 사실 하나꼬라는 이름만 알았지 아직 그 성도 모르던 차라 행여 하는 마음으로 물었다.

"그럼 하나꼬가 사이고 하나꼬인가? 그래서 먼 일가친척이나마 규슈에 있다고…."

"예, 맞아요. 사이고 하나꼬. 규슈에 본거지를 두었던 사쓰마 번의 사이고 가문."

그제야 선배가 하나꼬 가문이 대단한 가문이라고 해준 이야기며 하나꼬가 얼굴을 감싸쥐고 울었던 이유가 선명해졌다. 상처를 받아서가 아니라 가문의 대를 이어내려오던 한이 폭발한 것이다.

"제가 들어도 그 박사님, 유병권이라는 그 박사님 정말 대한민국의 국보적인 학자시네요. 저도 역사를 좋아해서라기보다는 우리 가문의 한을 풀 방법을 찾느라고 역사 공부를 억지로라도 했지만 우리 일본에는 그런 이야기를 다룬 역사서는 찾지도 못해요. 오히려 일본을 망국의 지름길로 가도록 부추기는 왜곡된 역사서만 가득하죠. 유 박사님 말씀대로 부끄러운 역사도 역사 그대로 기록해서 다시는 그런 부끄러운 일을 당하지 않도록 하는 것이 역사를 배우는 목적인데 우리 일본은 당장 눈앞에 보이는 자신들의 이익을 위해서 절대 그렇게 안 하죠. 그 증거가 바로 이토 히로부미잖아요. 일본에서는 두 번째 가라면 서러운 역사 속의 영웅인데 그가 한 짓은 인류를 파멸의 길로 몰아넣는 일이에요.

그가 한 짓이 인류를 파멸로 몰아넣을지 모르지만 우리 일본에는 도움이 된다고 그릇된 사관을 가진 역사학자들은 생각하구요. 그래도 저뿐만 아니라 뜻있는 모든 사람들은 그렇게 생각 안해요. 그거야말로 우리 일본의 파멸을 앞당길 뿐이에요.

보세요. 지금의 일본을. 2차 대전의 잿더미에서 세계 제일, 제이의 경제 대국이 되었다고 큰 소리 치던 때가 바로 엊그제 같은데 지금은 추락을 거듭한 끝에 벼랑에 섰어요.

우리들이 일으킨 2차 대전의 죄를 속죄하기도 전에 한국에서 6.25 전쟁이 일어났고 그 덕분에 일본은 살이 쪘죠. 그것도 비만형 살이. 여인들이 양키에게 몸 팔아 번 돈을 재벌들의 장사 밑천으로 싼 이자에 던져줬어요. 그게 어디에서 생긴 건데요. 메이지유신이라는 허울을 쓰고 이토 히로부미가 네 번이나 일본 수상을 역임하면서 조슈번 출신이 아니면 수상 자리에 근접도 못하게 만든 파벌정치의 산물이죠. 조슈번의 파벌을 보호하기 위해서 당시 자신들과 마음 맞는 기업들과 손을 잡고 전폭적으로 지지해주는 대신 수억에 달하는 자신들만을 위한 정권유지 자금을 거둬들인 겁니다.

그건 지금도 마찬가지예요. 조슈번의 인물들이 연달아 수상을 한 것이 마치 정치의 교과서라도 되는 듯이, 정치하는 인간들은 자신들의 자리 보존을 위해 계파를 만들고 자신들이 계파라 부르는 붕당을 꾸려나가기 위해 재벌에게는 온갖 혜택을 주면서 통치자금을 거둬들이죠. 합법적인 정치자금이 아니라 불법을 일삼는 통치자금을 거둬들이는 거예요. 서민들은 죽어라 일하고 목숨을 바쳐도 평생 집 한 칸은커녕 배불리 먹기도 힘든데 정치하는 인간들이 거둬들이는 통치자금은 수억 엔에 이르니 이게 파멸을 불러오는 겁니다. 놈들은 그 돈으로 자신들의 계파가 계속 정권을 잡기 위해 못된 짓은 다 벌이고.

이제 이토 히로부미의 실체를 알리고 그가 한 짓이 결코 영웅의 짓거리가 아니라 나라를 말아먹는 지름길이었음을 알려야 합니다.

자신이 스스로 번복해서 우리 사이고 가문과 참된 사무라이들을 폐가로 몰아넣고, 후일 자신만의 야욕을 위해 감행했던 대륙 침략이라는 무모한 꿈을 이룬다는 명목으로, 불만 가득한 붕괴된 무사계급의 잔당들을 추스르기 위해 벌인 조선의 침략과 대륙전쟁이 얼마나 많은 젊은이들의 피를 산화시켰습니까?

가만히 있는 도요토미 히데요시 쇼군의 환영을 불러일으키면서까지 벌인 대륙정벌이라는 피의 잔치가 결국 2차 대전의 히로시마 원자폭탄으로 이어져 얼마나 많은 이들이 고통 속에서 신음해야 했습니까?

이 모든 것의 원인이 이토 히로부미라면 그 결과 역시 그를 신봉하는 그릇된 이들의 산물이니 이는 반드시 밝혀야 할 일입니다."

하나꼬의 말을 듣자니 나는 정말 아무것도 모르는 바보라는 생각이 절로 들었다. 할 말이 없었다. 이 자리에서 내가 무슨 말을 할 것인가?

하나꼬가 두 손을 내밀어 맞은편에 앉아 있는 내 손을 맞잡았다.

"오빠. 내가 무슨 일을 할 수 있는 거죠?"

나는 정신이 번쩍 들었다. 내가 먼저 부탁하려고 했는데 자신이 할 일이 무어냐고 묻는다. 그것도 아까 내가 용기를 얻었던 눈의 광채가 그대로 살아 번쩍이면서 또렷한 말투로 물었다.

"그 창고에 보관된 서적들의 실체를 밝히는 거야. 그것들의 존재를 밝힘으로써 이미 얘기한 역사의 왜곡이 얼마나 큰 비극을 불러오는가를 전 세계에 알리는 거지. 한데 그렇게 경비가 삼엄하다면서 가능하겠어?"

"가능하죠. 그러니까 계단에 쓰러진 사람들이 발견이 안 되는 거죠. 감시카메라가 보는 곳은 한계가 있어요."

"계단에서는 왜 쓰러지는데?"

"간단한 논리에요. 책장을 커버가 있게 만들면 혹 책이 상할 수도 있으니까 커버가 없이 만들고 책의 손상을 방지하기 위해서 방부제는 물론 방충제를 혼합한 약품이 항상 지하 공기 중에 존재하죠. 그러다가 일기가 갑자기 이상한 날에는 그게 입구를 향해 일시에 올라오는 거예요. 정기점검을 위해 들어가던 시각에 그 기류를 만나면 쓰러져 계단을 구르는 거지요. 작년에 저와 똑같은 경우로 변을 당했던 마츠이 님은 돌아가시고 저는 운 좋게 오빠를 만나서 이렇게 행복해하구요."

"정말 할 거야? 사진을 찍는 일은 계단에서 구르는 일보다 더 위험하다는 거 알잖아?"

"알죠. 그러니까 해야죠. 위험하지 않으면 누군가는 벌써 했겠지요.

무엇보다 첫째는 우리 가문과 잊혀 버린 사무라이들의 명예 회복을 위해서 할 거예요. 유 박사님이라는 그분처럼 인류의 가치 기준을 흔드는 이토 히로부미의 심판은 제게는 어울리지 않을지도 몰라요. 하지만 적어도 일본이라는 내 조국의 모든 이들의 눈을 멀게 하고 귀를 멀게 해서 가슴 가득히 헛된 바람만 집어넣은 채, 정말 일본이 위대한 것으로 착각하게 만들어 대륙정벌이라는 무모한 꿈을 꾸는 바람에 잊을 만하면 불어오는 피의 바람은 이제 막아야 한다는 생각이에요. 우리 선조 사이고 공께서 속은 것만으로도 이토 히로부미는 충분했건만 그는 지금도 우리 일본의 앞날을 피의 역사와 전쟁의 역사로 얼룩지게 하려 하고 있어요. 그 실체를 밝혀야지요. 이 모든 것은 이토 히로부미가 역사왜곡을 통해 만들어낸 잘못된 부산물의 하나라는 것을 반드시 밝혀내야지요."

"그럼 언제 할 계획인데."

"모레 퇴원하고 글피 복직하면 하루 이틀 후면 제 순번이 배당 될 거예요. 그때 해야지요. 시간을 끌면 안 되니까 빨리 해야지 요. 오빠는 내일 고성능 몰래카메라 하나 장만해주세요."

"정말 괜찮겠어."

"걱정 마세요. 오빠가 걱정하는 만큼 그렇게 여리지 않아요. 고마워요, 오빠."

말을 다 마친 그녀는 내 볼에 자기의 입술을 가져다가 뽀뽀를 했다. 그런데 그 마지막 '오빠'라는 그 부름은 경애가 나를 확인 할 때 하는 경애의 목소리 그것이었다.

이튿날 병원에는 급한 볼일이 생겼다고 핑계를 대고 아끼야바 라 전자상가에 다녀왔다. 최신형 몰래카메라를 그녀에게 건네주 면서 다시 한 번 물었다.

"정말 괜찮겠어? 어제 저녁에 생각해봤는데 일도 중요하지만 하나꼬 다치면 아무 소용이 없잖아. 지금이라도 안 한다고 해도 절대 실망 안 할게."

"아니요. 이제 오빠가 하지 말라고 해도 저는 꼭 할 거예요. 그 리고 저 혼자의 힘으로라도 이 일을 전 세계에 알릴 거예요. 그 러니까 오빠 마음 흔들리지 말고 함께 가요.

내일 퇴원하고 나면 일이 끝난 뒤에나 만나야 하니까 미리 말 씀드리는 거예요.

우리들은 출근할 때 휴대폰을 맡기고 퇴근할 때 찾거든요. 제 가 모레쯤 일을 마치고 나면 숫자만 문자로 보낼 거예요. 그게 바로 저 앞에 있는 타워호텔 방 번호예요. 시간은 대충 7시에서 7시 30분쯤. 그러니까 수고스러우시더라도 좀 일찍부터 그 앞에 계시다가 문자가 뜨면 곧바로 지정된 호실로 오시면 되죠. 미리 예약을 못하는 사정은 이제 아시죠?

왜 호텔에서 만나냐 하면 일단은 사람들의 눈을 피할 수 있으니까요. 그 다음은 비밀이지만 아주 짧은 시간이 필요한 거예요. 오빠를 내 남자로 만들지는 않을 거니까 염려 마세요.

저 나름대로는 어제 밤새도록 연구한 건데 괜찮아요?"

"응, 아주 훌륭해. 다만 하나꼬가 걱정될 뿐이야."

그날 밤 나는 집으로 돌아와서 경애를 부르고 그 다음에 박종일에게 전화했다.

에필로그

끝나지 않는 도전

이틀 후. 내 전화를 받고 긴급히 달려온 박종일과 나는 경애와 함께 타워호텔 길 건너편 경애의 승용차 안에 앉아 이야기를 나눴다.

"오빠, 그렇게 감시카메라가 많다면서 정말 괜찮을까? 아무리 그곳에서 4년을 근무했다지만 감시카메라 설치, 유지, 보수 요원과 자신들이 출퇴근할 때 소지품 검색하는 요원들까지 서로 다른 체계에 존재할 정도로 엄격한 보안이라면서?"

"아무리 그래도 자기들은 하루에도 서너 차례씩 들어가서 정기점검하는 관계로 위치가 빤하데. 걱정할 필요 없다니까 걱정 마. 책을 가지고 나오는 것도 아니고 책장을 배경으로 제목만 나올 정도로 최대한 많이 찍기는 하겠지만 적으면 서너 권, 많아도 열 권 이하밖에 못 찍을 거라고 했어. 대신 서고 내부와 입구를 촬영하는 것은 자신 있다고 했으니까 두고 보자고."

"왜 하필 호텔입니까? 차라리 우리 영사관으로 하면 얼마나 좋아요. 정치 망명을 하면 신분도 안전하고."

"박 경정님 말씀은 알지만 하나꼬가 비록 일본의 앞날과 인류의 보다 나은 내일을 설계하는 데 도움을 주기 위해서 사진은 찍지만 일본을 사랑하는 마음은 극진하다니까요? 정통 사무라이 정신이 깃든 집안이라고 자신의 가문에 대한 자부심도 보통이 아니었어요. 그런데 덜렁 영사관? 그건 아니에요. 일단 오늘 내가 설득은 해볼 게요. 하지만 장담은 못해요. 단, 내가 들어가고 나면 시동을 건 채 준비하고 있는 것은 그대로 하자고요."

"오빠, 정말 안전한 거야? 차라리 박 경정님과 함께 들어가면 안 돼?"

"안 돼. 말했잖아. 하나꼬가 놀라기라도 해서 이 모든 것이 계획된 것이라고 오해를 하면 어떻게 해. 자신이 촬영한 카메라를 창밖으로 집어던지기라도 하면? 걱정 말고 기다려. 다만 우리 영사관으로 가준다면 고맙지만 안 되면 우리끼리라도 가야 하는데 내 발길이 떨어질지 모르겠다. 일이 터지고 나면 목숨을 보장 못할 텐데."

"그건 나도 마찬가지야. 오빠 이야기만 들었는데 벌써 하나꼬가 마치 동생처럼 느껴져. 그러니까 꼭 껴안아주는 한이 있더라도 데리고 영사관으로 가자고. 단, 옷은 하나도 벗지 말고 껴안을 것."

그 와중에도 경애가 던진 농담에 웃음을 터트리는데 문자가 왔다.

'1212'

"12층 12호야. 낮에 우리가 미리 확인한 바로는 저기쯤 되겠다. 기다려. 갔다 올게."

"남녀, 남녀. 좋은 호수야. 어서 다녀와."

경애는 옆자리에 앉았다가 차에서 내리려는 내 손을 잡아 엎

그제 자신의 집에서 했듯이 아랫배에 가져다 대었다.

"그럼, 정말?"

경애는 말없이 고개를 끄덕였다.

"알았어. 우리 아가를 위한 파티는 다녀와서 하자고. 마침 하객으로 고국에서 박 경정님도 왔으니까. 자 이건 일차로 당신과 아가에게 주는 선물."

나는 경애의 볼에 뽀뽀를 해주고 차에서 내렸다.

호텔로 들어서자 나는 의식적으로 주의를 살폈다. 마치 내가 스파이 영화의 주인공이라도 된 기분이다.

엘리베이터가 12층에 머물고 12호실 벨을 누르자 하나꼬가 문을 열어주었다. 그리고는 내가 사다주었던 몰래카메라를 나에게 내밀었다.

"다섯 장밖에 못 찍었어요. 입구와 실내 합해서 일곱 장.

감시카메라를 피해 서고에서 뽑히는 대로 뽑다보니 오빠가 중요하다고 한 『조대기』는 찍었는데 『진역유기』는 못 찍고 나머지는 뭔지도 모르면서 닥치는 대로 찍었어요. 입구는 내가 넘어져 있던 곳이 카메라가 없는 곳이라 거기서 아래를 향해 찍었고…."

하나꼬가 여기까지 말했을 때 나는 하나꼬 입을 손가락으로 막았다.

"정말 고생했어. 그 정도면 충분해. 이것만 가져도 있다는 실체만 확인이 돼도 얼마든지 일을 처리할 수 있어. 이제 그만하고 나랑 한 가지 상의하자.

하나꼬, 한국 영사관으로 가자. 가서 정치적인 망명을 해. 한국도 네 말처럼 세습되어 오는 재벌과 정치로 일본이나 비슷한 상황인지 모르지만 치안 하나는 전 세계 최고라고 해도 과언이 아냐. 정부가 주목하지 않는 사학자는 교정 한복판에서 테러를 당할지언정 정부가 보호하고 국제적인 위상에 관계되는 인사는 가장 안전하게 보호 받을 수 있는 나라라고 해도 과언이 아냐. 이제 하나꼬 목숨은 누가 보장할 수도 없잖아. 그러니 같이 가자. 지금밖에는 서울에서 온…."

이번에는 내 말이 끝나기도 전에 하나꼬가 손가락으로 내 입을 막았다.

"오빠, 내가 내 목숨 살려고 했다면 굳이 이 짓을 왜 했겠어요? 말한 대로 가문과 나라의 앞날에 조금이라도 보탬이 됐다면, 특히 오빠 가슴 가득한 그 한을 풀어줄 수 있었다면 나는 행복해요. 내가 한 짓이 꼭 세상에 알려져서 죽으라는 법도 없고 반대로 살라는 법도 없지만 이대로가 좋아요. 오빠를 제 가슴속에 간직한 이대로가 좋아요."

하나꼬는 내 목을 와락 끌어안았다. 나도 하나꼬 등 뒤로 손을 돌려 그녀를 포근하게 안아주었다.

"한 번만."

그녀는 내 입술에 자신의 입술을 가져다대며 작은 소리로 속삭였다. 나는 힘껏 그녀를 안고 짙은 입맞춤을 했다.

잠시 후. 그녀는 내 목에서 손을 풀고 나는 그녀 등 뒤에서 손을 풀자 그녀는 다시 얼굴이 꽃처럼 화사해지며 밝은 목소리로 말했다.

"호텔에서 만난 두 번째 이유가 바로 이거였어요.
이제 그만 가요. 또 볼 날이 반드시 있겠죠?"
"그럼. 또 보겠지."
우리가 막 호텔 방문을 열고 나서려는 순간.

건장하다는 말이 어울리지 않을 정도로 등치가 대단한 사내 다섯이서 호텔 문을 막고 안으로 들이 밀었다. 우리는 엉겁결에 안으로 밀려들어 왔다. 그들은 우리를 베란다 가까이 방 끝으로 밀었다.

순간 내 머리를 스치는 생각이 있었다.

하나꼬가 뒤를 밟힌 것이다. 자기는 감시카메라를 피했다지만 그건 눈에 보이는 것뿐이었다. 보안요원인 그녀를 감시하는 또 다른 보안요원이 있듯이 감시카메라를 감시하는 또 다른 감시카메라를 그녀는 의식하지 못한 것이다.

나는 주머니에서 슬그머니 휴대폰을 꺼내 들었다. 초여름 베란다 문과 방문은 열려 있었다. 나는 휴대폰을 밖으로 힘껏 집어던졌다.

"뭘 던진 건데? 카메라? 괜찮아.

어차피 달라고 할 것도 아니었어. 던졌으면 부서질 것이고 네 놈이 주머니에 넣어 가지고 뛰어내려도 부서질 것이고. 설령 부서지지 않는다고 해도 곧바로 우리 일본 경찰이 와서 너희 둘 시체 집어갈 거니까 꺼내면 되고.

우리가 이렇게 방문한 것은 카메라 달라고 온 게 아니라 너희 둘이 문을 제대로 못 찾는 것 같아서 문 알려주려고 온 거야.

너희와 우리는 갈 길이 다른데 같은 문을 이용하면 되나? 우리가 다니는 문으로 너희가 다니면 안 되지. 너희 둘은 그쪽 베란다 문을 이용해. 계단이 없는 게 흠이지만 몸을 던지고 나면 엘리베이터보다 빨리 내려가는 장점은 있어. 자, 이제 내려가.

만일 싫다거나 베란다에 허리까지 올라오는 방어철책이 문제가 된다면 우리가 뒤에서 밀어주는 정도의 수고는 해줄 수도 있지만 되도록 두 사람 자력으로 내려가."

나는 더 이상 무슨 말을 해도 소용이 없다는 것을 안다. 목숨을 구걸하고 싶은 생각도 없다. 하나꼬 역시 결심했는지 내 손을 꼭 잡고 베란다 쪽을 향했다. 나는 한 손으로 하나꼬 손을 잡고, 한 손에는 소형 몰래카메라를 주머니에서 꺼내 꼭 쥐었다.

그때.

호텔 밖 길 건너에서 뚫어지게 1212호를 쳐다보던 박종일과 장경애의 눈에 무언가 떨어지는 모습이 들어왔다. 아래로 내려 올수록 그것은 분명히 두 명의 사람이다. 멀지도 않은 거리라 소리를 지르면서 뛰어내리는 모습이 보였다. 뭐라고 소리를 지르는 것인지는 모르지만 분명히 소리를 질렀다.

두 사람이 일제히 호텔 쪽을 향해 뛰어가려는 찰나, 어디서 나타났는지 일본 경찰 순찰차들이 호텔 입구는 물론 주변을 촘촘히 둘러싸면서 일체의 출입을 순간적으로 막았다. 뛰어가려던 장경애와 박종일이 멈칫했다. 하지만 그대로 멈출 수가 없어서 달려갔지만 물샐틈없이 둘러싼 일본 경찰은 절대 불가라는 말만 되풀이할 뿐 들여보내지 않았다. 경애가 기자 신분증을 꺼내도 쳐다보지도 않았다.

경애는 그 자리에 펄떡 주저앉고 말았다. 눈물도 나지 않는다.

박종일이 다가와서 경애의 어깨를 잡아 일으켰다.

"영사관으로 갑시다. 여기 있어봤자 득될 것이 없습니다. 지금 그 심정 왜 모르겠습니까? 하지만 이곳에 있다고 해결될 일이 아닙니다. 우선 이 자리를 피해야 합니다. 정 마음이 안 내키면 저기 밖이 훤히 보이는 커피숍이라도 가서 이쪽을 보는 편이 낫습니다. 여기 현장에서 있어도 아무 소용이 없습니다. 뱃속에 있는 태영광 박사님 아기도 생각하셔야죠."

경애는 일어났다. 아기를 위해서라도 일어나야 했다.

커피숍에 앉아 경찰들이 떠나기를 기다린 지 한 시간이 지나서야 현장 주변을 가볼 수 있었다. 현장에는 주위를 둘러싸고 쳐진 폴리스라인 안에 두 사람이 떨어졌던 자리를 표시한 페인트로 그려진 사람 모양의 그림 두 개가 덩그러니 그려져 있을 뿐이다. 그나마 폴리스라인 안에는 들어갈 수 없어서 장경애와 박종일은 주변만 돌 뿐이다.

장경애는 하염없이 흐르는 눈물을 손등으로 문지르며 주변을 서성거렸고 박종일은 눈물을 훔치면서도 무언가를 애타게 찾는 모습으로 장경애의 주변을 떠나지 않더니, 순간 눈이 반짝였다.

이튿날 아침.

영사관으로 배달된 일본 조간들의 사회면 톱을 일제히 장식한 기사.

〈일본에 연구차 온 대한민국 의사와 경비업체에서 일하던 일본 여성이 이룰 수 없는 사랑을 비관하며 호텔에서 동반 투신자살〉

장경애와 박종일의 눈물이 사회면을 덮고 있었다.

지은이 **신용우**

1957년 경기도 평택에서 태어나 한국외국어대학교를 졸업했다.
제21회 외대문학상을 수상한 이후, 장편소설 『천추태후』, 『명성황후는
시해당하지 않았다』, 『요동묵시록』(상, 하), 『요동별곡』, 『도라산 역』(1,
2), 『철수야! 안 철수?』를 출간했다. 그중 『요동별곡』은 세계일보 스포츠
월드 연재소설로 2011년 문화체육관광부 우수 교양도서로 선정되었다.
〈역사는 과거가 아니라 미래다〉라는 역사관을 바탕으로, 역사를 연구하
고 배우는 목적은 역사를 거울삼아 인류의 평화로운 미래를 설계하기
위한 것임을 강조한다. 왜곡된 역사는 아무 의미가 없음을 역설하며 일
본과 중국에 의해 찢기고 왜곡된 우리나라 역사바로세우기를 주제로 소
설을 쓴다. 요동수복과 대마도 되찾기, 통일에 대한 관심 역시 역사 속
에서 그 뿌리를 찾아 글로 표현하고 있다. 아울러 그는 우리 역사를 바
로 알리고 올바른 역사를 바탕으로 풍성한 삶과 희망찬 미래를 설계하
기 위해 끊임없이 노력한다.
〈역사는 과거가 아니라 미래다〉라는 역사관을 소설로만 쓰는 것이 아
니다. 왜곡된 역사를 바로잡아 우리 민족의 웅대한 기상을 가슴에 담고,
역사를 거울삼아 현실의 삶에 투영시킴으로써 보다 나은 현재의 삶과
미래를 설계하는 방법을 제시한다. 방송, 기업, 관공서, 교사연수회, 학
생특강, 포럼 등 각종 매체와 단체 등에서 각각의 눈높이와 특성에 맞게
역사 특강을 하고 있으며 신문과 잡지 등에 칼럼을 쓰고 있다.